KB163398

조해일문학전집 2

아메리카

일러두기

- 《조해일문학전집》은 한국문학사에 커다란 문학적 성취를 남긴 조해일의 작품 세계를 독자들에게 소개함과 동시에 문학적 의의를 정리하는 데 목표를 둔다.
- 《조해일문학전집》은 생전에 발표했던 중·단편과 장편소설, 그리고 웹사이트에 게시된 미발표 소설 등과 기타 작품으로 구성되어 있다.
- 《조해일문학전집》은 출간일(발표일) 기준 가장 최신 작품을 저본으로 정하였다.
- 맞춤법, 띄어쓰기, 외래어 표기는 현행 맞춤법과 표기법을 따랐다.
- 한글 표기를 원칙으로 하였고, 한자로만 된 단어는 '한글(한자)' 형식으로 수정하였다.
- 수정하면 어감이 달라지거나 문학적으로 허용되는 일부 표기(표현)는 원문대로 두었다.
- 간접 인용과 강조는 ' ', 대화와 직접 인용은 " ", 단편소설은 「 」, 장편소설과 잡지는 『 』, 미술 작품과 영화·연극 등은 〈 〉, 시·노래 제목은 ' '로 표기하였다.

아메리카

간행사

– 조해일문학전집 발간에 부쳐

2020년 6월 19일 새벽, 조해일 선생이 우리 곁을 떠났다. 코로나19 바이러스의 창궐로 전 세계적으로 자유로운 이동이 멈춰 있는 가운데, 마스크를 쓰고 사회적 거리두기를 유지하던 시기였다. 그로부터 4년이 지났다.

조해일의 소설은 1970년대 한복판을 관통한다. 많은 사람에게 선생은 『겨울여자』(1976)를 쓴 1970년대 베스트셀러 대중 작가로 기억된다. 하지만 선생은 그러한 평가를 넘어, 등단작인 「매일 죽는 사람」과 「맨드롱 따또」, 「뻘」 등의 단편소설, 「무쇠탈」과 「임꺽정」 등의 연작소설, 「아메리카」와 「왕십리」 등의 중편소설, 『갈 수 없는 나라』 등의 장편소설 들을 지속적으로 발표한, 1970년대를 대표하는 작가로 활동하였다. 조해일은 감정을 배제한 객관적인 묘사와 절제된 문체로 산업화 시대를 살아가는 소시민의 일상성을 주목한 작가로 평가받는다. 특히 도시화 · 근대화의 과정에서 야기된 폭력성에 대한 성찰과 함께, 장편소설에서 보여준 우의(寓意)적 연애 담론이 대중적 교감을 형성한다. 선생의 작품은 '삶과 죽음, 도시와 인간, 노동과 소외, 여성과 남성, 폭력과 비폭력, 전쟁과 평화, 이성과 충동, 이상과 현실, 인간과 비인간, 억압과 저항' 등의 대립항을 주목하면서, 인본

주의적 상상력으로 산업화 시대 한국 사회의 풍경을 다채롭게 길어냈다. 1970년대 한국 사회를 조망하고자 할 때 작가 조해일은 황석영, 최인호, 조세희 등과 함께 빼놓을 수 없는 '문학적 자산'이다.

문학사적 차원에서 조해일은 중편 「아메리카」로 미군 기지촌 풍경을 묘사하면서 제3세계적 시각의 획득과 반제국주의적 의식의 형상화를 성취한 작가라는 평가를 받는다. 장편소설 『겨울여자』 등은 대표적인 대중소설로서 상업주의적 코드 속에 파편화된 개인주의와 관능적 분위기 등의 대중적 요소를 함의하고 있다고 평가받는다. 또한 「뿔」의 지게꾼, 「1998년」의 우화적인 미래 공간, 「임꺽정」 연작의 역사 공간, 「통일절 소묘」의 환상적인 꿈 등에서 드러나듯, 새로운 소설적 기법과 비유적 장치, 주제 의식을 통해 함축적이고 다양한 세계를 주조한 것으로 평가받는다.

조해일의 소설에는 '역설(逆說)의 감각'과 '알레고리적 상상력'이 자리한다. '역설'은 세계의 복잡성과 다성성(多聲性)을 입체적으로 착목(着木)하는 방법이고, '알레고리'는 세계의 진실을 우회적으로 드러내기 위해 활용하는 대표적인 메타포다. 현실 세계의 표면적 양상이 감추어 둔 이면적 진실을 꿰뚫어 보기 위한 작가적 선택으로 '역설과 우의'의 방식을 선호한 것이다. 선생은 등단작인 「매일 죽는 사람」 이래로 말년작인 「통일절 소묘2」에 이르기까지, 50년 가까운 세월 동안 '자유와 민주, 평등과 평화, 인권과 노동'을 소중히 여기며 인간의 실존적 가치에 대해 탐색했다.

많은 작가의 말년작들이 자신의 과거와 현재를 조망하고, 무의식에 자리한 작가적 원형을 재조명하면서 자신의 문학세계를 마무리하는 방식을 보여준다. 이번 전집에 포함된 미발표 유고작 「1인칭 소설」 연작은 고백체 형식의 자전소설로 '문인 조해일' 이전에 '개인 조해룡(본명)'의 실존적 생애를 회고하며 '소설의 진정성'에 대해 회의(懷疑)함으로써 문학의 가치를 되짚어 보게 하는 작품이다. 만주에서의 생애 최초의 기억을 떠올리는 것으로 시작하여 해방을 맞아 서울로 이주해 살다가 6 · 25 전쟁을 맞아 부산까지 피난을 떠났던 이야기로 마무리되면서, 작가의 구술사적 욕망이 모두 드러나지는 못한 채 미완으로 종결된다. 하지만 1970년대 대표 작가로서 1940년대로부터 2000년대에 이르기까지, 문단과 강단 안팎에서 전업 작가로서 마주했던 소설가적 진실 추구에 대한 원형적 자의식을 보여준다는 점에서 유의미한 말년작이다.

선생의 작품은 도시적 일상으로부터 기지촌 여성 문제 고발, 불합리한 폭력의 양상 폭로, 환상성의 활용, 역사소설의 전용 등을 거치면서 정치적 알레고리를 배면에 깔고, 비인간적 현실에 대한 무기력한 지식인의 대응을 통해 1970~80년대적 체제 저항의 수사를 형상화한다. 탄탄한 서사성을 내장한 조해일의 문학은 1970년대를 넘어 지금에 이르기까지, 현실과 가상의 경계를 넘나들면서 소외된 개인이 일상과 현실을 벗어나 환상과 무의식의 세계로 탐닉해 들어가는 문학 내외적 현실을 성찰하게 한다. 조해일의 문학은 지금 여기에서 여전히 한국문학을 대표하는 현재진행형 유산(遺産)이다.

이제 우리는 아동문학과 수필, 희곡 등 비소설 장르의 작품을 제외한 선생의 모든 소설을 가능한 한 원형 그대로 보존하여 문학전집을 발간한다. 이 전집이 선생과 선생의 작품을 그리워하는 사람들에게 선생의 향기를 추억할 수 있는 매개체가 되기를 바라며, 문학을 공부하는 사람들에게 풍요로운 문학적 영감(靈感)으로 활용되기를 기대한다.

끝으로 선생의 저서를 전집으로 출판하는 데 물심양면으로 도움을 아끼지 않은 모금 참여자들과 전집 발간에 암묵적으로 동의해 준 유족에 감사를 전한다. 특히 간행의 시작과 끝을 책임져 준 죽심(문학의숲)에 진심으로 감사를 드린다.

독자 여러분들의 많은 관심과 성원을 기대한다.

2024년 6월

조해일문학전집 간행위원회

고인환, 고찬규, 김중현, 박균수, 박도준,

박연수, 서하진, 오태호, 주춘섭, 한희덕

차례

조해일문학전집 2권

아메리카

1

검문헌병이 올라와서 위엄 있는 표정으로 한 바퀴 둘러보고 내려가자 버스는 다시 신음소리를 토하며 출발했다.

나는 움직이기 시작한 버스의 차창 밖으로 땅바닥에 내려선 헌병의 모습을 흘낏 보았는데 그는 땅바닥 위에서 외로워 보였다. 여름 한낮의 무거운 햇볕이 그의 위엄 있는 헬멧 위에 앉아 있었고, 아래로 내려뜨린 그의 흰 장갑 낀 손 위에서 머뭇거리고 있었으며, 그는 고개를 약간 숙인 듯한 자세로 잠깐 서 있었다. 버스가 곧 속력을 내기 시작했으므로 그의 모습은 더 이상 볼 수 없게 되었으나 나는 그가 대신 내 마음속으로 들어와 서 있는 것을 느낄 수 있었다. 내 마음속에서 그는 땅바닥 위에 남아 조그맣게 서 있었다.

'우리 유격대로선 너 같은 모범조교를 떠나보낸다는 게 여간한 손실이 아니지만 할 수 없지. 자, 악수나 한번 하자. 제대를 축하한다' 하고, 제대 파티라는 이름의 좀 궁상맞은 술좌석에서, 조교들 간에 융통성 없기로 정평이 돌던 유격교관 용 대위가 내 오른손을 잡았을 때 나는 의무병(義務兵)으로서의 내 35개월 동안의 군생활이 비로소 그 손을 통해 스르르 빠져 달아나는 확실한 모습을 보는 듯했다. 그리고 지금 저 헌병은 내가 빠져나온 그곳에 조그맣게 서 있다. 잔뜩 위엄을 부리면서, 그러나 사실은 외로워하면서, 직무의 위엄과 개인의 외로움 사이에 오뚝 서서……. 나는 자칫 내가 아직 그곳에 서 있는 것이나 아닌가, 하는 착각에 잠길 뻔했다. 그리고 나는 포장된 2차선 도로 위를 달리는 버스가 그 속에 내가 타고 있음을 알려 주는 확실하고 믿음직한 진동을 고마워했다.

"실례지만 혹시 ㄷ까지 가십니까?"

나는 통로 쪽으로 앉은 내 옆좌석의 여자를 돌아보며 예의 바르게 물었다. 민간인다운 예절 있는 태도를 재빨리 취할 줄 알게 된 스스로를 한편으로 대견스러워하면서. 여자는 말대꾸할 가치가 있는 사람인가 어떤가를 알아보려는 듯이 슬쩍 한번 나를 쳐다보고 나서 약간 성가시다는 듯이 짤막하게 대꾸했다.

"네."

"앞으로 얼마나 남았습니까?"

나는 다시 깍듯이 물었다. 여자는 다시 한번 나를 쳐다보았다. 아마 내 후줄그레한 제대복 차림을 눈여겨보는 듯했다. 나도 비로소 여자의 얼굴을 좀 자세히 바라보았다. 여자는 전혀 화장하지 않은 얼굴을 가지고 있었으나 그 얼굴이 평소에 얼마나 화장의 학대를 심하게 받고 있는가를 숨기는 데는 실패한 듯해 보였다. 눈이 작고 볼이 두터운, 얼핏 심술궂어 보이기 쉬운 얼굴이었으나 뜯어보면 선이 섬세한 얼굴이었다. 눈을 거두면서 여자는 말했다.

"……거진 다 왔어요."

"혹시 그럼 '압록강 홀'이라구 아십니까?'

"'얄루 클럽' 말이군요."

'제대하면 우선 우리 집에 와 있도록 하구 남은 군복무나 착실히 마쳐라. 너무 상심 말구. 뒷일은 또 어떻게 될 테지.'

제대를 두 달 앞두고 가족의 떼죽음을 당한 내게 당숙은 그렇게 말했었다. 나의 가족은 날림공사로 지어진 아파트에 살다가 잠든 채로 그 일을 당하였다. 부대에서 연락을 받고 달려 나갔을 때 나는 나의 아버지와 어머니 그리고 내 두 누이동생의 시체가 무너진 콘크리트 더미들 사이에서 끌어내어져 가마니에 덮여 있는 것을 보았다. 당숙이 당숙모와 함께 거기 와 있었다. 방송을 듣고 달려왔다는 것이었고, 내게 연락을 취하게 한 것도 당숙이라고 하였다. 참혹하게 죽은 사람들 앞이었고, 엄청난 불행의 무게에 눌려 정신을 차리지 못하는 사람의 앞이었으나 당숙은 살아가는 일에 자신을 잃지 않은 사람만이 지닐 수 있는 자상하고 굳센, 현실적인 태도를 보여 주었다. 충격에 몸이 굳어 아무런 수습 능력도 없는 내게 당숙의 그러한 태도는 일어난 일을 우선 수습해야 할 일로 받아들이는 시간을 단축해 주었을 뿐 아니라 망자들에 대한 태도로서도 이상하게 조금도 야속한 태도로는 보이지 않았다.

'우리 집 옥호는 '압록강 홀'이라구 하는데 미군들이나 거기 여자들은 '얄루 클럽'이라고 부르지. 아무튼 ㄷ에 와서 '압록강 홀'이 어디냐구만 물어라. 웬만한 사람은 안다.'

당숙은 내게 말했었다. 당숙은 그의 사촌형인 나의 아버지를 몇 달에 한 번씩은 방문하곤 했으나 나는 한 번도 당숙 댁엘 가 본 적이 없었다. 당숙의 직업을 내심 못마땅하게 생각하고 있던 아버지가 그것을 엄격하게 금하고 있었기 때문이기도 하지만 그보다는 아무리 의견이 다른 경우에도 아버지의 말 같은 걸 잘 거역하지 못하는 내 소심해 빠진(군대생활 동안에 다져져서 이제는 제법 뻔뻔스러워지기까지 했으나) 성격 탓이었다는 게 옳겠다. 왜냐하면 나는 꼼꼼하고 엄격하기만 한 아버지에 비해서 늘 활달해 보이는 당숙을 내심으로 좋아하고 있었으니까 말이다. 직업 같은 건 내겐 아무래도 좋았다.

"'얄루 클럽'을 잘 아십니까?"

"네……. 나두 거길 나가는걸요."

여자는 어떻게 생각했는지—내가 그곳을 찾아가는 사람이라고 판단하고 어차피 그곳에서 만나게 될지도 모르는 바에야 굳이 감출 건 없다고 생각했는지—이번에는 아주 선선히 대답해 주었다. 나는 내친김에 염치없이 말했다.

"길 좀 부탁해도 될까요? 초행이라서요."

"그럭하세요."

여자는 이제 나를 향해 선선히 웃음까지 지어 보였다.

"ㄷ두 이제 한물갔지요?'

"아무렴요. 옛날이 괜찮았지요."

내 앞좌석에 앉은 상인풍의 두 사내가 거대한 철제상자처럼 생긴 미군 PX 차량이 움직여 가는 모습을 차창으로 내다보며 주고받았다.

버스는 여름의 태양이 가장 순도 높게 타오르고 있을 무렵에 ㄷ에 도착했다. 나는 몇몇의 승객과 또 나의 길잡이가 되어 줄 것을 선선히 승낙한 눈이 작고 볼이 두터운 그 여자와 함께 ㄷ읍의 거리에 내려섰다. 백색의 햇빛이 거리의 속속들이에 스며 있어 거리는 마치 한밤중처럼 조용해 보였다. 행인 몇 사람이 눈에 띄었으나 그들도 마치 햇빛의 일부분처럼 보였다. 햇빛의 일부가 움직이고 있는 것 같았다고나 할까.

"여긴 시내예요. ㅂ리까진 한 15분 걷거나 택시를 타야 해요, 얄루 클럽은 ㅂ리에 있어요."

여자가 말했다. 나는 그러나 여자가 시내라고 말한 것에 대해서 의문을 품진 않았다. 내가 가 본 어떤 읍에서고 읍내를 시내라고 부르는 것이 상례였음을 알고 있었던 까닭에. 나는 걷자고 부탁했다. 여자는 그러자고 했다. 우리는 백색의 햇빛 속을 걸어 ㄷ읍내의 단조로운 일자(一字) 거리를 지나갔다. 도회지 모습을 갖춘 우리나라의 어느 거리도 다 그렇듯이 거리의 양옆은 상점의 연쇄로 이루어져 있었다. 잡화상, 양품점, 전파사, 금은방, 구두점, 모자가게, 양장점, 양복점, 소아과 · 내과 의원, 미장원, 이발소, 편물점, 사진관, 대중식당, 신문사 지국 등등. 사람들이 어디에서나 저마다 살아가고 있다는 자취의 소소한 꾸밈새를 바라보며 나는 즐거운 감정 같은 것이 솟아오르는 것을 느꼈다.

"극장도 있군요."

"네, 세 군데 있어요."

"세 군데나요?"

"카바레도 두 군데나 있는데요."

여자는 나를 곁눈질로 바라보며 비웃는 듯하기도 하고 유혹하려는 듯하기도 한 모호한 웃음을 지어 보였다. 참 오랜만에 나누는 여자와의 대화이며 여자가 내게 건네어 오는 웃음이다. 그리고 그것은 나도 이제 사람 사는 풍속에 끼어들게 됐다는 신호이다. 그것은 기분 좋은 일이었다.

"얄루 클럽에 계시게 되나요?"

이번에는 여자가 물어 왔다.

"아마 그렇게 될 것 같습니다."

여자는 다시 한번 내게 그 모호한 미소를 보냈다. 그것은 자기의 질문이 빗나가지 않은 걸 만족해하는 미소 같기도 했다. 그러나 나중에 가서야 나는 그 미소의 진정한 뜻도, 그리고 여자의 이름이 옥화라는 것도 알게 되었다. 그리고 읍내가 그렇게 조용하던 까닭도.

여자가 여기서부터 ㅂ리라고 일러 준 거리에 접어들자 지금까지의 거리와는 판이한 풍경이 눈앞에 전개되었다. 길 폭이 좁아지면서 우선 곳곳에 무슨 무슨 테일러(tailor)니 무슨 무슨 폰숍이니 무슨 무슨 클럽(club)이니 하는 영문자로 된 간판들이 도형감 있고 생생한 모습으로 내게 얘기를 걸어왔다.

'이봐, 당신은 근사한 곳에 왔어. 이런 덴 처음 와 보지? 행운인 줄 알라구.'

그러나 나는 별반 두리번거릴 필요는 없었다. 두리번거리지 않고도 나는 내게 얘기를 걸어오는 많은 것들을 볼 수 있었고 내가 보아주기를 기다리는 많은 것들을 갖고 있었다. 무엇보다도 아름다운 다리들을 드러내고 색채를 아끼지 않은, 마음껏 속박을 벗어난 옷맵시와 화장술로 단장한 젊고 예쁜 많은 여자들을 볼 수 있었으며, 그들이 뿌리는 짙은 생(生)에의 친밀감을 내 것으로 했다. 나는 아마 그때 행복해했던 듯도 하다. 그때 나는 내가 스물여섯 살에 갑자기 고아가 돼 버린 신세라는 사실조차 까맣게 잊었던 것이니까.

"다 왔어요. 여기예요."

하고 여자가 말했을 때 나는 멈춰 서서 잿빛 타일을 바른 큼직한 건물을 쳐다보았다. 영문자로 'Yalu Club'이라고 큼직하게 쓰고 그 밑에 자그마하게 '압록강 홀'이라고 한글로 쓴 유리 간판이 보였고 '종업원 이외의 한국인 출입을 금합니다'라고 쓴 양철 조각 같은 것이 보였다.

"이리 들어가시면 안채가 있어요."

하고 여자는 그 건물 바로 옆으로 난 작은 샛골목을 가리켰다. 그리고 다시 한번 내게 그 모호한 미소를 지어 보이면서 헤어지자는 뜻으로 고개를 까딱했다. 나도 고맙다는 인사로 고개를 마주 숙여 보였다.

근처에 있던 여자들이 노골적인 관심을 표시하면서 우리 두 사람의 수작을 주의 깊게 관찰하는 듯했다. 그녀는 조금 뽐내는 듯한 몸짓으로 여자들의 시선을 짐짓 무시한 채 나로부터 떠나갔다. 나는 샛골목으로 들어섰다.

안채는 살림집이란 인상보다는 여관이나 그 밖에 소규모의 아파트 같은 걸 연상케 하는 많은 수의 방을 가진 2층 슬래브 집이었다. 방마다 그 방의 호수를 나타내는 듯한 플라스틱 숫자판들이 붙어 있는 게 눈에 띄었다. 마당 한가운데에 펌프가 있었고 거의 벗다시피 얇은 옷만 걸친 여자들이 그 둘레에서 빨래를 하고 있다가 낯선 사내의 출현에 잠시 일손을 멈추고 이쪽을 바라보는 모습이 보였다. 그리고 마당 저쪽으로는 이 집의 뒷문인 듯한 작은 철문이 보였고 그 밖은 바로 철둑길인 듯 그때 막 요란한 바퀴소리를 내며 지나가는 기차소리가 아주 가깝게 들려왔다.

"이게 누구야? 효식이 아냐? 어서 와. 집 찾느라구 고생 안 했니. 미리 연락이라두 좀 하지 않구."

숫자 표지가 없는 한 방으로부터 당숙모가 달려 나오며 말하였다.

2

"난 대학을 꼭 마치도록 하고 싶었는데, 네 의견이 정 그렇다면 뭐 좋다. 하긴 오래 있을 곳은 못 될는지 모른다만 사람이 아주 못 있을 곳이라군 생각지 않는다. 그럼 경험으로 삼구, 그냥 노느니보다는 일을 좀 거들어 보는 것두 괜찮다만 난 쉬라구 권하진 않겠다. 무어든 빨리 시작하는 게 좋아."

당숙은 이렇게 말하며 내게 클럽의 문지기 일을 맡겨 주었다. 나는 물론 며칠 쉬고 싶다고는 말하지 않았다. 쉬고 싶기는커녕 내게 온갖 얘기를 걸어올, 그리고 온갖 일락(逸樂)이 기다리고 있을 것으로 보이는 그 세계 속으로 한시라도 빨리 뛰어들고 싶었던 것이다. 2년쯤 다녀 본 대학 따위, 그 백치와 같은 순진한 허구의 울타리 속으로 되돌아가고 싶은 생각은 물론 털끝만큼도 없었다.

나는 도착한 이튿날부터 일하기 시작하였다. 문지기 일이란 클럽 안에서 가장 한가한 직책이라는 것을 곧 알 수 있었다. 저녁 5시부터(그때가 미군들이 클럽에 나타나기 시작하는 시간이기도 했다) 클럽에 나오기 시작하는 여자들의 검진패스를 확인하고 입장시킬 여자와 입장시킬 수 없는 여자를 가려내는 일과 벌거벗은 여자를 새겨 넣은 라이터나 플라스틱 조화(造花) 같은 것을 팔러 들어오는 전상자(戰傷者)나 아이 업은 아주머니 등 잡상인을 막는 일, 구걸하러 오는 사람들을 적당히 구슬러 돌려보내는 일 따위가 그것이었는데, 여자들은 성병의 유무를 판별받기 위해서 주 2회씩 받게 되어 있는 검진을 대체로 충실히 받고 그 결과에 잘 순응하는 것 같았고, 그래서 입장을 막아야 할 여자는 적었으며, 잡상인이나 구걸하는 사람이 자주 오는 것도 아니었으므로 나는 거의 구경꾼처럼 한가했다. 당숙은 아마 우선 내게는 구경이 필요하다고 판단했던 듯하다.

클럽은 서른 평 남짓 되어 보이는 홀과 서양 영화 같은 데서나 구경해 본 적밖에 없는, 스탠드를 갖춘 카운터와 사이키델릭 음악을 주로 트는, 유리상자 같은 레코드음악 재생실로 되어 있었다. 홀 한복판에 춤출 수 있을 만한 장소만 남겨 놓고는 테이블과 의자들이 차지하고 있었으며, 카운터는 뒷면에 유리로 된 진열장에 맥주병과 각종 음료수병, 깡통, 셀로판봉지에 든 감자튀김, 땅콩 같은 것들이 늘어놓인 외에 '군표는 받지 않습니다', '외상거래는 사절합니다', '병을 가지고 나가지 말아 주십시오', '담배나 식사는 팔지 않습니다'와 같은 말들이 영문자로 쓰인 종이쪽지들이 붙어 있었다. 그리고 클럽의 양쪽 벽면에 장치된 스피커 상자에서는 귀청을 따갑게 하는 사이키델릭 음악이 쏟아져 나왔다. 5시에 일과가 끝나는 미군들이 각양의 복장으로 쏟아져 나와 여자들과 어울려서 그 음악에 맞춰 춤을 추었다. 실내를 밝게 하기 위해서라기보다는 어둡게 하기 위해서 장치된 듯싶은 색 전등들이 홀 안을 불그레 상기된 환등 상자처럼 보이게 했고, 춤추는 사람들의 머리 위에서는 지구의만 한 거울공(mirror ball)이 서서히 회전을 거듭하는 동안 반사된 무수한 빛의 조각들이 춤추는 사람들의 어깨 위에서, 얼굴에서, 홀 바닥과 클럽의 네 벽에서 열대어처럼 헤엄쳤다. 그리고 춤추는 사람들은 그 무수한 빛 조각들의 흐름 속에서 한 덩어리가 되어 움직이는 것이었다. 미군들도, 그리고 여자들도. 그리고 춤춘다는 일의 즐거움, 단순히 팔다리와 어깨와 엉덩이를 움직일 뿐 아니라 음악에 맞춰서 움직인다는 즐거움, 단순히 음악에 맞출 뿐만 아니라 최소한의 규칙 속에 허용된 최대한의 일탈을 구사한다는 즐거움 속에 그들은 온몸으로 탐닉하는 듯했다. 그 춤의 원산지에서 왔다고 할 수 있는 미군들에 비해서 여자들의 춤 솜씨에는 조금도 손색이 없었으며, 또 신장의 차이가 큰 미군들과 짝을 이루면서도 그녀들은 조금도 작아 보인다거나 부자연스러워 보이지 않았다. 아니 오히려 그녀들이 여자라는 까닭만큼 그녀들의 춤은 보다 세련돼 보이고 보다 우아한 것이었다. 아, 그리고 무엇보다 그녀들은 모두 아름다워 보였다. 허벅지까지 드러낸 건강하고 미끈해 보이는 다리들이 우선 내 메말랐던 눈을 게걸스럽게 했고, 색 전등들의 조사(照射) 아래 발그레 요염해진 화장한 얼굴들이 내 부끄러운 눈을 황홀하게 했다. 나는 너무 오랫동안 여자들을 보지 못하였었다. 이렇듯 짙게 화장하고 이렇듯 자유로이 팔다리를 드러낸 여자들은 더욱 보지 못하였었다.

나는 당숙이 우선 입으라고 빌려준 양복바지와 남방셔츠로 갈아입고 클럽의 입구께에 놓인 소파에 앉아 그렇게 게걸스럽게, 춤추는 여자들을 바라보고 있었다. 곡 하나가 끝났다. 그러자 붉은 머리칼의 야윈 미군 하나와 짝이 되어 춤추던 옥화가 미군과 헤어져 천천히 내게로 걸어왔다. 그녀는 아까 클럽에 나타날 때 입구께에 앉은 나를 발견하자,

"어마, 기도를 보시나 봐요. 잘 부탁합니다. 제 이름은 옥화라고 해요."

하고 우정 어린 미소를 건네며 내게 검진패스를 내보였었다. 버스에서와는 달리 거리낌 없이 짙게 화장한 얼굴이었다.

미끈하고 탐스럽게 흰 다리를 뽐내며 내 앞에 다가와 선 옥화는 내

눈앞에다 손바닥 하나를 펴 보였다. 담배 두 개비가 가지런히 그 손바닥에 놓여 있었다.

"하나만 집으세요."

내가 그중 한 개비를 집어 들자 그녀는 나머지 한 개비를 제 입으로 가져가며,

"심심하지 않으세요?"

했다. 나는 제대기념으로 동료 조교들에게서 받은 라이터로 비교적 침착하게 그녀의 담배와 내 담배에 불을 붙이고 나서,

"심심해 보입니까?"

하고 되물었다.

"그렇게 옷을 갈아입으시니까 딴 분 같네요. 여자애들 간에, 싸움깨나 벌어지겠는데요."

엉뚱한 대꾸를 하며 그녀는 내 곁에 다리를 꼬고 앉았다.

"네?"

"미남이시란 말예요."

"아, 난 또 무슨."

"두고 보세요. 저 애들이 가만 놔두나?"

그녀는 다시 어우러진 춤판을 눈으로 가리키며 예의 그 유혹하려는 듯하기도 하고 비웃는 듯하기도 한 모호한 미소를 지어 보였다. 그러는 그녀가 순간 내게는 아주 가까운 여자처럼 느껴졌다. 이 여자가 나를 유혹할 셈인가, 하고 두근거려지는 심사를 애써 누르며 나는 짐짓 잡놈처럼 천연스럽게,

"여기가 그렇게 좋은 곳입니까?"
하고 물었다. 이번에는 그녀가 반문했다.

"네?"

"여자들이 남자를 두고, 더욱이 한국 남자를 두고 싸울 만큼 그렇게 좋은 곳입니까?"

"한국 남자니까 싸우죠. 두고 보시면 아실 거예요. 하지만 너무 좋아하진 마세요."

그녀는 다시 그 모호한 웃음을 한번 지어 보이고 나서 소파에서 일어났다. 그러고는 천천히 카운터 쪽으로 멀어져 갔다. 나는 그녀의 뒷모습을 바라보며 그녀와 나눈 삼류의 농담이 야릇하게도 나를 흥분시키고 있음을 깨달았다. 사람들의 감정이란 일쑤 삼류의 거래에서 더 잘 흥분되는지도 몰랐다. 나는 곧 삼류의 상상력 속으로 빠져들어 가는 자신을 붙잡지 못하였다. 저 여자와 사랑을 하게 된다면 아마 거추장스런 절차 없이도 곧 동침할 수 있을는지 모른다. 아마도 저 여자의 방에서, 저 여자의 침대 위에서겠지. 내가 공략을 시도해 보았던 어떤 다른 여자애들보다 저 여자는 침착하고 그리고 동물답겠지. 어른답겠지. 아마도 동물다움의 많은 비결을 알고 있겠지. 그러나 내가 돈 주고 사 본 창녀들과는 달리 그녀의 섹스는 그리고 단순한 도구는 아니겠지. 그는 성의를 다하겠지. 내 살갗에 닿는 것은 그러한 일에 어울리는 적당한 빛깔과 부드러움을 지닌 침구의 섬유와 그녀의 매끄럽게 저항하는 살결이겠지. 그녀는 충분한 암시를 내게 던져 오지 않았는가. 혹은 속단일까. 나는 계속 그녀의 뒷모습을 좇고 있었다. 아무리 보아도 훌륭한 몸매다. 카운터에서 그녀는 2홉짜리 맥주 한 병을 사 가지고 다시 내게로 왔다.

"와이로예요. 앞으로 잘 봐달라는 뜻. 그리고 여긴 내가 선배니까 한마디만 미리 충고할래요. 낯선 남자가 새로 나타나면 여자애들이 절대로 가만 놔두지 않아요. 새 여자애가 나타나면 물론 남자들이 가만 놔두지 않구요. 저기 저 카운터 장 씨, 플레이어 홍 씨, 그리고 저 소제하는 춘식이까지 모두 여자애 하나만 새로 나타났다 하면 입맛부터 다시기 시작하는 내놓은 색골들예요. 비밀을 하나 말하면 날 맨 처음 건드린 건 저 꼬마 춘식이예요. 저래 뵈두 열일곱 살이나 먹은 나이배기예요. 마찬가지루 여자애들도 새 남자만 나타나면 서로 입맛부터 다시죠. 어쩜 나두 지금 선수를 치구 있는 건지도 모르죠. 그럴 만하잖아요? 버스에서부터 구면이니까. 호호 아무튼 조심하세요. 어때요, 내 충고?"

그녀는 말을 마치자 다분히 유혹의 속셈을 감춘 장난기 어린 얼굴로 내 두 눈을 빤히 들여다봤다. 나는 그녀로부터 받아 든 맥주병을 병째로 입을 향해 가져가다 말고,

"……기분 좋은 충곱니다. 하지만 너무 걱정 마세요. 며칠 지나야 되겠지만 어쨌든 그럼 개시는 옥화 씨한테 시켜 드릴 테니까."

하고 정말 잡놈처럼 대담하게 지껄이고 말았다. 그녀는 깜짝 놀란 듯했다. 그리고 뜻밖의 우수한 학생을 만난 여선생처럼 그녀는 얼굴이 활짝 펴지며 비로소 숨김없는 미소를 내게 보내왔다. 그 미소는 모호하지 않았다. 은밀하게 내미는 그녀의 새끼손가락에 나는 부끄럼도

없이 내 새끼손가락을 걸었다. 그리고 그 삼류의 행위가 가지는 외잡한 실감은 그날 저녁 내내 나를 달뜨게 했고 영업시간이 끝나서(영업시간은 11시 반에 끝났다) 당숙이 계산을 보기 위해 클럽으로 나와,

"어때 꽤 견뎌 내겠니?"

하고 내 두 눈을 들여다보았을 때까지 계속되었다.

ㄷ에서의 내 생활은 그런 식으로 여자들과의 접촉에서 시작되었다. 35개월 동안을 군대라는 갇힌 사회 속에서 산, 굶주린 자다운 출발이었다.

옥화와 동침할 기회는 며칠 가지 않아서 왔다. 당숙은 여자들에게 세놓고 있는 안채의 스무나뭇의 방 가운데 빈방 하나를 내게 준 다음 이곳 생활에 대해서는 스스로 배워 나가길 바란다는 태도로 내 행동에 관해 거의 아무런 관심도 표면상으로는 표시해 오지 않았고 또 다른 종업원들의 행동에 관해서도 영업시간이 끝난 뒤의 그것에 관해서는 일체 관여하지 않고 있다는 것을 곧 알게 되었던 것이다. 나는 내가 클럽에서 일하게 된 지 닷새 만에 옥화의 집으로 갔다. 당숙이 계산을 마치고 들어간 뒤 나는 클럽 어귀의 골목에서 기다리고 있는 옥화와 더불어 어둡고 꼬불꼬불한 작은 골목들을 지나 그녀의 집으로, 정확히 말해서는 그녀의 방으로 갔던 것이다. 그 집은 세놓아 먹기 위해서만 지은 듯한 일자 집이었고, 늦은 시간임에도 잠기지 않은 대문을 들어서자 마당으로 면한 긴 툇마루 위로 여러 개의 방문들이 불빛을 내비치고 있었다. 방문들 중에는 열어젖혀진 것도 있었는

데 그곳에서 거의 벗어부치다시피 한 여자들이 마당의 어둠을 물끄러미 내다보고 있는 모습도 보였다. 아마 손님을 잡지 못한 여자들일 것이었다. 옥화를 뒤따라 마당으로 들어서는 나를 발견하고 그중의 누가 웃는 듯도 했다.

옥화는 불 꺼진 한 방문 앞으로 다가가 자물쇠를 열었다. 문을 열고 들어가서는 전등을 켜고 다시 나와 내가 허리를 구부려 벗은 구두를 집어 방 안으로 들여놓았다. 내가 들어서자 안에서 문을 닫고 그녀는 내게 의자에 앉기를 권했다. 큰 방이라고 할 수는 없었으나 침대 이외에 탁자와 의자까지 갖추어져 있었고 화장대와 전축과 찻장까지 들여놓아져 있었다. 탁자 위에는 『플레이보이』 잡지가 몇 권, 그리고 서투른 솜씨나마 생화를 꽂은 화병이 하나 놓여 있었다. 나는 그녀가 권하는 대로 의자에 앉았다.

"잠깐 눈 좀 감으세요. 옷 갈아입을게요."

그녀가 말했으나 나는 눈을 감지 않았다.

"그럼 그만두죠. 커피 드시겠어요?'

"그만두죠. 옷 갈아입으세요."

"술을 조금 하실래요? 양주 남은 게 조금 있는데."

"역시 그만두죠. 옷을 갈아입으세요."

그녀는 개구쟁이 학생을 대하는 여선생처럼 잠시 나를 빤히 내려다봤다.

"그럼 옷 갈아입겠어요."

그녀는 침대 머리맡으로 다가가더니 전등 스위치를 껐다. 전등 스위치는 그곳에 장치돼 있었던 것이다. 나는 어둠 속에서 그녀가 옷 갈아입는 소리를 들었다. 잠시 후 다시 전등이 켜졌다. 그녀는 침대 속에 들어 있었다. 나는 의자에서 일어나 그녀가 누워 있는 침대 쪽으로 다가갔다. 그녀가 흥미롭다는 듯이 나를 빤히 쳐다보고 있었다. 나는 전등 스위치를 껐다. 그리고 잠시 후 나는 다시 그것을 켰다. 나는 홀랑 벗은 채로 침대 속 그녀 곁에 누워 있었다.

"자, 이제 커피가 한잔하고 싶군."

하고 나는 말했다. 그녀는 칭찬하고 싶어 죽겠다는 듯 나를 얼싸안았다. 그녀는 알몸이었다. 우리는 그로부터 격의 없는 친구가 되어 서로를 찾는 뜨거운 여행을 시작하였다. 그녀는 다소 서투르다고 할 수 있는, 그래서 성급하다고 할 수 있는 친구를 위해 상냥하고 호의적인 안내자 노릇을 해 주었고 나는 나 자신도 노력하여 친구의 성의가 헛된 것이 되지 않도록 힘썼다. ……상황 종료의 신호로 그녀는 내 목을 가볍게 껴안았고 나는 그녀의 가슴에 머리를 편안히 기대었다.

"그대로 잘래요?"

그녀가 가만히 물었다. 나는 그녀의 가슴에 턱을 괴고 이마만 들어 그녀를 바라보며 말했다.

"커피 한잔."

그녀는 말없이 내 목으로부터 팔 하나를 회수해 가서 전등을 껐다. 가만히 나를 밀어 곁에 누이고 그녀는 침대에서 내려갔다. 잠시 후 전등이 켜졌을 때는, 그녀는 손과 발이 소매와 바짓가랑이에 덮여 보이지 않는 커다란 남자용 잠옷을 입고 있었다. 누운 채로 바라보며, 그것은 이 방을 다녀간 많은 지아이(GI)들이 입었던 것이겠지, 하고 나는 생각했다. 그러나 나는 질투하지 않았다. 나는 질투할 만큼 한가하지 않았기 때문이다. 나는 그때 이미 두 번째 여행에 대한 희망으로 마음을 조급히 굴고 있었던 것이다. 아, 얼마나 나는 이 며칠을 참는 데 조바심쳐 왔던가.

우리는 침대에 나란히 엎드려서 커피를 마셨다. 그녀는 그 커다란 남자용 잠옷을 입은 채였다.

"놀랐어요."

그녀가 커피잔을 머리맡으로 밀어놓으며 말했다.

"뭘?"

"버스에서 처음 봤을 땐 숙맥처럼 보였드랬어요. 멍청한 사람처럼."

"그런데?"

"소질이 굉장해요. 첨은 물론 아니죠?"

"여기 와선 처음이지."

"그전엔?"

"종삼이 없어지기 전에 몇 번……."

"어머 그런 델 갔어요?"

"그런 데라니?"

"더럽다던데."

"하!"

나는 감탄했다. 이 여자는 자부심을 갖고 있구나! 이 귀여운 무지덩이.

'그럼 옥화는 깨끗한가?'

라고 그러나 나는 묻지 않았다. 그런 건 내게 실상 하나도 중요하지 않았다. 내게 중요한 것은……. 나는 그녀의 커다란 남자용 잠옷을 벗겼다. 그녀는 약간 놀란 듯하더니 곧 말없이 내 하는 짓을 돕고 알몸이 되자 팔을 벌려 나를 안았다. 우리는 다시 저 달콤한 시궁창 속으로 들어갔다.

아침 느지막이 옥화의 방에서 나와 클럽으로 돌아온 나는 마침 청소 중이던 열일곱 살짜리 소년 춘식이의 악의 없으나 의미 있는 미소에 짐짓 엄숙한 표정으로써 대답하였다. 그리고 아침밥을 맛있게 먹어 치운 다음 나는 곧장 내 방에 처박혀 하루 종일 잠잤다. 클럽이 문을 여는 저녁 5시까지.

그 뒤 나는 옥화에서 그치지 않고 클럽에서 반반하다고 느껴지는 여자들(나는 물론 이곳에서의 첫날과는 달리 반반한 여자와 그렇지 못한 여자를 구별할 줄 알게 되었던 것인데)의 방은 거의 빼놓지 않고 방문하였다. 그곳에서도 물론 사랑은 비밀이 그것의 요점이었으므로 나는 그 일들을 될수록 은밀히 진행하는 수고를 아끼지 않았다. 그러나 나는 그 일들이 완전한 비밀 속에 수행될 수 있으리라고는 물론 믿지 않았다. 나는 다만 그렇게 하는 것만이 그 일들의 과정을 기쁘게 하고, 또 그녀들에 대해서도, 그리고 당숙과 당숙모에 대해서도 필요한 예의라고 생각했던 것이다.

이렇게 여자들과의 일락으로부터 시작된 ㄷ에서의 내 생활은 차츰 그런대로 그곳 나름의 풍속에 동화되어 가기 시작했다. 이를테면 나는 그곳의 명절날이라고 할 수 있는 미군들의 봉급날에는 이발이나 면도를 할 줄 알게 되었고, 한가한 낮 동안에는 여자들 사이에 끼어 앉아 돈내기 화투도 칠 줄 알게 되었으며, 사소한 이해관계나 감정상의 충돌로 골목에서 미군들과 한국 사람들 사이에 패싸움이 벌어지면 우르르 덤벼들어 미군들을 패 주는 데 한몫 거들 줄도 알게 되었다. 그리고 다음과 같은 것들도 알게 되었다. ㄷ의 중심부는 읍내가 아니라(그래서 읍내는 그렇게 조용하고 한산했던 것이다) 미군부대가 가까이 있는 이곳 ㅂ리라는 것, 내가 몸담고 있는 것과 비슷한 종류와 규모의 클럽들 10여 개가 모두 이곳에 몰려 있다는 것, 읍내는 다만 영화 구경 가기 위한 곳이거나 시장 보러 가는 곳, 서울로 나가는 버스나 기차 같은 교통기관을 이용하러 가는 곳, 또는 맹장염 수술이나 임신중절 수술 같은 것을 하러 가는 곳, 누구와 좀 조용한 데서 만나기 위해 다방 같은 것을 이용하러 가는 곳 정도의 의미밖엔 갖지 못한 곳이라는 것, 따라서 ㄷ읍의 경제권은 거의 ㅂ리에 사는 사람들의 손에서 움직인다는 것, 아니 ㄷ읍을 먹여 살리고 부지케 하는 자산의 대부분이 ㅂ리에서 나온다는 것, 그리고 그 ㅂ리의 자산의 대부분을 이루는 것은 주로 미군들의 호주머니에서 떨어진 것이라는 것, 그런데 그 자산의 반 이상은 경제활동으로서는 최저의 수단에 속하는 매춘에 의해서 얻어진다는 것, 그러나 그 주(主) 종사자들인 이곳의 여자들은 뜻밖에도 윤리적 열등감 같은 건 조금도 느끼고 있는 것 같지 않다는 것, 오히려 그 생활을 즐겁게 받아들이고 있는 것 같다는 것(아니면 그것은 혹 이 나라 전체에 편재해 있는 것으로 보이는, 또는 이런 종류의 직업에 종사하고 있는 여자들 사이에 널리 퍼져 있는 것으로 보이는 팔자에 대한 순응주의의 한 표상일 뿐이었을까), 등등.

그러나 나는 이때 내가 중대한 착오를 저지르고 있다는 걸 깨닫지 못하였다. 물론 이 수기(手記)를 적는 것은 내가 나 자신의 과실을 뒤늦게나마 깨닫게 되었기 때문이지만 그때까지도 나는 나 자신을 어떤 외방객, 이곳의 운명과 나 자신의 운명은 전혀 별개의 것이고 언젠가는 이곳에서 떠나게 될 일개 기숙자, 내지는 한 사람의 구경꾼 정도로 생각하고 있었던 것이다. 그러한 과실을 깨달을 날은 머지않아서 왔다.

3

유달리 가문 그해 여름은 8월로 접어들어서도 비 한 방울 오지 않았다. ㄷ의 옆구리를 끼고 흐르는 개울도 거의 바닥이 드러났다. 그러나 그 개울도 낮에는 벌거숭이 동네 아이들의 놀이터가 되었다. 그리고 밤에는 여자들의 더위를 식혀 주는 목욕터가 되었다.

밤 11시 반이 지나 클럽들이 문을 닫고 나면 손님을 잡지 못한 여자들 중 일부는 개울로 갔다. 공들여 한 화장과 애써 부린 교태가 허사가 된 그녀들은 한층 더위를 느끼는 듯했다. 물가에 닿기가 바쁘게 걸친 것들을 벗어부치고 그녀들은 개울로 들어섰다.

개울물은 물론 풍부하지 못했다. 수량이 넉넉할 때는 양쪽 제방 사이를 거의 메우다시피 커다란 흐름을 이뤄, 사람들은 개울을 흔히 '강'이라고도 불러 왔다고 하나 유달리 가문 그해 여름엔 넓은 개울바닥 대부분이 추하게 말라 빠진 모습을 드러내 놓고 있는 한복판으로만 적은 양의 물이 흘러내릴 뿐이어서, 정화력이 부족해진 개울물은 또한 더럽기 짝이 없었다. 그러나 밤은 여자들을 눈멀게 했고 물은 더위를 씻는 데 가장 값싸고 가까운 방편이라는 그녀들의 몸엔 밴 생각이 또한 눈먼 그녀들을 개울로 떠밀었을 것이었다. 그녀들은 오랜 옛날부터 더운 여름밤이면 물에 간다는 지혜를 그녀들의 어머니들로부터 배워 몸에 익혀 온 터이며, 더욱이 그녀들은 이제금 더러움에 대한 감각이 마비된 생활을 해 오는 터이다.

물에 들어선 여자들은 과장된 동작으로 물에의 오랜 친밀감을 나타내며 물의 저온을 스스로들의 몸에 시험해 본다. 그러고는 물에 오면 몸을 씻는다는 버릇으로, 가져온 플라스틱 목욕 그릇 같은 것으로 물을 더 끼얹기도 하고 실제로 몸을 씻는 시늉을 무심결에 하기도 하며 본격적으로 물의 저온을 탐내기 시작한다. 밤의 개울이 일시에 활기를 띠기 시작한다. 여기저기서 물을 끼얹는 소리와 첨벙거리는 소리가 들려오고 여자들의 교성이 높아 간다. 이제 그녀들은 개울에 오기 전까지의 일들은 깨끗이 잊어버린 듯하다. 어쨌든 이제 하루가 지나가려 하고 있고 그것이 어떠한 하루였건 다만 그 하루의 더위를 씻어 버릴 물이 있다는 사실만으로도 그녀들은 위로받을 만하다고 생각하는 것 같다.

나는 카운터 장 씨와 나란히, 땀을 들이려고 개울가 제방 위에 앉아 있었다. 제방은 동네의 큰 골목에서 몇 발짝 샛골목 하나만 빠져나오면 있었고, 벗은 여자들을 비록 어둠 속에서나마 집단으로 구경할 수 있는 장소이기도 했으므로 바람을 쐬기 위한 곳으로서는 금상첨화라 할 수 있었다. 나는 그 아래 개울 쪽을 그러나 비교적 대범하게 굽어보고 있었다. 나는 이미 그럴 수 있게 되어 있었던 것이다. 개울을 경계로 해서 동네의 맞은편 언덕바지에 자리 잡고 있는 미군 유류 저장소에서 비쳐 오는 불빛이 개울의 흐름과 그 흐름을 군데군데 차단하고 섰거나 엎드렸거나 또는 앉아 있는 여자들의 벗은 그림자를 검게 윤곽 지어 주고 있었다.

"김 형 여기 온 지가 벌써……."

옆에 앉은 장 씨가 말했다.

"제법 됐죠?"

"한 달쯤 됐나요."

나는 장 씨의 네모진 윤곽만 보이는 얼굴을 바라보며 대꾸했다. 이 사나이는 보통 사람보다 갈빗대가 석 대나 모자라는 사람이다. 병원에서 잘라 냈다고 한다. 갈비뼈가 다 있었을 때는, 그는 폐병쟁이였던 모양이다.

"그동안 몇 명이나……?"

어둠 속에서 흰 이를 드러내 웃으며 그가 말했다.

"뭐 한 서너 명."

나는 거짓말을 했다. 일고여덟 명은 좋이 된다. 옥화를 비롯해서 노랑머리 경애, 젖큰이 춘자, 꼬마 샌디, 고고의 명수 써니, 얌전이 명자, 쥬리, 그리고 며칠 전 당숙의 안채에 새로 세 들어 온 미라 등등.

"허, 허어, 내 다 아는데 뭘 그러쇼?"

장 씨는 그러나 곧이듣는 눈치가 아니다.

"말하리까? 새로 온 미라라는 아가씨두 김 형이 싸악하셨지?"

어둠 속에서 장 씨는 손바닥으로 입을 씻는 시늉을 해 보인다. 이 능구렁이 같은 작자가? 나는 탄복했다. 놀라운 염탐꾼이로구나!

"아니 건 또 어떻게 아쇼?"

아차! 이 숙맥 좀 봐라. 넘겨짚고 있잖아? 아니나 다를까 그는 내 어깨를 쳤다.

"하하, 이렇게 알지 어떻게 알겠소? 하기야 뭐 이렇게 아니더라두 다 아는 거 아뇨? 까짓, 그건 그렇구……."

그는 짐짓 목소리를 무겁게 한다.

"김 형은 서울에서두 얼마든지 취직자릴 구할 수 있을 텐데, 왜 이런 델? 대학 나왔죠?"

"나오긴요. 2년 중퇴죠. 나왔대두 그렇죠. 좀 좋습니까, 여기? 우선 아가씨들 많아서 좋고."

"아가씨야 서울이 더 많죠."

"많으면 뭐 합니까? 까놓고 말해서 어디 아무한테나 줍니까? 순수하게 줍니까? 요리 빼고 조리 빼고, 요리 따지고 조리 따지고, 말도 붙여 보기 어렵게 정숙하고, 한 껍질 벗겨 보면 시궁창하고 똑같은 것들이. 여기 아가씨들 얼마나 좋아요? 탁 털어놓고 순수하게, 아무 조건 없이, 까다로운 절차 없이, 시원시원하게 막힌 데 없고."

나는 좀 흥에 겨웠던 듯하다. 어둠 속의 희미한 빛 속에서나마, 그리고 아무리 내가 대범해졌다곤 해도 나는 한 집단의 벌거벗은 여자들을 시야 아래 두고 있었으므로. 그때 우리의 존재를 알아챈 듯 여자 하나가 젖가슴을 가리며 개울 바닥에서 일어서서 소리쳤다.

"야! 어떤 개새끼들이야? 웬 똥개 새끼들이 싸가지 없이 구냐?"

곧이어 모든 여자들이 이쪽을 향해 욕지거리를 퍼부어 오는 소리가 요란하게 났다.

"야! 웬 수캐냐 이리 와, 이리 와."

"당장 꺼지지 못해? 얌체들아아!"

"이 쉬파리도 안 앉을 새끼들아아!"

"한코 줄게, 와. 응, 이리 와아!"

"×대가리가 근질근질하냐?"

노성과 농지거리가 뒤섞인 그 소리를 들으며 우리는 천천히 제방에서 일어섰다. 나는 순간 야릇하게도 눈시울이 시큰해지는 것을 느꼈다. 어쩌면 그것은 내 성감대의 어디가 반응한 까닭인지도 몰랐다. 이런 경험은 처음이 아니다. 예컨대 여학생들의 운동 경기 도중, 각기 자기가 속해 있는 학교의 선수들이 묘기를 보였거나 안타깝게 실패를 저질렀을 순간에 들을 수 있는 응원석의 자지러진 함성 같은 걸 듣는 순간 나는 알 수 없게도 곧잘 눈시울이 시큰해지곤 하던 것이다. 여학생들이 집단으로 부르는 애국가라든가 유원지 같은 곳에서

술 취한 아낙네들이 한데 엉켜 추는 춤, 또는 노래 같은 걸 보고 듣는 경우에도 그렇다. 서푼짜리 정신분석가식으로 나는 그걸 내 성감대의 어디가 남달리 민감하거나 좀 이상해서 그렇게 반응하는 것인지도 모른다고 짐작해 온다. 그러나 그것만으론 어딘지 미흡하다. 그것으론 눈시울이 시큰해지는 순간의 그 어떤 설움 같은 감정이 충분히 설명되는 것 같지가 않기 때문이다.

"쌍년들 되게 지랄하네."

샛골목으로 빠져나오면서 장 씨가 말했다.

"어떻든 여길 빨리 떠야지, 희망이 없어요. 장래성이라군 없죠. 젊은 시절 한때 보내긴 좋겠지만, 그리구 김 형처럼 당분간 와 있는 거면 또 몰라도."

그는 노인처럼 처량한 목소리로 덧붙였다. 나는 그때 골목의 동네 쪽 입구로부터 급한 걸음으로 다가오는 검둥이 하나를 보았다. 그는 맹수와도 같은 속도로 우리와 엇갈려 제방 쪽으로 사라졌다. 장 씨와 나는 그가 우리와 엇갈려 사라진 방향을 잠시 멈칫해서 뒤돌아본 뒤 골목을 빠져나왔다.

그렇게 마악 개울로 통하는 그 샛골목에서 빠져나와 동네의 큰 골목으로 나서고 나서 얼마 안 돼서였다. 개울 쪽에서 별안간 왁자지껄하는 소리가 들려왔다. 장 씨와 나는 걸음을 멈췄다. 개울 쪽에서 들려오는 소음은 어딘가 사람의 마음을 섬뜩하게 하는 불길한 울림을 동반한 것이었다. 우리는 다음 순간 조금 전 우리가 빠져나온 바로 그 골목 안에서 나는, 다투는 듯한 발짝 소리와 함께 아주 가까이 들리는 여자의 외마디 소리를 들었다. 장 씨와 나는 거의 동시에 소리 나는 쪽으로 몸을 돌이켰는데 순간 나는 전신에 소름이 쭉 끼치는 것을 느꼈다. 아까의 그 검둥이가 흰 이를 드러내고 벌거벗은 한 여자의 머리채를 낚아 쥔 채 한 손으로는 기다란 면도칼을 내저어 우리를 위협하며 마악 골목을 나서고 있었다. 여자의 온몸은 공포의 표정을 역력히 드러낸 채 잔뜩 활처럼 뒤로 휘어져 있었고 두 손은 제 머리채를 틀어쥔 검둥이의 손을 필사적으로 할퀴어 대고 있었으나 머리채가 당겨지는 아픔과 아무리 할퀴어 대도 조금도 늦춰 주지 않고 잡아채는 검둥이의 광포한 힘에 무력하게 질질 끌려 나오고 있었다. 장 씨와 나는 거의 동시에 화다닥, 녀석이 내두르는 칼날을 피해 양쪽으로 갈라서서 길을 틔워 주었다. 검둥이는 다시 한번 우리를 향해 흰 이를 드러내 보이며 광포하게 칼날을 휘둘러 허공을 두어 번 베어 보이고 나서 내처 여자를 잡아채었다. 우리가 잠시 어찌할 바를 모르는 사이 여자는 이제 몸만 잔뜩 뒤로 휜 채 거의 종종걸음을 치다시피 어둠 속으로 끌려가고 있었다. 그리고 잠시 후 우리 앞에는 거짓말처럼 아무도 없었다. 후다닥 정신을 차려 몇 발짝 쫓아가 봤을 땐 어느 골목으로 사라졌는지 동네는 이미 쥐 죽은 듯 조용하기만 했다. 장 씨가 어색하게 어깨를 들썩했다 놓으며 말했다.

"새끼! 지독한데."

나는 잠시 넋 나간 사람처럼 어둠 속만 두리번거렸다. 그때 옷들을 대강 주워 걸친 여자들이 웅성거리며 골목에서 몰려나왔다.

"어느 쪽으로 갔어요?"

"아. 그래 남자가 두 사람씩이나 되면서 그냥 놔뒀어요?"

"칼을 막 휘두르는 걸 그럼 어떡허니? 얘."

"아휴! 몸서리쳐! 깜둥이 새끼들은 짐승이라니까, 짐승!"

장 씨와 나를 에워싸고 여자들은 저마다 한마디씩 지껄였다. 여자들은 비릿한 물 냄새를 풍기고 있었다.

"얘, 근데 걔 누구지?"

여자 하나가 물었다.

"기옥이란 애 아냐."

"기옥이가 누군데?"

"바바상 클럽에서 후로 쇼(floor show) 하는 애 있잖아, 왜."

"걔가 후로 쇼두 했나?"

"아, 그 까무잡잡하던 애 말야?"

"그래애. 뭐 그전에 쇼단엔가 있었다던 애."

"걔가 쇼단에 있었나?"

"자세힌 모르지만 그렇다나 봐. 왜 얼마 전에 동원극장에 쇼단이 내려왔을 때 신성일이 동생이라든가 남석훈이 동생이라든가 하구 걔가 다방엘 들어가더라느니 여관엘 들어가더라느니 하는 소문이 있었잖니?"

"잘은 모르지만 얘가 빚이 많은가 봐. 그 왜 수원 곰보네 있잖아? 그게 포줏집인데 아무튼 빚이 여간 많지 않대. 그래서 한편으룬 미군을 받으면서 바바상 클럽에 후로 쇼 나간 모양이야, 빚 빨리 갚구 수원 곰보넬 빠져나가려구 그랬겠지. 누가 아니? 그 신성일이 동생인가 남석훈이 동생인가 하구 동거생활이라두 하기로 됐었는지. 어쨌든 그 판에 얘한테 잔뜩 반한 아까 그 깜둥이 새끼한테서 살림 돈을 먹었다나 봐. 뭐 200불을 먹었다던가? 아무튼 쇼는 안 나가기루 하구 말야. 근데 얜 틈만 있으면 깜둥이 몰래 쑈 나갔다는군. 사실 살림 돈 몇 불 얻어먹었대두 고것에만 매달려 들어앉았을 년이 어딨니? 더구나 얜 갚을 빚이 태산인데. 좌우간 그러다 한번은 깜둥이한테 들켜 가지구 반 죽다 살아난 모양이야. 눈깔이 뒤집혀서 숫제 죽이려 드는 걸 수원 곰보가 나서서 이제부턴 자기가 책임지구 쑈 못 나가게 할 테니 이번만 참으라구 애걸을 하다시피 하구서야 얠 살려놨다는데, 그 후에두 얜 틈만 있으면 쑈 나갔다는군. 기집애가 독종은 독종인 모양이야."

"얘, 하긴 살림 돈 준 년이 수많은 새끼들 앞에서 빨가벗구 지랄하는 걸 봤으면 깜둥이 새끼 환장하기두 했겠다."

"그만 소리 하지두 마. 깜둥이 새끼가 어디서 돈 몇 불에 서방 행세야? 서방 행세가."

"아무튼 그게 또 들통이 난 모양이야. 틀림없지 뭐, 한 부대 있는 어떤 새끼가 고자질을 한 게. 또 초죽음 나구 말 거야."

"씨팔! 정말 니 팔자나 내 팔자나 양갈보 팔자 좆 같다, 좆 같애."

"좆 같긴 ×같지."

얼굴이 남상으로 생긴 여자 하나가 그렇게 끊어 버리듯 뱉자, 여자들은 조금 웃고 나서는 곧 각자 자기 자신의 일로 돌아가는 표정이 되어,

"씨팔!"

"×같네 정말."

어쩌고 저마다 한마디씩 입에 담으며 각기 제 처소를 찾아 어둠 속으로 흩어져들 갔다. 장 씨가 경찰관 파견소로 연락을 하러 간 후 나는 곧장 내 방으로 돌아왔다. 전등도 켜지 않은 채 나는 맨바닥에 드러누워 수치스러운 감정에 마음을 뒤채였다. 방금 본 사건의 충격적인 모습과 끌려간 여자가 당할 폭행에 대한 상상이 내 어두운 시야와 머릿속에 가득 차 나를 짓눌렀다. 그리고 광포한 폭력 앞에 아무런 방비 없이 내던져진 여자를 위해 아무 일도 해 주지 못한 내 용렬한 자기방어 본능이 견딜 수 없이 부끄럽고 구역질 났다.

"씨팔!"

하고 나는 어둠 속에 대고 투덜거렸다. 그때 내 방문을 작게 노크하는 소리가 났다. 이어 소곤대는 여자의 목소리로,

"자요?"

하는 소리가 들렸다. 나는 몸을 일으켜 방문을 열었다.

"자지도 않으면서 불을 껐군요."

여자의 보이지 않는 입이 말했다. 미라였다. 며칠 전에 이사 들고, 나와 잠자리를 한 번 같이했던.

"아, 난 누구라구."

"캄캄한 방에서 뭘 하세요? 자지도 않으면서."

"이제 자려구."

"심심해서 와 봤어요. 내 방에 안 갈래요?"

"공쳤군? 글쎄…… 갈까."

"나랑 화투나 쳐요."

"화투? 좋지, 씨팔."

"거기 왜 씨팔은 붙어요?"

"아, 그저."

나는 그녀를 따라나섰다. 한집안 안이었으므로 그녀의 방까지는 열 발짝도 되지 않았다.

혼자 화투를 떼고 있었던지 그녀의 방바닥에는 화투짝들이 그대로 늘어놓인 채로였다.

"커피 한잔하실래요?"

그녀가 말했다.

"좋지."

"왜 이번엔 그 담 말은 빼세요?"

"아, 좋지 씨팔."

"호호, 오늘 무슨 언짢은 일이라두 있었나 부죠? 난 남자들이 뿌루퉁해 있을 때가 좋더라."

꽤 심심했던 모양이다. 라디오 연속극 같은 데서나 들었을 법한, 나이 지긋한 고급 창부의 대사 나부랭이 같은 걸 다 흉내 내며 수다스러운 걸 보면. 나는,

"벗지."

하고 말했다. 그녀는 좀 놀란 듯했다.

"커피 안 드시구요."

"커피가 뭐에 쓰는 약이지?"

"어머?"

나는 여자가 이런 식으로 놀라움을 나타내며 짓는 맹추 같은 표정을 좋아한다. 나는 전등을 껐다.

"어머? 어머?"

그녀는 내 갑작스럽고 광포한 껴안음에 놀라며 즐거운 탄성을 내질렀다.

"가만, 가만, 벗을게요."

우리는 어둠 속을 더듬어 침대로 갔다. 그녀는 유리그릇처럼 차가운 살결을 가지고 있었다. 먼젓번에도 나는 그녀의 그 차가움에 탐닉했었다. 그녀의 차가움은 이를테면 더운 것을 부르는 차가움이라 부를 만했다. 구석구석 나는 그녀의 차가움을 탐했다. 땀을 뻘뻘 흘리며 탐했다. 그러나 웬일인지 나는 잘 수행할 수 없었다. 그녀는 침착한 태도로 내 등의 땀을 훔쳐 주고 나서 자기 쪽에서 돕기 시작했다. 나는 이미 아등바등 싸울 의사를 잃었다. 위치가 바뀌고 그녀의 나를 돕는 행위가 더욱 적극적으로 되었으나 나는 이제 이미 여자와 함께 있는 남자가 아니었다.

"우습다, 정말."

그녀가 말했다.

"무슨 일이 있었군요?"

나는 무슨 대답도 하지 않았다. 그녀는 인내심 깊게 내 눈을 가만히 들여다봤다. 그 눈빛은 '별일이야' 또는 '어머?' 하는 그 맹추 같은 표정을 띤 것이었으나 나는 그녀가 조금도 귀엽지 않았다. 내 그러한 심정을 눈빛에서 읽어 냈던지 그녀는 단념하는 태도로 가만히 내 옆에 누웠다. 나는 생각해 봤다. 아까의 그 사건이 나를 불능으로 만든 것일까? 그 사건이 지금에도 나를 지배하고 있는 것일까? 그렇다면 그 사건은 내게 어떤 의미를 갖는 것일까? 내가 와 있는 곳은 그럼 어디인가 하고. 그러나 결론을 얻을 수는 없었다. 머릿속은 걷잡을 수 없는 혼란과 그것을 걷잡지 못한다는 무력감으로 들끓었고 옆에 말없이 누워 있는 미라의 존재가 또한 서럽게 나를 압박해 왔다. 나는 침대에서 말없이 빠져나와 마당의 펌프가로 나갔다. 마당엔 아무도 없었다. 물을 뽑아 올려 머리 위에서부터 대여섯 번 뒤집어썼다. 천연수의 차가움이 뼛속까지 스며들면서 턱이 떨려 왔다. 기분이 좀 걷히는 것 같았다. 방으로 다시 돌아온 나는 어둠 속을 더듬어 미라를 껴안았다.

"아! 차거! 어머? 어머?"

탄성을 지르며 몸을 펄쩍 빼려다가 이내 그녀는 내 몸에 감겨 왔다.

"근사한 사람!"

그녀는 기쁨에 들떠 말했다. 나는 설움 같은 감정의 밀물이 전신으로 밀려드는 것을 느꼈다. 나는 수행할 수 있었다.

이튿날 아침 동네에는 미군들의 금족령이 내려졌다. 한국인들의 미군부대 안 출입도 엄격히 금지되었다.

미군부대에서 일하는 노무자와 종업원들까지도 아침 출근이 허가

되지 않았다. 전날 저녁부터 이튿날 자정까지의 외출증을 가진 미군들도 아침에 모두 헌병들에게 불리어 들어갔다.

사람들은 긴장한 표정으로 수군거리기 시작했다. 군표의 개신(改新)이 있는 게 틀림없다고 사람들은 말하였다. 예측해 온 바라고도 말하였고 그러나 설마 했었다고도 말하였다. 아침에 동네로 나온 헌병에게 직접 귀띔을 받았다면서 그것은 이제 움직일 수 없는 사실이며 손해를 가능한 한 최소로 하는 것만이 남은 일이라고 말하는 사람도 있었다.

한국인이 군표를 갖는 것은 불법으로 되어 있다. 그러나 군표를 가진 사람들은 적은 수가 아니었다. 군표는 여러 가지 편리한 쓸모를 가지고 있었고 불법을 무릅쓸 만큼의 화폐로서의 우수성을 인정할 수 있었기 때문이다. 예컨대 국제결혼한 여자들을 통해서나 안면 있는 미군들을 넣어서 PX로부터 이곳 ㄷ이나 서울의 수요층에게 절대적인 선호도로 사랑받고 있는 미제 물건들을 사 내오는 데 있어 필요한 것은 바로 그 군표 이외의 다른 어떤 것도 아니었던 것이다. 또 그것은 화폐 자체로서도 장사가 되었다. 미군들에게 물건이나 한국 화폐로 바꿔 주고 값을 낮게 매겨서 받은 군표는 그 군표를 사러 다니는 사람이나 서울의 암시장으로 가져가면 거기에 또 이윤이 따르는 것이었다. 미군들도 동네에서는 당연히 한국 화폐를 사용하도록 되어 있었으나 부대에서 채 바꿔 가지고 나오지 못한 경우 거의 아무런 망설임 없이 군표를 사용하였다. 또 구태여 바꿔 가지고 나온다는 수고를 치르지 않고 그냥 가지고 나와서 사용하는 미군들도 많았다. 그들은 동네의 한국 사람들이 군표를 푸대접하지 않는다는 걸 잘 알고 있었던 것이다.

군표 개신은 기지 주변이나 자국 군대가 주둔해 있는 나라에 그런 식으로 불법 거래되어 편재해 있는 군표들을 사멸시켜 버리는 데에도 뜻이 있는 것 같다. 그것은 합법적일 뿐만 아니라 또한 자국을 위한 현실적 이익도 될 터이었다.

온 동네가 바짝 긴장하는 것도 무리가 아니었다. 군표를 가진 사람들은 당황한 표정으로 상호 정보를 교환하거나 다소라도 손해를 줄여 보려고 동분서주했다. 남편의 임기를 기다리기 위해 국제결혼을 하고도 아직 동네에서 살고 있는 여자들을 서둘러 찾아다녔고 미군들과 월 계약으로 살고 있는 여자들에게도 손을 썼다. 헛수고인 줄 알면서도 미군부대 정문 앞으로 달려가는 사람이 있는가 하면 하릴없이 철조망 근처를 배회하는 사람도 있었다. 그러나 그렇게 해서 건져 낸 것은 아주 적은 액수에 불과했으며, 그나마 전혀 손해를 막지 못한 사람들은 낙담에 빠졌다. 윗동네의 시카고 클럽에서는 1000불을 건지고서도 2000불을 손해 봤다는 소문이었고 만하탄 양복점 주인은 1500불을 고스란히, 레코드 가게를 겸하고 있는 우 씨네 폰숍에서는 바로 어제 3000불을 서울로 내다 넘겼기 때문에 800불만, 쓰리 세븐 샌드위치 가게 여주인은 900불을 고스란히 손해 봤다는 것이었고, 그리고 어느 클럽의 아무개가 몇백 불, 양키 물건 장수 아주머니 누가 백몇십 불, 어느 약방의 누가 몇십 불, 이서기(里書記) 아무개가 몇 불, 또 누가 얼마, 누가 얼마, 손해 봤다더라 하는 소문이 동네에 파다하게 퍼졌다.

당숙은 모두 490불을 가지고 있었는데, 310불을 손해 보았다. 180불을 건진 셈이다. 안채에 세 들어 살고 있는 여자들 가운데 결혼한 여자 한 사람과 미군과 계약으로 살고 있는 여자 몇 사람이 자진해서 그 돈을 나눠 들고 나갔던 것인데 당숙네 집에서만 9년을 살다 올봄에 결혼했고 내일이 미국으로 떠나는 날인 순옥이 철조망 근처를 집요하게 배회하다가 그녀의 키다리 남편에게 간신히 수교할 수 있어서 100불을 건지고, 숙자 · 케니 두 사람만이 유사한 노력으로 80불을 더 건졌을 따름인 것이다. 다른 여자들은 모두 실패였다.

클럽에서는 물론 군표를 본래 받지 못하도록 되어 있다. 그러나 술값으로 지불하는 군표를 거절할 경우 그 미군은 다른 클럽으로 가게 마련이며, 뿐만 아니라 불편한 클럽 또는 거만한 클럽이라는 나쁜 감정마저 갖게 하여 클럽으로서는 이중의 손실을 감수해야 하게 된다. 거기에 군표 자체가 갖는 화폐로서의 우수성마저 감안한다면 손해는 삼중으로 되는 셈이다. 아마 이런 것들이 당숙으로 하여금 그만한 액수의 군표를 갖고 있게 했던 까닭인 성싶다.

당숙은 손해를 받아들이는 데 있어서 익숙한 듯해 보였다. 비교적 담담해 보였다고나 할까. 손해를 받아들이는 데 익숙하다는 건 평생을 통해 그가 얼마나 많은 손해들과 접촉해 왔는가를 말해 주는 것일지도 몰랐다. 그전에도, 그리고 이곳에 와서조차 내가 당숙과 자리를 같이할 기회는 이상하게 매우 적었으나 당숙에 대한 나의 인상은 아주 강하고 따뜻한 것이었는데, 그것을 나는 혼란하고 어두운 시대를 온몸으로 견디며 살아온 한 남자가 중년 이후에 갖게 된 삶에 대한 달관과 그로 인한 어떤 자신 같은 것에서 우러나는 것이라고 짐작하였다. (나는 생존 시의 아버지로부터 다소 모멸의 어조가 섞인, 당숙이 일제 때 한만 국경을 넘나들며 아편 장사를 했다는 얘길 들은 기억이 있다. '얄루 클럽', 즉 압록강 홀이라는 옥호는 당숙의 그러한 청년 시절의 파란중첩한 생활에 대한 추억의 의미를 갖는 것인지도 모른다. 어쨌든 아편을 항문 속에 감추었다던가. 그러고도 더러 왜놈 헌병들에게 들켜 달리는 기차에서 뛰어내리기도 하고 더러는 감옥엘 가기도 했다던가. 그런 얘기들이 내게 작용한 탓인지도 모른다.) 어쨌든 당숙은 손해를 담담하게 받아들이는 성싶었다.

그러나 동네에는 그 손해들로 인한 후유증이 쉬 가라앉지 않았다. 양키 물건 장수 어느 아주머니는 앓아누웠다는 소문이었고, 어느 폰숍의 주인 누구는 홧김에 애꿎은 마누라를 구타했다는 소문이었으며, 포주 여편네 아무개는 미군부대 앞에 가서 군표들을 발기발기 찢어 던졌다는 소문이 동네에 퍼졌다. 물론 군표를 갖고 있지 않았던 사람들은 이런 이야기들을 농담 삼아 입에 올렸다.

그런데 정작 알려졌어야 할 끔찍한 소문은 그 군표 소동에 가려 저녁때에 가서야 밝혀졌다. 기옥이라는 여자가 살해당했다는 소문이 그것이었다.

미군들은 저녁 6시가 넘어서야 비상이 풀려, 평소보다 좀 뽐내는 표정으로들 동네로 나오기 시작했는데 누구의 입에서 비롯됐는지 알 수 없는 그 소문은 그때부터 퍼지기 시작했던 것이다. 나도 아침에 잠깐 장 씨에게 물어보았을 뿐(장 씨는 경찰관 파견소에 연락만 해 주고는 돌아와 잤기 때문에 그 뒷일은 모른다고 했었다) 곧 그 군표 소동에 휘말려 어젯밤의 그 사건에 대해선 실상 까맣게 잊어버리고 있다시피 했었다. 그런데 저녁때, 비상이 풀린다는 전갈을 받고 부랴부랴 클럽을 열어 놓고는, 뻠내며 나타나는 미군들을 눈인사로 맞아들이는 한편 여자들의 검진패스를 일일이 확인하는 북새통 중에 방금 내게서 패스를 받아 쥐고 클럽 안으로 들어가며 주고받는 두 여자의 대화가 내 귀를 때렸다.

"니 들었나? 간밤에 깜딩이가 사람 직있닥 하는 거."

"응, 여자를 목 졸라서 죽였다며? 기옥이란 애라든가? 바바상 클럽에서 후로 쇼 하던 애라며?"

"아이고 몸서리야."

나는 순간 전신에 차가운 돌기들이 쭉 돋아나는 것을 느꼈다.

"어이! 뭐라구?"

"여태 몰랐어요? 지금 한창 그 얘기루들 술렁거리는 판인데."

언제 나타났는지 옥화가 내 앞에 검진패스를 내밀며 말하고 있었다.

"응, 어떻게 됐다구?"

"깜둥이가 저하구 살림하던 여자앨 목을 졸라서 죽였대요. 지난밤 누구의 신고를 받은 순경들이 헌병대에 연락해서 같이 수원 곰보넬 들이닥쳤다는데 그땐 벌써 일이 벌어진 뒤더래요. 죽여서 벗겼는지 벗겨 놓구 죽였는진 모르지만 여자앨 홀딱 벗긴 채 침대 위에 반듯이 뉘어 놓고는 저두 홀랑 벗은 채 그 앞에 꿇어앉아서는 멍하니 죽은

앨 들여다보고 있더라는 거예요. 같은 집에 사는 애들이 어깨 너머로 들여다보다가 질겁을 해서 도망쳤대요. 깜둥이의 옆에는 이발소에서 쓰는 면도칼이 하나 놓여 있었는데 그건 사용하지 않았는지 여자애의 몸엔 상처 하나 없더라는군요."

마치 방금 들은 영화 얘기라도 옮긴다는 듯이 말솜씨를 부려 지껄이는 옥화의 입을 나는 멍하니 바라보고만 있었다.

"헌병들이 수갑을 채우는데두 반항 한번 하지 않더래요. 그제야 정신이 좀 들었는지, 웟 해픈, 웟 해픈(무슨 일이람, 무슨 일이람), 하구만 중얼거리더라나요. 오늘 아침에 ○시 검찰청으로 넘겨졌대요. 사건을 한국 검사가 맡는다나 봐요."

나는 메스꺼움을 참지 못해 클럽에서 뛰어나갔다. 그러고는 안채로 통하는 클럽 옆의 샛골목에다 정신없이 토해 놓고 말았다.

그날 밤 나는 아무의 방으로도 가지 않고 내 방에서 잤다. 밤새 악몽에 가위눌리며 쉴 새 없이 깼다.

한기옥의 장례식은 사흘 뒤, 이곳 여자들의 자치조직인 '씀바귀회'장(葬)으로 거행되었다.

가문 여름날의 아침 햇볕 속에 푸른 차일을 친 상여가 나타나자 동네 사람들은 길 좌우로 늘어서서 말없이 장례 행렬을 바라보았다. 상두꾼 모두가 화장 지우고 소복한, 바로 지금 상여 속에 누운 그 여자의 동료들이었고 역시 소복하고 뒤따르는 30여 명의 여자들은 울긋불긋한 만장들을 치켜들고 있었다.

"기옥아 잘 가라. 씀바귀는 써."

"나중에 만나."

"기옥! 안녕!"

"니가 가는 곳은 천당! 우리가 남는 곳은 지옥!"

"용서해 줘. 우린 널 위해 아무것도 못 해 줬어."

"꿈에라도 와 줘 응?"

바람 한 점 없는 가문 햇볕 속에 조용히 움직여 가는 만장들 사이로 '씀바귀회' 회장이 메기는 상엿소리가 드높고 구성지게 울리기 시작했다. 목의 굵기가 좀 가는 여자의 허리통만큼은 되는 그녀의 목소리는 우람차고 구슬펐다.

"이팔청춘 호시절에 니는 어이 홀로 갔노."

여자 상두꾼들이 받는 후렴 소리가 일제히 뒤따랐다.

"어어허 어어화."

"삼신산 불로초를 어데 가면 구하겠노."

"어어허 어어화."

"봄은 가면 또 오는데 이 길 가면 왜 못 오나."

"어어허 어어화."

"화류생활 몇몇 년에 남는 건 이 길뿐가."

"어어허 어어화."

"어어허 어어화."

"북맹이 멀닥 해도 내 집 앞이 북맹일세."

"어어허 어어화."

"씀바구야 씀바구야, 어찌 니만 밟히 쌓노."

"어어허 어어화."

"부모 형제 소식 알면 땅을 치고 통곡겟네."

"어어허 어어화."

"니 팔재나 내 팔재나 갈보 팔재 허맹쿠나."

"어어허 어어화."

"어어허이 어어허이 갈보 팔재 허맹쿠나."

"그란해도 설운 목숨 비명 횡새 웬 말이고."

"어어허 어어화."

"배고파 몸판 것이 그다지도 죄란 말가."

"어어허 어어화."

"양갈보라 왜 웃으며 양공주라 왜 침 뱉소."

"어어허 어어화."

"서럽고도 설운 목숨 씀바구야 잘 가거라."

"어어허 어어화."

"더럽고도 더런 팔재 훌훌 털고 잘 가거라."

"어어허 어어화."

골목골목에서 뒤늦게 쫓아 나온 여자들이 가담함으로써 장의 행렬은 더욱 길어졌고 상여가 동네를 벗어나 미군부대의 정문께에 이르렀을 무렵에는 100여 명을 훨씬 넘는 대행렬이 되었다. 그녀들은 '씀바귀 회원' 이외 사람의 장례 행렬 가담은 일절 허용하지 않았으나 많은 구경꾼들이 행렬을 뒤따랐다. 나도 장 씨와 함께 구경꾼들 사이에 섞여 묵묵히 행렬을 뒤따랐다. 행렬이 미군부대의 정문께에 이르렸을 때에야 나는 장 씨에게 물었다.

"장지가 어디랍니까?"

"참, 김 형은 여자들 장례식을 처음 보시죠? 장지는 토산(土山)이라구 저 정문 앞에서 꾸부러져서 저기 보이는 다리를 건너 다시 한참 올라가야 하는 벌거숭이 산이랍니다. 이제 보세요. 한바탕하구 갈 겁니다. 반드시 여기서 한바탕하구야 떠나는 게 관례니까요. 오늘은 아마 더 볼만할 겁니다."

아닌 게 아니라 상여는 미군부대의 정문 앞에서 딱 멎어 버렸다. 정문의 미군 헌병이 긴장한 표정으로 상여와 장례 군중들을 주시하고 있는 모습이 보였다. 숨을 눈으로 쉬는 듯한 분노의 긴장이 일순 여자들 사이에 퍼져 흐르는 듯했다. 짧은 순간의 그 침묵을 뚫고, 상엿소리를 메기던 씀바귀회 회장의 우람찬 목소리가 솟아올랐다.

"미 ×사단은 우리 한기옥 양의 죽음을 무엇으로 보상하겠는가? 책임자가 나와서 답변하라!"

한 여자가 그것을 영어로 번역하여 크게 외쳤다. 그러자 100여 명의 여자들이 한꺼번에 외쳐 대기 시작했다. 어떤 여자들은 영어와 한국어를 뒤섞어, 또 다른 많은 여자는 한국어로 외쳤다.

"사단장이 나와서 답변해라!"

"우리 기옥이의 목숨을 돌려다오!"

"양코배기 새끼들아, 빨리 대답하라!"

"카맨더 나와!"

"당장 나오라구 해!"

"느그들한테 개죽음당할라고 ×파는 줄 아나!"

"씨발놈들 뭐 잡겄다고 꾸무럭꾸무럭하여!"

헌병들이 긴장한 태도로 무언가 의논하는 모습이 보였고, 언제 연락이 취해졌는지 무장한 헌병들이 두 대의 트럭에 분승하여 정문께로 달려 나오고 있는 모습이 보였다. 그것을 보자 여자들은 무엇에 자극받았는지 상여를 멘 채 정문으로 밀려들어 가기 시작했다.

트럭에서 뛰어내린 무장한 헌병들이 상여를 막아섰다. 여자들은 계속 밀고 들어가려 했고 헌병들은 필사적으로 이들을 제지했다. 두 트럭분의 헌병이 더 증원됐고 불어난 저지력에 의해 더 이상 상여를 밀고 들어가지 못하게 되자 상여의 후미 쪽에 있던 여자들로부터 돌팔매가 날아가기 시작했다. 돌팔매는 연달아 빗발치듯 헌병들을 향해 날아들었다. 그 격렬한 돌팔매질에 의해 상여는 몇 발짝 더 들어갈 수 있었다. 그때 미군치고는 작달막한 체구의, 고급 장교로 보이는 사내 하나가 지프를 타고 나타났다. 지프에서 내려선 그는 빗발치는 돌팔매에도 불구하고 뚜벅뚜벅 상여 앞으로 걸어와서 잠시 고개 숙인 뒤 곧 거기 높직한 정문 앞 교통정리대 위로 올라섰다. 돌팔매가 멎었다. 한국인 통역관이 그 옆에 따라 올라섰고, 그는 곧 커다란 목소리로 말하기 시작했다.

"안녕하십니까? 나는 이 부대의 참모장인 윌리엄 바커 대령입니다. 마침 사단장께서 중요한 회의차 나가시고 부대 안에 계시지 않으므로 내가 부대를 대표해서 여러분에게서 용서를 구하려고 나왔습니다."

통역관이 그것을 다시 한국어로 번역했다. 여자들은 고개를 번쩍 쳐들고 그것을 들었다.

"이번 사건은 한 미국 병사의 범죄로 인해 한국 사람들과 미국 사람들 사이의 우호적인 감정을 크게 손상시키게 될는지도 모르는 사건으로서 우리 부대로서도 몹시 유감스럽게 생각하고 있습니다. 그러나 꼭 한 가지 여러분이 이해해 주셔야 할 것은 어느 병사 개인이 저지른 범죄가 우리 모두를 여러분이 미워하게 되는 원인이 돼서는 이에서 더 큰 불행이 없겠다는 것입니다. 물론 범죄를 저지른 병사는 법에 의해서 엄격히 처벌될 것입니다. 한국의 법정에서 말입니다. 그러나 물론 우리는 그것으로써 우리의 책임을 다했다고 생각하진 않습니다. 병사들에 대한 교육과 감독에 철저하지 못했음을 시인하고 여러분에게 사죄합니다. 그리고 앞으로는 다시 그런 불상사가 일어나지 않도록 교육과 감독에 더욱 철저를 기하겠다고 약속합니다. ……여러분의 경건한 장례 의식을 돕는 뜻으로 약간의 금액을 준비했습니다. 물론 이것으로 여러분 친구의 불행한 죽음에 대한 보상을 감히 삼으려는 건 아닙니다만 여러분의 슬픔에 우리가 표하는 위로하는 마음의 일부로 생각해 주실 수 있다면 받아 주시길 바랍니다. 여러분 친구의 불행한 죽음에 대해서 진심으로 슬퍼합니다. 그리고 사죄합니다. 땡큐."

그는 말을 마치고 내려서자 정중한 태도로 씀바귀회 회장에게 악수를 청하였다. 그리고 부관인 듯한 젊은 장교 한 사람이 그녀에게 봉투 하나를 건네었다.

"얼마냐? 얼마!"

하는 소리가 후미 쪽에서 빗발치듯 일어났다.

"2만 원이다."

하는 소리가 앞쪽에서 나자,

"2만 원이 뭐꼬? 더 돌락 해라!"

하는 소리가 나고, 이어,

"우리가 돈 받자고 하는 일여, 이것이?"

하는 소리도 났다. 그러자,

"됐다. 그만 가자."

하는 소리와,

"2만 원이 뭐야? 그걸루 뭘 하라는 거야?"

하는 소리가 엇갈려 났고,

"아, 방금 참모장이 허는 소리 못 들었남? 그만 가재."

"그래, 참모장이 사과했으니 양보하자."

하는 소리들이 났다. 여자들의 분위기는 대체로 그쯤 하고 떠나자는 쪽으로 기우는 듯했다.

상여가 다시 움직이기 시작했다. 헌병들은 긴장한 자세로 대오 정연히, 상여가 움직이는 모습을 지켜보고 있었다. 다시 씀바귀회 회장이 메기는 만가 소리가 구성진 가락으로 울리기 시작했다.

"씀바구 한 떨기에 2만원이 웬 말이고."

"어어허 어어화."

"씀바구야 씀바구야 짓밟힌 씀바구야."

"어어허 어어화."

"노잣돈 모자리다 한탄 말고 잘 가거라."

"어어허 어어화."

"어채피 우리 모두 찢긴 팔재 아니더냐."

"어어허 어어화."

"잘 가거라 잘 가거라 우리 씀박 한기옥아."

"어어허 어어화."

상여가 다리께로 굽어 들자 거기서부터 후미의 여자들이 뒤따르는 구경꾼들을 막았다. 장 씨가 내게 설명했다.

"여기서부터 자기네들끼리 갑니다. 장지에 도착하면 무덤도 자기네들끼리 파고 하관도 자기네들 손으로 마치고는 봉분도 자기네들 손으로 한답니다. 다 끝난 다음엔 술들을 진탕 퍼마시고 한바탕 뒹굴며 난장판이 벌어진다더군요. 나두 들었죠. 이따 저녁에 보세요. 저 흰옷들이 왼통 진흙투성이가 돼서들 내려올 겁니다."

구슬픈 만가 소리를 남기며 상여는 점점 멀어져 갔다. 여름날 가운 햇볕 속에 흰옷 입은 여자들의 긴 대열이 눈물 자국처럼 그 뒤를 잇고 있었다.

그날 저녁 나는 정말 장 씨의 말대로 장지에서 돌아오는 여자들의 진흙투성이 옷과, 만취와 눈물로 얼룩진 얼굴들을 볼 수 있었다. 클럽 문을 마악 열고 문짝을 버팀돌로 고정시켜 놓으며 허리를 펴는 내 시야에, 골목 위쪽으로부터 삼삼오오 짝을 지어 비틀거리며 내려오는 만취한 여자들의 모습이 보였다. 아침의 그 희던 옷들이 하나같이 온통 진흙투성이가 되어 있었고, 얼굴들은 먼지와 눈물, 그리고 취기로 더러워져 있었다. 그녀들은 난생처음으로 먼 길을 걷고 돌아오는 초등학교 1학년 학생들의 소풍 대열처럼 지치고 힘없이 보였으며, 말없이 다만 비틀거리며 골목을 내려왔다. 그중 한 여자가 역시 비틀거리는 걸음으로 내 쪽을 향해 다가왔다. 옥화였다.

"흥, 이만하면 꼴좋죠? 아마 입맛 떨어질 거예요."

그녀는 술내가 확확 끼치는 입으로 말하였다. 진흙투성이 저고리의 옷고름 한쪽이 어디론가 떨어져 나가고 없었고, 치마도 거의 엉덩이까지 흘러 내려와 있었다.

"옥화도 갔었군."

"흥, 딴청 말아요. 요즘 아주 재미가 조오으시다던데. 누구한테 댕겨요? 나한테만 살짝 말해 줄 수 없어요? 잡아먹지 않을 테니."

"무슨 소리야?"

"저런 능청, 첨부터 사람이 어째 내숭스럽더라니. 그만둬요. 그만둬. 내 × 싫어 딴 × 좇아간 걸 낸들 뭐라겠수? 하지만 말야, 사람이 의리가 있음 어쩌다 코빼기 한 번씩은 들여놔야지."

"취한 모양인데, 옥화. 가서 쉬라구."

"흥, 쉬라잖아도 쉴 테니 염려 말아요. 쉬다 못해 푹푹 썩을 테니."

"옥화!"

"좋아요, 좋아."

그녀는 돌아설 듯 발을 앞으로 내디디려고 비틀거리다가 내 쪽으로 몸을 기대 귓가에 입을 갖다 대더니 한껏 작은 소리로 소곤거렸다.

"이따 올래요? 기다릴게, 나 오늘 정말 죽겠어."

그리고 그녀는 술기운으로 충혈된 눈을 들어 내 두 눈을 찬찬히 쳐다보았다. 그 순간 나는, 내가 이 여자를 사랑하는 것이나 아닌가, 하는 느낌을 받았다. 나는 그 순간 당장 그 자리에서라도 그녀를 껴안아 주고 싶은, 강한 설움 같은 충동을 맛보았기 때문이다. 나는 고개를 끄덕여 그녀에게 그러마고 대답했다. 그러자 그녀는 조금 웃어 보인 듯했다. 그러고는 말없이 홱 돌아서서 비틀걸음으로 내게서 떠났다.

그러나 그날 밤 나는 그녀에게 가지 못하였다. 초저녁부터 서서히 미열이 있기 시작하더니 클럽이 문을 닫을 무렵부터는 전신이 모닥불 속에 든 듯한 고열에 휘감겨 정신을 차릴 수가 없게 되었던 것이다. 나는 밤새 어두운 내 방에 누워 고열과 그리고 마음속의 혼란과 싸웠다. 몸의 고열은 어쩌면 마음의 혼란에서 비롯한 것인지도 알 수 없었다. 찬 방바닥이 땀으로 흥건해지는 고열의 혼미 속에서, 나는 내 가족의 참혹한 주검들과 군대의 유격훈련 조교가 되는 과정에서 겪었던 가축 같은 몸의 혹사의 순간들과 벌거벗은 여자의 머리채를 휘어잡고 칼날을 휘두르던 흑인 병사의 광포한 눈빛과 그리고 흰옷 입은 여자들의 끝없이 긴 장례 행렬이 내 흠뻑 젖은 몸 위를 밟고 지나가는 것을 보았다. 그리고 그것은 순서가 뒤죽박죽인 슬라이드처럼 어지러이 되풀이되었다.

4

나는 사흘 뒤에 일어났다. 사흘 만에 나와 보는 동네는 며칠 동안 가렸던 안대를 떼었을 때처럼 좀 눈부셔 보였으나 새로운 아무 일도 없다는 듯 여전히 가문 햇볕 속에 평온하고 태연했다. 마침 미군들의 봉급날이었으므로 일찍부터 미장원이나 양장점을 드나드는 여자들의 서두르는 모습과 어딘지 들떠 보이는 표정에 의해 동네는 오히려 활기를 띠기 시작하고 있었다. 군표 소동이니 한기옥의 죽음이니 하는 것들의 그림자라곤 이제 동네에, 그리고 동네 사람들의 마음속에 조금도 남아 있는 것 같지 않았다.

나는 이발소로 가서 그동안 자란 수염을 대강 면도질한 다음 씀바귀회 사무실로 찾아갔다. 사무실이라고 해야 따로 건물이 있다거나 하는 건 아니었고 회장이 세 들어 살고 있는 두 개의 방 가운데 하나를 그렇게 사용하고 또 그렇게 부르는 것뿐이었다.

갈색 계통의 비닐 장판이 깔린 방바닥 위에 나무책상 하나와 의자 두 개 그리고 초록색 천을 씌운 소파 하나가 벽 쪽으로 놓여 있었다. 입구에서 마주 보이는 바람벽 위에는 어느 공공 관서에서도 볼 수 있는 태극기 하나가 액자에 넣어져서 걸려 있었고, 그 아래로는 흰 종이에 먹으로 씌어진 무슨 좌우명 같은 회원맹세 비슷한 것이 서투른 솜씨로 붙여져 있었다. 좀 큰 글씨의 '씀바귀의 맹세'라는 제목 밑에 얼핏 눈에 들어온 것으로는,

Ⅰ. 씀바귀는 난잡한 복장을 착용하지 않는다.

I. 씀바귀는 노름을 하지 않는다.

I. 씀바귀는 낭비를 하지 않는다.

I. 씀바귀는 빚을 싫어한다.

I. 씀바귀는 자기가 한국 사람이라는 사실을 항상 잊지 않는다.

I. 씀바귀는 속이지 않는다.

I. 씀바귀는 항상 서로 돕는다.

등등의 구절들이 있었다. 바로 옆방은 침실인 모양이었고, 마침 그 방의 주인이며 또 그 사무실의 책임자인 회장 여인은 책상 앞에 그 억세 보이는 얼굴을 쳐들고 앉아 맞은편 의자에 앉은 두 나이 어려 보이는 여자를 향해 무어라고 이야기를 하는 중이었다. 나는 그녀에게 눈과 고개로 인사하고 나서 그녀가 잠깐 미소 띤 눈짓으로 가리키는 소파에 앉았다. 그녀는 나 때문에 잠시 중단됐던 얘기를 다시 계속했다.

"그라고 또 미성년자는 가입을 못 시키 주기 돼가 있어요. 아무리 내한테 이야기해 봐도 소용이 없닥 하이."

나이 어려 보이는 두 여자 중 하나가 말했다.

"그렇지만 홀에서는 회장님한테 가입확인서만 받아 오면 등록을 받아 주겠다구 그러던데요."

"크라부 사람들이사 한 사람이라도 더 받을락 하지. 뭣이 어찌 됐든 그 사람들이사 즈그 장사만 잘되면 그만이니께. 내는 못 하겠소. 그리 알고 가 보소."

그녀는 화난 듯이 잘라 말하고 책상에서 일어났다. 두 여자도 따라 일어섰다. 그리고 그녀들은 뿌루퉁한 표정으로 인사도 없이 방을 나갔다. 미성년자? 그렇게까지 어린가? 화장한 여자들의 나이는 짐작을 할 수 없군, 하고 나는 생각했다. 그녀는 다시 책상에 팔굽을 얹고 앉으며 나를 향해서 물었다.

"얄루 크라부에서도 누구 가입시킬라고요?"

"아, 아닙니다. 그저……."

"글씨, 여자 가입시킬락 하면 장 씨가 올 낀데. 여게 처음이지요?"

"네."

"보시요, 저런 아이들이 옵니다. 하내는 열일곱 살이고 하내는 열아홉이라요. 우리 같은 사람이사 난리통에 굶지 못해 우찌우찌 이리 됐닥 하지마는 요즘 아이들은 머 한다고 자꾸 이런 곳에 찾아오는지 모리겠는기라요. 한 달에도 저런 아이들 두시 번은 보는 기라요. 우짜면 좋겠는교? 제발 얄루 크라부에서는 저런 아이들 오면 일로 보내지 말고 좀 쫓아 주소."

"저의 클럽에서두 미성년자 가입 의뢰를 해 오던가요?"

"그기 아니라, 얄루 크라부에서도 꼭 그랬다는 기 아니라, 앞으로라도 그런 일이 없도록 좀 협조해 달라는 이야기지요. 얄루 크라부에서는 찬조금도 잘 도와주시고 이번 장례식 때는 특벨히 또 2만 원씩이나 보태 주셔서(당숙이 그랬었었구나!) 우리 모두 고맙기 여기곤 합니다만 정말 크라부 경영하시는 분들이 너무 협조를 안 해 줍니다. 미국 사람들 주머니에 들어 있는 돈을 여게다 내놓고 가게 하는 것이니께 아무래도 좋닥 하지만 어느 때는 정말 야속한 생각도 없지 않습니다. 장사도 좋고, 미국 사람들 돈도 좋고, 다 좋지만 생각은 좀 해가면서 장사했임 좋겠는기라요. 물론 댁에게 할 이야기는 아니지만서도."

"네……. 그런데 전 회장님을 뵙는 게 그전에 한두 번 먼발치에서 뵌 것하구 엊그제 장례식 때 좀 똑똑히 뵀을 뿐이고 직접 이렇게 만나 뵙는 건 지금이 처음인데, 회장님은 절 알구 계셨나요?"

"얄루 크라부에 계신 분이란 정도는 알고 있지요."

"그러셨군요. 전 제가 얄루 클럽에서 온 사람이라는 걸 어떻게 아시나, 하구 놀랍게 생각했었습니다."

"ㄷ에 오신 지 이제 달포 남짓 돼앴지요?"

"아니, 어떻게 그런 것까지?"

"하하, 이런 일으 회장이라고 맡고 보니 ㄷ에서 일어나는 엔만한 일은 다 알게 되네요. 놀랐지요? 얄루 크라부 주인 아저씨으 조카님 된닥 하는 것도 알고 있답니다."

순간 나는 당숙이 클럽 경영자라는 이유와 한데 묶여 이 체격이 큰 여자로부터 야유를 당하고 있는 것이나 아닌가 하여 그녀를 좀 똑바로 바라보았다. 그러나 그녀는 악의 없는 미소를 내게 보내오고 있었다.

'그런데 우짠 일로?'

하는 듯이. 나는 좀 우울한 목소리로 말하였다.

"엊그제 장례식을 보고 나서 여기도 한번 와 보고 싶고 회장님도 한번 만나 뵙고 싶었습니다. 만나 뵈면 무슨 얘기든 할 얘기가 있을 것 같고 뭘 좀 여쭤보구 싶은 것도 많았는데 막상 이렇게 뵈니까 어쩐지 쑥스러운 느낌이 드는군요."

"우리가 지내는 장례식 아마 처음 봤지요?"

"네."

"앞으로 자주 보면 날 만나고 싶은 생각 같은 것 안 하게 될 낍니다. 처음 보면 누구나 좀 마음이 안됐는가 봅디다."

"자주 있나요?

"펭균 한 달에 한 번쯤이라고 하면 과히 틀리진 않을 낍니다. 우리 회원이 현재 1314명인데 병들어 죽는 회원 있제, 자살하는 회원 있제, 겨울철로는 연탄가스 맡고 죽는 회원 있제, 또 이번처럼 사고로 죽는 회원 있제 하이, 죽는 사람 수로 따지면 회원 수가 많이 줄어야 할 낀데 그래 줄지도 않는 폭이지요. 미군들 숫자는 날로 줄고 말이지요. 딴 지방에서도 오고 식모살이하던 처녀들이나 크라부에서 웨이트레스하던 여자들이 우짠 일인지 이것도 직업이라고 전업도 하고, 해서 그래 되는 모양입니다."

"자살하는 여자들이 많습니까?"

"자살할 만한 이유를 가지고도 자살하지 않고 살아가는 여자들으 숫자에 비긴다문사 실지로 자살하는 여자으 수는 얼매 안 된닥 할 수 있겠지요. 해도 펭균 두 달에 한 명꼴은 자살자가 나옵니다. 빚 때문에 자살하는 여자, 신병 비관으로 자살하는 여자, 제 속으로 놓은 얼라, 미국으로 입양시키 보내고 자살하는 여자, 본국 들어가서 결혼 수속해 보내겠다고 철석같이 약속하고 귀국한 미군한테서 소식 한

자 없다고 자살하는 여자, 벨벨 짓을 다 해 봐도 미군이라곤 하나도 안 붙어 포주한테 구박받다 자살하는 여자, 먹을 것 안 먹고 입을 것 안 입고 꽁꽁 모아 놓은 돈 도둑맞고 자살하는 여자, 한국 사람 기둥서방이 딴 여자한테 붙었다고 자살하는 여자, 벨벨 여자가 다 있지요. 우리가 사정을 미리 알아 우찌우찌 도와 가지고 자살까지 가지 않게 된 여자도 없진 안 합니다만 극소수지요. 우리가 할 수 있는 일은 결국 장례식 정도 지내 주는 기 고작이지요."

"어떻게 '씀바귀회'의 조직을 잘 좀 활용하는 방법이 없을까요. 그렇게만 할 수 있다면 어떻게 조금이라도 개선된 상태에서……."

그녀는 가만히 웃었다.

"보시오, 내도 양갈보요. 뽑아 주이 회장질을 합니다만 먹고살아야 해요. 이 일에만 우찌 매달릴 수 있겠는교? 더구나 내를 비롯해서 모두가 일자무식인 데다가 공부 좀 했닥 해도 다 그기 그기지요. 회원으로 가입만 됐다 뿐이지 대다수의 여자는 이 회에 대해서 관심도 없는 기라요. 한 달에 한 번 있는 월례회가 성원이 될라면 몇 시간 걸리는지 압니까? 자그마치 두 시간이 걸려야 성원이 될똥말똥이라요. 생각해 보시오, 안 그렇겠소? 누가 죽기락도 해야 제 서름도 포개고, 겸사겸사 우째 좀 모이지……. 우째 좀 도와주고 싶은교?"

"네, 제가 도울 일을 가르쳐만 주시면……."

그러나 그녀는 잠시 내 얼굴을 찬찬히 바라보았다. 그리고 다음 순간 그녀의 눈엔 별안간 눈물이 가득 괴어오르기 시작했다.

"……순진한 청년 다 있구마. ……그만두소. 크라부 일이나 잘 보소."

하고 그녀는 말했다. 그때 방문이 열리면서 제복을 입은 고등학생 하나가 들어섰다. 껑충한 키. 검은 피부.

"어머니, 학교 다녀왔습니다."

표준어의 한국말. 그리고 흰 이빨.

"오냐? 씻거라. 덥겠다."

그녀가 대답했다. 고등학생은 "네" 하고 대답하고 가방을 내려놓은 후 다시 방문을 열고 나갔다.

"아들입니다."

그녀가 내게 말하였다.

"네……."

나는 얼간이처럼 애매한 대꾸밖에 하지 못했다.

"자, 그럼 또 만냅시다. 애 밥을 차리 주야겠어요."

그녀는 내게로 다가와 남자처럼 악수를 청했고 나는 얼떨결에 그녀의 손을 잡았다. 그 손은 크고 부드러웠다.

그 방에서 나온 나는 걸음을 곧장 토산 쪽으로 향했다. 사흘 전에 장례행렬이 건너던 그 다리를 건넜다. 다리 아래의 개울 바닥에선 벌거벗은 아이들이 그 넉넉지 못한 개울물로 물장난을 치고 있었다. 다리 건너편에서부터는 가문 햇볕 아래 건조된 한 줄기 황톳길이 단조롭게 뻗어 있었다. 어린 소나무들이 자라기 시작한 야트막한 두 개의 야산 사이로. 외길이니까 가노라면 닿겠지 생각하고 주저 없이 걸었다. 나 이외의 행인은 한 사람도 눈에 띄지 않았다. 조금 전에 본 씀바귀회 회장의 아들이 자꾸 눈에 밟혔다. 껑충한 키, 검은 피부, 고등학생 교복을 단정히 입고 있던 모습. 그러나 나는 계속해서 터벅터벅 걸었다. 이런 길 군대에 있을 땐 지겹도록 걸었다. 조교가 되기까지는 피교육자로서, 조교가 되고 나서는 또 지친 교육병들을 이끌고 행군 행군. 그러나 이렇게 혼자서 걸어 보는 것은, 초등학교 2학년 땐가 소풍 갔다가 미아가 됐던 때 이후로는 처음인 것 같다. 낯설고 긴 길을 두려워서 울지도 못하고 한없이 타박타박 걷던 기억이 난다. 길은 끝이 없는 것 같았고 산과 나무와 길과 하늘과 그 밖의 모든 것들이 다 내게는 도깨비나 그 밖의 어떤 적들을 숨기고만 있는 것 같았었다. 그러나 나는 이제 커다란 미아처럼 황톳길을 터벅터벅 걸어갔다.

두 야산 사이를 완전히 빠져나와 다시 좀 커다란 야산 하나를 끼고 돌아서서야 공동묘지가 보이기 시작했다. 야트막한 벌거숭이 야산 하나가 통째로 공동묘지였다. 토산이라고 했지, 하고 나는 그 벌거숭이 야산의 이름을 상기하며 마른 황톳길을 이제보다 좀 재촉해서 걸었다. 그 산은 점점 가까이 다가오기 시작했다. 완전히 붉은 흙만의 산, 그리고 그 붉은 피부에 생겨난 수많은 육종(肉腫) 같은 붉은 무덤들. 거기에 쏟아지고 있는 가문 햇볕. 그리고 죽은 사람들의 동네다운 겸손한 침묵. 그런 것들에 압도당하며 그러나 나는 똑바로 그 죽은 자들의 동네를 향해 걸어 올라갔다.

산기슭에다 아무렇게나 묻어 버린 무덤들이 있었고, 차츰 걸어 올라감에 따라 '全州 李公之墓(전주 이공지묘)' '慶州 崔氏之墓(경주 최씨지묘)' '밀양 박공묘지' 같은 약식 비명(碑銘)들이 쓰인 팻말들 사이사이에, 서투른 솜씨로 쓰인 '장미화의 묘, 1959년 4월 3일 24세의 꽃다운 청춘을 두고', '홍쥬리의 무덤, 면사포 한번 못 써보고', '양춘실의 무덤, 다음 세상엔 좋은 팔자 타고나기를', '노인자의 묘, 묻힌 데가 고향', '박데비의 묘, 꺾인 꽃도 꽃이랍니다', '현수지의 묘, 1969년 8월 16일, 영면(永眠)' 등등의 혹은 바래고 혹은 아직도 먹 자국이 선명한 각목(角木)의 묘비명들이 눈을 끌었다. 이웃 야산에서 떠다 입힌 모양인 듯 무덤들마다 떼를 입힌 흔적이 남아 있었으나 거의가 뿌리를 박지 못하고 고사(枯死)하여 그 말라빠진 형해(形骸)만을 붉은 흙 위에 드러내 놓고 있었다. 나는 그 무덤들 사이를 더듬어 올라가면서 가장 최근의 것일 한기옥의 무덤을 찾았다. 그녀의 무덤은 떼가 비교적 제대로 입혀진 좀 번듯한 무덤 곁에 있었다. 묘지 전체가 거의 한눈에 내려다보이는 비교적 옹색하지 않은 장소였다. 새로 만들어진 무덤임을 쉽사리 알아볼 수 있었고 떼도 비교적 단단히 입혀져 있었으나 솜씨의 서투름은 감춰지지 않아 그 무덤은 모든 딴 여자들의 무덤과 더불어 아기의 무덤처럼 초라했다. 대패질한 지 오래지 않은 좀 굵은 각목 하나가 그 앞에 세워져 있었는데, 서툴지만 정성 들인 붓글씨로, '한기옥의 새집, 1969년 8월 28일 이 새집으로 이사 오다'라고 씌어 있었다. 나는 손수건을 꺼내 이마의 땀을 닦으면서 잠시 그 앞에 섰다. 그녀가 살해되기 전날 밤에 보여 주던 그 절망적인 몸짓, 머리채를 잡아끄는 검둥이의 그 광포한 손아귀를 벗어나 보려고 필사적으로 할퀴어 대던 그 무력한 손짓과 활처럼 잔뜩 뒤로 휘어져 종종걸음을 치며 끌려가던 그녀의 벌거벗은 몸뚱어리가 다시 악몽처럼 눈부리에 채였다. 왈칵 다시 부끄러움이 치밀어 올랐다. 햇볕은 등줄기를 훅훅 볶는 듯했다. 나는 발부리를 돌려세웠다. 그리고 되도록 마음을 평온히 가지려고 노력하였다. 내가 걸어온 황톳길이 저 밑으로 굽어보였고 찌든 초가지붕을 닮기도 한 그 헐벗은 무덤들의 마을이 한눈에 들어왔다. 그제야 나는 내가 이 죽은 자들의 동네에 무단히 들어와 서 있는 한 산 자임을 깨달았다. 사방은 그러고 보면 새소리 하나 들리지 않는, 그리고 가문 여름날 오후의 마른 햇볕만이 가득 내리쬐고 있는 침묵의 야산들뿐이었다. 그리고 나를 둘러싼 것은 붉은 황토의 헐벗은 무덤들, 일광과 비바람에 퇴색한 나무 묘비들뿐이었다. 나는 몸을 돌이켜 다시 한번 한기옥의 무덤을 바라보았다. 그리고 그 위에 쏟아지는 마른 햇빛과 서투른 솜씨로 입혀진 뗏장의 아직 뿌리박지 못하여 말라 가는 잎새들, 그리고 그 앞에 먹 자국이 생생한 그 나무 묘비를 마음에 담았다. 나는 잠깐 고개 숙이고 그리고 그 밑에 잠들어 누운 여자에게 창피라도 당한 사람처럼 황급히 그곳을 떠났다.

터벅터벅 걸어 다시 다리를 건널 무렵에는 햇볕도 얼마간 수그러지기 시작하고 있었다. 다리 아래서는 벌거벗은 아이들의 물장난이 아직도 계속되고 있었다.

그리고 클럽으로 돌아온 내게는 서울로부터의 엽서 한 장이 기다리고 있었다. 중학 시절 이래의 가까운 친구인 호섭에게서였다. 그는 간단하게 쓰고 있었다.

주지육림(酒池肉林)에[이 경우의 육(肉)이 물론 쇠고기나 돼지고기를 의미하는 게 아니란 것쯤 알 수 있을 테지] 묻혀 있을 줄로는 안다만 너무 긴 것 같다. 몸이나 축나지 않았을까 염려한다. 서울 한번 다녀가는 것이 여하(如何)? 주지육림은 없지만 책상 하나에 의자 하나는 마련될 법한데……. 상판도 한번 보고 싶다.

나는 엽서를 아무렇게나 반으로 접어 호주머니에 찔러넣었다. 책상 하나에 의자 하나 운운은 취직자리 얘기일 것이었다. 친구의 호의가 고맙지 않은 바 아니었고 친구의 익살을 부린 글투가 낯익어 친구들과의 해묵은 분위기가 그립지 않은 바 아니었으나 왠지 발끈하는 기분이 되었다. 그 엽서에 묻어 있는 서울 사는 사람들의 소시민적 낙천주의의 어떤 부패한 냄새가 내게 역겹게 느껴졌기 때문인지 모른다. 아, 그리고 약점을 정면에서 찔린 아이의 발끈하는 심사 같은 것이었는지도 모른다.

"취직자리가 있는 모양이죠? 엽서길래 봤습니다."

내게 엽서를 전해 준 장 씨가 내 표정을 살피듯 하며 말했다. 나는 대답하지 않았다. 아마 내가 망설이고 있다고 생각했던지 그는,

"아, 생각할 게 뭐 있습니까? 서울루 가시죠. 여기야 앞으로 있을 거라군 점점 더할 불경기뿐인걸. 조만간에는 미군들두 철수해 버릴 테구."

하고 덧붙였다.

"철수설이 있나요?"

하고 나는 조금 긴장해서 물었던 듯하다. 장 씨는 코웃음을 치면서

"그야 꼭 철수설이 있어서가 아니라 조만간에 가긴 갈 게 아닙니까? 지금두 어디 병력 티오(TO)가 차 있는 줄 아세요?"

하고 나서,

"좌우간 김 형이 부럽군요. 나두 빨리 여길 떠나야 할 텐데."

하고 우울하게 뇌까렸다.

그날 저녁 동네는 봉급날의 풍속대로 초저녁부터 흥청거리기 시작했다. PX 봉지들을 한 아름씩 안고 단골 여자나 계약으로 사는 여자들을 찾아가는 미군들과 동네의 양복점에서 자신의 고안에 의한 새 옷을 맞춰 입고 클럽들을 들락거리는 미군들. 부대 정문까지 마중을 가서 제 단골 미군이 딴 데로 새지 못하도록 에스코트해 데리고 오는 여자들과 맞춰 놓은 새 옷이 아직도 재봉이 덜 끝나 안달을 하며 양장점을 들락거리거나 이제야 느지막이 미장원의 발(簾)을 쳐들고 나오는 여자들, 구두닦이 소년들과 기념품 팔이 소년들의 재빠른 활약, 골목의 좌우로 늘어선 여러 종류의 가게의 점원이나 주인들(대개 그 둘을 겸하는 경우가 많지만)의 반짝이는 눈빛들과 포주 여편네들의 분망한 움직임, 그리고 일찍부터 클럽들이 쏟아 놓는 확성된 음악소리, 그런 것들이 만드는 흥청대는 분위기는 동네를 일시에 요란하게 숨 쉬는 커다란 동물처럼 만들고 있었다.

그것은 클럽의 경우에도 마찬가지였다. 새로 맞추거나 자기가 가진 것 중에서 제일 자신 있는 옷으로 성장(盛裝)하고, 가장 공들여 화장한 얼굴을 쳐들고 나타난 여자들이 들뜬 표정으로 잠시도 서 있지

못하고 들락거리는가 하면 미군들이 클럽으로 채 밀려들기도 전인 초저녁부터 성급한 동작으로 자기네들끼리 춤추기 시작했고 플레이어 홍 씨는 초장부터 계속해서 빠른 음악만 틀어 대고 있는가 하면 춘식이는 아직 더럽혀지지도 않은 클럽 바닥에 10분이 멀다 하고 작대 달린 물걸레질을, 그리고 장 씨는 수시로 냉장고의 상태를 점검하는 등 완전한 명절맞이로 들어간 듯했다. 여자들이 자기네들끼리 시작한 춤은 미군들이 하나둘 나타나기 시작하자, 동작이 한층 크고 활발해 갔으며 시간이 얼마쯤 지나 미군들이 본격적으로 밀려들고 춤판으로도 끼어들게 돼서는 이제 춤이라기엔 우아함이 너무 모자라고 그냥 몸짓이라기엔 너무나 율동적인, 뒤엉킨 한 무리의 격렬한 율동의 소용돌이로 바뀌었다.

또 한편 춤판에 끼어들지 않은 미군들과 여자들은 테이블을 차지하고 앉아 맥주를 마시거나 성급히 살갗을 즐겁게 하기 위한 유희를 벌이고 있었으며, 아직 여자와 짝이 되지 못했거나 여자에게 별 흥미를 느끼지 못하는 미군들은 스탠드에 팔꿈치를 기대고 맥주를 마시거나 소음이나 다름없는 음악에 귀를 맡기고 있었고, 아직 미군을 유혹하지 못했거나 미군들이 자신에게 흥미를 표시해 오지 않음에 기가 죽고 속이 상한 여자들은 빈 테이블에 풀기 없이 앉아 있거나 끈질기게 새로 들어오는 미군들의 표정을 살피고 있었다.

나는 그러나 여자들의 검진패스를 확인할 생각도 않고 태만한 문지기로서 클럽 입구께의 소파에 앉아 있었다. 아마 누가 그때 나를 보았다면 배은망덕한 친척이라고 생각했을는지도 모른다. 아니면 혹 마음씨 좋은 문지기라고도……. 하긴 날이 날인 만큼 그렇게 하는 것이 되도록 많은 여자들로 하여금 이날의 호경기로부터 따돌림을 받지 않게 하는 너그러움이기도 하며 클럽을 위해서는 더 많은 미군들에게 여자가 풍부한 클럽, 즉 이날의 그들 호기로움을 만족시킬 수 있는 클럽임을 과시하고 그들을 불러들이는 한 방편이기도 하다. 그러나 나는 그런 아무 의도도 없이 거의 내 속에서 일어나고 있는 혼란 때문에만 태만하고 있었다. 그 혼란이란 종잡을 수 없고 명명할 수 없는 것이었으나 나를 태만하게 하는 힘이 있었다. 나는 플라스틱 조화 파는 아주머니가 클럽으로 들어오는 것도 막지 않았으며, 벌거벗은 여자를 새겨 넣은 라이터나 손칼, 금속제 목걸이 같은 것을 팔러 들어오는 의수(義手)의 원호 대상자도 막지 않았다. 나는 다만 끓어오르는 아픔 같은 느낌으로 그러나 거의 멍청한 시선으로 춤판의 어지러운 소용돌이를 바라보고 있었다. 오늘 내게 그녀들의 춤은 이상하게도 삶에 대한 격렬한 거역의 몸짓처럼 보였다. 아니 차라리 격렬한 순응의 몸짓일까. 아니면 단순한 방기(放棄)일까. 옥화가 특히 유난스레 굴고 있는 것 같았다. 화장도 유난히 짙게 한 듯했고 의상도 전에 없이 대담해져 가슴의 융기가 거의 그대로 내비치는 노브래지어 차림의 소매 없는 얇은 메리야스직 상의와 거의 팬티의 길이와 맞먹는 열대어 무늬의 짧은 스커트만 입고 있었으며, 그렇게 간신히 동체만 가린 벌거숭이 몸뚱이를 거의 방심한 듯 아무렇게나 뒤흔들고 있었다. 그것은 마치 격렬하게 꿈을 좇는 모습처럼도 보였고 원한을 품은 사람의 오만을 가장한 자기 상실의 모습같이도 보였다. 붉은 조명 탓만은 아닌 듯한 그녀의 상기된 얼굴이 열병에 들린 여자처럼 방금 헛소리라도 내지르려는 듯이 보였고, 그녀의 짝이 된 한 애송이 미군이 그녀의 격렬한 춤에서 소외되지 않으려는 듯이 땀을 뻘뻘 흘리며 그녀의 호흡에 따라가고 있는 모습이 보였다. 그 옆에는 미라의 차갑게 동작을 제한해서 춤추는 모습이 보였고, 역시 안채에 살고 있는 노랑머리 경애의 맵시 내서 춤추는 모습도 보였다. 천연덕스럽게도 저의 나라 국기 무늬의 상의를 헐렁하게 걸친, 유별나게 키 큰 미군 하나가 소금쟁이처럼 긴 다리를 흔들며 춤추는 모습이 보였고, 벌거숭이 가슴에 겨울용 검정 가죽조끼 하나만을 걸친 채 춤 사이사이의 박자를 플라멩코의 독특한 손가락 튀김으로 이어 나가는 멕시코계의 작달막한 미군도 보였다. 그리고 그 밖에 거의 개인을 분별할 수 없도록 뒤엉켜 돌아가는 많은 여자들과 미군들의 어지러이 교차하는 몸짓이 빛깔과 소음의 웅덩이 속에서 부유하는 수많은 물고기 떼의 빠른 난무(亂舞)처럼 보였다.

알 수 없는 설움이 내 목덜미를 눌렀다. 나는 눈을 감았다. 그때 곡 하나가 끝났는지 음악소리 대신 여자들의 높은 교성과 미군들의 미끈거리는 목소리가 잠시 떠들썩하게 들리더니 곧 이어지는 음악소리에 다시 삼켜지고 말았다. 홍 씨는 계속해서 빠른 음악만 내보내고 있었다. 나는 잠시 더 그렇게 눈을 감고 있었다. 왜 이렇게 자꾸 꾸중을 듣는 아이처럼 저조해지는지 알 수 없는 일이었다. 나는 눈을 떴다. 이번에는 춤판의 외곽, 카운터 쪽과 테이블들이 있는 쪽을 바라보았다. 이탈리아 포플러처럼 멋없이 크기만 하대서 보통 '키큰이'라는 별명으로 불리는 설자가 자기보다 별로 크다고도 할 수 없는 더펄머리 미군 하나와 스탠드에 기대서서 그로부터 훙정을 받아들이고 있는 듯한 새침한 옆얼굴을 보이고 있었고, 클럽의 안채에 살고 있으며 한쪽 눈이 의안이래서 그녀의 뒷전에서는 보통 '개눈박이'라고 불리는 영옥이가 끈기 있게 되짜나 조소를 참아 내면서 이 미군 저 미군을 향해 가련한 추파를 보내고 있는 모습도 보였다. 눈에 잘 띄지 않는 구석진 테이블을 차지하고 혼자 앉아서 필경 밀매한 대마 담배(해피 스모킹이라고 보통들 부른다)를 피우고 있음에 분명한 주근깨박이 미군 하나가 넋 잃은 표정으로 멀거니 제 앞만 바라보고 있는 모습도 보였고, 일본계로 보이는 안경잡이 동양계 미군 하나가 동양인종답게 얌전히 혼자 앉아서 맥주를 마시고 있는 모습도 보였다. 그는 이따금 안경을 번쩍거리며 춤판을 쳐다보기도 했다. 나는 잠시 그에게 시선을 고정시켰다. 처음 보는 자였다. 어쩌면 중국계인지도 모른다. 안경은 일본인만 쓰는 건 아니니까. 영옥이가 그에게로 다가가서 뭐라고 말을 붙이는 모습이 보였다. 그는 미국인답게 어깨를 들썩했다 놓으며 뭐라고 짤막하게 대꾸하고 만다. 영옥이는 천천히 그에게서 물러나 천연스런 표정으로 다시 다른 테이블을 향해 간다. 다른 테이블들에서는 미군들 저희끼리만 둘러앉아 맥주를 마시거나 담배를 피우면서 춤판을 구경하기도 하고 뭐라고 왁자지껄 자기들만의 화제로 웃거나 떠들어 대는 축들이 있는가 하면 남녀 한 쌍씩 거의 포개 앉다시피 밀착해서 침묵의 말을 주고받는 축들이 있었으며, 아예 포개어 누워 버리다시피 한 축들도 있었다. 그리고 기분이 서로 맞아떨어져서 벌써 여자의 집으로 가기 위해 클럽을 나서는 쌍들도 있었다. 그때 누구의 심부름을 맡은 모양인지 춘식이가 빠른 걸음으로 내 앞을 지나 클럽 밖으로 나가는 모습이 보였다. 그리고 그 애가 채 클럽 밖으로 나설 시간도 못 돼서,

"누굴 찾으세요?"

하는 춘식이의 좀 퉁명스러운 목소리가 들려왔다. 나는 반사적으로 클럽의 입구 쪽을 바라보았다.

50대의 중반쯤에 접어든 듯싶은 할머니 한 분이 클럽의 안쪽을 기웃거리며,

"송미라라는 여자 여깃수?"

하고 춘식이에게 묻고 있는 모습이 보였다.

"송미라요?"

춘식이는 되묻고 나서,

"그런 사람 없는데요."

하고 잡아뗴었다.

"춘식아, 넌 가 봐."

하고 내가 입구 쪽으로 걸어 나가면서 말했다.

"어디서 오셨습니까? 할머니."

할머니는 이제 내 쪽으로 향하면서 좀 굽신거리듯 말했다.

"아, 그저 좀 아는 사람인데요. 송미라라는 여자 있음 잠깐 보고 가려구."

춘식이는 내게 맡긴다는 태도로 골목을 향해 뛰어나갔다. 나는 할

머니에게 말했다.

"저, 송미라라는 여자가 있긴 한데요, 지금은 영업시간이어서 면회가 안 되게 돼 있습니다, 할머니. 이따 밤늦게 한번 와 보시든지, 내일 낮에 오세요. 댁이 머신가요?"

그러자 할머니의 두 눈이 번쩍 빛났다.

"송미라라는 아이가 있긴 여기 있구려. 나 서울서 왔수. 내가 그 애 에미요."

할머니는 태도를 표변하여 아주 당당하게 말하고 있었다.

"아, 그러세요? 진작 그렇게 말씀하시잖구서요. 그럼 잠깐만 기다리세요. 제가 불러 드릴 테니까요."

나는 할머니를 입구에 세워 둔 채 안으로 들어갔다. 미라는 아직도 미군 하나와 춤을 추고 있었다. 나는 그녀에게 다가가서 작은 소리로 어머니가 서울에서 찾아왔다고 말하였다. 그녀는 순간 얼굴빛이 굳어지며 춤을 멈추었다. 그녀와 상대하고 있던 미군이 나를 쳐다봤다. 그녀는 굳어진 얼굴인 채로 다시 춤을 계속하면서 말했다.

"있다구 하셨군요."

"!"

"기다리라구 하세요."

"미라!"

"글쎄, 기다리라구 하세요."

미군이 다시 나를 노려보았다. 그자를 한번 쏘아봐 주고 나서 나는 할머니에게로 갔다.

"곧 나옵니다. 할머니, 잠깐만 기다리세요."

그러자 할머니는 무섭게 노했다.

"이 잡년을 내가! 아, 에미가 찾아왔다면 냉큼 나와 볼 일이지, 기다리라구? 이년을 그저!"

할머니는 나를 밀치고 당장이라도 클럽 안으로 달려들 기세였다.

"할머니, 이러시면 안 됩니다. 곧 나올 텐데요."

나는 할머니를 막아서며 말했다.

"비켜요. 내 이년을 그저!"

할머니는 내 어깨를 한쪽으로 밀어붙이며 클럽 안으로 한 발짝 들어섰다. 그때 미라가 비교적 침착한 태도로 걸어 나왔다. 그녀는 싸늘하게 말했다.

"귀신같이 또 찾아오셨구려."

"오, 네 년 본 지 오래구나! 에미보구 대뜸 한다는 소리가 뭐야 이년? 귀신같이 또 찾아와? 그년 말 한번 반죽 좋게 한다!"

할머니는 마악 들어서려던 걸음을 멈추고, 만나게 돼서 우선 안심이라는 듯이 턱 상체를 뒤로 젖히며, 그러나 잡아 뜯을 듯이 미라를 노려보며 말하고 나서,

"그래서 네년은 그렇게 감쪽같이 뺑소닐 쳤더냐? 에미란 년 찾아오는 꼴이 그렇게두 보기 싫어서?"

하고 자기 가슴을 주먹으로 쳤다. 미라는 코웃음을 쳤다.

"흥, 양갈보짓 해서 번 딸년의 돈을 월급 타 가듯 뜯어 가는 어머니는 또 누군데? 지긋지긋해! 정말 이젠!"

할머니는 부드득 이를 갈았다.

"네 이년! 뭐가 어쩌구 어째? 이년이 이제 아주 환장을 했구나! 이, 이, 이 천하에 죽일 년! 말이면 다 하는 줄 아니? 말이면 다 하는 줄 알아? 이년!"

여자들이 구경났다는 듯이 클럽 입구께로 모여들기 시작했고 미군들도 이쪽을 호기심 어린 눈초리로 기웃기웃 넘겨다보았다. 순간 미라의 두 눈에 눈물이 핑 돈 듯했다. 그리고 바로 다음 순간 그녀는 고꾸라질 듯이 문밖으로 달려 나가 안채로 통하는 샛골목으로 뛰어 들어갔다. 할머니는 일순 당황한 눈길로 미라를 좇더니 놓쳐서는 안 된다는 듯 황망히 그 뒤를 따랐다. 여자들이 잠시 수군거리다 흩어지고 문께가 다시 조용해지자 나는 안으로 다시 들어와 소파에 기대앉았다. 클럽은 여전히 붉은 조명 아래서 게슴츠레 눈을 뜬 채 상기해 있었고 음악과 춤과 유혹과 홍정으로 비틀거렸다. 나는 아무 생각할 능력도 없는 자처럼, 취한 자처럼, 또는 병든 자처럼 다만 멍하니 앉아 있었다.

헌병들이 들이닥친 것은 바로 그 순간이었다. 여자들 가운데 누군가가,

"토벌이다!"

하고 낮게 부르짖는 소리를 들었다고 생각하자, 얼핏 일고여덟 명은 돼 보이는 헌병들이 우르르 클럽 안으로 밀려들고 있었다. 여자들의 얼굴에는 일시에 긴장의 빛이 떠올랐고, 헌병들은 민첩한 동작으로 두 사람씩 흩어져 안채로 통하는 클럽의 샛문과 입구를 봉쇄하였다.

헌병 하나가 뮤직박스로 다가가더니 홍 씨에게 음악을 멈춰 주도록 당부했다.

그리고 상급자인 듯한 헌병 하나가 내게로 다가와서 여자들의 검진패스를 조사하겠다고 통고했다. 음악소리가 멎었다. 그리고 춤추던 사람들도 모두 동작을 멈추었다. 여자들은 모두 의자에 앉히어졌고 미군들도 헌병의 지시에 따라 모두 시무룩한 표정으로 의자에 앉았다. 클럽은 일시에 사고현장처럼 진지해졌고 여자 한 사람 한 사람에 대한 조사가 시작되었다. 헌병들은 비번(非番) 중 그들이 클럽에 놀러 나올 때와는 달리 진지하고 엄격한 태도로 조사를 진행했다. 여자들은 맥 빠진 표정으로 조사에 응했다. 그것도 검진에 합격한 여자들은 비교적 여유 있는 태도로 다가온 헌병에게 패스를 보여 주고는 돌려받아 앞가슴 속으로 밀어 넣으며, 김샜다는 듯 짐짓 투덜거리는 정도였으나 합격하지 못했거나 아예 패스를 가져오지조차 않은 여자들은 헌병이 다가와 손을 내미는 순간에 짜증 부리듯 합격인이 없는 패스를 내밀면서,

"없어!"

"새꺄! 엿 사 먹었어!"

하는 식으로 아예 심술궂은 태도를 나타냄으로써 스스로의 절망을 호도하는 것이었다. 헌병들은 그러나 무표정하게 체크해 나갔다. 결과는 검진패스 불소지자 세 명과 불합격자 네 명이 클럽에 들어와 있는 것으로 나타났다. 한 헌병이 내게 체크리스트를 보여 주었다. 노랑머리 경애와, 옥화의 영문자로 쓰인 이름이 거기에는 포함돼 있었다.

헌병들은 직책 수행의 만족감을 감추며 짐짓 엄격한 표정으로 모두 물러 나갔다. 홍 씨는 다시 음악을 틀기 시작했다. 그리고 춤도 다시 계속되었다. 그러나 그것은 치명적인 일격을 당한 뒤에 이어 나가는 권투 선수의 희망 없는 시합처럼 어딘가 매듭이 풀려 버린 듯한 것이었다.

카운터 밖으로 나와 있던 장 씨가 내게 말하였다.

"새끼들 까딱하면 오프 리밋(off limit) 붙이겠는걸."

5

여름밤의 풀벌레 소리 같은 것이 들려온다고 느껴지자 나는 곧 그게 빗소리임을 깨달았다. 나는 자리에서 일어나 무릎걸음으로 방문을 열었다. 축축한 공기가 이마를 선뜻하게 했다. 비가 시작된 지는 제법 오랜 듯, 말라붙었던 마당은 생생한 흙 빛깔을 띠며 젖어 있었고 처마 끝에서는 낙숫물이 지고 있었으며, 흐린 하늘에서는 서두르는 태도 없이 명주실 같은 비가 내리고 있었다. 날은 다 새어 있었다. 그러나 마당에 사람의 그림자는 아직 보이지 않는다. 팔목을 들어 시계를 보았다. 6시를 조금 지났을 뿐이니 아직 이른 시간이다. 나는 방문을 그대로 열어 둔 채 다시 무릎으로 뒷걸음질 쳐 자리에 누웠다. 방 안으로는 축축한 공기가 계속 밀려들었다. 방문 쪽을 향한 이마가 미세한 물보라 속에 놓인 듯했다.

오늘부터 미군들이 다시 동네에 나온다고 한다. 그리고 비도 온다.

서두르지 않고 시작하는 걸 보니 갈증만 더해 주고 그쳐 버릴 비는 아닌 것도 같다. 나는 몸을 뒤집어 자리 위에 엎드려서 다시 비 오는 마당을 내다보았다. 마당에는 아직 아무도 보이지 않는다.

지난 일주일 동안 동네에서는 미군의 그림자 하나 볼 수 없었다. '토벌'이 있은 그다음 날 저녁부터 미군이라곤 한 명도 영외로 나오는 것이 허가되지 않았던 것이다. ㄷ에 사는 위안부들의 성병 이환율이 지나치게 높고 그로 인한 미군들의 성병 감염률이 날로 증가해 간다는 것이 그 이유였다. 물론 '토벌'에서 체크된 각 클럽의 검진 불합격자들은 바로 그 이튿날로, 여자들 간에 통상 '수용소'라 불리며 경원의 대상이 되는 '성병 집단치료소'로 강제 수용되었고, 검진패스 불소지자와 불합격자들의 입장을 허가한 클럽들에게는, 일주일간 미군들의 영외출입이 금지될 것이라는 미군 당국의 통고가 있었다. 그리고 그러한 통고의 대상에서 제외된 클럽은 한 군데도 없었다.

일주일 동안 동네는 국경일처럼 조용했다. 클럽들을 비롯하여 미군들을 고객으로 하는 모든 상점들이 문을 닫았으며 그렇지 않은 상점들도 식료품 가게나 연탄 가게를 제외하고는 거의 개문 폐점 상태였다. 낮에는 가문 햇볕만이 골목의 손님이었고 밤에는 어둠과 그리고 침묵만이 동네로 찾아왔다. 여자들은 더러 읍내로 영화 구경을 가거나 모여 앉아 화투판을 벌이거나 했으며, 또는 실속 있게 아동용 만화책을 한 50권쯤 빌려다 종일을 걸려 독파하거나 좀 독서수준이 높다고 할 수 있는 여자들은 개봉되지 않은 비밀스런 부분이 항상 끼어 있어 그것을 가위나 칼로 절개해서 보도록 되어 있는 오락잡지류를 몇 권쯤 빌려다 문희나 남정임, 이미자나 문주란의 호화로운 사생활을 넘겨보며 동경 · 시샘하거나 했고, 간혹 저녁에는 동네 건달들이 모이는 카바레로 갔다. (그 카바레라는 곳엘 내가 ㄷ에 온 지 얼마 안 되었을 때 장 씨의 안내로 한번 구경 갔었는데 당시 내가 재미있다고 생각한 것은 이곳의 카바레에서는 여성 고객에게만 입장료를 받고 있다는 점이었다. 경제활동의 주인공이 이곳에서 누구인가 하는 것을 말해 주는 흥미로운 보기가 되리라고 나는 생각했었다. 동네 건달들이란 이를테면 수고하여 돈 버는 여자들을 위한 위안부인 셈이라고도. 그리고 그때 아마 나는 그러한 생각들을 즐겼던 듯하다.) ……그러나 카바레에라도 가는 것은 그래도 젊고 시세 있는 여자들이었으며, 시세 없고 하루하루 살아가는 일이 그저 힘겨웁기만 한 일부 나이 많은 여자들은 행상인이 가지고 들어오는 참외나 복숭아 같은 과일을 둘러앉아 깎아 먹을 동안만 눈, 코, 입이 생기 있게 살아 움직일 뿐 별로 문밖출입도 하는 일 없이 저 선풍기나 틀어 놓고 나날을 보내었다.

그 일주일 동안 나는 끼니때를 제외하고는 거의 내 방에만 처박혀서 지내다시피 하였다. 견디기 어려운 더위와 그리고 수많은 사람들이 그 속에서 살고 있는 무수한 상자들 가운데 한 상자 속에 혼자 누워 있다는 고절감과 싸우면서 나는 내가 와 있는 곳의 바른 자리와 분명한 의미를 알아보려고 애썼다. 그러나 일주일간이나 계속된 내 헛된 노력은, 대학의 경제학과를 2년밖에 다니지 못한 내 어설픈 지식으로 사태를 판단해 보려고 할 때 가진 나라와 못 가진 나라 사이에 일어나는 여러 가지 갈등 내지는 소외관계라는 도식에서 한 발짝도 더 나아갈 수 없다는 무력감 때문에 망쳐졌으며 내가 한국인이라는 민족감정으로 사태를 바라볼 경우 모멸감과 수치감 같은 구제할 길 없는 혼란된 감정이 끓어올라 판단을 어둡게 함으로써 망쳐지고 말았다. 그 헛된 노력 끝에 나는 다만, 나는 이곳 사람이며 이곳에 오기 전에도 이곳 사람이었으며 금후에도 얼마간은 더 내가 이곳에 있게 되리라는 것을 어렴풋이 알았을 따름이었다.

'수용소'로 간 여자들은 엿새 만인 바로 어제저녁에야 돌아왔다. 노랑머리 경애가 돌아옴으로써 그 사실은 이 안채에 알려졌는데 그녀는 여름날 가문 햇볕의 마지막 갈색 잔광을 얼굴에 받으며 마당으로 들어섰다.

"어마, 경애 아냐?"

"아유, 쪽 빠졌구나. 고생 많았지?"

"고생이야 말해 뭐 하겠니? 재수 없었던 걸루 쳐라, 얘."

그녀를 발견한 안채의 여자들이 반가움과 위로가 담긴 인사들을 건네자 그녀는 사실 좀 핼쑥해지긴 한 얼굴이었으나 비교적 원한 같은 건 품지 않은 표정으로 명랑하게 호들갑을 떨었다.

"아휴! 말두 마. 감옥살이가 바루 그런 거더군. 맨날 꽁보리밥에 담배 한 대 필 수가 있나. 아유 씨팔, 욕 한번 맘 놓구 할 수가 있나. 맨날 궁뎅이 까구 주사, 입 벌리구 알약, 겨드랑이 벌리고 체온계, 가랭이 벌리고 진찰, 참말로 시껍했네잉."

끝의 호남 사투리 흉내는 그녀의 호들갑을 한층 무사기(無邪氣)한 그것으로 만들었고, 그녀 주위로 모여든 여자들은 그녀의 천진한 익살에 모두 까르르대며 웃었다. 저런 낙천성은 그녀의 저 가냘픈 몸매의 어디에서 우러나는 것일까, 하고 의아해하며 그녀의 호들갑에 빙그레 따라 웃고 있는 나를 발견하자 그녀는 쪼르르 내게로 달려와서 말하였다.

"미안해요, 김 씨. 담부턴 검진 꼭꼭 잘 받을게요. 주사두 미리미리 맞구요. 됐죠?"

"미안하긴 뭐가……. 경애가 고생했지. 딴 여자들두 다 왔나?"

"네. 떠나올 때 쑥떡을 한 방씩 앵겨 주구 왔죠."

그리고 그녀는 중대한 사실이라도 말하려는 듯이 내 귓가로 입을 가져왔다. 그러고는 빠른 말씨로 속삭이듯 말하였다.

"나 지금 아주 처녀처럼 깨끗해요. 이따 내 방으루 오세요. 알았어요?"

나는 순간 알 수 없게도 귀밑이 화끈 달아오르는 듯한 소년 같은 부끄러움을 느끼며 그러나 재빨리 하하, 하고 웃고 말았다. 그리고 나는 그날 밤 그녀의 방으로 가는 대신 그녀와 그녀 또래의 몇몇 여자를 내 방으로 불러 간소한 위로회를 열었다. 한 · 중 · 일식을 마구잡이로 겸하는 동네의 음식집에서 주문해 온, 군만두 몇 접시에 탁주 몇 되를 곁들였을 뿐인 지극히 간소한 자리였으나 그녀들은 몹시도 즐거워했다. 특히 경애는 눈물까지 글썽이며 즐거워해 주었다. 바로 어젯밤의 일이었다.

"어마, 일찍 일어나셨네. 비 구경?"

잠옷 바람의 미라가 펌프가로 나오다가 내 쪽을 바라보며 말했다. 그녀는 바께쓰를 들고 있었다. 나는 엎드린 채로 그녀를 쳐다보며 물었다.

"미라야말루 일찍 일어났군. 웬일이야?"

그녀는 바께쓰를 든 채 비를 피하듯 조금 내 쪽으로 다가섰다.

"오늘부터 미군 나온다죠? 일찍 서둘구 또 벌어야죠. 어머니가 여길 알았으니 이제 또 뻔질나게 올 텐데."

"뻔질나게?"

그녀는 애매하게 웃으며 고개를 까딱했다. 나는 엎드린 채로 말없이 눈길을 숙여 얇은 잠옷 속으로 들여다보이는 그녀의 가느다란 팔과 빈약한 동체, 그리고 약간 안쪽이 팬 듯한 허벅지와 무르팍을 바라보았다. 그 무르팍이 망설이듯 조금 움직이더니 이내 돌아서서 그녀는 바께쓰를 흔들며 펌프 쪽으로 걸어갔다. 펌프의 지렛대를 사용해서 물을 긷는 동안 팬티 한 장만 입은 그녀의 엉덩이가 상체의 동작에 따라 조금씩 움직이는 모습이 잠옷 속으로 비쳐 보였다. 그 엉덩이는 빈약한 동체에 비해선 큰 편이었으나 어딘지 가난한 집에 태어난 커다란 아이처럼 불행해 보이는 모습이었다. 그녀는 물을 길어 가지고 내 방 앞을 지날 때 말하였다.

"지금 아침 지을 테니 와서 좀 드시겠어요?"

나는 엎드린 채로 머리만 가만히 끄덕였다. 조금 웃어 보였던가, 내가?

미라의 방에서 아침을 먹고 났을 때도 비는 그치지 않고 내렸다.

여전히 그렇게 서두르는 기색 없이 천천히. 일주일 동안 닫아 두었던 클럽은 어제 오후 장 씨, 홍 씨, 춘식이 들과 대청소를 해 두었으므로 아침 청소를 서두를 필요는 없다. 느지막이 물걸레질이나 한 번 해 두면 될 것이다. 아니 어쩌면 춘식이가 지금쯤 걸레질을 하고 있을지도 모른다. 나는 미라가 끓여 준 커피까지를 한 잔 마시고 나서 천천히 당숙모가 거처하는 안방으로 갔다. 당숙모가 거처하는 안방이라고 하는 것은 당숙과 당숙모가 별개의 방을 가지고 있다는 뜻은 아니고 다만 당숙은 집에 있는 시간이 극히 적으며 따라서 그 방은 당숙의 생활의 장소라기보다는 당숙모의 생활의 장소라는 느낌이 훨씬 더했기 때문에 하는 말이다. 당숙은 클럽 경영자들 간의 회합이나 물품 구입 등등의 일과로 집에 있는 시간은 극히 제한돼 있었던 것이다. 그 방은 그리고 당숙의 집에서 10년 이상, 또는 10년 가까이 살아오고 있는 고참 여자들의 집합 장소 같은 역할도 하고 있었다. 물론 그때(그녀들이 모일 때)의 중심인물도 당숙모에 다름 아니었으나 그녀들은 그 방에 대해서 남다른 친밀감을 갖고 있는 듯했다. 아침만 먹고 나면 그녀들은 그 방에 모여들어 당숙모도 포함한 한 무리의 비평 집단이 돼서 간밤에 들은 라디오 연속극의 주인공과 남자 주인공에 대해 동정하거나 책망했고 동료 중 누구의 미국인 임시 신랑이 최근에 사다 준 TV 수상 세트나 제너럴 일렉트릭 제품의 냉장고를 상찬하거나 부러워했으며 그녀들보다 먼저 행운을 잡아 미국으로 이주해 간 그전 동료의 인품에 대해서 회상하거나 비평해 대곤 하는 것이었다. 당숙모는 그러한 그녀들의 이를테면 늙수그레하고 마음 놓이는 친구이기도 한 셈이었다. 내가 갔을 때 방 안엔 벌써 그녀들이 모여 앉아 있었다. 아직 화장하지 않은 얼굴들임은 물론 숙자 같은 여자는 눈곱도 떼지 않은 얼굴이었으며 걸친 것들도 잠옷 나부랭이거나 아예 팬티 바람이라고 해서 괜찮을 여자도 있었다. 그런데 그녀들은 오늘 좀 색다른 일을 벌이고 있는 듯했다. 얼핏 트랜지스터 라디오처럼 보이는 소형녹음기 한 대가 방 가운데 놓여 있었고, 키큰 이 설자가 그것을 지금 조작하고 있는 모습이 보였으며, 나머지 여자들은 모두 그 녹음기를 중심으로 둘러앉아 벌써부터 귀 기울일 준비들을 하고 있는 모습이 보였다. 내가 들어서자 당숙모는 이리 와 앉으라는 시늉을 손짓으로 해 보이고는 그것만으로 불충분하다고 생각했는지,

"요전에 미국 간 순옥이한테서 온 녹음이야, 좀 들어 봐."

라고 소리 내서 말했다. 그때 녹음기가 작동하기 시작하는 소리가 났다. 당숙모는 얼른 입을 다물고 진지한 표정을 갖추었다. 나는 그녀들을 위하여 되도록 소리 나지 않게 그녀들 등 뒤의 한쪽 자리에 앉았다. 몇 초 동안의 침묵이 지난 뒤에 내게도 조금은 귀 익은 듯한 여자의 목소리가 흘러나오기 시작했다. 처음에 그것은 기계 앞에서 조금 망설인 듯한 짧은 한숨소리 비슷한 것으로 시작되었다.

'……아, 아즘마 안녕하셨어요? 아저씨두 안녕하시구요? 그리고 설자, 숙자, 케니, 춘희, 남순이, 애란이 다 잘 있었니? 난 무사히 미국에 왔어. 한국에서 여러분들이 빌어 준 덕택이라구 생각해. 이곳에 오구 나니까 한국이라는 나라가 세상에 따루 있다는 실감이 나구, 내

아는 분들이 거기서 살구 있다는 생각이 정말 손에 잡힐 듯이 나. 미국은 생각했던 것보다 더 큰 나라 같애. 공항에 내리구 나니까 그런 생각이 들어. 모든 것이 한국에서 생각했던 것하고는 딴판이야. 글쎄, 뭐라구 말하면 좋을까. 너무너무 크구, 너무너무 넓구……. 아무튼 내가 얼마나 조그맣고 보잘것없는 인간인가 하는 걸 첨 알게 된 것 같애. 하지만 얼마 동안 지나구 나니까 사람 사는 곳은 어디나 다 비슷하다는 생각을 하게 됐어. 요즘은 많이 안정이 됐지. 시아버지랑 시어머니가 모두 좋은 분들이어서 여간 잘해 주시질 않아. 같이 살구 있어. 스탠리두 한국에 있을 때와 변함없이 잘해 줘. 이웃 사람들하구두 친해졌구. 지난 주말엔 우리 사는 데서 40마일 떨어진 스탠리의 사촌네 집두 방문했어. 참, 여기 와서 알았는데 영자가 사는 데는 우리 집에서 80마일 떨어진 데구 이순이가 사는 데는 120마일 떨어진 데야. 전화를 걸어서 반갑게 얘기들을 했지. 언제 한 번씩 서로 방문하고 해야지. 그런데 아즘마, 여기 와서 정말 안된 소식 하날 들었어요. 이순이한테 전화루 들은 건데, 나보다 두 달 전인가 미국에 온 바비 엄마라는 여자 있잖아요? 그 왜 바비라는 혼혈아 애를 입양시키구 얼마 안 있다 아주 늙은 사람하구 결혼해서 온 여자 말예요. 그 여자가 무척 불행한 상태라는 거예요. 사는 데두 글쎄 인가가 겨우 20여 호 남짓한 산간벽촌인 데다가 우체부두 글쎄 사흘에 한 번씩밖에 안 오는 곳이래요. 도회지 구경을 하려면 100마일은 나와야 된다나 봐요. 미국에두 그런 데가 다 있구나, 생각했어요. 게다가 집이라군 다 쓰러져 가는 오두막집에다가 가구라군 고물딴지 같은 라디오 하나하구 달랑 헐어 빠진 침대 하나밖에 없다는군요. 그런 데다가 그 늙은 남편 재산이라군 쥐꼬리만큼두 없구 수입두 형편없다나 봐요. 일가친척두 없구요. 완전히 속아서 온 모양이에요. 전화 한 통 걸기 위해서 30마일이나 나와야 했다면서 전화통에 대구 울더래요, 글쎄. 이럴 줄 알았으면 왜 왔겠느냐구요. 바비가 간 데나 그런 데가 아니었으면 좋겠다구요. 그 얘길 듣구 전 어찌나 기분이 언짢던지 몰라요. 아줌마, 언짢은 소식 전해 드려서 미안해요. 사실 이런 얘긴 안 해두 되는 건데. 아줌마 눈 여리시다는 걸 모르는 나두 아니면서…… 사실 아줌마, 나두 거기 생각이 안 나는 건 아녜요. 행복한 생활이었다구야 물론 말할 수 없지만 잊히지 않는 일은 많아요. 아줌마네 안방, 동네의 꼬불꼬불한 골목들, 거기 사는 사람들, 모두 잊히지 않아요. 가족은 원래 없으니까 보구 싶을 것두 없지만 아줌마두 보구 싶구 숙자, 케니, 설자, 남순이, 춘희, 애란이…… (숨 들이마시는 듯한 소리가 흑 하고 난 뒤 잠시 침묵이 이어졌다) ……모두 보구 싶어요. 사람 산다는 게…… (다시 침묵) ……뭔지 모르겠어요. 왜 제 고장에서 못 사는지…… 김치 같은 건 안 먹어두 좋아요. 시부모들도, 스탠리두 담가 먹는 걸 허락해 줬어요. 하지만, 하지만…… (다시 침묵) ……그만할래요, 아줌마. 모처럼 소식 전한다는 게 그만…… 테이프 보내실 땐 되도록 여러 사람 목소리 빼놓지 말구 넣어서 보내 주세요, 꼭 보내 주세요. 또 소식 전할게요……. 안녕.'

여자의 목소리가 그치자 빈 테이프 감기는 소리만 가만히 났다. 설자가 스위치를 껐다. 당숙모를 비롯한 모든 여자들의 눈시울이 붉게

물들어 있었다. 아무도 먼저 입을 열려는 사람이 없었다. 밖의 빗소리가 굵어진 듯한 느낌이었다. 잠시 후 여자들은 하나둘 일어서기 시작했다. 누군가가 우울을 깨뜨려 버리려는 듯이 말했다.

"자, 또 ×팔 준비나 슬슬 해야지."

그러나 아무도 그 말에 대꾸하지 않았다. 아무의 귀에도 그 말은 들리지 않은 듯했다.

비가 호우(豪雨)로 바뀌기 시작한 것은 오후 2시경부터였다. 그렇게 서두르는 기색 없이 천천히 땅을 적시던, 명주실을 풀어 내리듯 하던 비가 오후 2시를 좀 지나면서부터는 별안간 빨랫줄같이 굵은 빗줄기로 바뀌더니 이어 세찬 속도로 내리쏟기 시작했던 것이다. 순식간에 동네의 골목으로는 흙탕물이 도랑을 이루며 흘러내렸다. 미장원에서 머리를 매만지고 나오려던 여자들이나 양장점에서 새 옷을 찾아 가지고 나오려던 여자들은 질겁을 해서 도로 뒷걸음질 쳐 들어갔다. 우산 같은 것을 받치고 골목을 지나가던 행인들도 우산 같은 것이 무용하게 된 사태에 놀라면서 길가의 구멍가게나 약방 같은 곳으로 앞을 다투어 뛰어들었다. 하늘은 더욱 무겁게 내리드리웠고 사방은 일시에 새벽녘처럼 어두워졌다. 미장원과 양장점 안의 여자들이나 구멍가게, 약방 같은 곳으로 뛰어든 행인들은 조금 지나면 수그러지겠지 하는 태도로 처음엔 여유 있게 빗줄기를 내다보고 있더니 시간이 상당히 지나고서도 빗줄기가 좀처럼 수그러질 기세를 보이지 않자 초조한 표정으로 골목의 아래위를 바라보거나 하늘의 모양을 살피기 시작했다. 빗줄기는 그러나 점점 세차지는 듯했다. 골목은 이제 바닥을 볼 수 없을 정도로 흙탕물이 흘러넘치고 있었다.

나는 가뭄 끝에 보는 이 풍만한 비를 구경하기 위해서 클럽 문을 열어 놓고 서 있었다. 골목으로 흘러내린 흙탕물이 개울로 빠지는 배수구에서 커다란 원을 그리며 빙글빙글 도는 모습이 보였다. 그 원은 안쪽으로 갈수록 회전 속도가 급해졌고 한가운데서는 술 마시는 사람의 목구멍처럼 꿀꺽거리는 소리를 내고 있었다. 그리고 그 꿀꺽거리는 소리는 이미 횟수가 점점 떠 가고 있었다. 그곳을 향해 밀려드는 흙탕물의 양이 워낙 급히 불어나고 있었기 때문이다. 장 씨와 홍 씨, 춘식이도 클럽의 입구께로 나왔다. 굵은 철삿줄같이 내리쏟는 빗줄기와 골목을 범람하는 흙탕물을 바라보며 그들은 아이들처럼 기뻐하였다. 춘식이가 눈을 커다랗게 떠서 반짝이며 말했다.

"야! 왕창 홍수나 한번 났으면."

평소에 별말이나 움직임이 없는 홍 씨도 입을 딱 벌리며 찬탄했다.

"참, 그 비 한번 정말 시원하게 온다. 이러다 정말 홍수 나는 거 아냐?"

"어째 좀 심상치 않은데."

장 씨가 좀 신중해지는 표정으로 받았다. 그러고 보면 비는 벌써 30분 이상을 한결같은 기세로 퍼부으면서도 좀처럼 수그러질 기세를 보이지 않고 있었고, 골목의 흙탕물은 점점 빠른 속도로 불어 가고 있었다.

구멍가게나 약방 같은 곳으로 비를 피했던 사람들이 더 이상 비가 수그러지기를 기다리는 건 무모한 짓이라고 판단했는지, 또는 뭔지 한가하지 않다고 생각했는지 각오를 단단히 한 표정으로 바짓가랑이를 걷어붙이거나 치맛자락을 추켜들고 비가 퍼붓는 골목으로 나서기 시작했다. 흙탕물은 사람들의 정강이까지에 이르렀다. 그리고 처음엔 그래도 가지고 있던 우산을 펴서 조금이라도 비를 가려 보려는 시도를 하던 사람들은 마침내 그것이 흙탕물 속에서 걷는 일에 방해가 될 뿐이라는 걸 깨닫자 그것마저 숫제 접어 버리고 말았다. 그러한 모습들을 보자 미장원이나 양장점에 갇혀 있던 여자들도 과감하게 비와 흙탕물 속으로 걸어 나오기 시작했다. 기왕에 버린 몸 하는 식의 반쯤 자포자기하고 반쯤은 장난기까지 곁들인 태도로 그녀들은 흙탕물의 흐름을 발로 차기도 하고 이리저리 휘젓는 시늉을 하기도 하며 또는 그러다가 넘어질 듯 두 팔을 허우적거리기도 하면서 제각기 세찬 빗줄기 속을 흩어져들 갔다. 이제 골목엔 행인이라곤 한 사람도 보이지 않았다.

세찬 빗줄기만이, 그리고 범람하는 흙탕물만이 골목의 주인인 듯했다. 그때 개울의 형편을 살피러 나갔던 듯, 우 씨네 폰숍의 점원 겸 그 집 안주인의 남동생인 양 씨가 비옷과 장화로 든든히 무장한 차림새로 개울 쪽의 샛골목에서 급히 걸어 나오고 있는 모습이 보였다. 이쪽을 쳐다보며 그는 긴장한 표정으로 말했다.

"까딱하다간 개울이 넘겠는데요. 제방이 원체 얕아 놔서 지금 대여섯 치 안팎밖에 안 남았어요. 물이 계속 밀려들어 오는 기세루 봐선 아무래두…… 심상치가 않은데요."

그러며 그는 급한 걸음으로 자기 집 쪽을 향해 가 버렸다. 빗줄기는 조금도 수그러질 기색 없이 계속해서 퍼부었다. 우리들에게도 무언가 한가하지 않다는 느낌이 전염병처럼 덮쳐 왔다. 골목의 흙탕물은 어느새 골목 바닥보다는 상당히 높다고 할 수 있는 클럽 입구의 우리들 발밑까지를 적시기 시작하고 있었던 것이다. 나는 바짓가랑이를 무릎 위까지 걷어 올리고 흙탕물이 범람하는 골목 바닥으로 내려섰다. 흙탕물은 바로 무릎 밑에까지 찼다. 쏟아지는 빗줄기는 남방 하나만 걸친 내 몸뚱어리를 순식간에 물주머니로 만들어 놓았다. 장 씨가 내 뒤를 따랐다. 홍 씨와 춘식이는 그대로 클럽 입구에 선 채 긴장한 표정으로 장 씨와 내 거동을 지켜보았다. 발을 흙탕물 속에서 끌어당기다시피 하여 옮겨 놓으면서 장 씨와 나는 개울 쪽으로 향했다.

개울로 통하는 샛골목을 빠져 제방으로 나섰을 때 우리가 본 것은 시계(視界)를 범람하는 황톳빛 붉은 물의 광범위한 흐름이었다. 그것은 이미 개울이라기엔 너무나 흉흉하고 광포한, 거대한 폭력을 느끼게 하는 범람(氾濫)의 모습이었고 그 범람의 혓바닥에 핥인 수박 덩어리, 뒤엉킨 지푸라기, 뿌리 뽑힌 어린나무 같은 것들이 그 위로 곤두박질치며 휩쓸려 내려오는 모습이 보였다. 그리고 제방은 이제 그 범람에서 한두 치밖에 더 남아 있지 않았다. 장 씨와 나는 거의 동시에 되돌아섰다.

클럽으로 돌아왔을 때 우리는 흙탕물이 이미 클럽 바닥에도 넘쳐 들고 있음을 보았다. 언제 돌아왔는지 당숙이 나와 있었고, 홍 씨와 춘식이는 의자들을 테이블 위로 올려 쌓고 있었다. 장 씨와 나도 빠른 움직임으로 그 일을 돕기 시작했다.

의자 올려 쌓는 일이 끝나고 당숙의 지휘에 따라 카운터의 냉장고를 스탠드 위에 들어 올리고 났을 때는 클럽 바닥의 흙탕물도 이미 정강이에 차오르고 있었다. 홍 씨가 클럽의 가장 소중한 재산의 하나인 전축을 안방 다락으로 옮겨 갔다. 당숙이 말했다.

"장 군과 춘식인 가서 가족들을 이리 모셔 오는 게 좋겠군. 홍 군더러두 그러라구 일러. 아무래두 심상치가 않아."

춘식이가 소년다운 낙천성을 드러내며 말했다.

"우리 집은 괜찮아요. 지대가 아주 높은 덴걸요."

그때 흠뻑 젖은 짐 보퉁이를 이고 든 장 씨의 가족들이 역시 흠뻑 젖은 모습으로 클럽 입구에 들어섰다. 장 씨의 동생인 듯한 스물 안팎의 청년이 장 씨를 향해서 말했다.

"형, 큰일 났어요. 아랫동넨 벌써 물에 잠겼어요. 물이 제방을 넘었대요."

뒤이어 홍 씨의 가족들도 들이닥쳤다. 그리고 그 뒤를 이어 옥화가 흠뻑 젖은 몸으로 짐 보퉁이 하나를 머리에 인 채 클럽으로 들어섰다. 새파랗게 질린 얼굴, 노랑머리 경애들과 함께 '수용소'로 간 이후에 처음 대하는 얼굴이다. 어제저녁에 돌아온 모양이다. 수척해진 모습. 나를 발견한 그녀의 눈빛에는 원망 비슷한 가느다란 비웃음이 잠깐 스쳐 갔다. 그것을 나는 놓치지 않고 보았으나 그때 다시 서너 명의 여자들이 한꺼번에 클럽으로 들이닥쳤다. 그리고 다시 그 뒤를 이어 여자들이 연달아 클럽으로 밀려들었다. 급히 꾸린 보퉁이 같은 것을 이고 들거나 또는 그냥 입은 채로만. 대부분이 낯익은, 클럽에 등

록된 여자들이었다. 나는 장 씨들과 더불어 그녀들이 물을 헤치고 클럽으로 들어오는 일을 도왔다. 그러나 클럽도 이미 안전한 장소라고는 할 수 없게 되었다. 당숙은 그들을 안채의 2층으로 수용하라고 말했다.

물은 안채에도 이미 침범하여 방들의 문턱을 넘고 있었다. 나는 춘식이에게 연탄과 쌀을 우선 2층으로 운반하라고 이르고는 클럽으로 몰려든 여자들과 장 씨, 홍 씨의 가족들 그리고 안채의 아래층 여자들이 급한 짐과 스스로의 몸들을 2층으로 대피하는 것을 도왔다. 2층에 살고 있던 여자들도 자진해서 그들의 동료들과 다른 사람들을 돕고 그 사람들의 짐과 젖은 몸을 위해서 자신들의 방을 개방하였다.

그때 어디 갔다 이제야 돌아오는지 개눈박이 영옥이가 허겁지겁 물을 헤치며 들어서는 모습이 보였다. 그녀는 곧장 아래층의 제 방을 향하여 정신 나간 사람처럼 허우적거리며 갔다. 그리고 잠시 후 그녀의 방 쪽에서는 찢어지는 듯한 그녀의 외마디 소리 같은 것이 났다. 나는 이미 허벅지에 차 올라온 흙탕물을 헤치고 그녀의 방으로 달려갔다. 그녀는 방문을 활짝 열어젖힌 채 뭐라고 계속 외마디 소리를 지르면서 이미 방 안까지 들어찬 흙탕물 속에 얼굴을 처박듯이 하고 두 손을 물속에다 넣어 휘젓고 있었다. 숨이 막혀 얼굴을 쳐들 때마다 그녀의 외마디 소리는 '내 돈! 내 돈' 하고 분명한 발음을 가진 부르짖음으로 바뀌었고 그때에도 그녀의 두 손은 쉴 새 없이 물밑을 더듬어 대고 있었다.

"어이! 영옥이! 뭘 하구 있어. 빨리 2층으로 피해야 해."

하고 그녀의 방으로 물을 헤쳐 들어서며 내가 외친 순간 그녀의 얼굴은 갑자기 기쁨으로 빛났다. 그리고 쉴 새 없이 물속에서 움직이던 그녀의 두 손이 순간 동작을 멈추었다. 이어 그녀의 두 손은 물 위로 들어 올려졌고 그 손에는 물이 주르르 흐르는 서너 뭉치의 지폐 다발이 움켜쥐어 있는 모습이 보였다. 그리고 바로 그다음 순간 물밑으로부터는 수많은 지폐들이 빠른 속도로 떠올라 오기 시작했다. 순식간에, 방 안에 들어찬 흙탕물 위로는 수많은 지폐들이 뒤덮여 떠다니기 시작했다. 그러자 그녀는 얼굴에 핏기가 하얗게 걷히며 앞으로 고꾸라지려는 사람처럼 절망적인 몸짓으로 물 위에 엎드렸다. 한 손으로는 먼저 건져 올린 지폐 다발을 가슴에 부둥켜안고 다른 한 손으로는 물 위에 뒤덮인 지폐들을 줍기 위하여 흙탕물을 휘저어 대면서 그녀는 미친 여자처럼 울부짖었다.

"내 돈! 내 돈! 내 돈! 내 돈!"

마침내 그녀의 가슴에 안겼던 지폐 뭉치도 다발이 풀어지면서 물 위로 쏟아지고 말았다. 그러자 그녀는 거의 발광하듯 물 위로 덮쳐들었다. 물은 이제 그녀의 허리에 찼고 그녀는 이제 완전히 넋을 잃고 물에 빠진 사람처럼 허우적대기 시작했다. 그것은 거의 모두 눈 깜짝할 사이에 일어난 일들이었다. 나는 안으로 달려들어 그녀를 일으켜 세우면서 한편으로는 지폐들을 건지기 시작했다. 언제 모여들었는지 다른 여자들도 방 안으로 물을 헤치며 들어와 지폐들을 줍기 시작했다. 영옥이는 이제 내 한쪽 팔에 허리를 안긴 채 미친 여자처럼 몸부림을 쳐 대고 있었다. 그녀를 더욱 힘주어 안으면서 나는 누군가가 주고받는 소리를 들었다.

"재, 구들장 밑에다 돈을 숨기군 한다더니 사실이었던 모양이지."

"저만 아는 구들장 하날 들쳐 내게 돼 있다는 소문이 정말이었나 봐."

"하지만 설마. 저렇게 많은 돈을……."

"그러게 말야. 정말 놀랐어."

비는 저녁때가 되어서야 좀 수그러지기 시작했다. 그러나 물은 이미 남자들의 턱에까지 찼고 여자들은 감히 아래층으로 내려올 엄두조차 낼 수 없게 되었다. 아래층의 방들은 이제 들창 높이까지 물속에 잠기었다.

미군들이 인명 구조용 고무보트를 타고 동네의 골목에 나타난 것은 그 무렵이었다. 동네의 골목이 완전히 물속에 잠겨 마치 운하와도 같은 구실을 할 수 있게 되었던 것이다. 미군들은 침착하고 거의 기계적이랄 만큼 일사불란한 동작으로 동네의 아이들과 노인들, 그리고 병자들을 그 구명보트에 태워 미군부대로 대피시키는 작업을 벌이기 시작했다. 그들의 작업은 눈부시다고 할 수 있었다. 2인 1개조씩 편성되어 야전용 들것 하나씩을 휴대하고 물속으로 내려선 그들은 동네의 집집마다, 동네의 샛골목마다를 헤치고 들어가 노인이나 아이들, 또는 병자들을 들것에 태워 어깨에 메고 다시 골목으로 나와서는 그들을 구명보트에 대기하고 있는 동료들에게 인계하는 것이었다. 보트는 그리고 제한된 인원수가 차자마자 출발하는 것이었다. 골목에 나타난 구명보트는 모두 네 척이나 되었다. 그리고 그것들은 지금의 경우 모두 군함과도 같은 위력을 가지고 있어 보였다.

안채로 통하는 샛골목 어귀에 나와 턱을 물에 넣지 않으려고 발돋움을 하고 서서 그들의 작업을 지켜보고 있는 내게로 들것을 어깨 위에 멘 미군 구명조 1개 팀이 다가왔다. 앞장선 미군이 이 안에 병자나 어린이가 없느냐고 내게 물었다. 나는 영옥이를 생각했다.

그녀는 나와 그녀의 동료들이 물에 흩어진 지폐들을 거의 모두 건져서 모아 주었음에도 불구하고 실신하다시피 기진맥진해서 늘어져 있었던 것이다. 나는 있다고 대답했다. 그들은 나를 따라 흙탕물을 헤치며 안채로 들어왔다. 나는 2층으로 올라가서 영옥이에게 미군부대로 가겠느냐고 물었다. 그러자 그녀는 뜻밖에도 완강히 고개를 좌우로 흔들었다. 돈은 내가 잘 맡았다 줄 수 있다고 재차 말했으나 그녀는 늘어진 중에도 노한 눈빛으로 나를 쏘아보며 여전히 고개를 힘있게 흔들었다. 그럼 가지고 가도 되지 않느냐고 다시 말했을 땐 그녀는 아예 눈을 감아 버리고 말았다. 고개 흔드는 일도 이젠 힘겹고 귀찮다는 듯이. 하는 수 없이 나는 밖으로 물러 나와 2층에까지 올라와 있는 미군들에게 환자가 가지 않겠단다고 말하였다. 그러자 그들은 그럼 다른 사람 중에서도 가기를 원하는 사람이 없느냐고 물었다. 두 사람의 지원자가 나섰다. 나이 많은 여자 둘이었다. 두 여자는 곧 미군들을 따라 거의 중턱에까지 물에 잠긴 층계를 내려갔다. 그리고 한 여자는 들것 위에 눕고 조금 키가 큰 한 여자는 미군 한 사람의 어깨에 매달리다시피 하고 턱을 치켜든 채 샛골목을 빠져나갔다. 나는 그들을 배웅하여 발끝으로 걷다시피 해서 다시 골목 밖으로 나왔다.

네 척의 보트가 다시 아이들과 여자들로 가득 태워져 있는 모습이 보였다. 아이들은 신바람이 난다는 듯 보트 가장자리에서 손으로 물을 저어 보기도 하고 뱃전을 손바닥으로 쓰다듬어 보기도 하며 이 귀중한 기회를 음미하려 들었고 여자들도 대개는 조금쯤 즐기는 듯한 태도였다. 두 여자는 곧 보트에 태워졌다. 그리고 그때 다시 빗줄기가 세차지기 시작했다. 철삿줄 같은 빗줄기가 다시 그 운하와도 같은 골목의 수면 위에 무수한 구멍을 내면서 내리꽂히기 시작했고 사방은 다시 캄캄하게 어두워 오기 시작했다. 그러자 미군들은 서둘러 보트들을 움직이기 시작했다. 그리고 겁을 집어먹은 상륙 부대처럼 그들은 황망히 퇴각해 갔다.

안채의 2층으로 되돌아온 나는 여자들 사이에, 아까 미군들을 따라갔더라면 좋았을걸, 하는 후회의 분위기가 감도는 걸 느낄 수가 있었다. 나는 모른 척해 두었다. 그러나 눈짐작으로도 아래층에 범람하고 있는 물의 높이는 다시 점점 불어나고 있는 것을 알 수 있었다. 당숙이 방방으로 다니며 여자들을 안심시키고 있는 듯한 모습이 보였다. 나는 이 집이 튼튼하게 지어진 것인지 어떤지를 알고 싶었으나 그것을 당숙에게 묻는 것은 그만두었다. 지금 와서 그것이 사태를 호전시킬 아무런 힘도 없는 질문이라는 걸 나는 알 수 있었기 때문이다.

당숙모와 2층에 방을 가진 여자들이 협력해서 밥을 짓기 시작했다. 그녀들이 가진 취사도구와 식량과 연료, 그리고 내가 일러 둔 대로 춘식이가 미리 운반해 놓은 쌀과 연탄이 즉시 쓸모를 발휘하고 있었다. 식수는 2층에 사는 여자들이 길어다 놓은 것만으로는 모자랐으므로 빗물을 받아서 써야 했다. 밥이 다 지어지자 각 방에서 여자들이 나와 인원수대로 밥그릇을 날라 갔다. 밥그릇이래야 전부터 밥그릇으로만 사용되던 것들은 반도 안 됐고 냄비나 유리컵, 심지어는 플라스틱 바가지까지 동원되었으며 반찬이래야 된장과 고추장밖에 없었으나 여자들은 전부터 익숙한 일이라도 하듯 말없이 그것들을 날랐다. 장 씨와 나, 그리고 홍 씨와 춘식이도 그 일을 도왔다. 습기와 그리고 빗소리로 가득한 대기 속에 밥 냄새가 따뜻하게 퍼졌다. 밥을 분배하는 일이 끝나자 당숙과 당숙모 그리고 장 씨, 홍 씨, 춘식이와 나도 한방에 둘러앉아 허기를 채웠다. 어두워 오기 시작하였다. 식사를 대강 마친 나는 방들을 순회하며 초를 가진 사람을 찾았다. 모두 열한 자루의 초가 나왔다. 한 방에 한 자루씩 나눠 주어 켜도록 했다. 여자들은 이제 젖은 옷을 마른 것으로 갈아입거나 동료의 것을 빌려 입고 옹기중기 둘러앉아 잡담을 하거나 아예 일찌감치 벽에 몸을 기대고 잠을 청하는 표정으로 눈을 감고 있는 여자들도 있었다. 잡담을 나누고 있는 여자들의 표정이나 일찌감치 눈을 감아 버린 여자들의 표정이나 모두 한결같이 어떤 두려움에 대해 의식적으로 관심을 멀리하려는 태도가 엿보였으나 나는 짐짓 못 본 체했다. 비는 계속해서 줄기차게 쏟아지고 있었다. 물이 얼마나 더 불었는지 이제는 사방의 어둠으로 하여 확인해 볼 길이 없었고, 다만 커다란 싸리비로 나뭇잎들을 휩쓸어 대는 듯한 빗소리만이 어두운 공간 속에 가득했다. 나는 당숙들이 있는 방으로 돌아오다가 한 방문 앞에서 멈춰 섰다. 한 귀익은 여자의 목소리가 나를 불러 세웠기 때문이었다.

“김 씨. 바쁘신 모양인데, 잠깐만 이리 들어오시지 않을래요? 들어와서 아무 얘기나 좀 해 줘요.”

옥화였다. 그녀는 촛불이 흔들거리는 방 안에서 도깨비처럼 이쪽을 내다보고만 있었다. 알 만한 여자들 칠팔 명이 그녀와 함께 앉아 있었고 미라도 거기에 끼어 있었다. 미라는 벽에 기대어 눈을 감고 있다가 천천히 눈을 떠서 나를 한번 쳐다보고는 다시 별 표정 없이 눈을 감았다.

“바쁘긴 뭐가.”

하고 나는 짐짓 한가한 태도를 꾸미면서 문께에 걸터앉았다. 문 쪽으로 앉았던 여자들이 조금씩 안으로 엉덩이를 움직여 자리를 넓혀 주었다. 그러나 나는 더 들어앉지는 않았다. 방 안에 있는 모든 여자들의 입술 위에 떠돌고 있는 질문을 대표해서 말한다는 투로 옥화가 반쯤 웃으면서 말했다.

“우리 이러구 있다가 몽땅 물귀신이 되는 건 아녜요?”

나는 웃으면서 말했다.

“죽구 싶진 않은 모양이군?”

“아, 죽긴 왜 벌써 죽어요오? 시집도 못 가 보구?”

“시집?”

“그러믄요. 처녀귀신은 염라대왕 앞에두 못 간다는데, 더구나 난 수용소에 가서두 어떡하면 처녀귀신 한번 면해 보나, 그것만 생각했는데. 시집이나 한번 가 보구 죽어야지.”

“그럼 됐어. 하느님두 생각이 있으면 이 많은 처녀 모두 시집 한번 못 가 보구 죽도록 내버려두진 않겠지."

그러자 방 안의 여자들은 재난도 잊고 모두 까르르 웃어 댔다. 그녀들의 등 뒤에선 흔들리는 불빛에 비친 그녀들의 커다란 그림자가 염탐꾼들처럼 기웃거리고 있었다. 미라는 벽에 몸을 기대고 눈을 감은 채 방 안의 소란에는 처음부터 관심이 없는 태도로 시종했다. 화장이 지워진 그녀의 얼굴은 물빛처럼 투명했다. 웃음이 멎자 누군가가 말했다.

"그나저나 물귀신은 면한다 치더라두 뭘 갖구 영업을 해 먹지?"

다른 여자가 받았다.

"침대니 뭐니 폭삭 녹았을 텐데 말야. 난 입은 것 이것뿐야."

"난 이것두 빌려 입은 거라구. 하나 못 갖구 나왔어."

"난 방정맞게두 어저께 전축을 들여놨지 뭐야. 씨팔 정말……."

누군가가 딱 잘라 결론을 내렸다.

"야 야, 다 그만둬. 어느 물귀신이 너희들 안 잡아가구 모두 살려 준다던? 미리 빌어 두기나 해. 잡아갈 때는 제발 좀 살살 잡아가나 달라구."

다분히 익살을 부린 말투였으나 여자들은 그 말에 모두 입들을 다물어 버렸다. 무언가 잊었던 두려움이 다시 그녀들을 엄습하는 듯했다.

"괜찮을 거야. 너무 걱정들 말아요. 그만큼 왔으면 비두 멎겠지."

나는 되도록 가볍게 말하면서 엉덩이를 들었다.

"물귀신한테 잡혀가더라두 가진 거라군 × 하나밖에 없구우, 또 영업을 해 먹게 되더라두 처음부터 가진 거라군 × 하나밖에 없는데 대체 무슨 소리들야? 잠이나 자자."

옥화가 벽 쪽으로 벌렁 드러누우며 말했다. 어둠 속에선 여전히 빗소리만 요란했다.

나는 당숙들이 있는 방으로 돌아왔다. 흔들리는 촛불 아래서 당숙은 팔베개를 한 채 눈을 감고 누워 있었고 당숙모는 설거지를 다 마치고 들어온 듯 하루 사이에 몇 년은 늙어 버린 듯한 얼굴로 마른 수건에 손을 훔치고 있었다. 그리고 장 씨는 벽에 등을 기댄 채 촛불만 멀뚱멀뚱 바라보고 있었고 홍 씨와 춘식이는 꾸벅꾸벅 졸고 앉아 있었다. 내가 방 안으로 들어서자 당숙은 가만히 눈을 떠서 쳐다보았다. 조용한 눈길이었다. 나는 묵묵히 장 씨 곁에 다리를 펴고 앉았다. 당숙이 누운 채로 말했다.

"초가 모자라지 않았니?"

그 소리에 졸고 앉았던 홍 씨와 춘식이가 펄쩍 눈을 뜨며 고개를 바로 했다가 다시 꾸벅꾸벅 졸기 시작했다.

"아뇨."

나는 대답했다.

"네 자루가 남아서 반개씩이 더 돌아갔어요."

"다행이다."

당숙은 그렇게 말하고 다시 눈을 감았다. 당숙모가 그때 여자들의 방으로 가 보려는지 밖으로 나갔다. 아마 고참 여자들이 있는 방으로 가려는지 모른다. 당숙이 눈을 감은 채로 말했다.

“자라. 피곤할 거다. 좀 있다 내가 다시 한번 둘러보지.”

“전 괜찮아요. 주무세요. 제가 다시 둘러보겠어요.”

“뭐 더 이상 별일은 없을 거다. 염려 말구 한숨 자라. ……이쯤은 내겐 아무것두 아니다.”

하고 당숙은 잠시 속으로 무언가를 더듬는 듯한 눈까풀이 되더니 눈을 떠서 나를 쳐다보고 내가 잠자려 하지 않은 채 자기를 바라보고 있음을 알자 다시 눈을 감으며 말을 이었다.

“……만주에 있을 땐데 그때 난 젊기두 했지만 홍수루 범람한 탁류 속을 한 40리 표류하구서두 목숨을 건진 적이 있다. 거의 의식을 잃다시피 하구서 떠내려가면서두 이상하게 죽지만은 않을 자신이 있었다. 터무니없는 자신이었지만……. 그리구 운도 좋았겠지만 결국 난 살아났지. 의식을 되찾구 보니까 나는 어느 낯선 물기슭에 엎드려 있었는데 기슭을 향해 뻗어 나온 커다란 나무뿌리 하날 그때까지 움켜쥐구 있더구나. 나중에 알구 봤더니 표류해 온 거리가 자그마치 40리나 됐다. 그 뒤루 난 위급한 일을 당할 때마다 어떤 낙관을 가지게 됐다. 자니?”

“아뇨.”

“그 뒤루두 죽을 고빈 숱해 겪었지. 돌아가신 형님한테서 들었는지 모르겠다만 난 별별 짓을 다 했으니까. 뭐 꼭 돈만 벌려구 그랬던 건 아니다. 물론 뭐 별다른 뜻이 있었던 것두 아니구. 그저 남 안 하는 짓을 하구 싶었을 뿐이지. 젊었으니까. 아무튼 그렇게 죽을 고비를 넘기면서 사람이란 위급하면 위급할수록 더욱 끈질기게 살아남으려고 하는 동물이라는 걸 알았다. 그리구 대개는 성공한다는 것두. 또 그런 땔수록 사람은 교활해진다구나 할까, 본능적으루 더욱 지혜로워지는 동물이라는 것두 알았지. 어떻게든 살아날 구멍을 찾아내구야 말거든. 사실 사람처럼 끈질기게 살아남아 온 동물이 어디 있겠니? 난 사람이라는 동물의 장래를 믿는다. 최소한 어떤 경우에두 멸종해 버리진 않으리라는 걸 믿는다. 그렇게 믿구 나두 아직 살아남아 왔다. 그 많은 사람들이 여러 가지 이유 때문에 죽어 간, 얼핏 보기에 절망 이외엔 아무것두 남아 있지 않은 것으루 보이기 쉬웠던 시대들을 겪어 오면서. 물론 용기 있게 죽음을 맞아들인 사람들을 나는 존경한다. 그런 사람들에 비하면 나는 천하게 비겁하게 살아남았다구 해야 옳겠지. 하지만 그렇게 살아남은 사람들의 몫두 있다구 생각한다. 뭐라구 할까. 나의 몫이라구나 할까. ……아마 ㄷ에 사는 사람들 대부분이 그렇게 살아남아 온 사람들이겠지. 자니?"

내가 아무 대답이 없자 당숙은 다시 눈을 떠서 내 쪽을 한번 쳐다보고는 내가 그저 자고 있지 않음을 알고 다시 눈을 감았다.

"그만 한숨 자라. 내가 쓸데없는 얘길 한 것 같구나. 장 군이라두 누워서 자게 하구."

장 씨도 언제부터인지 꾸벅꾸벅 졸고 있었다. 나는 장 씨와 홍 씨 그리고 춘식이를 방바닥에 뉘었다. 그들은 질문할 일이라도 있다는 듯이 눈을 한 번씩 떠 보이고는 이내 뉘어진 대로 다시 잠들었다. 나는 먼저대로 앉았다. 구명보트에 실려 미군부대로 간 사람들이 생각났다. 그들은 어떤 식으로 수용이 되었을까. 지금쯤 그들은 무슨 생각을 하고 있을까. 남의 나라 정부가 파견한 군대에 의해서 구조되고 보호받는 자신들의 처지를 다행스럽게 여기고 있을까. 그런 것들을 당숙과 얘기하고 싶었다. 나는 말했다.

"미군부대루 간 사람들은 안전하게 보호받군 있겠죠?"

"아마 그럴 테지. 미국 사람들은 그런 일을 좋아하니까."

"네?"

"약한 사람, 불행한 사람, 재난을 당한 사람, 이런 사람들을 돕는다는 게 그 사람들의 좌우명 아니냐? 그럴 일이 없으면 만들어 내기라두 할 사람들인걸. 자, 그만 너두 이제 한숨 붙이렴."

나는 아무 말도 하지 않았다. 빗소리가 좀 뜸해진 것 같았다.

허기지고 지쳐 빠진 유격 교육병들을 이끌고 개울로, 개울로만 끝없이 행군하는 꿈을 꾸다가 깨었을 때는 사방이 환했다. 나는 소스라쳐 일어났다. 방문과 창문으로 환한 햇빛이 스며들고 있었고 방 안에는 나 이외에 아무도 없었다. 비는 그쳐 있었고 하늘에는 대신 태양이 떠올라 있었다. 범람했던 물은 이제 수렁 같은 흙 앙금만을 남기고는 말끔히 빠지고 없었다. 2층에는 본래 거기에 살던 여자들만이 방문을 활짝 열어젖히고 습기 낀 방으로 햇볕을 맞아들이거나 젖은 옷가지 같은 것들을 널어 말리고 있을 뿐 지난밤의 그 많던 사람들은 하나도 보이지 않았다. 나는 아래층으로 내려갔다. 그곳에서는 이미 내일을 위한 준비가 진행되고 있었다. 물의 발톱이 할퀴고 간, 토굴처럼 변한 방들마다 주인들이 돌아와서 재난의 끔찍함에 상관치 않고 분주하게 움직이기 시작하고 있었던 것이다.

천근처럼 젖어 버린 침대 매트리스나 물먹은 의자, 소파 같은 것들을 뒷문 쪽 철둑께로 끌어내고 바께쓰로 물을 길어다 수렁 같은 물앙금이 엉긴 벽이나 방바닥을 씻어 내는가 하면 아궁이에 가득 찬 흙탕물을 양은 밥그릇 같은 것으로 퍼내고 있는 여자도 있었으며, 수세미가 돼 버린 옷가지들을 물에 행궈 내 널고 있는 여자도 보였다. 개중에는 더러 재난의 엄청난 모습에 상심하여 넋 나간 표정으로 걸터앉아서 동료들의 바쁘게 움직이는 모습만 멍하니 바라보는 여자도 있었으나 대부분의 여자들은 마치 물가를 찾아낸 유랑민들처럼 분주히 움직이고 있었다. 나는 미끈거리는 수렁 속을 걸어 클럽 쪽으로 나갔다. 당숙과 장 씨, 홍 씨, 춘식이 들이 클럽의 벽에 엉겨 붙어 있는 수렁 같은 진흙 앙금을 물로 씻어 내리고 있었다. 바닥도 그리고 의자와 테이블들 위에도 그 수렁 같은 진흙 앙금이 온통 뒤덮여 있었다. 클럽의 벽에 남아 있는 그 진흙 앙금으로 보아 물은 키를 넘는 높이에까지 들어찼었던 게 분명했다. 바께쓰로 벽에 물을 끼얹고 있던 당숙이 나를 발견하고 말했다.

"곤히 자기에 그냥 뒀다. 이리 와서 거들어라."

"네."

나는 윗옷을 벗어부치고 클럽 바닥의 미끈거리는 수렁 속을 걸어갔다. 당숙이 계속 물을 끼얹으면서 말했다.

"이만하기가 다행이지만 미라가 없어진 게 걱정이다. 밤에 혼자 나가서는 돌아오지 않았다는구나."

"네?"

"하지만 아침에 아무리 찾아봐두 미라의 시체 같은 건 보이지 않았어. 꼭 죽었는지 어떤지두 알 수 없다만……."

동네의 뒤쪽 철둑가에는 젖은 살림살이를 말리는 여자들로 동네의 길이만큼 긴 대열이 이루어져 있었다. 침대 매트리스나 이부자리, 젖은 의자나 소파, 캐비닛, 찬장, 겨울용 의복들, 가방 · 신발 들, 그 밖의 많은 잡동사니들과 헝클어진 머리, 흐트러진 매무시의 여자들이 만드는 그 피난 행렬 같은 긴 대열 위로는 그리고 높이 솟아오른 여름의 태양이 이미 훅훅 열기를 내리 끼치고 있었다.

어디를 복구하러 가는 모양인지, 곡괭이 같은 것을 든 선로 노무자 몇 사람을 태우고 수동차(手動車) 한 대가 바퀴소리도 요란히 지나갔다.

심리학자들

그 시외버스가 K에 접어들었을 때, 차내는 갑자기 물을 뿌린 듯 고요해졌다.

지방의 소도시답게 단조롭고 깨끗한 K의 거리로 마악 버스가 들어서려는 순간 승객들은 자기들이 탄 버스 안에서 어떤 일이 일어나고 있다는 걸 알아차렸던 것이다.

어떤 법정 전염병의 주의사항이라도 전해지듯 그것은 일시에 그리고 순식간에 그렇게 알아차려졌다. 승객들은 숨을 죽였다. 그리고 그쪽을 바라보지 않으려고 저마다 기를 썼다.

그러나 모든 지각신경은 어쩔 수 없이 모두 그쪽으로 쏠리고 있는 것 같았다. 동행이 있는 승객들도 얘기를 멈추고 모두 입들을 다물었다.

그쪽—버스의 앞쪽, 더 정확히 말해서는 운전석으로부터 세어, 두 사람씩 앉게 되어 있는 좌석의 세 번째 자리에서 일어나고 있는 일은, 사람들이 저마다 소문으로도 익히 듣고 개중에 더러는 목격한 적이 있는 사람도 있어서 단지 일별만으로 또는 그 근처의 공기를 느끼는 것만으로 그 일의 전모와 또 앞으로의 진행을 일거에 예측할 수 있는 매우 상징적인 사건으로서 사람들을 일시에 얼어붙게 하였던 것이다.

그 좌석에는 스물예닐곱 나 보이는 여인 한 사람과 그녀와 동행 같지는 않아 뵈는 서른두셋 가량의 사내 한 사람이 나란히 앉아 있었다. 창가 쪽으로 앉은 그 여인은 친정에라도 다니러 간다는 투의 애써 값비싼 단장을 하고, 그러나 화장은 몹시 노련한 흔적은 엿보이지만 어딘가 여염집 여인네의 그것 같지는 않게 좀 야해 보이는 것으로 한 채 창 쪽으로 머리를 기대고 깜박깜박 졸고 있었고 통로 쪽으로 앉은 그 사내는 홈스펀 윗도리의 두 팔을 깍지 낀 채 억세고 넓어 보이는 한쪽 어깨를 여인 쪽에 터억 붙이고 다소 심드렁한 표정으로 앞만 바라보고 있었다. 얼핏 그는 앞좌석에 앉은 청년의 종기 자국으로 지저분한 뒷목을 보고 있는 것도 같았고 더 앞쪽의 차창으로 달려 들어오는 풍경들에 그저 무심히 눈길을 주고 있는 것도 같았다. 그리고 바로 그 뒷좌석에는 서로 동행인 듯 보이는 색안경 낀 사내 한 사람과 코르덴 모자를 쓴 사내 한 사람이 나란히 앉아서 간간 얘기를 주고받거나 무슨 우스운 얘기 끝인지 하하하 하고 알맞은 높이의 소리로 웃거나 하며, 앞쪽을 바라보고 있었다. 그런데 그 근처가 유달리 눈에 띄는 것은 그 세 번째 좌석의 여인과 사내나 바로 그 뒷좌석의 두 사내나 모두 힘든 일을 해서 먹고사는 사람들 같지는 않게 어딘지 근심걱정 없어 보이고 살갗이나 옷차림도 다른 좌석의 승객들에 비해서 한결 허여멀쑥하고 번드르르해 보였기 때문이다. 다른 좌석의 승객들이란 농부 아니면 지방 상인, 또는 지방 공무원, 아기 안은 아낙네, 땟국이 흐르는 두루마기를 입은 촌로(村老) 같은 사람들이 대부분이었기 때문에 옷차림이나 표정이 대체로 우중충하고 궁상스러워 보였던 것이다. 그런데 그 세 번째 좌석의 창가 쪽에 자리 잡고 앉아 깜박깜박 졸고 있는 여인으로 말하면 그다지 잘 재단된 옷 같아 보이진 않지만 윤기 있는 갈색 털의 친칠라 코트를 몸에 두르고 있었고 모조품인지는 모르겠으나 두 귓불에 은백색의 뽀얀 진주귀걸이를 달고 있었으며, 살갗도 화장기가 가지 않은 목 부분까지 비교적 하야말쑥했고, 또 그 옆의 사내나 그들 뒷좌석의 두 사내를 말하더라도 모두 피부색이 허여멀쑥하고, 영양상태가 좋아 보였으며, 입은 옷차림도 그 피부색과 어울리게 색상이 밝고 멋쟁이 유의 세련된 그것이었던 것이다. 친칠라 코트의 여인과 나란히 앉은 그 홈스펀 윗도리의 사내는 안에 올이 굵은 옥스퍼드지 계통의 스포티한 와이셔츠를 받쳐 입었으며 잘 닦아서 반짝거리는 구두를 신고 있었고 그 뒷좌석의 색안경을 낀 사내는 허벅지까지에 이르는 담황색 세무 코트를, 그리고 그 옆의 코르덴 모자를 쓴 사내는 콜드크림을 바른 여인의 얼굴처럼 윤이 반지르르 흐르는 초록색 가죽잠바를 입고 있었다. 그리고 사건은 그곳에서 일어나고 있었다. 그들 근처의 몇몇 승객은 똑똑히 보았다.

홈스펀 윗도리의 사내가 뒷좌석 쪽을 힐끔 돌아보았다. 색안경의 사내와 코르덴 모자의 사내가 기다렸다는 듯 동시에 그의 시선을 받았다. 세 사내의 여섯 개의 눈이 그 순간 번쩍하는 것 같았다. 그리고 그다음 순간 홈스펀 사내의 오른손이 좌석 등받이 쪽으로 돌아 뒤로 움직여 갔다. 한 마리 배로 기는 짐승처럼 민첩히. 통로 쪽으로 앉은 색안경의 사내가 역시 오른손을 재빨리 내밀어 그 손을 잡았다. 마치 은밀한 악수라도 나누듯이 어떤 반짝하는 금속의 빛이 그 이상한 모양의 악수 사이에서 잠깐 새어 나왔다. 그리고 그 악수는 끝났다. 홈스펀의 사내는 다시 처음대로 팔짱을 꼈고 색안경의 사내는 코르덴 모자의 사내와 무어라고 몇 마디 주고받은 다음 하하하, 하고 다시 알맞은 높이의 소리로 웃었다.

승객들이 그쪽을 바라보지 않으려고 기를 쓰기 시작한 것은 그 순간부터였다.

그리고 그 시외버스가 K의 거리로 마악 접어들기 시작한 것도 바로 그때였던 것이다.

승객들은 일시에 침묵하여 버렸다. 그리고 그들은 어떤 몹시 책망받을 일을 감춘 아이들처럼 잔뜩 긴장해 버렸다. 또는 자신들이 예의 바르지 못하지나 않을까 근심하는 것처럼 그들은 시선 둘 곳을 바로 찾지 못해 전전긍긍했다.

창가 쪽으로 앉은 승객 중엔 새삼 차창 밖의 풍경에 흥미라도 느낀 듯이 얼굴을 숫제 창 쪽으로 돌려 대고 있는 축들이 있는가 하면, 통로 쪽에 앉은 승객 중엔 짐짓 아무것도 보이지 않는다는 표정으로 조금 시무룩해진 채 그저 앞만 바라보고 있는 축도 있었으며, 어떤 승객은 명상에 잠긴 사람처럼 아예 눈을 지그시 감고 있기도 했다. 그러면서도 그들은 온 신경을 어느 한곳으로 집중시키고 있다는 것을 창 쪽으로 돌려 댄 얼굴의 옆부분에서, 앞만 바라보고 있는 시선의 딱딱하게 고정된 눈빛에서, 그리고 지그시 감은 눈의 눈꺼풀 위에서 감추지 못하고 있었다.

그런데 꼭 한 사람, 보아야 할 것은 보고야 말겠다는 듯한 똑바른 시선을 끝내 그쪽으로부터 거두려고 하지 않는 사람이 있었다. 그쪽과는 통로를 격해서 세 좌석 뒤 창가 쪽에 앉은, 얼굴빛이 간장 계통의 질환이 있는 듯 거무스레 죽어 있고 얼핏 순직해 보이기 쉬운 커다란 두 눈만이 이마 밑에서 또록또록 어두운 빛을 발하는, 어딘지 몹시 허약해 보이는 청년 한 사람이 그 사람이었다. 나이는 스물두셋 정도, 검정 물감을 들인 군대 작업복을 입고 있었다.

그의 시선은, 통로 쪽에 앉아서 아무것도 보이지 않는다는 듯 똑바로 앞만 바라보고 있는 동석자—40세 가량의, 지방 상인풍의 남자였다—의 코앞을 통과해서 일직선으로 통로를 격한 세 좌석 앞의 그 사내들에게로 향해져 있었다.

그 사내들은 그러나 아주 자유로웠다. 홈스펀의 사내는 여전히 그 억세고 넓어 보이는 한쪽 어깨를 창가 쪽 여인에게 터억 붙인 채 팔짱을 끼고, 그 다소 심드렁한 듯 보이는 시선을 자유로이 앞으로 향한 채일 뿐이었으나, 색안경의 사내와 코르덴 모자의 사내는 버스 전체의 분위기에 아랑곳없이 계속 간간 무어라고 주고받고는 알맞은 높이의 소리로 하하하, 하고 웃어 대곤 하는 것이었다. 심지어 더러는 무슨 재미난 얘기 끝인지 킬킬거려 대기까지 하였다. 물론 역시 그 알맞은 높이의 소리이긴 하였으나.

승객들은 그럴 때마다 감은 눈을 뜨고 싶거나 앞으로 고정시킨 시선을 움직이고 싶거나 창밖으로 향한 얼굴을 돌이키고 싶은 낌새가 역력했으나 기를 쓰고 참고 있음이 분명했다. 그리고 참아 내지 못한 사람은 한 사람도 없어 보였다.

운전사는 바짝 치켜 깎은 뒤통수만 이쪽으로 향한 채 꿈쩍 않고 차만 몰고 있었고, 감색 차장복을 입은 여차장은 문가에 서서 손가락으로 귀 후비는 시늉을 하고 있었다.

그때 그 시외버스의 진로에 방해자가 나타났다. 허리가 꼬부라진 할머니 한 사람이 달려들어 가는 그 시외버스의 앞에서 길을 건너려는 몸짓으로 우물쭈물하고 있는 모습이 버스의 전면 차창으로 뛰어들었던 것이다. 버스는 거의 그 할머니를 칠 뻔하면서 급정거했고 운전사가 옆 창을 열고 욕지거리를 퍼부었다.

"이 망할 놈의 늙은이야! 누구 팔잘 조져 놓으려구 그래!" 그 할머니는 그러나 귀조차 어두운지 어릿어릿 이쪽을 한 번 쳐다보는 둥 마는 둥 하고는 내처 그 우물쭈물하는 걸음으로 길을 건너가 버렸다. 운전사는 욕지거리를 몇 마디 더 퍼붓고는 옆 창을 닫고 다시 버스를 출발시켰다.

그때, 버스가 급정거하는 바람에 그 친칠라 코트의 여인은 깜박깜박 졸던 잠에서 정신을 차린 모양이었다. 무의식중인 듯 기지개를 켜려는 몸짓을 하려다가 문득 좌우를 둘러보고는 어깨를 얌전히 한 다음 한 손을 들어 입을 가리며 하품을 싸악 했다. 그리고 창밖을 좀 주의 깊게 내다보더니 왼쪽 팔목을 조금 쳐들었다. 창밖으로 주어졌던 시선이 그 팔목으로 옮아갔다. 여인의 시선이 약간 의심의 빛을 띠고 흔들리기 시작한 것과 그것이 더욱 깊어져서 허둥대기 시작한 것, 그리고 양쪽 팔목의 코트 소매가 번갈아 걷어 올려지기 시작한 것은 잠깐 사이 그리고 거의 동시였다. 여인의 입에서는 목이 쉰 듯한 짧고 메마른 부르짖음이 나직이 질러졌다.

"엄마, 내 시계, 내 시계."

승객들은 이때에 그쪽을 바라보지 않으면 영영 그쪽을 바라볼 기회는 오지 않으리라고나 판단한 듯 일제히 그쪽을 한 번씩 힐끔힐끔 쳐다보았다. 여인은 당황한 탓인지 아주 아둔한 눈길 같기도 하고, 몹시 탐욕스러운 눈길 같기도 한 허둥대는 시선으로 주위를 두리번거리기 시작했다.

"내 시계 어디 갔지? 내 시계……."

자신에게 묻기라도 하듯 아니면 자기를 둘러싸고 있는 공기에게 묻기라도 하듯 그렇게 거의 웅얼거리던 여인은 계속해서 그 아둔한 눈길로 자기의 몸 주위와 사방을 두리번거려 댔다. 홈스펀의 사내가 동석자의 재난을 동정한다는 투의 매우 점잖고 걱정스러운 표정으로 여인에게 말을 붙였다.

"시계가 없어졌습니까?"

"네에. 이 버슬 탈 때까지만 해두, 아니 아까까지만 해두 있었는데……. 3만 원이나 주구 산 건데."

여인은 마치 시계를 되찾게나 된 것처럼 반색을 하며, 그러나 반은 울상이 되어 자기 옆자리의 사내를 바라보며 말했다.

"저런 쩟쩟. 여행하실 땐 조심하셔야죠."

홈스펀의 사내는 점잔을 부리며 다시 여인을 위해 걱정하는 표정을 지어 보였다.

"암, 조심하셔야 하구말구요."

뒷좌석의 코르덴 모자와 색안경이 홈스펀을 거들며 한마디 했다. 여인은 고개를 돌려 자기를 위해 걱정해 주는 또 다른 사람들을 돌아보았다. 그러더니 비로소 자기에게 닥쳐온 재난이 기정사실이라는 걸 깨달은 듯 앉은 자리에서 엉덩방아를 찧어 대며 두 손으로 얼굴을 가렸다.

"난 어쩜 좋아, 난 어쩜 좋아."

그녀는 울기 시작했다. 자기 자신에게 또는 자기를 둘러싸고 있는 공기에게 투정이라도 하듯 어깨를 흔들며.

한동안을 그렇게 투정 부리듯 울던 그녀가 일순 울음을 멈추고 고개를 바로 했다. 얼굴을 가렸던 손을 떼었다. 눈물로 얼룩진 두 눈이 차츰 슬기로워져 갔다. 마침내 반짝 빛났다. 고개를 별안간 홈스펀의 사내 쪽으로 홱 돌렸다.

"당신은 알죠? 당신은 봤죠? 그렇죠?"

홈스펀의 사내가 팔짱을 풀었다.

"아니, 이 아주머니가?"

"당신이 모름 누가 알아요, 당신이 못 봤음 누가……."

"아, 아주머니 정말."

여인의 두 눈이 다시 한번 빛났다.

"당신이지. 내 시계 훔쳐 간 건 바루 당신이지?"

"아니, 정말 이 여자가?"

홈스펀의 사내는 얼굴에 성난 표정을 지었다. 여인의 두 눈은 그때 다시 한번 반짝 빛났다. 고개를 뒷좌석 쪽으로 홱 돌이켰다.

"그리고 당신들두지. 당신들두지."

색안경과 코르덴 모자가 동시에 성난 표정을 지었다.

"이 여자가 정말?"

여인의 얼굴은 빛나 오르기 시작했다. 그리고 악을 쓰기 시작했다.

"당신들이야! 당신들이야! 내놔! 내놔! 내 시계 내놓으란 말야!"

세 사내는 마치 미친 여자라도 구경한다는 듯 관대한 경멸의 시선으로 여인을 쳐다보았다. 여인은 두 눈에 독기를 품고 발악을 계속했다.

"당신들이 아님 누구겠어? 당신들이 아님 누구란 말야? 난 속이지 못해. 내가 누군데 날 속여. 정말…… (순간 여인의 입은 가련하게 일그러졌다) ……내가 누군데 날 속여. 적어두 남자는 날 못 속여. 당신들은 날 못 속여. 내놔! 내놔! 내 시계 내놓으란 말야!"

여인이 홈스펀 사내의 윗도리 앞자락을 움켜잡은 것은 그다음 순간이었다.

"내 시계 내놔! 내 시계 내놓으란 말야!"

"아니, 이 년이 정말!"

홈스펀 사내의 얼굴이 무섭게 부풀어 오르며 더는 점잖게 있지만 못하겠다는 듯 욕지거리가 터져 나온 다음 순간, 손을 어떻게 썼는지 여인의 입은 아, 하고 짧고 힘없는 탄성을 내지른 뒤 마치 물에 빠진 여자의 그것처럼 딱 벌려졌다. 그리고 그 얼굴에서는 핏기가 걷혔다. 한참만에야 그리고 그녀는 먼 거리를 달음박질하고 난 사람처럼 심호흡을 하며,

"이 도둑놈아."

라고 간신히 외쳤다. 그러고는 토할 듯 가슴 아래쪽을 움켜쥐고 괴로워하다가 다시 호흡기에서 나는 듯한 헐떡이는 소리로 부르짖었다.

"아이구, 도둑놈이 사람까지 잡네! 사람까지 잡아아!"

홈스펀의 사내는 그러나 다시 팔짱을 끼고 천연스럽게 앉아 있었다. 여인은 마침내 목 놓아 울기 시작했다. 그러는 동안 코르덴 모자와 색안경은 서로 쳐다보지도 않고 무어라고 몇 마디 주고받고는 또 그 알맞은 높이의 소리로 하하하, 하고 웃고 있었다. 목 놓아 울던 여인이 뒤쪽으로 상반신을 홱 돌이켰다.

"이 도둑놈들아! 사람의 물건을 훔쳐 놓구, 사람을 이렇게 쳐 놓구 웃어? 이 도둑놈들아!"

색안경이 앉은 자리에서 커다란 손바닥을 펼쳐 여인의 뺨을 힘껏 후려쳤다. 강인한 근육이 연한 살에 급한 속도로 부딪치는 소리가 나고 여인의 얼굴은 한쪽으로 홱 돌아갔다. 그러나 여인은 이내 얼굴을

바로 했다. 그리고 계속해서 악을 썼다.

"이 깡패, 날강도 같은 놈들아! 세상에 법두 없는 줄 아니? 남의 물건을 훔쳐 놓구 또 사람을 치기까지 해? 이 오뉴월에 서리 맞아 죽을 놈들아! 갠 날에 벼락 맞아 죽을 놈들아! 똥물에 튀겨 죽일 놈들아! 그게 어떻게 벌어서 산 시곈 줄 알기나 하니? 3년을 밤마다 ×팔아 산 시계란 말야! ×팔아 산 시계! 지긋지긋한 사내놈들한테 ×팔아 산 시계! 알겠니? 응? 이 날강도 같은 놈들아! ×새끼들아!"

"오, 알고 보니 똥갈보년이로구나. 쌍년 같으니라구."

하고 고개를 두어 번 크게 끄덕이는 척하다가 이번에는 코르덴 모자가 번개같이 여인의 뺨을 후려갈겼다. 여인의 얼굴은 다시 한쪽으로 홱 돌아갔다. 그러나 여인은 또다시 얼른 얼굴을 바로 했다.

"그래, 나 똥갈보다. 똥갈보야! 어디 누가 이기나 해 보자! 해 봐! 날 죽이기 전엔 내 시겔 못 가져가아! 곱게 가져가려거든 날 죽여! 날 죽여!"

그리고 여인은 실성한 여자처럼 좌석의 등받이를 타고 넘어 뒷좌석 쪽으로 굴러떨어졌다.

그때 승객들의 얼굴에는 아아, 하고 탄성을 지르고 싶어 하는 표정들이 떠돌았다. 그리고 이어 어떤 묘한 안도의 빛 같은 것이 떠돌기 시작했다. 마치 자기들의 어떤 도덕적 부끄러움 내지는 열등감이 그 여인의 신분이 드러남으로써 감소 또는 상쇄되기라도 하는 듯한 착각이 그들을 구한 것 같았다. 개중엔 이제 아주 자유스러워졌다는 듯한 미소를 머금고 그쪽을 내놓고 구경하기 시작한 승객조차 있었다.

딱딱하게 뒤통수를 굳힌 채 차만 몰던 운전사도 뒤를 한 번 힐끔 돌아보았고 여차장도 말로만 듣던 신기한 물건의 현품을 직접 볼 기회라도 생겼다는 듯 찬찬히 그쪽을 쳐다보기 시작했다.

사내들에게 덤벼들기 위해서 뒷좌석 쪽으로 굴러떨어진 여인의 몸에서는 순간 퍽 하는 둔한 마찰음이 났다. 그리고 헉하는 숨소리와 함께 여인의 몸은 활처럼 등이 꼬부라지면서 코르덴 모자의 몸 위로 덮쳐졌다. 코르덴 모자는 미간만 약간 찌푸리면서 여인의 몸을 통로 쪽으로 밀어 던졌다. 색안경이 제 친구를 거들었고 여인은 죽지 않은 새처럼 힘없이 통로 쪽의 좌석 모서리에 몸을 부딪치면서 통로 바닥에 쓰러졌다.

그러나 순간 친칠라 코트가 위로 치켜올려져서 여인의 머리를 덮어 버렸기 때문에 그녀는 마치 사냥을 당한 한 마리 가엾은 짐승같이 보였다. 그러나 여인은 두 손으로 바닥을 짚으면서 안간힘을 쓰며 다시 엉금엉금 일어났다. 그리고 절망적인 소리로 부르짖었다.

"운전사, 이 차 멈춰요. 스톱!"

홈스펀의 사내가 팔짱을 낀 채 운전사 쪽을 향해 타이르듯 말했다.

"알구 있지, 운전사? 그냥 가."

운전사는 차를 멈추지 않았다. 그리고 승객들은 다시 아무것도 보이지 않는다는 듯 고개를 딱딱하게 했다.

여인은 홈스펀의 사내 쪽을 향해 몸을 던졌다. 홈스펀의 사내는 앉은 채로 널따란 손바닥을 펼쳐 여인의 얼굴을 밀어 버렸다. 여인은 마치 뒤쪽에서 머리채라도 잡아 낚인 듯 고개를 뒤로 젖히며 물러 나와 다시 통로 이쪽 좌석의 등받이 모서리에 허리를 부딪치고 쓰러졌다. 그러나 여인은 이를 악물고 다시 일어섰다. 그녀의 몸놀림은 이미 사람의 그것이 아니었다. 본능에 따라서 움직이는 어떤 가련한 짐승다운 그것이었다. 여인은 다시 물에 빠진 여자처럼 두 팔을 허우적거리며 홈스펀의 사내 쪽으로 달려들었다. 홈스펀의 사내는 이번엔 자리에서 일어섰다. 그리고 허우적거리며 달려드는 여인의 두 팔을 잡아 비틀어 그녀의 등 뒤로 모아 한 손에 쥐고 나머지 한 손으로 그녀의 뺨을 후려치기 시작했다. 여인의 얼굴에서 코피가 흐르기 시작했다. 그러나 홈스펀의 사내는 손을 멈추지 않았다. 여인의 얼굴이 목 빠진 인형의 그것처럼 힘없이 좌우로 흔들거리는 동안 사방으로 코피가 튀었다. 색안경과 코르덴 모자가 자리에서 일어서서 통로 쪽으로 나왔다. 색안경이 그녀의 머리채를 잡아 뒤로 홱 낚아챘다. 그녀는 다시 희생(犧牲)으로 쓰일 한 마리 짐승처럼 힘없이 통로 바닥에 쓰러졌다. 코르덴 모자가 쓰러진 여인의 옆구리를 쿡쿡 구둣발로 질러 댔다. 여인은 이제 거의 실신한 듯 움직임이 없었다.

그때 뒤쪽에서, 느닷없이 무슨 신음소리 같기도 하고 고통에 찬 짐승의 외마디 소리 같기도 한 날카롭고 기이한 음향 하나가 솟아올랐다. 통로에 선 세 사내를 포함한 승객들의 시선이 일제히 소리 난 쪽으로 향했다.

사람들은 그곳에서 한 청년의 모습을 보았다. 검정 물감을 들인 군대 작업복을 입고 창가 쪽 자리에 앉은 그 청년은 마악 가위에라도 눌린 듯 입을 딱 벌리고 고통에 찬 커다란 두 눈을 부릅뜬 채 이쪽을 쏘아보고 있었다. 그리고 청년의 입에서는 다시 가위에 눌린 소리 같기도 하고 열병에 들린 사람의 헛소리 같기도 한, 고통에 찬 소리들이 토막토막 끊겨 나왔다.

"저, 저, 저놈들은, 사람이, 사람이 아냐. 저놈들을 그냥, 그냥 둬선 안 돼!"

코르덴 모자가, 달리는 차 안이었으나 익숙한 걸음걸이로 그쪽을 향해 다가갔다.

"어이, 어린 친구. 다시 한번 점잖게 말해 보시지. 뭐라구?"

청년이 눈에 초점이 흩어지는 듯하며 핼쑥해진 얼굴로 코르덴 모자를 향해 일어섰다.

"당신들은 나쁜 사람들이야! 악당들이야! 사람을 무서워할 줄 모르는 사람들이야! 당신들은 범죄자들이야!"

순간 코르덴 모자의 입가에 짐짓 관대한 미소가 떠도는가 싶더니 어느 틈엔지 그의 손이 재빨리 뻗쳐 들어가서 청년의 멱살을 틀어쥐었다. 청년의 거무스레 병약해 보이는 얼굴은 순식간에 부끄럼 타는 사람의 그것처럼 상기되었다. 코르덴 모자는 틀어쥔 청년의 멱살을 통로 쪽으로 잡아끌었다. 청년은 아주 가벼운 짐처럼 들려서 동석자의 무릎 위로 끌려 통로 바닥에 비틀거리며 세워졌다.

"이 어린 친구야. 병아리야. 어디 한 번만 더 말해 보지."

코르덴 모자가 말했다. 청년은 멱살을 잡힌 채로 턱을 당겨 침을 삼키면서 말했다.

"……다, 당신들은 폭력배야. 깡패야. 강도야. 당신들은 체포돼서

재판을 받아야 해!"

코르덴 모자가 연민의 표정을 지으며 제 친구들을 돌아보았다.

"패 버려!"

색안경의 말이 미처 떨어지기도 전에 청년은 가슴을 움켜쥐며 앞으로 고꾸라졌다. 그리고 미처 다 고꾸라지기도 전에 청년은 다시 얼굴을 감싸 쥐고 뒷걸음질 쳐서 맨 뒷좌석에 앉은 승객 무릎에 안겨졌다. 그 승객은 악운이라도 자기에게 떨어진 것처럼 황망히 놀라며 청년을 두 손으로 밀어 댔다. 모든 승객들의 얼굴엔 이제 공포의 표정이 역력히 드러났다. 그리고 악운이 제발 자기에게는 오지 않기를 바라는 가엾은 조바심도.

코르덴 모자는 유유히 다시 청년을 자기 쪽으로 끌고 갔다. 청년의 입가에서는 피와 함께 거품 같은 것이 흘러내리고 있었다. 두 눈은 그리고 이제 절망적인 노여움으로만 충혈돼 있었다. 코르덴 모자가 아주 너그러운 억양으로 말했다.

"어디, 꼭 한 번만 더 말해 볼까?'

그러나 그때, 청년은 코르덴 모자 쪽을 향해 말하지 않았다. 피거품이 튄 얼굴을 승객들 쪽으로 돌려 대며 소리치기 시작했다.

"여러분은 누구세요? 여러분은 이 사람들이 나쁘다고 생각하지 않습니까? 우리들은 이 사람들보다 수가 많습니다. 힘이 더 세요. 왜 그냥 둡니까? 마음만 먹으면……."

그 순간 청년은 다시 헉, 하는 숨 삼키는 소리를 내며 앞으로 곤두박질쳤다. 그 등을 다시 코르덴 모자가 구둣발로 찍어 눌렀다. 청년은 통로 바닥에서 턱을 치켜들려고 기를 쓰며 소리쳤다.

"이놈들은 우리들의 공포심을 이용할 뿐입니다! 알구 보면 아무 힘도 없어요!"

그때까지 청년을 코르덴 모자에게만 맡겨 두었던 홈스펀과 색안경이 달려들어 청년의 머리통을 바닥에 대고 짓밟기 시작했다. 청년의 머리는 둔탁한 소리를 내며 계속해서 통로 바닥에 부딪혔다. 쓰러져 있던 친칠라 코트의 여인이 그때 정신을 되찾은 듯 다시 엉금엉금 기어 사내들의 다리 쪽을 향해 엉겨 붙었다. 코르덴 모자가 그러는 그녀의 가슴께를 사정없이 걷어찼다. 여인의 상반신이 들썩 위로 솟구치듯 하더니 털썩 소리를 내며 바닥에 떨어졌다.

청년은 계속 머리를 짓밟히면서 고개를 좌우로 틀어 승객들을 향해 부르짖었다.

"이놈들은 아무 힘도 없어요! ……여러분만 힘을 합치면, 그까짓 단련된 주먹이나 발길질쯤……."

승객들의 표정에 조금씩 동요가 일기 시작했다. 망설임과 조바심 그리고 알 수 없는 어떤 부끄러움과 알 수 없는 두근거림으로 그들의 얼굴은 차츰 상기해 갔다. 코르덴 모자가 그러한 승객들을 아주 관대한 미소를 띠고, 그러나 눈에 힘을 주어 둘러보았다. 그러나 승객들은 거의 자유롭게 자기들의 생각에만 골몰한 듯했다. 코르덴 모자의 관대한 미소가 약간 일그러지며 당황한 표정이 스쳐 갔다. 그때 청년이 가래 끓는 듯한, 거의 잦아들어 가는 목소리로 마지막으로 외쳤다.

"우리는…… 사람이 아닙니까!"

맨 뒷좌석의 구석 쪽 자리에 앉아 있던 지방 공무원풍의 남자가 얼굴을 벌겋게 상기한 채 벌떡 일어서며 소리쳤다.

"야! 이 개새끼들아! 사람을 아주 밟아 죽일 셈이냐!"

그러자 앞쪽에서도 농부임에 틀림없이 뵈는 중년남자 한 사람이 벌떡 일어서서 이쪽으로 돌아서며,

"이 개돼지만두 못한 눔덜! 천하에 죽일 눔덜! 당장 그만두지 못하겠니!"

하고 주먹을 쥐어 흔들었다. 홈스펀과 색안경, 코르덴 모자가 사납게 얼굴을 일그러뜨리며 뒤쪽과 앞쪽으로 각각 달려가려고 했다. 그러자 일제히 모든 승객들의 입에서 고함소리가 터져 나왔다.

"저놈들을 꼼짝 못 하게 해라."

"잡아라!"

"죽여!"

통로 쪽에 앉은 승객들이 우르르 일어섰다. 그들은 모두 우람하고 자신에 차 보였다.

창가 쪽에 앉은 승객들도 모두 일어섰다. 승객들의 벽에 갇힌 세 사내는 눈치 빠른 짐승들처럼 일시에 자그마해져서 사람들 사이를 뚫어 보려고 했다. 승객들은 그러나 점점 벽을 좁혀 들어갔다. 세 사내의 표정은 당황과 비굴, 그리고 공포의 그것으로 바뀌어 갔다. 그들의 표정은 이제 조금도 관대하지 못했다.

누군가가 그때,

"어이 운전사, 스톱!"

하고 외쳤다. 운전사는 어깨를 펴며 차를 세웠다. 그곳이 바로 그 시외버스 종점이었기 때문만은 분명 아니었다.

내 친구 해적

"글쎄 해적이라구만 말씀드리면 아실 거라는데요."

구내전화의 수화기를 통해서 수위 박 씨의 대답을 듣는 순간 내 뇌세포들은 한 10여 년 전에 마지막 본 친구의 모습을 재빨리 재생시켜 주었다.

"곧 나간다구 하세요."

라고 나는 송화기에 대고 박 씨에게 말하였다.

사무실에서 뛰어나갔을 때는 엘리베이터의 문이 마악 닫히는 참이었다. 내가 단거리 경주자처럼 무서운 순발력을 내어 그 앞에 다다랐을 때는 그 문은 그리고 매정하게 닫혀 버렸다. 다음 엘리베이터를 기다릴까 하다가 나는 층계를 뛰어내려 가기 시작하였다. 10층에서 맨 아래층 수부(受付)까지 층계로 뛰어 내려가는 것이 다음 엘리베이터를 기다렸다 타고 내려가는 것보다 더 빠른 것인지 어떤지는 알 수 없었으나 벽처럼 완강하게 입을 다문 엘리베이터 앞에서 그냥 나태하게 서성거리고 있을 기분이 아니었던 것이다. 오랜만에 밟는 층계의 든든한 고형감(固形感)이 발과 다리에 가뿐하고 기분 좋은 반동으로 전해져 왔다. 층계는 그러나 금세 끝나 주지는 않았다.

그와 내가 다 같이 열일곱 살 나던 해 여름 도둑고양이처럼 발소리를 죽이며 걸어 내려가던 그 침례병원의 끝없이 긴 것만 같던 층계가 생각났다. 불과 4층에서 아래층까진데 그렇게 끝없이 길게만 여겨졌었다. 층계단 한 단 한 단에 아마 1분씩은 잡아먹는 것 같은 느낌이었다. 그러나 그 무모하고도 유쾌했던 탈출은 두고두고 잊히지 않는다.

맹장수술을 받은 지 불과 하루 만의, 아니 채 하루도 안 된 환자의, 병원으로부터의 탈출이라면 아무도 곧이들으려고 하지 않을 것이다. 그러나 우리는, 아니 그는 그렇게 했다.

해수욕을 가려고 둘이 나섰던 도중에 그가 몹시 심해 보이는 복통을 일으켰다. 바닷가에 거지반 다 간 장소에서였다. 태양빛이 망막을 무찔러 버릴 듯이 범람하던 뜨거운 오후였다. 웬만한 고통쯤에는 눈하나 깜짝 않는 그의 얼굴에 잔소름이 돋았다. 더위 때문만은 분명 아닌 땀방울도 이마에서는 맺혀 나오고 있었다. 언젠가 새로 만든 작살의 탄력을 시험해 보려고 하다가 잘못해서 그 날카로운 쇠꼬챙이가 제 장딴지에 가 깊숙이 박혔을 때에도 그 순간만 얼굴을 조금 붉혔을 뿐 이내 쑥 잡아 뽑은 뒤, 피가 솟아오르는 상처에 흙을 좀 쥐어 뿌리고는 그만이던 그였다. 그런데 그때만은 형편이 좀 달랐다.

그렇듯 꿋꿋하기 짝이 없던 그가 나로서는 도저히 실감할 수 없는 어떤 몹쓸 고통에 의해서 완전히 포로가 돼 버린 듯했던 것이다. 심지어는 궁상스럽게도 배를 움켜쥐고 몸을 앞으로 숙여 대기까지 했고 마침내는 걸음마저 아예 멈춰 버리는 것이었다. 나는 가족 가운데 누가 아프거나 동행하던 사람이 갑자기 탈이 났을 경우가 가장 난감했고 또 짜증스러웠다. 왜냐하면 어떻게든 내가 도와야 할 경우인데 항상 도울 수 있는 적절한 방법을 잘 찾을 줄 몰랐기 때문이다. 그때도 우선은 짜증스럽기부터 했으나 그래도 어떻게 용하게도 그에게 병원엘 가 보잘 생각이 났는지 모른다. 그러나 어떻든 내 그 제의는 땀방울이 뚝뚝 듣는 그의 고통에 찬 얼굴에 의해서 대번에 거부되어 버렸다. 그가 절망적인 눈빛으로 나를 바라보면서 얼굴을 분명하게 가로 내저었던 것이다. 나도 그제야 우리에겐 병원엘 갈 만한 돈이 없다는 걸 깨달았다. 그런데 그때에 참으로 다시 한번 용하게도 떠올라 준 생각이 저 침례병원이었다. 거기서는 돈 안 가진 환자라고 해서 마구 쫓아 보내는 법 없이 우선은 치료부터 해 주고 본다는 얘기를 들은 적이 있었던 것이다. 치료비는 그리고 차차로 갚게 해 준다던가.

그가 복통을 일으킨 장소에서 10리 가까이를 걸어서 우리는 침례병원으로 갔다. 그때 혹 우리에겐 버스 삯도 없었던 것인지, 흔들리는 자동차 같은 것에 타면 고통이 더하리라는 그의 판단 때문이었는지, 또는 그토록 완전무결하게 고통으로부터 지배받는다는 것에 그가 오기를 낸 탓이었는지는 지금 분명하게 기억할 수 없다. 다만 탈

것이라곤 아무것도 이용하지 않고(또는 못하고), 좀 걷다가는 쉬고 좀 걷다가는 쉬고 하는 식의 느린 보행이긴 하였으나 10리 가까이나 되는 거리를 그가 아무튼 훌륭하게 걸어 내었다는 것은 분명하게 말할 수 있다.

듣던 대로 침례병원에서는 우리를 쫓아내지 않았다. 그리고 그를 진찰한 서양인 의사는 조금 늦었으면 큰일 날 뻔했다고 서툰 한국어로 말하면서 급성 맹장이라는 진단을 내렸고 당장 수술 준비를 지시하였다.

그가 수술을 받는 동안 나는 수술실 앞 복도에 놓인 나무의자에 앉아 있었다. 시간이 그때처럼 조바심 나게 여겨진 적이 없었고 그제야 친구가 지금 중대한 순간에 직면해 있다는 실감이 났다.

수술을 끝마치고 나온 그 서양인 의사는 내가 거기에 아직 앉아 있는 것을 발견하자 예의 그 서툰 한국어로 훌륭한 친구를 두었다고 내게 치하하였다. 자기가 시술했던 환자들 가운데서 그처럼 훌륭한 태도와 몸뚱이를 가진 사람은 처음 본다고도 하였다. 그리고 이젠 아무 염려 없으니 돌아갔다가 내일 친구의 보호자와 함께 다시 오는 것이 좋겠다고 말하였다.

이튿날 아침 나는 혼자서 다시 병원으로 갔다. 병원으로 갈 것을 작정하고 났을 때 그는 무슨 꿍심에서였는지 집에는 절대로 알리지 말아 줄 것을 신신당부했었기 때문이다. 하긴 그에게는 산비탈 판잣집에서 반신불수로 누워 있는 늙은 아버지 한 사람과 행상을 다니는 역시 늙은 계모 한 사람이 있을 뿐이었지만.

그는 커다란 수술을 받은 환자답지 않게 그리고 어제 오후의 그 고통스러워하던 얼굴답지도 않게 멀쩡한 얼굴로 나를 맞아 주었다. 친구의 그러한 얼굴에 일단 안심을 하면서

"괜찮니?"

하고 그러나 내가 걱정스러이 묻자,

"맹장수술 별거 아니드라. 그거사 그거고 니 우리 집에 말 안 했제?"

하고 그는 딴 걱정부터 하였다.

"그건 안 했다."

"됐다. 그람 됐어."

"뭐가 됐단 말야?"

"됐다 카믄 됐는 줄 아는기라."

그는 입을 의미심장하게 꼭 다물고 눈빛을 반짝이며 내 얼굴을 찬찬히 쳐다보았다. 순간 나는 야릇한 전율이 내 몸속을 흐르는 걸 느꼈다. 무의식중에 나는 주위를 살폈다. 방 안에는 그와 나 이외에 마침 아무도 없었다. 누운 채로 그가 계속 내 눈을 자세히 쳐다보았다. 나도 그의 눈을 찬찬히 마주 내려다보았다. 우리는 그때 우리 서로가 아주 꽉 연결된 친구 사이임을 다시 한번 확인하는 기분이었다. 그가 하려는 일을 나는 흥분 가운데서 알아차리고 있었으며 내가 알아차렸다는 것을 그 또한 알았다는 신호를 눈빛으로 내게 보내고 있었던 것이다.

"괜찮겠니?"

하고 나는 근심과 불안이 뒤섞인 떨리는 목소리로 물었다. 그의 아직 성할 리 없는 몸에 대한 근심과 지금부터 하려는 일에 대한 불안이 그렇게 내 목소리를 떨게 했으리라. 그러나 그는

"꺼떡없다."

라고 빙긋 웃음까지 띠어 보이며 말했다.

그는 내 도움 없이 거의 별로 힘들이지 않고 침대에서 일어났다. 그리고 수술을 받은 지 채 하루도 안 된 환자의 그것이라고는 도저히 믿기지 않는 재빠른 동작으로 환자복을 벗고 거기 캐비닛에서 제 옷을 꺼내어 꿰었다. 방을 빠져나와 복도에 나섰을 때 거기에는 다행히 병원 관계자는 한 사람도 눈에 띄지 않았다. 그리고 층계를 내려올 때 간호사 몇 사람과 마주쳤으나 우리를 의심하는 기색은 조금도 없이 모두 지나쳐 올라가 버렸다.

그러나 층계는 한없이 길게만 여겨졌었다. 흥분과 불안으로 가슴이 뛰는 소리가 귀에 들리는 듯했고 발이 층계에 닿는 느낌이 몹시 낯설었다. 그는 그러나 천연스레 고개를 쳐들고 한 단 한 단 침착하게 내려 밟고 있었다.

현관을 빠져나올 때 병원의 수위가 힐끗 우리를 한번 쳐다보았으나 역시 별 의심하는 빛 없이 우리를 내버려두었다. 여름 오전의 환한 햇살 밖으로 빠져나왔을 때 우리는 마주 보고 웃었다.

"했다."

라고 그는 비로소 땀이 송골송골 내돋친 얼굴로 말하였고

"그래."

라고 나는 내 팔을 그의 겨드랑이에 넣으면서 대답하였다. 아, 악덕과 모험을 구별할 줄도 모르던 철부지 시기의 이야기다.

그 뒤 그는 동네 약방에서 항생제 몇 알을 사 먹은 것 말고는 아무 탈도 없었다. 뱃가죽을 꿰맸던 실은 아마 두려움도 없이 그 스스로 뽑아 버렸던 것 같다.

수부에서 기다리고 섰던 그는 내가 층계를 뛰어내려 가는 모습을 발견하자 얼굴에 일순 반가운 빛을 스치며 한 손을 조금 들어 보이는 듯했다.

"야 이 친구야. 올라오려거든 미리 연락이나 좀 하지 않구."

나는 친구의 손을 잡아 쥐며 우선 꾸짖기부터 하였다. 그러나 그에는 대꾸도 않고 그는

"나 안죽 점심 안 묵었다."

하고 어제 헤어진 친구에게 말하듯 하였다.

"그래, 아무튼 나가자."

나는 잡아 쥔 그의 손을 그대로 끌고 밖으로 나왔다. 오후 2시가 넘었으나 나 또한 점심을 미루고 있던 참이기도 하였다. 거리는 늦은 봄 오후의 나릇한 햇빛 속에서 몽롱한 눈을 뜨고 있었다.

그와 내가 늘 곁에 붙어 다니다시피 단짝으로 지내게 된 것은 서로가 고등학교에 마악 진학하고 나서부터가 아닌가 싶다. 어떤 계기에 의해서였는지는 십오륙 년이 지난 지금에 이르러 분명하지 않으나 아무튼 눈만 뜨면 함께 붙어 다니다시피 한 것만은 분명하다. 나는 가족과 함께 피난살이를 하다가 환도할 기회를 놓치고 그럭저럭 그

항구도시에 그냥 눌러살게 된 피난민 학생이었고 그는 그 고장에서 태어나 그곳에서 잔뼈가 굵은 토박이였다. 그런데도 둘은 무엇이 배짱이 맞았는지 눈만 뜨면 항상 붙어 다니다시피 하였었다. 지금도 무엇이 둘을 그렇게 만들었는지는 얼핏 생각이 나지 않는다. 아마도 내 쪽에서 그를 좋아했던 까닭이 아닌가 싶다.

그는 피부빛이 담배빛 같은 갈색이고 광대뼈가 약간 튀어나온 숙성한 얼굴에 두 눈이 조금 가로째어진 듯한 인상을 주는 것이 특징이었고 무엇보다 잠수(潛水)를 해녀보다도 오래 견디는 것이 특기였다. 높은 곳에서 바닷물로 뛰어들기(그와 함께 자란 다른 아이들로부터 그가 아홉 살 때 이미, 어른들도 겁을 집어먹고 뛰어내리기를 두려워하는 그 항구도시의 두 섬을 연결하는 높은 다리에서 바닷물로 뛰어내렸다는 얘기를 나는 들었고 그를 사귀고 난 뒤, 나는 실제로 그가 그 다리에서 3차 회전을 하며 바닷물로 뛰어드는 아름다운 모습을 본 적도 있다) 멀리 헤엄치기는 말할 것도 없거니와 그의 잠수는 실로 초인적인 그것이라 할 만했다. 해녀들이 보통 2분밖에 견뎌 내지 못하는 잠수를 그는 3분 이상 해내는 경우가 적지 않았던 것이다. 그것도 그저 하는 잠수가 아니라 목적이 있는 잠수였다. 그것을 그는 해적질이라고 불렀다. 또 스스로를 해적이라고 자칭하며 은근히 뽐내기도 하였다. 당시 우리는 교사들의 눈을 피해 종종 영화관에도 드나들고 했던 것인데 한 눈을 검정 가죽안대로 가렸거나 가슴팍에 해골 문신을 넣은 서양해적들이 등장하는 영화를 특별히 좋아하여 찾아다니곤 했던 것이다. 그리고 그는 아마 해적영화라면 나보다 더욱

밝혔던 듯싶다.

그가 '해적질'이라고 일컫는 것은 다른 것이 아니었다. 나는 미처 모르고 있었지만 그의 설명에 의하면 바다에도 모두 주인이 있다는 것이었다. 그리고 훌륭한 바다일수록 그렇다는 것이었다. 훌륭한 바다란 그의 설명을 따르면 풍부한 바다였다. 즉 해산물이 풍부한 바다(는 아름다운 바다이기도 한데) 이를테면 미역, 다시마, 우뭇가사리 등을 필두로 온갖 해조류, 굴, 조개, 전복 따위의 패류(貝類), 그리고 성게, 멍게 따위 온갖 사람들의 구미에 붙는 해산물들이 풍부하면 풍부할수록 그 바다는 훌륭한 바다이며 따라서 값도 비싸고 또한 주인들도 모두 당당하다는 것이었다. 그런데 자기는 바다와 같은 자연(自然)에 주인이 따로 붙는다는 것은 있을 수 없는 일로 생각한다고 하였다. 그것은 마치 하늘을 조각조각 나누어서 각기 따로 임자를 붙이는 것과 같은 것이라고 하였다. 그러므로 자기는 이를테면 '바다의 의적'이기도 한 셈이라고 말하면서 그 주인 있는 바다에 몰래 잠수해 들어가서 전복이나 우뭇가사리 같은 걸 따 내오는 일을 서슴지 않았다. 그리고 그것을 스스로 '해적질'이라고 부르는 것이었다.

여름철이면 우리는 바다에 가서 살다시피 하였고 그는 주로 물속에서, 그리고 나는 수영을 조금 하고는 주로 그의 움직임이 잘 보이는 바위 위에 앉아서 보내었다. 제 일을 하면서도 때때로 그는 나를 위한 선물도 잊지 않았다.

그가 솟아오르려는 해면이 엷은 빛으로 바뀌고 물방울을 튕기며 드디어 그의 머리가 해면 밖으로 튀어나온다. 해면에 반사되는 눈부신 햇빛 속에 젖은 얼굴을 쳐들고 그는 휘파람을 한번 휘익 분다. 그러고는 무엇인가 손에 쥔 것을 흰 이로 물어뜯는다. 그때 대기 속에 맑은 음향이 울려 퍼지는 따악 하는 소리가 난다. 잘 마른 참나무 방망이를 요령 좋게 맞부딪칠 때, 나는 것 같은 음향이다. 그러면 나는 그것이 무엇인 줄 안다. 멍게다. 멍게를 이빨로 물어뜯어서 그 견고한 껍질을 깨뜨리는 소리다. 알맹이를 꺼내서 그는 물 위에 뜬 채로 그것을 대강 바닷물에 헹군다. 그러고는 번쩍이는 상반신을 해면 밖으로 솟구치며 나를 향해 던진다. 대체로 앉은 자리에서 받게 되지만 조금 겨냥이 높을 때는 나는 그것을 일어서서 받는다. 그리고 그것을 입속에 넣는다. 싸드레하지만 늘 훌륭한 맛이다.

'해적'은 또 작살질도 잘할 줄 알았다. '해적'과 내가 단짝으로 붙어 다니다시피 하게 된 지 얼마 지나서 우리에게는 또 한 명의 친구가 새로 끼어들었는데 그는 간질병 환자였다. 1년에 두어 번쯤 교실에서 꽂꽂이 뒤로 쓰러지곤 하였다. 스스로를 예술가로 자처하던 친구였는데 그가 공작 솜씨가 놀라워서 작살도 잘 만들 줄 알았다. 또 수경(水鏡)도 아주 맵시 있게 만들어 내곤 했다. 그가 우리 친구로 된 후부터는 '해적'은 늘 그가 만든 작살과 수경을 썼다. 작살은 대나무와 고무줄과 쇠꼬챙이가 재료였고 수경은 유리와 모리나가 우유깡통이 재료였다. 모리나가 우유깡통을 만(灣)처럼 안으로 호선을 그리게 자르고 유리를 끼운 다음 이음새를 촛농으로 땜질하면 그대로 훌륭한 수경이 되었다. 그의 솜씨에 의해서 만들어져 나오면 그것은 그리고 어떤 어구(漁具) 가게에서 사는 것보다 훨씬 야무지고 물 한 방울 안

새는 훌륭한 수경이 되었다.

그것을 쓰고 작살을 꼬나쥐고 '해적'은 바다 밑 바위틈을 뒤졌다. 그의 말에 의하면 바다 밑처럼 아름다운 곳은 달리는 세상 어디에도 없을 것이라고 했다.

해면을 통해 스며 내려온 빛에 의해서 바다 밑은 눈이 서늘한 푸른 빛 속에 조용히 숨 쉬고 신비한 해조류들이 밀생(密生)한 농장 사이로 온갖 오묘한 빛깔의 물고기들이 떼를 지어 헤엄쳐 다닌다. 그는 그러나 작은 물고기들은 다치지 않는다. 쓰다듬어 줄 수만 있다면 쓰다듬어 주고 싶어 한다. 그러면서 그는 바위 밑 어둑어둑한 큰 물고기의 은신처를 노린다. 이삼 년 내기 먹돔(도미)이나 망둥이를 만나면 그는 주저 없이 작살을 겨냥하여 쏜다. 그가 한번 겨냥하여 쏘면 거의 실수란 없다. 작살은 일직선으로 물을 헤치며 달려가 물고기의 옆구리나 배를 찌른다. 그러면 그는 전리품을 작살에 꿰든 채 물방울을 튕기며 해면 위로 솟아오른다. 우리에게는 항상 초고추장이 준비되어 있다. 익숙한 솜씨로 그가 전리품에 칼질을 하여 회를 만든다. 나누어 먹고 그는 다시 물속으로 들어간다.

전리품이 많은 날이면 그는 그것을 통술집 같은 데에다 팔았다. 그가 따는 전복이나 굴 같은 것도 마찬가지였으며 미역 따위도 그렇게 팔았다. 팔아서 생긴 돈의 일부 또는 거의 전부를 그는 행상을 하여 살림을 꾸려 나가는 계모에게로 가져갔다. 이를테면 '해적질'은 그에게 있어 또한 단순한 놀이만은 아니었던 것이다. 그는 가난뱅이 살림의 한 벌이꾼으로서의 몫도 자임하고 있었던 것이다.

그러한 그의 벌이꾼으로서의 역할은 고등학교를 졸업하고 나자 좀 더 본격적인 그것으로 되었다. 반신불수인 그의 아버지의 병세가 좀 더 시중이 많이 필요한 상태로 되었고 따라서 그의 늙은 계모의 행상도 지극히 제한된 시간 안에서만 가능하게 되었기 때문이었다. 그러나 항상 자유로운 직장을 택했던 그는 (이를테면 언제나 쉽게 들어갈 수 있고 또 쉽게 그만둘 수 있는 젓가락공장, 성냥공장, 병마개공장 같은 델 그는 주로 다녔었는데) 여름철만 오면 항상 다니던 직장을 그만두고 바다에 가서 살았다. 바다에서의 수입이 항상 직장에서의 그것보다 월등 좋았기 때문이기도 하려니와 바다를 좋아하는 그의 천성이 자신을 답답한 직장 속에 가두어 두려고 하지 않았기 때문이리라. 그래서 우리는 고등학교를 졸업하고 나서도 여름이면 함께 바다에 가서 살다시피 하는 생활을 그대로 지속하였다. 그때 우리는 간질쟁이 예술가도 본격적으로 참여시켜서 셋이서 어울려 다녔던 것 같다. 나는 그 항구도시의 대학에 진학을 했고 예술가는 그때까지도 집에서 주로 항상 무얼 꼼지락꼼지락 만들면서 지냈으며 '해적'은 앞에 말한 대로였다.

그 무렵(우리가 고등학교를 마악 졸업한 해였다) 우리는 저 4 · 19라는, 환상이 현실화하는 달콤하고도 아름다운 충격을 맞이하게 되었다. 그것은 우리의 반생 가운데의 최고의 경험에 속한다. 셋 가운데 가장 들떠 있던 게 아마도 내가 아니었던가 싶다. '해적'은 얼마 동안 들떴었다가 이내 사철 중 여름은 바다에서 나머지 기간은 예의 공장에서 일하는 그 생활로 적어도 외관상으로는 침착하게 되돌아갔고 우리들의 간질쟁이 예술가는 처음부터 아예 정치쯤이야 아무래도 좋다는 태도를 지켰으나 나는 그 달콤한 꿈 같은 충격을 온몸으로 받아들여 머리를 뜨겁게 해 가지고 사람들과 그 사람들이 모여 사는 공동체의 진보라는 관념에 바싹 매달리고 있었다. 그리고 걸핏하면 두 친구에게 나의 그 진보에 관한 생각을 말해 주려고 했었다. 나는, 정치적인 견해에 있어서는 두 친구가 다 장님이나 다를 바 없다고 생각하고 있었던 것이다.

"진보란 말이지, 뭐 그렇게 어려운 게 아니란 말야. 사람이 조금씩 더 사람답게 되길 희망하고 계획을 짜고 그걸 한 발짝씩 한 발짝씩 실천에 옮겨 가는 일 외의 아무것도 아니란 말야. 사람답게 살게 된다는 건 떳떳하게 산다는 의미야. 사람이라는 자부심을 가지고 말야."

라는 식의 얘기를 나는 기회 있을 때마다 들먹이곤 했다. 그러면 간질쟁이 예술가는 대개 콧방귀를 뀌었고 '해적'은 그저 과묵하게 듣기만 하는 게 보통이었다.

그러던 어느 날이었다. 바다가 아주 잔잔했던 날이었고 햇볕이 아주 따가운 오후였다. '해적'은 물속에 들어가 있었고 간질쟁이 예술가와 나는 수영을 조금 하고 나와서 편편한 바위 위를 골라 해바라기를 하고 앉아 있었다. 간질쟁이 예술가가 문득 내게 말을 걸어왔다. 전에 없이 진지하고 무엇엔가 깊이 마음을 빼앗겨 버린 듯한 초조한 눈빛까지 띠고서였다.

"니는 인간이란 것에 대해서 우찌 생각하노?"

그 역시 토박이였다. 나는 뜻밖이라 싶어 예술가의 얼굴을 잠시 쳐다본 뒤 그러나 이내 쾌활한 태도로 말해 주었다.

"소중하고 아름답고 고통스럽게 만들어선 안 될 대상, 그렇게 생각한다."

"뭐, 그레 막연하게 말고……. 그람 니 자신에 대해서는 우찌 생각하노?"

그는 몹시 안타깝다는 표정을 지었다.

"나 자신에 대해서? 마찬가지지. 역시 고통을 주어선 안 될 대상이라고 생각한다. 고통을 가하려는 개인이나 집단에 대해서는 강경하게 항의하고 이를 물리칠 줄 아는 존재라야 한다고 생각한다."

"대상이니, 우째 할 줄 아는 존재라야 하니, 그레 말고 말이다. 분명히 말이다. 인간이란 것 자체, 니 자체에 대해서 우찌 생각하노 그 말이다."

"마찬가지야, 아름답고 소중하고 떳떳한 존재라고 생각한다. 그리고 마땅히 그러한 대접을 받아야 할 존재라고 생각한다."

"……."

그는 입을 다물어 버렸다. 지금 생각해 보면 그는 존재론에 대해서 나하고 얘기해 보고 싶어 했던 듯하다. 그리고 자기의 말뜻이 잘 전달되지 않는 것에 실망하고 얘기가 자기 뜻과는 자꾸 엇나가기만 하는 데에 절망해서 입을 다물어 버렸던 것 같다. 나는 당위에 대해서만 말하고 있었던 것이다. 그러나 나는 그가 내 말을 알아듣고 승복한 결과라고만 생각하였다. 사람이면 누구나 그와 같은 생각을 할 줄 알아야만 한다고 나는 믿고 있었으며 그런 얘기를 알아듣지 못한다는 건 여간한 노예근성의 소유자가 아니고는 있을 수 없는 일이라고 생각하고 있었기 때문이다. 우리는 한동안 말없이 앉아 있었다. 그때 해면 한 군데가 불쑥 터지면서 '해적'이 조그마한 어린아이 머리 같은 걸 한 손에 치켜들고 물 위로 솟아올랐다. 그는 그것을 우리 쪽을 향해 치켜들고 흔들었다. 우리는 하마터면 속을 뻰하였다. 그것은 문어였다. 그는 곧 우리 쪽으로 헤엄쳐 나왔다. 문어는 꽤 커다란 놈이었다. 머리를 올롱하니 쳐들고 수많은 다리의 흡반으로 물이 뚝뚝 듣는 '해적'의 팔뚝에 꽉 달라붙어 있었다. 문어의 그 흡반들은 한번 달라붙으면 떨어질 줄을 모른다는데 어쩌려나 싶어 나는 친구가 문어를 잡아 올렸다는 획득의 즐거움에 앞서 걱정부터 되었다. 그러나 해적은 천연스레 우리 곁으로 오더니 칼을 꺼내 그 다리들을 하나하나 잘라 내기 시작하였다. 잘려진 다리의 흡반들은 그닥 맥을 쓰지 못하는 것 같았다. 별반 힘들이지 않고 그는 그것을 제 팔뚝에서 뜯어내었다. 더러 잘 뜯어지지 않는 것들은 이빨로 뜯어내어 그대로 질겅질겅 씹어 넘겼다. 그러고는 잘라 낸 다리 토막 하나를 초고추장에 듬뿍 찍어 우선 제 입에 밀어 넣으며 우리에게도 권하였다. 간질쟁이 예술가는 그러나 받지 않았다. 무슨 생각을 했는지 등까지 돌리고 앉았다가 이윽고는 입을 막으며 고꾸라지듯 저쪽으로 달려갔다. 나는 그러나 천연히 '해적'이 권하는 것을 받아 입에 넣고 씹으며 말하였다.

"인마, 네가 지금 하구 있는 그 행동이 바로 진보의 훌륭한 제일보다. 사실적인 태도, 괴롭히는 것이 있으면 제거하고 음식물이라면 먹는 태도, 그게 맛있으면 맛있게 먹는 태도, 그것이 진보의 감각을 기르는 튼튼한 제일보인 거야. 권위는 환상이지 실체가 아니거든. 사실은 없는 거야. 그런 걸 알아차리는 감각은 바로 지금 네가 취하구 있는 그런 행동을 바탕으루 자란다. 넌 참 근사한 자식이다."

'해적'은 그러나 과묵하게 빙그레 웃고만 있었다. 지금 돌이켜 생각하면 그는 그때 아마 내게 이렇게 말해 주고 싶었는지도 모른다.

"야, 에러운(어려운) 이야기 해 쌓지 마라. 뭣을 그리 자꼬 그래 쌓노? 나는 바닷속이 좋아서 바다에 오는기고, 바다의 생태 그대로가 좋아서 그 생태에 따를 뿐인기라. 에러운 이야기 자꼬 갖다 붙일라고 좀 해 쌓지 마라."

라고. 그러나 친구의 들뜬 상태를 비웃는 결과가 될 것을 조심하여 그렇게 빙그레 웃고만 말았을 것이다.

좀 뒤에 안 일이지만 실은 그가 나보다는 훨씬 더 성숙한 생각을 가지고 있었던 것이다. 그는 나처럼 관념에 매달려 있는 것이 아니라 더 확실한 어떤 실체에 접근하고 있었던 것이다.

우리는 까맣게 모르고 있었던 일인데 그는 자기가 잠시 잠시 들어가 있었던 직장들마다 어떤 모임 같은 것도 만들어 놓곤 하는 그러한 일도 하고 있었던 것이다. 그것은 이를테면 공원(工員)들의 친목회 비슷한 모임으로서 우리가 나중 알게 된 바에 의하면 공원들끼리 서로 어려운 일을 의논하게 하고 약속을 지키게 하고 또 서로 돕게 함으로써 자기들이 모두 똑같은 입장, 똑같은 조건에 놓인 사람들이라는 걸 늘 실감으로 느끼도록 하여 동료 중 누가 부당하게 직장으로부터 쫓겨난다거나 일의 양이나 질에 비추어 지나치게 노임이 낮다거나 할 경우, 공장 주인에게 공원들 전체의 이름으로 떳떳이 항의도 하고 요구사항을 내세우기도 하는 그러한 모임이었다. 그런 일을 우리는 그가 바로 그러한 행동으로 인하여 어느 병마개공장으로부터 쫓겨났을 때의 그 직장동료 한 사람에게서 들어 알게 되었다. 그는 또 그 항구도시의 중심가에서 구두닦이를 하고 있는 소년들을 잘 사귀어 그들끼리의 축구시합 같은 것도 벌이게 했고 나아가서는 경찰서 같은 데까지도 찾아가서 그들의 입장을 대변해 주는 일까지도 도맡았던 모양인데 그런 일들도 우리는 전혀 모르고 지나다가 나중에 가서야 알게 되었다. 그가 그런 일들을 왜 우리에게 말하지 않았는지는 지금까지도 수수께끼 중의 하나이다. 내가 그것을 추궁하였을 때도 그는 그저 과묵하게 빙그레 웃고만 있었으니까. 어떻든 우리는 우리들의 저 팔팔했던 시기를 그런 식으로 보내었다. 다만 여기서 한 가지 덧붙여 두어야 할 것은 '해적'이 문어를 잡아 올렸던 날 이후 며칠 지나지 않아서 우리의 저 예술가가 자기의 작업도구 중 어떤 것으로 스스로의 목을 찔러 자살해 버림으로써 우리들로부터 떨어져 나갔다는 사실이다. 그를 장지까지 배웅하고 돌아와서 둘이 우울한 기분으로 통술집에 마주 앉았을 때 '해적'은 몹시 떨리는 음성으로 죽은 친구를 꾸짖었다.

"아무리 지 목숨이라도 사람의 목숨을 그래 없수이 예기는 놈은 죽어도 싸지. 죽어도 싸고말고. 지가 뭐라꼬 지 목숨을 함부레 하노 말이다."

그러면서 그는 몹시 폭음하였었다.

"술 조금만 할까?"

"낮술 마시고 직장에 개않겠나?"

"괜찮아. 까짓 월급쟁이 신세 뭐."

나는 식사 외에 고량주 두 병과 잡채 하나를 더 시켰다. 보이가 주문을 받아 가지고 카운터 쪽으로 가 버리자 나는 비로소 10여 년 만에 만나는 친구의 얼굴을 좀 자세히 바라보기 시작하였다. 내가 대학 3학년 되던 해에 가족과 함께 서울로 올라온 뒤로는 이따금 서로 편지 왕래가 있었을 뿐 이렇게 얼굴을 마주 대하기로는 이것이 처음인 것이다. 시장 노점판에서 아무렇게나 사 입은 것 같은 잠바 차림의 그는 나보다 서너 살은 위로 보이게 겉늙어 있었다. 아마 술 탓이겠지만 눈 밑에 깊은 주름살이 생겼고 머리숱도 많이 적어진 것 같았으며 무엇보다도 피부의 탄력이 적잖이 손실된 것같이 보였다. 희던 이빨도 누런빛을 띠기 시작했고 잇몸도 붉은빛을 거의 잃어 가고 있었다. 그러나 약간 가로째어진 것 같은 인상을 주는 그 눈매만은 여전히 시선이 반듯하여 내게 안도감을 주었다.

"요새두 '해적질'은 다니니?"

나는 그의 근황을 우선 그렇게 물었다. 그는 가볍게 대답했다.

"하모, 여름이면."

"아버지 돌아가셨을 때두, 너의 계모 돌아가셨을 때두 가 보지 못해 미안하다."

"내가 연락 안 했을낀데?"

"나중에 편지를 했지."

"그래, 그란데 머 하러 오노?"

"그래두……."

"시끄럽다. 챠라."

"……ㄱ동으루 집을 옮겼다면서?"

ㄱ동은 그 항구도시의 외딴 변두리에 있는 거의 빈 벌판이다시피 하던 동네였다.

"추방촌(追放村) 말이가?"

"그래 참, 추방촌이라구 너는 부른댔지. 언젠가의 편지에서."

"쫓기 나간 사람들끼리 모이가 사니 추방촌이 아니고 머꼬? 시내 판잣집이란 판잣집은 전부 헐리 뿌리고 글로 쫓기 안 갔나."

"그래, 그렇게 편지에 썼었지. ……근데 어떻게 올라왔니? 장가라두 가게 됐니?"

"장가? 장가는 무신 장가……. 참 니는 알라 있겠구나."

"지금쯤 아마 골목에 나가 놀구 있을 거다. 세 살이야."

그러며 나는 웃었다. 그도 애아비가 된 제 친구를 건너다보며 따라 웃어 주었다. 우리의 얘기는 이런 식으로 말문이 열려서 식사가 날라져 오고 따로 주문한 고량주와 잡채가 날라져 온 뒤에도 한참을 더 계속됐다. 그리고 고량주를 반주 삼아 시작한 식사가 거의 끝나 갈 무렵에 문득 그가 내 이름을 불렀다.

"인식아."

나는 마침 잡채 그릇으로 가져가려던 젓가락을 멈추고 그를 쳐다보았다. 그는 나를 똑바로 바라보고 있었다.

"……왜 그래?"

"니, 돈 여유 있으면 한 30만 원만 빌리자, 금시 갚지는 못한다, 없으면 말고."

"돈?"

나는 의아한 눈으로 그를 쳐다보았다. 그는 말없이 내 눈을 똑바로 마주 보기만 하였다.

"돈은 어디다 쓰게?"

그러자 그는 자리를 일어섰다.

"나 갈란다. 돈 여유가 없는 모양이구나."

나는 당황하였다. 나는 실수하였다는 걸 깨달았다. 친구에게 용처를 묻다니. 불과 10여 년이라는 시간 동안에 나는 이다지도 용렬해지고 말았단 말인가.

"아냐, 돈 있어. 줄게. 미안해. 지금이라두 집에 다녀오면 돼. 은행 통장만 갖구 나오면 돼. 30만 원이면 되지? 잠깐 앉아."

나는 그를 붙들어 앉혔다. 그는 돈이 꼭 필요하기는 한 듯 다시 자리에 앉았다. 은행에서 30만 원을 현금(그가 그것을 바랐다)으로 찾아 그에게 준 다음 나는 그날 저녁으로 내려가겠다는 친구를 사정하듯 하여 내 집에서 하룻밤 붙들어 재웠다. 아내는 그것이 거의 자기의 노력으로 모인 돈이었음에도 내가 얘기를 하자 별로 불평을 내색하지 않았다. 그리고 친구를 위하여 밤참까지를 마련해 주었다.

그날 밤 잠자리에 누운 뒤에야 그는 내게 돈의 용처를 말해 주었다. 서운함이 좀 풀렸던 모양이다.

반신불수의 아버지가 죽고 늙은 계모마저 죽고 나자 혼자서 그 산비탈의 판잣집에서 살고 있던 그가 행정 당국의 강제철거에 의해서 집을 헐리우고 ㄱ동으로 쫓겨 가게 되자 평소 그를 따르던 구두닦이 소년들과 공장이나 작업장 같은 데서 사귀었던 동료들이 자진해서 달려와 도와주어서 그는 ㄱ동에다 다시 판잣집 하나를 세우고 살게 되었다. 그리고 그것을 다시 그는 2년여에 걸쳐서 블록 집으로 만들었다. 도와준 사람들의 뜻에 보답도 하고 갑자기 잘 곳이 없어지거나 할 경우의 그 구두닦이 소년들이나 동료들의 숙소로도 내놓을 생각을 하고서였다. 한 번에 서너 장씩도 사고 댓 장씩도 사고 더러는 여남은 장씩도 사서 이태에 걸쳐 모인 블록으로 그렇게 하였다는 것이다. (여기까지는 그의 편지에 의해서 나도 대강은 알고 있던 사실이었다.) 그런데 시유지라던 그 일대의 새로 판잣집들이 들어선 지역 한 부분이 연초에 섬뻑 잘리워 어느 시 유력자에게 개인불하 되어 버렸다는 것이다. 그리고 그 유력자는 그곳에 무슨 공장을 세우려고 한다는 것이었다.

공장에서 쓰일 물을 얻기가 그곳이 아주 적당한 장소였기 때문이라는 거였다. 그리고 바로 그 섬뻑 잘리워 나간 부분에 그의 2년여에 걸친 수고의 결과인 블록 집이 들어 있었다. 도무지 어처구니없는 짓이어서 말문이 막히더라고 '해적'은 말하였다. 피해를 입게 된 사람들이 시 당국으로 몰려가 소동을 부리며 항의를 하였으나 솜으로 벽을 치는 것과 다름없더라는 것이다. 그래 그는 끝까지 버티기로 작정하고 자기의 블록 집에다 2층을 올리려고 한다는 것이었다.

돈은 거기에 쓸 것이라고 하였다. 그렇게 말하면서 그는 반듯이 누운 채 천장을 이글이글 타는 눈으로 똑바로 쳐다보고 있었다. 그것은 무모한 짓일 것 같다고 나는 말하고 싶었으나 그만두고 말았다. 그의 태도로 미루어 그것은 좀처럼 흔들릴 결심으로는 여겨지지 않았기 때문이다.

이튿날 아침 그는 갔다. 그와 헤어지는 순간에 나는 다시 한번 그의 계획이 무모한 것 같다고 말해 주고 싶었으나 역시 그만두고 말았다. 작별의 손을 내밀면서 보내오는 그의 밤새 한잠 못 이룬 듯 핏발선 두 눈의 똑바른 시선이 내 입을 봉해 버렸던 것이다. 나는 잠자코 그의 손을 쥐었다.

패(覇)

여러분은 반장 또는 급장이라고 하는 노릇을 해 본 적이 있는가?

이렇게 물으면서 우선 맨 처음 예상되는 대답은,

"어떤 놈이 왕년에 반장 안 해 본 놈 있나?"

이다. 그러나 그러한 대답을 하고자 하는 분들에게도 나는 잠시만 내 이야기에 귀를 기울여 달라고 청하고 싶다. 두 번째로 예상되는 대답은,

"자존심 상하게 하지 말라. 시시한 짓은 어려서부터 삼가 왔다."

라는 것인데 역시 그렇게 대답할 분들도 나는 내 이야기 자리(하찮은 장소지만)에 정중히 청하고 싶다. 세 번째 예상되는 대답이라고 할 만한 것은 글쎄,

"아 참, 그런 게 있었지."

라는 정도이겠지만 내게는 물론 그렇게 말한 분들도 소중한 손님임

에 틀림없다. 여기에 나는 한 분만 더 청하고자 하는데, 그분은,

"아, 난 초등학교 시절부터 고등학교를 졸업할 때까지 주욱 반장만 했었어."

하고 자부심 어린 회상의 표정에 잠길 사람이다.

자, 그러면 손님들도 대강 정해졌으니 슬슬 이야기나 시작해 볼까.

나의 중학교 시절 얘기로부터 꺼내겠다. 실은 모두(冒頭)의 질문도 내 이야기를 중학교 시절부터 시작하려는 데에 뜻이 있었던 것이다. 그리고 내가 반장이었던 것이다.

나는 서울의 어느 사립중학교의 2학년 2반 반장이었다. 대개 반장이 되는 데에는 두 가지 길이 있었는데, 하나는 급우들의 선출에 의하는 방법이었고 또 하나는 담임선생의 임명에 의한 것이었다. 내 경우는 후자였다. 학생들 스스로의 선거에 맡겨서 자신들의 통솔자를 뽑게 하는 걸 바람직하다고 여기는 담임선생을 만나면 반장은 선거에 의해서 선출되며, 아무래도 선생 자신의 판단이 학생들 다수의 그것보다는 여러 가지 의미에서 안심스럽다고 생각하는 담임을 만나면 반장은 선생의 임명에 의해서 정해지기 마련이지만 내 경우는 후자의 예였던 것이다.

나는 1학년 때의 성적이 학년 전체에서 2등이었고 전 학년도의 성적순으로 배열 편성된 2학년 2반에서, 그러므로 나는 전 학년도의 성적이 가장 좋은 학생이었다. 1등이었던 학생은 1반에, 그리고 3등과 4등을 한 학생은 각각 3반과 4반에 편성되는 식이었으니까.

수학선생이기도 했던 우리 담임선생은, 숫자로 명백히 나타난 평가 자료, 즉 나의 성적을 우선적으로 신뢰하였던 모양이다. 그리고 그는 아마 성적이 우수한 학생은 다른 일에서도 어김없이 그 우수성을 드러내기 마련일 것이라고 안이하게 생각해 버렸던 모양이다. 그것이 큰 잘못이었음은 얼마 뒤에 곧 확실해지고 말았지만.

급우들은 내가 반장으로 임명된 데 대해 아무런 이의도 나타내지 않았다. 우리는 선생이 결정한 일에 대해서 이의를 말할 줄 아는 능력은 전혀 배워 가진 바 없었던 것이다.

초등학교 시절에 우리는 고사의 말대로 '이승만 박사는 우리들의 국부'라고만 굳게 믿고 있었으며 '그분 외에 대통령을 할 만한 사람은 절대로 없다'고만 생각했었고 '사람을 두고 셈하는 경우에도 반올림의 법칙은 그대로 적용된다'고 확신했던 것이다. 그리고 우리는 그러한 초등학교 시절을 떠난 지가 불과 1년 남짓한 시기에 있었다. 선생의 결정에 이의를 나타낼 학생이 있을 리 없었다. 초등학교 시절에 두어 번 가져 보았던, 뜻은 알 수 없는 대로 재미나기 이를 데 없던 선거의 경험에도 불구하고.

나는 그럭저럭 반장 노릇을 별 탈 없이 수행해 갔다. 선생들이 들어오고 나갈 때의 경례 구령, 체육시간의 어린 소대장 노릇, 학급비나 의연금 따위를 걷는 일, 자습시간 같은 때 학급의 분위기를 조용하게 유지하는 일 따위를 내 나름대로는 제법 착실히 수행해 나갔던 것이다. 그런데 그러는 동안에 나는 전에는 내게 없던 어떤 힘 같은 것이 생기는 것을 느끼고 속으로 조금 놀라게 되었다. 나를 대하는 급우들의 태도나 말씨가 훨씬 친근하고 상냥해진 것은 물론 내게 가까이 접근하려는 급우들의 수가 늘어 갔으며, 급우들끼리의 토론이나 작은 시비 같은 것이 있을 때에도 내가 끼어들게 되면 급우들은 나의 말이나 의견의 권위를 우선적으로 인정해 주는 것이었다. 또 웬만한 잘못이나 실수를 내가 저지르는 경우에도 급우들은 별반 그것을 탓하거나 흉보려 들지 않고 우선 한 발짝 양보해 주는 예우를 보였다. 내게 그것은 한 발견이라 할 수 있었다. 아주 뒤에야 그것이 매우 좋지 못한 발견에 불과하다는 걸 깨닫게 되었지만 당시의 나는 그것을 은근한 기쁨과 자랑으로 받아들였다. 차츰 나는 나에게 덧붙은 그 새로운 힘을 당연한 것으로 느끼게 되었고 나아가서는 그것을 자기 개인을 위해서도 슬쩍 행사하는 못된 지혜까지 터득하게 되었다.

물론 소년다운 도덕적 순진성의 지배를 받아 아주 불가피한 경우, 이를테면 소년의 또 다른 순진성의 하나인 명예심 같은 것이 손상당하는 경우가 아니면 되도록 그 행사를 삼갈 줄은 알았지만, 어떻든 그것을 자기 개인을 위해서도 언제든 행사할 수 있다는 든든한 느낌은 늘 지니고 있었으며 때때로는 트럼프 놀이에서의 조커처럼 불시에 꺼내서 실제로 써먹은 적도 있었던 것이다. 물론 그때의 기분이 조커를 써먹을 때처럼 그렇게 훌륭하고 떳떳한 것은 못 되었지만.

조커 얘기가 나왔으니 말이지만 난 이런 게 세상에서 아주 없어져 버렸으면 한다. 실은 내가 이 이야기를 하고 있는 연유도 조커 같은 것이 세상에서 없어져 버리기를 희망하는 데 있다고 할 수 있다. 왜냐하면 나야말로 그 때문에 신세 조진 사나이라고 할 수 있기 때문이다.

아무리 놀이에서라고는 하지만 그따위(조커 따위) 질서 위에 존재하는 또는 질서를 초월하는 힘 같은 건 인간의 마음에 공정성이라는 것에 대한 신뢰의 바탕을 뒤흔들어 버릴 우려가 너무나도 많은 것이다. 이를테면 바둑 같은 건 비교적 공정성에 바탕을 둔 놀이라고 할 수 있다. 하긴 그것에도 상대방의 약점을 그야말로 염치불구하고 노골적으로 찔러서 굴복을 강요하는 패(覇)라는 좀 용렬한 수법이 허용되어 있긴 하나.

다시 본 줄거리로 돌아가자. 내가 조커의 사용에 대해서까지 얘기했던가. 옳지, 그 실례를 하나 들려던 생각이었는데 곁길로 잠시 일탈했었다.

또 이것이 사실은 이 이야기의 노른자위이기도 하다. 이런 일이 있었다.

그날은 내가 속해 있는 분단의 청소당번 날이었다. 수업과 종례가 다 끝나고 우리는 책상과 걸상을 교실 한쪽에 밀어붙이는 일로부터 청소를 시작했다. 수수비로 교실 바닥을 쓸고 양동이 물을 길어다 걸레질을 치고 유리창을 닦고 흑판 지우개를 깨끗이 털고 하는 동안 그날따라 나는 좀 게으른 생각이 들어서 창틀 위에 올라앉아 운동장에서 벌어지고 있는 야구부의 연습 광경을 구경하고 있었다. 다른 청소당번 날에도 나는 물을 길어 온다거나 걸레질을 친다거나 하는 힘든 일에서는 으레 열외로 돌아서 흑판 지우개나 털지 않으면 유리창 닦는 일을 조금 거들거나 하는 식이었지만 그것은 통상 그러려니 되어 있는 것이었다. 반장 노릇을 해 본 사람이면 이런 사정은 쉽게 알 수 있을 것이다.

그러므로 그날 내가 게으름을 조금 노골적으로 피웠다고 해도 그 역시 관례에 크게 벗어난 짓은 아니라고 할 수 있었다. 그런데 나로서는 전연 뜻하지 않았던 불평객 하나가 그날 나섰다.

"야, 반장. 넌 뭔데 농땡이냐?'

창틀에 앉은 채 한가로이 운동장을 내다보고 있던 내 뒤통수에서 들려온 소리였다. 나는 반사적으로 소리 난 쪽을 향해 고개를 돌렸다. 허리를 구부리고 걸레질을 치던 자세인 채 이쪽을 치올려다보고 있는 한 급우의 항의에 가득 찬 성난 얼굴이 보였다. 차인규라는 키가 작고 얼굴이 동그란 급우였다. 나는 이따위 노골적이고 직접적인 항의를 받아 보는 경우는 처음이었으므로 일순 말문이 막힌 채 그냥 멀뚱멀뚱 얼굴을 붉히고 인규를 마주 볼 따름이었다. 다른 급우들의 눈에 비친 내 얼굴은 그때 아마도 몹시 가엾고 추해 보였으리라. 인규가 허리를 펴고 일어서며 다시 잔뜩 찌푸린 얼굴로 말했다.

"씨팔, 더러워서 나! 반장이라구 청소두 하지 말라는 법 있냐?"

인규는 이를테면 내 조커로써 나를 공격하고 있는 셈이었다. 나는 일시에 조커를 써먹을 수 없는 일개 평학생의 자격으로 굴러떨어지는 자신을 느낄 수 있었다. 나는 순간 가슴이 답답하고 화가 치밀었으며 인규에 대한 증오심이 머리 꼭대기까지 차올랐으나 마땅한 대답을 찾아낼 수가 없었다. 딴 급우들도 모두 일손을 멈추고 내게서 눈총을 떼지 않고 있었다. 나는 빨리 내가 어떻게 해야 한다고 느꼈다. 나는 창틀에서 내려서서 군색한 태도로 인규 쪽으로 다가갔다.

"미안하다. 걸레 이리 줘. 내가 할게!"

그러며 나는 인규가 들고 있는 걸레를 빼앗으려 했다. 인규가 걸레 쥔 손을 뒤로 감추며 말했다.

"놔둬, 인마! 하려면 딴 거나 해!"

그러나 나는 기어이 그가 가진 걸레를 빼앗았다. 걸레는 축축하고 불쾌했다. 나는 인규가 하던 일을 하기 시작했다. 교실 바닥에 허리를 구부리고 엎드려서 두 손으로 걸레를 미는 내 등 위로 급우들의 신랄한 시선이 느껴졌다. 나는 온몸을 부끄러움에 떨었고 그리고 온몸으로 인규를 미워했다. 그와 같은 굴욕의 감정, 그와 같은 미움의 감정은 생전 처음 경험하는 기분이었다. 나는 인규를 죽이고 싶다고 생각했다.

그날 저녁 집으로 돌아와서도 나는 밤새 인규에 대한 적절한 보복의 수단을 찾느라고 거의 한잠도 자지 못했다. 밤새도록 용렬한 정열로 몸을 뒤채었다. 어머니가 어디 아프냐고 물을 지경이었다.

그런데 나의 그 용렬한 보복의 날은 의외에도 얼마 안 가서 왔다. 두 주일쯤 뒤인가였다. 영어를 가르치는 젊은 선생이 장가를 가는 날이어서 우리는 그날 영어시간을 자습으로 보내고 있었다. 자습시간은 아무래도 선생이 들어와 있을 때하고는 달리 좀 시끄럽기 마련이다. 더욱이 당시 우리는 국어사전에서 남녀의 생식기에 해당하는 낱말을 찾아서 그 글자의 모양과 풀이를 열심히 들여다보며 그런 것이 학교에서 지정해 준 책에 버젓이 기록되어 있는 것이 놀랍고 대견해서 서로 옆구리를 쿡쿡 찔러 가며 킬킬거리기도 하던 때였고, 마침

선생이 장가를 가는 바람에 생긴 자습시간이기도 했으므로 학급의 여기저기에서 쑥덕대는 소리와 시시덕거리는 소리로 다른 때의 자습시간보다 한층 더 문란했다.

"야, 영어선생 오늘 밤 그거 할 거 아냐?"

"그게 뭔데?"

"이런 쪼다, 그것두 몰라? 레슬링 말야, 야간 레슬링."

"펴엉신, 누가 인마, 몰라서 묻는 줄 아니? 어휴."

"알면서 인마, 그럼 왜 묻니?"

"펴엉신."

"쪼오다."

"아무튼 명태 오늘 정말 신나겠는데, 안 그래? 응?"

명태란 야윈 그 영어선생의 별명이었다.

"신나는 정도니, 인마. 알조지, 알조."

"뭐가 알조니, 알조는."

"펴엉신."

"쪼오다."

하는 식으로 쑥덕대며 킬킬거리는 소리들로 학급은 정말 어지간히 시끄러워서 당장 옆반에서 수업 중인 선생이 달려올까 봐 조바심이 날 지경이었다. 나는 더 이상 가만있다간 안 되겠다고 생각하고 정색을 하며 급우들을 향해 소리쳤다.

"야! 좀 조용히들 해!"

내 목소리가 제법 컸고 또 내 표정이 제법 엄숙해 보였던 까닭인지 학급의 문란하던 분위기는 그 순간만은 잠시 좀 조용해진 것 같았다. 그러나 잠시였다. 학급은 다시 서서히 벌통처럼 시끄러워져 갔다. 나는 성난 표정을 지어 다시 한번 소리쳤다.

"야! 정말 조용히들 해라!"

그러나 이번엔 나는 아까만 한 효과도 얻지 못하고 말았다. 급우들은 거의 내 쪽엔 주의도 주지 않고 떠들어 댔다. 그때 내 시야에 숫제 뒤로 돌아앉아서 무언가 열심히 지껄여 대고 있는 인규의 모습이 뛰어들었다. 나는 거의 발작적으로(라고는 해도 십분 의식적으로) 자리를 박차고 일어나서 그쪽으로 달려갔다. 지껄이기에 여념이 없는 인규의 뒷덜미를 홱 잡아채서 놀란 그의 얼굴이 내 쪽으로 향해지는 순간에 나는 힘껏 주먹을 휘둘렀다. 인규의 얼굴이 한쪽으로 홱 비틀어졌다. 나는 다시 발길로 그의 옆구리를 걷어찼다. 불시에 연거푸 당하는 일에 정신을 차리지 못한 인규는 미처 내 발길을 막아 볼 겨를도 없이 걸상에서 굴러떨어지고 말았다. 그 순간 나는 내가 나쁜 짓을 하고 있다는 생각이 들었으나 그 때문에 더욱 기승을 부려 날뛰어 댔다. 교실 바닥으로 굴러떨어진 인규의 몸을 사정없이 차고 밟으면서 나는 말했다.

"야, 이 새꺄. 내 말이 말 같지 않니? 엉? 너 같은 새끼 때문에 반 전체가 욕을 먹어두 좋아? 엉? 이 새꺄!"

근처에 앉았던 급우들이 나를 뜯어말렸다. 그러나 나는 한참을 더 씨근거리며 채 일어서지도 못한 인규의 몸에 발길질을 퍼부어 대고 나서야 내 자리로 돌아와 앉았다. 누군가가 인규를 데리고 수도전이 있는 데로 씻기러 나갔고 학급은 더할 수 없이 조용해졌다. 그러나 나는 조금도 후련해지지 않았을뿐더러 그 조용함이 나를 꾸짖고 있다는 것을 알고 있었다. 나는 계속 성난 표정을 풀지 않은 채 책상 위의 영어 교과서를 들여다보는 시늉을 하고 있었으나 학급의 조용함이 견딜 수 없었다. 그것은 바위와도 같은 말 없는 힘으로 나를 짓눌러 왔다. 나는 그럴수록 인규가 죽이고 싶도록 미웠다. 어디 보자, 끝까지 해 보자고 나는 별렀다.

마음에 작정한 대로 나는 그 뒤로도 기회 있을 적마다 인규를 괴롭혔다. 그러나 그럴수록 내 권위는 급우들에게 점점 따돌림을 받는 그런 것으로 되어 갔으며 인규 쪽에게서도 끊임없이 노골적인 대항을 받게 되었다. 나는 그럴수록 거의 쫓기는 기분으로 인규를 못살게 굴었다. 내가 나쁜 짓을 하고 있다는 생각과 그것을 급우들과 인규가 알고 있다는 생각이 더욱 나를 초조하게 만들어서 나는 쉴 새 없이 자기변명으로 스스로를 무장하면서, 이를테면 인규 같은 못된 불평분자는 어떤 장애를 무릅쓰고라도 그 같은 불평을 하지 못하도록 납작하게 해 놓지 않으면 안 된다는 식으로 합리화하면서 계속 인규를 괴롭혔다. 물론 조커를 분별없이 계속 사용함으로써 말이다. 그러나 나는 갈수록 더 쫓기는 기분이 되었다. 마침내 나는 소년다운 도덕적 순진성이라든가 결백성 같은 것은 완전히 결여돼 버린, 어떤 방법을 쓰는 한이 있더라도 자기의 명예심만은 굽히지 않겠다는 한 비겁한 소년이 되어 버렸다. 나는 정말 나쁜 짓을 저지르고 말았다.

어느 날 나는 한 급우의 가방 속에 든 납부금을 감쪽같이 훔쳐 내서 그것을 인규의 가방 속에 아무도 모르게 넣어 두는 정말 비열한 짓을 저지르고 말았던 것이다. 그 짓을 나는 체육시간에 소변을 보러 변소에 갔다가 불현듯 생각이 떠올라서 학급으로 몰래 숨어 들어가 심장이 터지는 듯한 긴장 속에서 해치웠다. 아무도 본 사람은 없었고 나는 다만 소변을 마치고 돌아온 학생답게 천연스레 급우들이 반으로 갈리어 하고 있는 축구시합에 끼어들었다. 내 앞에도 그리고 내 뒤에도 소변을 보기 위해 변소로 간 학생은 꽤 여럿 있었고 그러므로 내가 의심을 받을 만한 입장에 놓일 염려는 조금도 없었다.

기다리던 시간은 왔다. 담임선생이 종례시간에 몹시 성난 얼굴로 들어왔다. 납부금을 도난당한 학생이 우리 학급에 생겼다는 것, 나쁜 짓을 한 학생이 우리 학급에 있으리라고는 차마 믿기지 않을뿐더러 또 있어서는 안 되겠지만 여러 가지 사정으로 미루어 보아 그 나쁜 짓을 한 학생이 우리 학급 안에 있다고 인정하지 않을 수가 없게 되었다는 것 등을 말하고 나서 그는 상투적이고 졸렬하기 짝 없는 방법의 수사를 벌이기 시작했다. 그는 모든 급우들에게 눈을 감으라고 명령했다. 그러고는 자기는 눈 감고 있는 학생들의 얼굴을 훑어보기만 해도 누가 나쁜 짓을 했는지는 금방 알 수 있다면서 잘못을 뉘우치고 용서를 받고 싶은 학생이나 급우의 나쁜 짓을 알고 있는 학생은 가만히 손만 들라고 했다. 그러면 모든 것은 불문에 부치겠다는 것이었다. 한동안 숨소리 하나 없는 침묵이 흘렀다.

선생은 다시 여러 가지 말로써 회유와 협박을 번갈아 했다. 그러나 내가 잠자코 있는 이상 선생의 그 졸렬한 수사가 성공을 거둔다는 것은 그야말로 장님이 초록색을 알아보는 것만큼이나 불가능한 일이었다. 학급은 다시 숨소리 하나 없는 침묵에 휩싸이고 선생의 교단 위를 오락가락하는 발짝 소리만이 무겁게 들려왔다. 그렇게 한동안이 또 지났다. 나는 심장이 파열할 듯한 긴장 속에서 마침내 내가 선생의 그 졸렬한 수사를 도울 때가 왔다고 판단했다. 나는 되도록 소리 나지 않도록 가만히 한 손을 들었다. 눈을 떴다. 선생의 눈이 커다랗게 떠지면서 나를 향했다. 나는 매우 주저하는 표정으로 손가락을 들어 인규 쪽을 가리켰다. 모든 급우들과 마찬가지로 인규는 아무것도 모르고 눈을 감고 있었다. 선생이 내게 알았다는 눈짓을 했다. 나는 인규를 가리켰던 손을 거두어 내리고 다시 눈을 감았다.

선생의 목소리가 들려왔다.

"좋아. 모두들 눈을 떠. 나쁜 짓을 한 급우를 위해서 용기를 내 준 학생이 있었다. 차인규, 모든 소지품을 다 가지고 교무실로 따라와. 지금 당장."

나는 그때 눈을 뜨면서 인규 쪽을 슬쩍 훔쳐보았는데 그는 개안수술을 받고 금방 눈을 뜬 장님처럼 몹시 어리둥절하고 의아스러워하는 눈빛으로 제 주위를 둘러보았다. 나는 그때의 그 의아스러워하던 인규의 눈빛을 두고두고 잊지 못한다.

어쨌든 그 일로 인규는 학교에서 퇴학을 당했다. 그리고 소문들이 뒤따랐다. 나도 만년필을 잃어버린 적이 있다느니, 나는 콘사이스를 잃어버렸지만 창피해서 잠자코 있었다느니, 그리고 그런 것들이 대개 인규의 소행이었을 것이라느니 하는 것들이 그것이었다.

그러나 나는 인규가 퇴학까지 당하리라고는 미처 생각지 못했었으므로 오랫동안 마음이 몹시 괴로웠다. 나는 다만 모든 급우들 앞에서 그가 아주 질 나쁜 학생이라는 걸 보여 주고 싶었을 따름이었던 것이다. 그럼으로써 인규로 하여 상처 입은 내 명예심을 회복할 수 있다고 생각했던 것이다. 인규가 퇴학까지 당한 사실만 제외한다면 만사는 내가 바란 대로 다 이루어진 셈이었으나 나는 그 일이 있기 전보다 오히려 더 늘 쫓기는 기분에 사로잡혀 있게 되었다. 사람의 마음이란 참 알다가도 모를 것인가 한다.

그 뒤로 나는 벗어던질 수 없는 마음의 짐 때문에 마침내 학과 공부에도 아주 게으른 학생이 되어 버려서 곧 열등생이 되었고 열등생으로서 동계의 고등학교까지를 졸업하였다. 다만 나로서 그래도 한 가지 다행이라고 생각된 것은 인규가 끝까지 자기가 덮어쓴 도둑누명이 나의 비열한 행위로 인한 것이었다는 건 전혀 모르고 지나가 버린 것 같다는 점이었다. 만일에 알았다고 하면 하다못해 저희 동네 깡패 애들이라도 데리고 와서 내 하학길을 가로막았을 터이기에 말이다.

어쨌든 그 뒤로 고등학교를 졸업하고 그럭저럭 어느 삼류 대학에 진학해서 학보병으로 군대엘 나갈 때까지는 나는 하다못해 길거리에서나마 인규와 한번 우연히 마주친 적도 없는 요행을 누려 왔다. 나로선 다행이라면 다행한 일이라 하겠다.

그러나 원수는 외나무다리에서 만난다던가. 공교롭게도 그를 군대에서 만나게 될 줄이야.

신병훈련을 마치고 휴전선 근처 어느 전방부대의 소총 소대에 배속령을 받은 나는 관급품을 담은 커다란 군대용 자루(더플백이라고 한다)를 둘러메고 전입신고를 하기 위해 내가 그곳에서 앞으로 1년 동안을 생활하게 될 막사로 들어섰다. 나는 들어서자마자 몸을 딱딱하게 굳히고 차렷자세로 서서 한 손을 군모챙에 빳빳하게 갖다 붙이며 두려움이 가득 담긴 그러나 커다란 소리를 짜내어 외쳤다.

"이병 성준경은 1961년 12월 3일부로 제○사단 보충대로부터 제○○연대 ○○중대 제○소대로 전입명을 받았습니다. 이에 신고합니다."

그때 좀 놀란 듯한 뾰족한 목소리가 내 귀를 찔렀다.

"어? 저 새끼가 누구야?"

그러나 나는 훈련소에서부터 익히 들어 준비했던 대로 그리고 이곳까지 이르는 동안 주욱 그래 왔던 대로 눈을 똑바로 부릅뜬 채 정면만 바라보고 있었다. 그러자 재차 같은 목소리가 내 고막을 찔렀다.

"야, 인마! 이쪽 좀 쳐다봐! 차인규 병장님이 여기 계시다."

나는 순간 불의에 뒷덜미를 잡힌 사람처럼 움찔 몸을 떨었다. 그리고 연이어 새삼스러이 소스라쳐 놀라며 소리 난 쪽을 쳐다보았다. 인규가 거기 있었다. 비록 육칠 년의 시간이 흘렀다고는 하나 내가 좀처럼 잊어 먹을 수 없는 얼굴, 그 동그란 얼굴의 차인규가 군대용 겨울내의 바람으로 침상 마루 위 페치카 옆에 앉아 있었다. 그는 유쾌해 죽겠다는 듯한 표정으로 나를 바라보고 있었다. 나는 순간적인 교활한 본능의 지시에 따라 그를 향해 웃음을 지어 보이려고 애썼다.

그러나 웃음은 좀처럼 잘 지어지지 않았다. 만일에 웃음이 지어졌다고 하더라도 그것은 아마 세상에서 가장 보기 흉한 웃음이었으리라. 그가 여전히 그 유쾌해 죽겠다는 표정을 바꾸지 않은 채 말했다.

"야, 자식 참 묘하게두 골라 찾아왔다. 하 참!"

그는 기특해 죽겠다는 듯 탄성까지 내며 내 얼굴을 눈으로 애무하듯 했다. 나는 내 군화 끝을 내려다보았다. 그리고 나는 각오하기 시작했다. 마치 팻감이 모자라는 상태에서 상대방의 패 쓸 차례를 기다리는 풋바둑 두는 사람처럼 조바심치며.

이윽고 그가 패를 썼다.

"어이, 우 상병. 말해 줘라, 내가 누구인가."

우 상병이라고 불린 역시 겨울내의 바람의 사병 하나가 내 쪽을 쳐다보며 다소 빙글거리는 얼굴로 말했다.

"차 병장님은 내무반장님이시다. 우리 중대의 왕고참이시며 우리 내무반의 이를테면 시어머니라고 할 수 있지. 궂은일 진일 마다 않고 돌보아 주신다. 하지만 며느리들이 기어오르는 날엔 영락없이 홍두깨 찜질이 분배된다. 알았나? 알았으면 정식으로 다시 인사드려라. 너는 막내며느리다."

나는 그러나 어떻게 하는 것이 정식으로 인사드리는 것인지를 알 수가 없어 그냥 멈칫거리기만 하였다. 동시에 나는 어떻게 인규의 이 첫 번째 패를 받아 내야 할는지 그것도 판단할 수가 없었다. 그러자 우 상병이라고 불린 자가 침상마루에서 내가 서 있는 통로 바닥으로 내려섰다.

"인마, 뭘 우물쭈물하고 있어? 좋아, 친절을 베풀지. 이렇게 한다."

하더니 그는 몸을 구부려 저 악명 높은 아리랑 신고의 자세를 시범해 보였다. 나는 재빨리 그 구슬픈 이름의 신고 자세를 취하였다. 그리고 나는 식순에 따라 내 몸의 여러 부분들을 사용하기 시작하였다. 목과 혀를 움직여서 내 신상 명세서를 읊조리고 아주 자세하게 읊조리고, 손가락을 써서 코맹맹이 소리가 나게 하고, 군화 신은 두 발과 다리를 사용해서 자기 자신을 어지럼증에 휘청거리게 하고, ……겨울철인데도 온몸에서 비지땀이 흐르게 하고, 그러고는 마침내 균형을 잃어 자기 자신의 몸을 통로 바닥에 나뒹굴게 하고, ……그리고 어느 부분 하나를 틀리게 사용했다 하여 다시 똑같은 동작을 되풀이하고……, 그리하여 마침내 나 자신의 몸의 여러 부분들이 스스로의 힘으로는 전혀 제어할 수 없을 지경에 이르렀을 즈음 인규가 통로 바닥으로 내려섰다.

"오래간만이다."

하고 인규는 내게 손을 내밀었다. 나는 황황히 그의 손을 마주 잡기 위해 몸을 일으켜 세우며 손을 뻗쳤으나 그의 손을 제대로 마주 잡기까지는 허공을 대여섯 번이나 헛쥐어야 했다. 인규는 내가 제 손을 올바로 잡을 때까지 기다렸다가 말했다.

"그 정돈 누구나 다 해야 하는 인사야. 그걸루 특별한 대접을 받았다군 생각하지 마. 특별한 대접은 앞으로 두고두고 베풀지. 나 제대할 때까지 말야."

나는 인규의 '특별한 대접'이란 말이 무엇을 뜻하는지를 알아차리지 못할 만큼 어리석지는 않았다. 그것은 이제부터 정작 그가 큰 패를 쓸 차례라는 암시에 다름 아니었다. 나는 이빨이 덜덜 마주치도록 전신으로 한기가 퍼지는 것을 느끼는 한편, 기왕에 버린 몸 될 대로 되라지, 하는 막가는 심정 한구석에서 음험하게 고개를 쳐드는 한 가지 술책을 힐끗 보았다.

더 이상 길게 얘기할 필요를 나는 이제 느끼지 않는다. 다만 인규가 영창에 가게 되기까지의 얘기만을 간략하게 적음으로써 나는 이제 이 이야기를 끝맺으려 한다. 그리고 그러는 것으로써 이 이야기를 시작한 애초의 뜻도 웬만큼은 달성되는 것이라 믿는다. 웬만큼이란 것은 제법 많은 것이다.

나를 만나자 보복의 유혹에 일단 걸려든 인규가 제 우월한 지위를 이용하여 내게 원한을 풀어 가는 동안(군대에서 자기 졸병을 괴롭힐 수 있는 방법이야 정말이지 얼마나 많은가) 나는 그와 재회하던 날 힐끗 본 바의 그 술책을 구체화하여 그를 망쳐 버릴 방법을 찾아냈던 것인데 바로 나 자신이 중학 시절에 걸었던 길을 그로 하여금 걷게 하는 것이었다. 나는 그가 내게 가하는 온갖 수단의 괴로움을 견디면서 그로 하여금 차근차근 나락의 길로 떨어져 가게 하는 일에 착수하였다. 나는 우선 인규가 부당한 권위를 이용하여 내게 보복하고 있다는 걸 인규 스스로 알아차리게끔 부단히 노력하였다. 그리고 그것이 도덕적으로 정당하지 못한 짓임은 물론 그로 하여 나는 중학 시절 이래로 주욱 수고스럽게 지고 다니던 짐을 차츰 가벼이 할 수 있게 된다는 걸 그가 알도록 하였다. 게다가 그 스스로가 자진해서 나를 돕고 있다는 것도. 이를테면 그가 생트집을 잡아내 엉덩이에 '빳다' 세례를 퍼붓는 경우나 또한 유사한 고초를 내게 강요하는 경우, 나는 이렇게 말하는 것이었다.

"고맙군, 정말 고마워. 생트집을 잡아 주니 정말 고맙다. 아, 정말 살 것 같다. 살 것 같아."

운운.

기대했던 대로 그는 점점 어지러이 날뛰기 시작했다. 누구의 눈에도 빤한 생트집을 하루에도 열두 번씩 잡아서는 내게 참을 수 없는 고통을 떠안기곤 하였다. 그럴수록 나는 내가 겪었던 대로 침착하게 그의 추한 감정만을 건드렸다. 차 병장님은 항상 정당하십니다. 차 병장님은 아주 공평무사하십니다. 그분에겐 사감(私感) 같은 게 끼어들 여지라곤 눈곱만큼도 없습니다. 내무반장님이시지만 다른 내무반원들에게와 똑같은 대우를 스스로에게 하십니다.

그가 걸어가고 있는 파멸의 길이 나날이 내게는 환히 보였다. 그러던 어느 날 나는 마침내 그를 완전히 망쳐 버리고 말았다. 그날도 나는 그에게 그의 단골 형장(刑杖)인 공병 곡괭이자루로 엉덩이에 마른 타작을 당하고 있었는데 마흔 몇 대인가까지를 맞고 나서 나는 불쑥(아마도 고통에 대항하기 위해서이기도 했겠지만) 그 일을 말해 버렸던 것이다.

"야, 이 병신아, 고만 좀 날 즐겁게 해다구. 누구였는지 아니? 응? 널 도둑놈으로 만든 게. 그리고 그걸 고자질까지 한 게. 그만한 것두 눈치 못 채는 병신이 어디 있니? 바루 나다, 나야. 알겠니, 이제? 이

병신아."

그의 얼굴에 순간 핏기가 모두 걷히는 걸 나는 보았다. 그리고 그의 전신이 와들와들 떨리기 시작하는 것을 보고 내가 마음속으로 쾌재를 부르짖으려는 다음 순간 그는 화다닥 침상 위로 달려 올라가 관물대에서 소총대검 하나를 뽑아 들었다. 나는 엎드려서 고개만 틀어 그를 바라보던 채로 등줄기를 찔리웠다.

나는 지금 군 병원에 있다. 그리고 이젠 조금씩 걸어 다녀도 괜찮을 만큼 상처도 아물어서 위생병들과 어울려 가끔 내기바둑도 두곤 한다.

애란(愛蘭)

비 냄새다, 이 비릿한 냄새는, 하는 얼토당토않은 생각이 들자 애란은 어리둥절해진다. 비 냄새라니? 비 냄새가 어떻단 말인가, 비 냄새를 어떻게 내가 맡을 수 있담? 비에 냄새가 있을 거라고 생각해 본 적도 내겐 없는데…….

비 냄새라니, 왜 그런 생각이 떠올랐을까? 그러나 다음 순간 애란은 몸에 야릇한 변화가 일어나고 있음을 깨닫는다. 머릿속이 물에 잠기는 듯한, 물이 머릿속으로 조금씩 스며들어 머릿속을 적시고 있는 듯한 느낌에 빠진다. 머릿속은 수많은 헝겊 조각들로 빼곡한 바느질 그릇 같은 것인데 그 헝겊 조각들이 지금 서서히 젖고 있다는 느낌이다.

침대에서 몸을 일으켜 다리를 방바닥으로 내려뜨리며 걸터앉아 본다. 머리가 무겁다. 손가락으로 흘러내린 머리카락을 쓸어 올리며 방 안을 둘러본다. 형광등이 징— 소리를 내며 켜져 있는 채다.

팔목을 들어 시계를 본다. 숫자판이 커다란 남자용 시계다. 11시 15분 초점이 아장아장 걸어가고 있다. 죽은 시계가 아니다. 창문의 커튼 사이로 들어와서 방 안을 채우고 있는 빛은 그 시계가 가리키는 시간이 오전의 그것임을 말해 주고 있다. 형광등은 저 자신만을 밝히는 데 제 빛을 쓰고 있을 뿐이다.

애란은 형광등을 끄기 위해서 엉덩이를 들고 일어선다. 머릿속에서 무엇이 출렁한다. 헝겊 조각들이 다 젖어 버린 모양이다. 형광등을 끄면서 애란은 지난밤에 자기가 몹시 취했었다는 것을 깨닫는다.

다시 침대에 걸터앉으려다가 몸을 돌려 창가로 걸어간다. 초록색 나일론 커튼을 걷어 버리고 창문을 연다. 보다 많은 빛이 방 안으로 밀려온다. 그리고 아까의 그 냄새—비 냄새다—라고 느끼게 했던 그 비릿한 냄새가 아까의 느낌을 확인시켜 주기라도 하려는 듯 보다 또렷이 끼쳐 든다. 애란은 고개를 젖혀 하늘을 쳐다본다. 다시 머릿속에서 무엇이 출렁한다.

하늘은 쾌청이다. 늘 보던 하늘, 늘 보아 왔기 때문에 그것이 푸르다는 사실조차 잊어 먹고 있던 그 하늘이다. 한데 오늘은 유별나게 새파랗다는 느낌이다. 젖지 않고는 저토록 푸르게 보일 수는 없다는 생각이 들 만큼 푸르다.

젖은 헝겊들이 뒤통수 쪽으로 몰리는 느낌에 애란은 고개를 바로 한다. 모든 것이 술의 장난이라고 생각한다.

비 냄새도 머릿속의 헝겊 조각들도…….

이제 보이는 것은 하늘이 아니라 둑 위로 가로질러 나간 철로 길이다.

조그만 계집아이 하나와 사내아이 하나가 철도 위에 뺨을 대고 있다. 철도의 따뜻함을 즐기고 있는 것일까, 아니다. 뺨을 대고 있는 게 아니라 귀를 대고 있다. 쇠길을 타고 흘러오는 먼 곳의 소리를 들으려고 그러는 것일 거다.

철둑 아래는, 그러니까 애란이 서 있는 창문 바로 바깥은 더러운 길이다. 통행이 많은 곳은 아니지만 사람 다니는 길은 분명한 사람 다니는 길인데 늘 지독히 더럽혀져 있다. 길가의, 그러니까 철둑 밑의 여러 집들에서 내다 버린 더러운 쓰레기들과 재가 된 구공탄 덩어리들이 여기저기 나뒹굴어 있다.

철둑 너머에도 집들은 있다. 레이션 상자로 벽을 치고 기름 먹인 종이로 지붕을 덮은 집은 이제 얼마 되지 않는다. 블록으로 벽을 쌓고 그 위에 시멘트를 바르고 방수 페인트로 칠을 한 양기와 올린 집들이 대부분이다. 더러는 슬래브 지붕을 한 이층집들도 있다.

대개의 집들에는 텔레비전의 합금 안테나들이 바지랑대들처럼 세워져 있어 마치 투명한 날개를 가진 일군의 잠자리 떼를 보는 것 같다.

애란은 창문을 닫고 침대로 돌아와 다시 걸터앉는다. 그제야 애란은 자기가 발가벗고 있다는 걸 깨닫는다. ……방으로 돌아오자마자 발기발기 옷을 찢어 던진 생각이 난다.

옷들이 자기를 꼼짝달싹 못 하게 결박 지우고 몸의 여기저기를 물어뜯고 있는 것 같던 느낌이 생각난다. 옷들과의 싸움에서 이겨 내던 승리감이 생각난다.

옷들이 비명을 지르며 찢겨 나갈 때 온몸을 흘러내리던 짜릿한 전율과도 같은 기쁨이 생각난다. 그때 커다란 소리로 웃었던 것 같기도 하고 깔깔거리며 울었던 것 같기도 하다.

애란은 자기의 기억들이 확실한가를 알아보기 위해 주위를 둘러본다. 증거품들은 있다. 블라우스는 화장대 위에 여러 모양 빛깔의 화장품 병들을 쓰러뜨린 채, 스커트는 도어식으로 된 방문 바로 앞 비닐장판 위에 꾸겨 박힌 채, 브래지어와 팬티는 수세미가 된 채 바로 지금 그녀의 발치에 있다.

다시 흘러내린 머리카락을 손가락으로 쓸어 넘긴다. 머릿속에서 무엇이 다시 출렁한다. 스탠리 녀석의 빈들거리던 얼굴이 생각난다. 붉은 머리칼이 생각난다. 면도 자국이 털 뽑힌 돼지머리처럼 확대돼 보이던 생각이 난다. 알 수 없는 일이라고 생각한다.

왜 면도 자국이 하필 털 뽑힌 돼지머리처럼 보였을까? 그만큼 밉살맞았던 때문일까? 어떻든 모든 것이 술의 장난이라고 생각한다. 비 냄새도, 머릿속의 헝겊 조각들도, 그리고 털 뽑힌 돼지머리도……. 다시 흘러내린 머리카락을 손가락으로 쓸어 넘긴다. 머릿속에서 무엇이 다시 출렁한다.

6월의 공기는 차지 않다. 무엇이든 걸쳐야겠다는 생각은 나지 않는다. 다시 스탠리 녀석의 빈들거리던 얼굴이 생각난다. 밉살머리스럽게도 자꾸만 생각난다. 목구멍에 기름을 처바른 듯한 그 자식의 목소리가 생각난다—넌 거지 같은 여자다. 넌 갈보야. 숙녀가 아니라 갈보다. 숙녀 흉내 좀 내지 마라. 갈보답게 굴어라—머리카락이 다시 흘러내린다. 손가락으로 쓸어 넘긴다. 머릿속에서 무엇이 다시 출렁한다. 벽을 통해 옆방에서 나는 소리가 들려온다. 전축 소리다. 클럽에서 매일 듣는 녀석의 매일 듣는 노래다. 지미 헨드릭스인가 하는 검둥이 녀석의 노래다.

애란은 앉아 있는 자세에서 다리만 끌어올려 그대로 침대에 눕는다. 머릿속에서 무엇이 다시 출렁한다. 눈을 감는다. 붉은색이 눈자위 안에, 아니 머릿속에 가득 찬다. 그 붉은색의 바닷속에서 투명하고 작은 빛의 알맹이들이 빠르게, 또는 아주 느리게 헤엄친다. 클럽의 거울 공(미러볼)에 반사된 빛 조각들이 움직이는 모습과 흡사하다. 그대로 둔다. 잠이 다시 오지 않겠지만 이렇게 하고 그냥 있고 싶다. 옆방의 전축 소리는 그대로 이어진다.

이번에는 제니스 조플린인가 하는 검둥이 여자의 노래다. 별로 귀에 거슬린다거나 하는 느낌은 생기지 않는다. 목마르다는 생각도, 배고프다는 느낌도 들지 않는다. 무얼 끌어다 몸을 가려야겠다는 생각도 나지 않는다. 그대로 둔다. 다 그대로 둔다. 다시 그 비릿한 냄새가 콧구멍으로 스며든다. 아니 머릿속으로 스며든다. 얼토당토않은 일이다. 비 냄새라니? 왜 그런 느낌이 잠 깨자마자 들었을까? 알 수 없는 일이다.

문득 천장을 한번 쳐다보고 싶어진다. 눈을 뜬다. 방 안이 좀 밝아진 듯도 하고 혹은 아까보다 오히려 어두워진 듯도 하다.

천장은 아주 눈 가까이에 있다. 손을 뻗쳐서 닿진 않겠지만 뻗치기만 하면 닿아 줄 것도 같다. 갈색 페인트칠을 한 베니어판의 천장이다.

피부가 터진 여자의 허벅지 같은 무늬를 가진 베니어판이다. 그 베니어판 위는 쥐들의 세계일 것이다. 그리고 그 위는 지붕일 것이며 다시 그 위는 하늘일 것이다. 하지만 갇혀 있다는 갑갑한 느낌이 드는 건 아니다.

물론 안전하게 보호돼 있다는 느낌이 드는 것도 아니다. 그저 자기는 하늘 밑의 지붕, 지붕 밑의 베니어판, 그리고 그 베니어판의 천장 밑에 반듯이 누워 있다는 생각이다.

다시 비 냄새가 콧구멍으로 스며든다. 왜 이럴까? 방 안이 왠지 아까보다 확실히 어두워진 것 같다. 술, 술 탓일까?

아무튼 꽤 많이 마셨었다. 스무 병쯤? 어쩌면 더 될는지 몰라. 스무 병의 두 배쯤? 그럴는지도 몰라. 아무튼 꽤 많이 마셨었다.

다시 혼곤히 잠이 오려고 한다. 반드시 깨어 있어야 할 일은 없다. 잠이 오는 대로 놔둔다. 물속으로 가라앉는 것 같은 느낌이다. 그대로 가라앉는 것이 편하다. 놔둔다. 애란은 까마득하게 가라앉는다. 편안하게, 아무 장애물의 방해도 받지 않고.

캄캄하고 긴 골목길이었었다. 겨울이었었다. 외등 하나 없는 골목의 어둠 속에서, 지나가는 사람만 있으면 난도질하려고 마른 바람이 날을 갈고 있었다. 낡은 오버코트 차림의 여학생 하나가 그 긴 골목길을 걸어 나오고 있었다. 잔뜩 웅크린 어깨와, 눈(眼)싸움이라도 하듯 크게 뜬 두 눈은 그녀가 마음속에서 무언가 막연히 두려워하고 있는 것에 대해 전력으로 대항하고 있다는 것을 말해 주고 있었다.

마른 바람이 난도질하려고 달려들었었다. 그녀는 코트의 깃을 세우고 난도질을 피해 모로 몸을 비꼈었다. 몸을 그렇게 모로 비낀 채 종종걸음을 쳤었다.

골목의 구석구석에서 바람은 어둠의 눈을 부라리며 난도질하려고 달려들었었다.

낮에는 어느 자그마한 개인 회사에서 급사 노릇을 하고 밤에 학교에 다니는 그녀는 며칠째 결석 중인 급우네 집을 방문하고 돌아가는 길이었다.

급우는 앓아누워 있었다. 그녀 자신네 집만큼은 가난해 보이는 급우네 가족들은 단칸방에 옹기종기 둘러앉아 앓아누운 급우를 염려하고 있었다.

그녀는 앓아누운 급우의 머리맡에 꽃 한 송이 사다 놓아 주지 못하는 것이 서운했다. 그러나 그녀는 자기가 그럴 수 없다는 걸 급우도 알고 있다는 걸 모르지 않았다.

급우는 누운 채로 눈물이 글썽거리는 눈으로 그녀를 바라보았다. 그녀는 급우가 하루빨리 병을 이기고 다시 학교에 나올 수 있게 되기를 하나님한테 빌었었다.

필경 과로가 병의 원인일 거라고 생각하고 급우가 그러한 과로를 하지 않게 될 것도 하나님한테 빌었었다. 일어서 나오는 그녀에게 급우는 선생님한테 잘 말해 달라고 부탁하였었다.

그녀는 계속 종종걸음을 쳤었다. 바람은 계속 날카롭고 메마른 날을 번득이며 달려들고 있었고, 그녀는 그 바람의 난도질을 피해 걸으면서, 급우네 집을 나설 때부터 마음속에 자리 잡기 시작한 종잡을 수 없는 두려움에 대항해서 싸우고 있었다.

아까 골목을 들어설 때 보았던 남학생들, 금속의 단추들이 주렁주렁 달린 검정색 교복을 입고 있던 그 남학생들의 불량해 보이던 모습이 자꾸 눈앞에 밟혔었다.

골목 어귀에 붙어 서서 빨간 불꽃을 가진 담배들을 물고 섰던 남학생들, 의미 깊은 눈길들로 그녀의 걸음걸이를 유심히 바라보던…….

그들이 구체적으로 자기에게 어떤 위협이 되는지는 자세히 알 수 없으면서 그녀는 막연한 두려움에 사로잡혀 있었고 그들이 지금은 골목 어귀에서 사라져 주었으리라는 생각으로 그 두려움에 대항해서 싸웠었다. 바람은 계속 난도질하려고 달려들었었다.

그녀는 한순간 걸음의 속도를 조금 늦추었었다. 돌아설까, 하고 생각했었다. 반대편으로 나갈 수도 있으리라는 생각이 떠올랐던 것이다. 그러나 반대편으로 나간다면 그 길고 캄캄한 골목이 어느 곳으로 이어지는지를 알 수가 없었다.

그녀는 다시 종종걸음을 쳤었다. 골목의 어귀가 저 앞에, 열어 놓은 작은 문처럼 바라보이기 시작했었다. 저기만 빠져나가면……. 그녀는 달음박질하기 시작했었다.

바람은 더욱 날카롭고 메마른 날을 번득이며 난도질해 왔었다. 이제 골목의 어귀는 바로 눈앞에 다가들었었다. 그때 그녀는 정강이에 어떤 심한 타격이 가해지는 아픔을 느낌과 함께 컴컴한 땅바닥이 눈앞으로 달려드는 것을 보았었다. 얼어붙은 땅바닥이 그녀의 몸 전체를 때렸었다.

서두르는 발짝 소리들이 들려왔고, 차고 커다란 한 손이 급하게 그녀의 입을 틀어막았었다.

지랄하면 죽어—.

소년의 것도, 어른의 것도 아닌 목소리가 바로 귓가에서 났었다. 쓰러진 채로 그녀는 입을 틀어막고 있는 그 손을 떨쳐 버리려고 안간힘을 썼었다. 다른 여러 개의 손들이 범죄를 저지르려는 자들의 초조한 떨림을 감추면서 그녀의 팔과 다리를 꼼짝 못 하도록 붙잡았었다.

지랄하면 정말 죽여!

방금 전의 그 목소리가 다시 짧고 절망적인 낮은 소리로 위협했었다.

야, 망 좀 봐!

비슷한 다른 한 목소리가 지시하듯 나직이 외쳤고 그녀의 팔다리를 붙잡고 있던 여러 개의 손들 중 하나가 떨어져 나갔었다.

언 땅을 울리며 뛰어가는 짧은 발짝 소리가 서두르듯 잠시 들려왔고, 골목 어귀 쪽에서 발짝 소리 대신 한 목소리가 돌려보내졌었다.

야, 빨리!

그러자 여러 개의 손들이 그녀를 땅바닥으로부터 끌어 일으켰었다. 처음에 그녀의 입을 틀어막은 손과 닮은 또 한 개의 손이 겹쳐서 두 배의 힘이 이제는 얼굴 전체를 압박하기 시작했고 그녀를 잡고 있던 여러 개의 손들은 그녀를 돌이켜 세운 뒤, 뒤에서부터 그녀를 낚아채기 시작했었다.

골목 밖은 철시한 시장이었었다. 행인은 한 사람도 없었다. 더 커다란 바람이 더 커다란 날을 번득이며 난도질하려고 달려들었었다. 그녀는 무언극에서 몸부림치는 연기를 하는 여자처럼 무력하게 허우적거리면서 질질 끌려갔었다.

그녀가 끌려 들어간 곳은 공중변소 안이었었다. 콘크리트 바닥 위로 흘러넘친 오줌이 누렇게 얼어붙어 있었고 촉수 낮은 전등이 그것을 을씨년스럽게 비춰 주고 있었다. 그 위에 그녀는 자빠뜨려졌고 여러 개의 힘센 팔들에 의해 꼼짝 못 하도록 짓눌려졌었다. 그리고 그 일이 시작됐었다.

그녀의 순결을 잠가 주고 있던 여린 자물쇠들이 여러 개의 거친 손들에 의해 조각조각 뜯겨져 나갔고 그녀의 순결한 맨살이 얼어붙은 공기 속에 드러났었다. 자기를 둘러싸고 있는 온 공기가 날카로운 얼음 조각들이 되어 무수히 날아와 박히는 것 같았고 이어서 그녀는 칼끝이 파고드는 듯한 날카로운 통증이 자신의 몸속으로 뚫고 들어오는 것을 느꼈었다. 그리고 그것은 거듭되었었다. 거듭되었었다. 거듭되었었다. 그리고 그러한 감각들조차 차츰 까마득해지기 시작하면서 그녀는 자기가 얼음 구덩이 속 같은 데로 한없이 잠겨 들어가는 듯한 아득한 느낌에 빠졌었다.

애란은 빗소리에 잠이 깬다. 방 안은 어둑어둑해져 있고 그녀는 자기가 아직도 벗은 채로 누워 있다는 것을 발견하고 조금 한기를 느낀다. 언제부터 시작했는지 빗소리는 방 안을 온통 소연하게 하고 있다.

비 구경이 하고 싶다. 애란은 몸을 일으켜 침대가에 걸터앉는다. 허리를 굽혀 팬티와 브래지어를 집어 올린다. 머릿속이 다시 출렁한다.

잠시 기다린 다음 애란은 앉은 채로 팬티를 입고 브래지어를 가슴에 두른다. 그러다가 애란은 자기 몸의 여기저기에 멍이 들어 있는 것을 발견한다. 생각난다. 생각난다. 자기가 몹시 취해서 클럽의 테이블 저 테이블에 쓰러지고 엎어지고 하던 생각이 어렴풋이 난다. 클럽 바닥에 드러누웠던 생각도 난다.

애란은 침대에서 방바닥으로 내려선다. 화장대 앞에 가서 아무렇게나 꾸겨 처박힌 블라우스를 집어 위에 걸치고 다시 방문 앞으로 가서 스커트를 주워 입는다. 천천히 창 쪽으로 걸어간다. 닫았던 창문을 다시 연다. 쫘아— 하고 물안개가 들이친다. 얼굴과 상반신에 작은 물의 입자들이 무수히 날아와 앉는다.

애란은 한순간 달콤한 느낌에 빠진다. 그 물방울들의 애무가 우연에 지나지 않는, 그 일이 바로 자기가 지금껏 갈망해 오던 어떤 것이라는 느낌에 애란은 빠진다. 그러나 한순간이다. 그것은 곧 차가운 물질에 지나지 않는 것이 된다. 애란은 그러나 차가움을 피하지 않는다. 그대로 창밖을 내다본다. 비에 젖어 번들거리는 철길과 침목, 침목들 주위의 자갈 그리고 그 너머의 집들, 날개가 투명한 잠자리 떼 같은 텔레비전 안테나들, 멀리 보이는 야산, 그리고 그 모든 풍경을 지배하면서 패연히 내리는 비. 그런 것들을 그냥 얼굴에 물안개를 맞으면서 바라본다.

어제저녁도 클럽은 썰렁하게 비어 있었다. 초저녁부터 그랬던 것이 나중까지도 마찬가지였다.

'비어 있다'는 것은 '아무것도 들어 있지 않다'는 뜻이 아니었다. 의자와 탁자들이 있었고 양쪽 벽면의 스피커에서 쏟아 놓는 음악이 있었고 실내를 밝게 하기 위해서보다는 어둡게 하기 위해서 장치된 색전등들이 있었고 무엇보다도 여자들이 있었다.

없는 것은 그 모든 것들이 있는 이유였다. 그 이유인 녀석들이었다. 새로 부임한 녀석들의 부대장이 부대 안에 클럽을 차려 놓고 확장해 놓고 녀석들을 꾈 만한 모든 준비를 갖춰 놓고 녀석들로 하여금 부대 안에서 놀도록 장려한다는 것이었다.

동네에 나가면 너희들은 성병에 걸릴 위험률이 높다. 동네에 나가면 너희들은 너희들의 시계나 카메라를 도둑맞을지도 모른다. 동네에 나가면 너희들은 엄청난 이익을 취하려는 한국 상인들에게 비싼 술을 사 마셔야만 한다. 더욱이 너희들의 조국은 이제 충분할 만큼 부자도 아니다. 조국이 나쁜 형편에 놓였을 때 다 함께 고생할 줄을 안 훌륭한 조상들을 너희들은 갖고 있지 않으냐.

그런 것들이 새로 부임한 부대장이 자기의 부하들을 되도록 영내에서 놀도록 당부하면서 내세운 이유들이라는 것이다. 어쨌든 그 이후로 동네로 놀러 나오는 녀석들의 숫자는 눈에 띄게 줄었다.

모든 클럽들이 대개 썰렁하게 비어 있기 마련 아니면 아편쟁이 검둥이 몇 명을 앉혀 놓고 영업이랍시고 하고 있는 게 고작이었다.

그러나 애란은 근심하지 않아도 되었다. 그녀에게는 단골손님(살림꾼이라고 부른다)이 있었고 스탠리라는 이름을 가진 그 단골손님과 곧 결혼할 예정으로 있었던 것이다. 스탠리는 녀석들 가운데서도 취미가 고상하고 점잖은 도시 출신의 사병이었다. 대학도 다녔다고 한다.

애란은 그에게 여태껏 아무에게도 주어 보지 않은 모든 것을 주었다. 그녀는 자기가 누구를 사랑하고 있다는 기쁨으로 나날을 맞이하였다.

어저께는 그와 함께 대사관으로 결혼식을 올리러 가게 되어 있는 날이었다. 애란은 아침부터 단장하고 기다렸다. 대사관에서 올리는 결혼식이란 종이에다 서명을 하는 것만으로 끝나는 간단한 것이라고는 하지만 어쨌든 그것으로 두 사람의 관계는 정식 부부가 되는 것이었으므로 설레는 마음으로 그 순간이 오기를 기다렸다.

그런데 오전에 오겠다던 녀석은 저녁 8시가 다 되어서야 어슬렁어슬렁 클럽으로 나타났다. 애란은 이미 술을 마시기 시작하고 있을 때였다.

녀석은 빙글빙글 웃으며 말했다.

"미안 미안 부대에서 파티가 있었어."

애란은 녀석 쪽을 쳐다보지도 않은 채 술만 마셨다. 여자들이 두 사람의 주위로 천천히 모여들었다.

녀석이 다시 말했다.

"대사관엔 내일 가도 늦는 건 아냐, 자, 들어가자구."

그때 애란은 녀석을 향해 술잔을 끼얹었다. 그리고 그 정도의 화풀이는 그곳에서는 자연스럽고 당연한 것이었다. 그런데 녀석은 화를 내었다. 얼굴에 끼얹어진 술을 손바닥으로 훔치면서 녀석은 얼굴을 차갑게 만들었다.

"흥, 숙녀 행세 좀 그만하지. 넌 갈보야. 거지 같은 여자다. 갈보답게 구는 게 어때. 결혼? 넌 놈팽이들이 갈보를 꿰차면서 항용 결혼을 들먹인다는 것도 모르는 숙맥이구나. 부대에서 있었다고 말한 파티가 무슨 파티인 줄 알아? 동료들이 베풀어 준 내 환송연이야. 나는 내일 고향으로 돌아가신다 이 말씀야."

애란은 그제야 비로소 녀석을 똑바로 쳐다보았다. 녀석의 얼굴이 커다랗게 확대돼 보였다. 둘러섰던 여자들이 떠들어 대는 소리가 멀리서 그러는 것처럼 들려왔다.

"야, 이 나쁜 새끼야. 이 도둑놈아!"

"야, 너 그동안 애란이가 널 위해 어떻게 했는지 알지? 빚까지 내서 너 술값 대 주구 용돈 주고 옷 맞춰 주구 한 거 다 알지? 응? 이 새끼야!"

"씨팔! 어디서 뭐 정말 이런 새끼가 다 있어?"

"새끼야, 니가 곱게 본국 갈 수 있을 것 같니? 응?"

"죽여!"

"패 버려."

여자들이 우르르 녀석에게 달려들어 치고 때리고 머리칼을 잡아채고 하는 모습이 아득한 곳에서 행해지고 있는 것처럼 망막에 비쳐 왔다. 그리고 녀석이 여자들 틈에서 허우적거리며 노한 소리를 질러 대는 모습도 그렇게 아득한 곳에서 일어나는 일처럼 망막에 비쳐 왔다.

비는 쉬지 않고 쏟아진다. 철길 위에, 침목들 위에, 자갈들 위에, 그리고 그 너머 집들, 멀리 보이는 야산 위에도, 애란은 천천히 창가를 떠나 다시 침대로 돌아와 눕는다. 그냥 입은 채로 눕는다. 그때 방문이 열리면서 옆방의 춘자가 고개를 들이민다.

"얘, 인제 뭐 좀 먹어야지. 아까 와 봤더니 자길래 그냥 뒀어……. 너 죽을 생각 아니지?"

애란은 순간 솟아오르는 눈물을 감추려고 홱 돌아눕는다.

할머니의 사진

할머니의 사진을 마루의 벽에다 거느냐 마느냐로 실랑이를 벌이다가 나는 그만 아내의 뺨을 때리고 말았다.

뺨을 얻어맞은 아내는 짧은 순간 아주 맹추 같은 표정이 되었다. 그리고 두 눈을 사팔뜨기처럼 만들어 가지고 나를 쳐다보았다.

아내의 그와 같은 표정을 보는 순간 나는 단박 내가 경솔했음을 깨달았다. 때리기까지 한 것은 아무래도 심한 짓에 속했다. 하지만 당장 사과할 기분은 도저히 일어나지 않았으므로 나는 짐짓 화를 참는다. 몸짓으로 창가로 걸어가 열어 놓은 아파트의 창밖으로 차도 쪽을 바라보았다.

등 뒤에서 아내가 급한 걸음으로 마루를 울리며 방을 향해 뛰어가는 동작이 알렸다. 나는 거듭 뉘우쳤다. 하지만 역시 당장 사근사근하게 내가 잘못했노라고 사과할 기분은 도저히 일어나지 않았으므로 그냥 모른 체하고 창밖의 차도 쪽만 바라보았다. 아내가 뛰어간 방 쪽에서 소리를 목구멍 속으로 끌어들이는 듯한 울음소리가 났다.

이 작은 사건의 발단은 다음과 같았다.

내게는 5년 전에 돌아가신 할머니의 사진 한 장이 있었다. 돌아가시기 바로 전해에 찍은, 보통 초상화 크기만 한 확대사진으로서 내가 장가들기 전부터 액틀에 넣어 걸어 두었었던 것인데 할머니를 기념할 만한 물건이라곤 이것밖에 없었으므로 나는 장가들어 아파트로 살림을 나면서 이것도 가져왔던 것이다. 그리고 이삿짐 풀기며 가구의 배치 등이 다 끝나자 나는 응접실 겸 내 서재로 쓰기로 한 마루의 벽에다 이 할머니의 사진을 걸려고 했던 것이다. 그러자 아내가 이것을 반대하고 나섰다.

내가 책상을 둔 쪽의 벽 위에 못을 치고 사진틀을 걸려고 했을 때 부엌에서 저녁을 안치고 있던 아내가 쪼르르 달려오더니 말하였다.

"아니, 그걸 거기다 걸려구요?"

"응, 왜?"

"왜는 뭐가 왜예요? 그럼 그 큰 사진을 정말 거기다 걸 참이세요?"

"그래. 왜 여기가 안 좋을까?"

"그만두세요. 사진이란 넣어 뒀다가 보구 싶을 때 꺼내 보구 하는 거지. 누가 촌스럽게 마루에다 그렇게 내건대요. 더구나 그렇게 커다란걸. 여기가 뭐 사진관인가요?"

나는 잠시 아내를 물끄러미 쳐다보았다. 그리고 나서 말했다.

"난 걸구 싶어."

"글쎄, 당신이 할머니를 끔찍이 생각하신다는 건 알아요. 또 할머니가 당신을 끔찍이 사랑하셨다는 것두 알아요. 하지만 그 큰 사진을 꼭 마루에다 내걸 것까진 없잖아요. 촌스럽게. 마치 시골집 마루처럼."

나는 다시 한번 아내를 물끄러미 쳐다보았다. 슬기로운 아내라면 그쯤에서 입을 다물었어야 했다. 그런데 아내는 계속해서 입을 놀렸다.

"뭘 그렇게 철딱서니 없다는 듯이 쳐다보세요? 생각해 보세요. 그렇잖은가. 그 커다란 사진을 거기다 걸어 놓으면 마루가 얼마나 궁상맞아 뵈겠어요. 더욱이 당신한텐 소중한 할머니일는지 모르지만 나한텐……."

그때 나는 거의 발작적으로 아내의 뺨을 때리고 말았던 것이다. 아마 그때 나는 할머니가 곁에 계시지 않는다는 설움에 새삼 촉발되고 그런 걸 조금도 이해해 주려 하지 않는 아내의 냉정함이 야속했던 것인지 모른다. 어쨌든 나는 노여움을 탔던 듯하다.

할머니는 내겐 어머니와 다름없는 분이었다. 어머니의 탯줄에서 내가 떨어지자마자 나를 주욱 건사해 준 분이 할머니라는 사실은 고사하고라도 우선 어머니가 내 곁에 계속 살아 있어 주지도 않았던 모양이다. 어머니는 내가 네 살 먹던 해엔가, 당시에 유행하던 전염병으로 세상을 떠나 버렸다고 하니까, 아무리 더듬어 봐도 그래서 내 유년시절의 기억 속엔 어머니와 관계되는 기억이라곤 하나도 떠오르는 게 없다. 모든 것이 할머니와 관계되는 기억들뿐이다.

할머니는 어머니가 세상을 떠나기 전에도 젖만 먹여 놓으면 거의 혼자서 나를 돌보다시피 하셨다지만 그 뒤에도 내 온 성장과정을 그림자처럼 따라다니며 내 곁에 계셨다.

할머니와 관계되는 기억 중의 맨 처음 것은 그분에게 매를 맞던 일이다. 일곱 살 무렵이 아닌가 싶다. 그 무렵 나는 그 나이의 사내아이들에게 흔히 있는 도벽(盜癖)에 습염(習染)되어 있었던 모양이다. 밤에 몰래 일어나서 벽에 걸린 아버지의 옷을 뒤져 돈을 훔치거나 할머니가 쓰려고 놓아둔 돈을 슬쩍 들고 나가서 자자부레한 군것질할 것들을 사곤 하던 기억이 난다. 돈을 훔칠 때의 어떤 중대한 일을 하고 있다는 마음의 집중감, 그리고 뒤에 그 일을 들키지 않기를 기대하면서 느끼던 어른들에 대한 적대감, 훔친 돈을 쓰면서 느끼던, 어른들이 준 돈을 쓰던 때의 몇 갑절 가는 쾌감, 그리고 끝내 들키고 말았을 때의 그 이를 데 없던 절망감 같은 것들이 지금도 생생하게 기억에 떠오른다. 그중의 한 번이 할머니한테 들켰던 때문인가 보다. 아마 그게 내 나쁜 손버릇이 어른들에게 노출되기로는 최초의 일이었을 것이다. 할머니는 나를 꿇어앉혀 놓고 엄중하게 심문하였다.

"못 쓰게 될 나무는 떡잎부터 안단다. 너 이 녀석, 바른대로 말해야지 조금이라도 외착이 났다간 오늘 다리 몽갱이 부러질 줄 알아라. 저 반지그릇 위에 두었던 돈 어디다 썼니?"

나는 무슨 영문 모를 말이냐는 듯한 표정으로 할머니를 쳐다보았다.

"무슨 돈 말야? 할머니."

그러면서도 나는 일이 틀려 버렸다는 걸 이미 직감했다.

"이 녀석! 능청 떨지 마라! 너 아니면 누구 짓이겠니? 우리 집에 또 누가 있다구. 바른대로 말해!"

할머니는 모든 걸 다 알고 있는 듯했다. 그러나 나는 내가 한 짓이 나쁜 짓이라는 것은 알고 있었으므로 내 입으로 내가 했다고 말하기는 죽어도 싫었다. 나는 뻗대 보기로 했다.

"무슨 돈 말야, 할머니? 난 정말 몰라. 난 돈이 있는 걸 보지두 못했는데."

"이놈 자식, 정말 못쓰겠구나. 혼이 좀 나야 정신을 차리겠니?"

할머니는 옆에 준비해 두었던 싸리나무 회초리를 들었다. 그러나 나는 도망치려고는 하지 않았다. 그래선 안 된다는 건 알고 있었던 것이다. 그러나 나는 계속 우겨 댔다.

"정말 난 모른단 말야, 할머니. 난 몰라."

"거짓말까지 하는 자식, 바지가랭이 걷구 일어서. 바른 정신이 들 때까지 좀 맞아야겠다."

나는 바짓가랑이를 치켜 쥐고 일어섰고, 할머니는 정신없이 내 종아리를 때리기 시작했다. 나는 할머니가 그렇게 힘이 센 분인 줄은 그때까지 정말 몰랐었다. 내가 도망치지 못하게 하느라고 한쪽 팔을 붙잡아 쥔 할머니의 손아귀 힘은 엄청나게 세었으며 싸리나무 회초리로 종아리를 때리는 할머니의 팔 힘은 마치 얘기에서나 듣던 꺽정이의 그것 같았다. 그리고 그 싸리나무 회초리는 쌩쌩 바람소리를 일으키며 날아와 내 종아리에 휘감기면서 살을 파고드는 듯한 아픔을 전해 주었다. 나는 회초리가 날아왔다가 떠날 때마다 아픔을 참기 위해 번갈아 가며 외다리로 섰다. 그리고 그것이 다시 날아들 적에는 자유로운 한 손으로 그것을 막으려는 시늉을 하였다. 그러면 할머니는 그 손을 때렸다.

"이늠 자식, 그래도 바른말을 못 할까? 그래두 바른말을 못 해?"

결국 나는 항복하고 말았는데 매가 그친 뒤에 아픈 종아리를 쓰다듬는데 경황이 없어 할머니가 돌아앉아서 눈시울을 손등으로 찍어내는 모습을 보고서도 아무런 감명도 받지 못했다. 지금 생각하면 회한이 치민다.

그 뒤로도 나는 열 살이 넘도록 도벽을 근절하진 못했지만 결국 할머니의 그 싸리나무 회초리 덕분에 그 나쁜 버릇을 버릴 수가 있었다.

그다음 잊혀지지 않는 할머니의 모습은 우리가 살던 집이 무슨 까닭에선지 우리의 의사에 반하여 헐리게 되었을 때 어떻게 거기까지 올라가셨는지 지붕 꼭대기에 올라가 앉으셔서 집을 헐려면 당신과 함께 허물어 버리라고 끝끝내 버티시던 모습이다. 그때의 광경은 지금도 눈에 선하다. 흰 옥양목 치마저고리를 입으신 할머니가 푸른 하늘을 배경으로 높직한 기와지붕 위에 올라앉으셔서, (얼마나 절망적인 심중이었을까) 아래에서 쳐다보는 인부들을 향해 호통을 치던 모습, 아버지가 와서 그만 내려오시라고 종용을 해도 끝끝내 듣지 않고 의연히 버티시던 모습은 지금도 뇌리에서 지워지지 않는다.

잊히지 않는 일로만 이른다면야 어찌 그뿐이랴.

피난길에 올랐을 때의 이야기 한 토막. 아버지는 무슨 국민병인가 하는 이름으로 병정에 나가고 할머니와 나 둘이서 엄동설한의 피난

길에 나섰다. 여러 피난민들을 태우고 가는 트럭에 어찌어찌 편승해 가기도 하고 쫓겨 내려서 걷기도 하며 우리는 부산을 향하고 있었다. 거기에 가면 우리의 유일한 친척인 시집간 고모네와 합류할 수 있을 것이란 희망을 품고.

우리의 피난행이 낙동강 근처에 이르렀을 때였다. 그때 우리가 얻을 수 있었던 잠자리는 대개 피난민들이 수십 명씩 한방에 모여 자곤 하던 합숙소 비슷한 것들이었는데 자리를 잠시라도 비우기만 하면 어느새 다른 사람의 궁둥이나 다리 같은 것이 그 자리를 차지해 버리고 말아 다시 제자리를 찾기가 여간 힘든 게 아니었으므로 우리는 소변과 대변을 다 함께 처리할 수 있는 커다란 깡통 하나를 늘 소중히 간수하고 있었다. 그리고 낮에 다시 길에 나섰을 적에는 그 깡통은 내가 등에 메고 걷곤 했었다. 목에 걸어서 등에 멜 수 있도록 할머니는 그 깡통에다 철삿줄을 꿰어 주셨던 것이다.

나는 대개 할머니보다 앞서 걷곤 했다. 할머니가 이고 진 짐에 비하면 내가 가진 짐은 짐이라고도 할 수 없는 것으로서 급할 때 먹으려고 만들어 가지고 떠난 백설기 몇 덩이가 든 조그만 보퉁이 하나뿐이었기 때문이다. 나는 앞서 걸으면서 이따금 뒤를 돌아보아 할머니가 너무 멀리 떨어져 있지나 않은가를 확인해 보곤 했다. 그러면 할머니는 염려 말라는 듯이 손을 들어 날더러 어서 앞으로 가라는 시늉을 해 보이시곤 하였다. 우리가 걷는 자갈 많은 길옆으로 겨울 햇빛에 반짝이는 푸른 강물이 흐르고 있었다. 나는 얼마쯤 걷다간 또 뒤돌아보고 또 뒤돌아보곤 하였다. 그럴 때마다 할머니는 늘 일정한 간격을 두고 멀찌감치 뒤떨어져 따라오시면서 염려 말고 어서 앞서가라는 손짓을 보내오곤 하였다.

어떤 때는 할머니와 나 이외엔 아무도 걷는 사람 없는 길을 걷기도 했다. 그럴 땐 나는 걸음을 늦춰 할머니와의 간격을 좁히기도 하였다. 그러면 할머니를 아주 가까이서 뒤돌아볼 수가 있었기 때문이다. 어쩐지 할머니와 멀리 떨어져 있는 것이 두려웠기 때문이다. 가까이서 보는 할머니는 몹시 힘들어 보였지만 얼굴에는 나를 대견하게 여기는 미소가 역력하게 떠올라 있곤 하였다.

"네 녀석 앞서가고 있는 걸 보고 있노라면 등에 진 깡통이 햇빛에 번쩍번쩍해서 눈이 부시곤 하다. 녀석."

이렇게 말하기도 하였다. 그러면 나는, '하하' 하고 웃었다. 뒤에 할머니는 이렇게 회상하셨다.

"오줌깡통을 등에 메고 번쩍번쩍하며 앞서가고 있는 모습을 보면서 나는 그런 생각을 했다. 저 녀석만은 내가 잘 지켜 줘야 대가 끊기질 않을 텐데. 저 녀석마저 잃으면 이 집안은 아주 대가 끊어지고 마는구나, 하구. 어찌나 대견하던지, 오줌깡통을 등에 지구 번쩍번쩍하면서 앞서가는 모습이. 그때만 해두 애비야 어디 살아 돌아올 희망이 있었어야지."

피난 얘기가 나온 김에 할머니 곁을 최초로 떠나 통영이라는 곳에 있는 어느 군부대로 밥을 얻어먹으러 한동안 가 있었던 생각이 난다. 할머니와 내가 부산에 도착해서 고모네도 만나지 못하고 할머니가 지녔던 비상금으로 셋방 하나를 얻어 든 지 달포인가가 지났을 때 우리가 세 든 집주인 할머니의 사위(그는 국군의 장교였다)가 할머니에게 나를 자기 부대에 얼마 동안 데려가서 밥을 먹여 보낼 수가 있는데 어떻겠느냐고 제의해 왔다. 할머니는 한참 동안 망설이고 나서 날더러 아저씨를 따라가겠느냐고 물었다. 나는 선뜻 가겠다고 대답하였다.

통영까지 가는 데는 배를 타야 한다는 소리를 나는 듣고 있었고 생전 처음으로 배를 탈 수 있는 기회가 왔다는 생각에 나는 망설임도 없이 그러마고 했던 것이다. 할머니는 언제든지 할미가 보고 싶으면 아저씨한테 말해서 데려다 달래라고 몇 번이고 이르고 나서 나를 보내 주었다.

나는 생전 처음 배를 탔다. 배 위에서 보는 바다는 놀라운 구경거리투성이였다. 깊이와 부피를 알 수 없는 거대한 물질이 쉴 새 없이 움직이고 있다는 사실도 놀랍고 신기했지만 그곳에서 가끔씩 해면 위로 뛰어올라 햇빛에 몸뚱어리를 반짝이며 한참씩 비상하곤 하는 물고기들을 보는 것은 더없는 구경거리였다. 배를 따라 멀리까지 따라오는 갈매기도 마찬가지였고, 바다 한복판에 잠겨 있는 섬들을 보는 것도 더없이 신기한 구경거리였다.

그러나 막상 통영이라는 낯선 고장에 도착해서 그 아저씨를 따라 부대로 들어가는 순간부터 나는 불안해지기 시작했다. 할머니와 너무나도 멀리 떨어져 와 있다는 생각이 주위의 서먹서먹한 풍경들과 더불어 마치 그 풍경들이 내게 일깨워 주기라도 하든 쭈뼛쭈뼛 다가

오기 시작했던 것이다. 하지만 나는 오자마자 그런 걸 내색할 수는 없었다.

나는 잠자코 그 아저씨를 따라 무슨 학교 건물같이 생긴 부대 안으로 들어갔고 군인 10여 명이 있는 한 방으로 이끌려 들어섰다. 아저씨는 그 방에 있는 군인들에게 무어라고 나에 관해서 말하는 모양이었다. 그리고는 나에게, 이 아저씨들과 같이 있으라고, 그러면 이 아저씨들이 밥도 가져다주고 할 거라고 말하고 나서 그리고 집에 가고 싶으면 내가 이따금씩 들릴 테니 그때 말하라고 하고는 어디론가 가 버렸다. 나는 낯선 군인들 사이에 남겨졌다. 군인들이 내게 물었다.

"너 누나 있냐?"

"너의 아버지도 군인이냐?"

"우리들 중에서 누가 제일 마음 좋아 보이냐?"

"너 오늘부터 나하구 같이 자야 한다?"

"아냐, 나하구 같이 자야 한다."

"너, 밥 많이 먹냐?"

"응, 밥은 내가 매일 갖다주지."

나는 그 모든 말들이 어쩐지 싫었고 내 얼굴에 뜨뜻하게 와 닿는 그들의 입김이 왠지 기분 나빠서 시종 시무룩한 표정으로 서 있었다.

그러고 그날 밤 나는 몸이 굉장히 뜨거운 한 군인과 같은 담요 속에서 잤다. 그 군인은 담요 속에서 팔을 벌려 내 몸을 꽉 끌어안곤 하였는데 나는 그럴 때마다 그 군인의 가슴팍을 두 손으로 밀어 대곤 하였다. 그다음 날은 나는 다른 군인과 같은 담요 속에서 잤다. 그리고 그 군인 역시 힘센 팔로 나를 끌어안곤 하였다. 그다음 날은 또 다른 군인이 그랬다.

나는 어쩐지 그러는 군인들이 몹시 불결하게 느껴졌다. 하지만 나는 그 일을 나를 데려온 아저씨한테 말하지는 않았다. 어쩐지 그런 일을 말하는 것은 사내답지 못한 짓같이 여겨졌기 때문이었다. 그렇게 일주일을 보내고 나자 더 이상 견딜 수 없어졌다. 나는 나를 데려온 아저씨가 오기를 기다려 집에 가고 싶다고 말하였다. 나는 거의 울먹거리면서 그렇게 말하였다. 실상 그동안 나는 낮 동안 군인들이 방을 비우고 어디론가 나간 사이에는 창밖을 내다보며 거의 울면서 지내다시피 했던 것이다. 할머니와 너무나도 멀리 떨어져 있다는 생각이 그 고장의 이상한 낯설음과 군인들의 이상스레 끈적거리는 내게 대한 태도에 겹쳐 나로 하여금 더 이상 참고 견딜 수 없게 하였던 것이다. 아저씨는 잠시 묵묵히 듣고 있더니 자기가 몹시 바빠서 부산까지 데려다줄 수는 없으니 혼자서 배를 타고 한번 가 보라고 나를 부두로 데리고 나갔다. 나는 아, 이제 돌아갈 수 있게 되었구나, 하고 안심하면서 할머니를 위해 감 한 봉지를 샀다.

할머니는 아주 급할 때가 아니면 쓰지 말라고 당부하면서 내게 약간의 돈을 준 바 있었던 것이다. 내가 감을 사는 걸 보자 아저씨도 얼마간의 감을 더 사서 내게 주었다. 그리고 나는 아저씨가 태워 주는 배에 탔다. 그곳에 오던 날과는 달리 바다에는 물결이 좀 드셌다. 그것은 그리고 부산까지 오는 동안에 주욱 그랬다. 나는 멀미를 일으켜 두 번이나 토했다. 바다는 이제 구경거리도 무엇도 아니었다. 나는 배가 어서 닿기만을 기다렸다.

집에 돌아오자, 아궁이 앞에 쭈그리고 앉아 무엇인지 하고 있던 할머니는 부지깽이를 든 채 달려 나오면서,

"아이구, 내 새끼 오는구나. 내 새끼가 와."

하고 나를 얼싸안았다. 나는 할머니의 연기 냄새 나는 치마폭에 얼굴을 파묻었다. 할머니는 내 등을 쓸어 주며 말하였다.

"널 보내 놓구 할미가 얼마나 후회 했는지 아니? 쌀 한 톨을 반으로 쪼개 먹는 한이 있드래두 보내질 말았어야 하는 건데, 그저 이 할미 년이 죽일 년이다, 하구. 하루 가는 게 열흘 가는 것 같았단다. 그래, 그래, 내 새끼야. 다신 굶어 죽는 한이 있어두 같이 죽지, 어디루 보낼 생각일랑 꿈에두 하지 않으마."

나는 그러나 할머니 곁에 무사히 돌아온 것만 스스로 대견하고 안심스러워 연기 냄새 나는 할머니의 치마폭에 한동안을 그렇게 더 말없이 파묻혀 있었다.

비슷한 일은 4 · 19 때도 한 번 있었다. 당시 고등학교 3학년생이었던 나는 그날 오후 멀리서 간헐적으로 들려오는 총소리를 들으며 교문을 나섰을 때(내가 다니던 학교는 그날 데모에 참가하지 않은 학교 중의 하나였다) 눈앞에 벌어진 사태에 흥분을 누를 길이 없었다. 큰길로 다니는 자동차와 전차가 모두 내 또래의 학생들과 젊은이들에 의해서 징발당해 있었으며 어떤 젊은이들은 택시의 지붕 위에 타고 있기도 했고 또 어떤 4분지 3톤 트럭에 탄 젊은이들은 피를 묻힌

태극기를 휘둘러 대기도 하였다.

총소리는 멀리서 계속하여 들려오고 있었다. 나는 학우 두어 명과 함께 어떤 트럭에 무작정 올라탔다. 그리고 그 트럭이 질주하는 대로 거리들을 누비며 구호를 외쳐 대기 시작했다. 자기가 꼭 무슨 훌륭한 일을 하고 있다는 느낌은 없었으나 아무튼 중요한 일에 참여하고 있음에 틀림없다는 느낌이었으며 마음이 평소와는 몹시 달랐다. 트럭은 거기에 탄 젊은이들이 지시하는 방향을 따라서 마구 질주했다. 종로에서 을지로로, 을지로에서 시청 앞으로, 국회의사당 앞으로, 광화문으로, 거기에서 다시 종로로. 그렇게 트럭을 타고 서울의 거리 거리를 돌아다니는 동안 내가 본 것은 내가 타고 있는 트럭과 비슷비슷하게 학생들이나 젊은이들을 가득가득 태우고 거리를 달려 대는 많은 자동차들과 연도의 시민들이었다. 나는 거리에 그처럼 많은 사람들이 나와서 서성거리거나 움직이는 모습은 처음 보았다.

아무튼 내가 어찌어찌 집 쪽으로 가는 전차에 편승할 수 있게 되어 집으로 돌아간 것은 땅거미가 질 무렵이었다. 할머니가 전차 정류장에 나와 많은 사람들 틈에 섞여 서 계셨다. 전차에서 내리면서 나는 단박에 할머니를 발견할 수 있었다. 할머니는 그만큼 두드러진 모습으로 전차의 출입구 쪽을 향해 목을 빼고 계셨던 것이다.

할머니도 나를 발견하고 곧 사람들 사이를 뚫고 내게로 달려오기 시작했다. 내게는 할머니의 그 유난스런 태도가 남부끄럽게 여겨질 정도였다.

"아이구, 이 자식아. 무사히 왔구나. 무사히 왔어. 내 새끼야."

할머니는 내 얼굴에 두 눈을 맞댈 듯이 하며 내 두 손을 꼭 쥐었다.

"이제 난 살았다. 막혔던 둑이 터진 것 같다."

할머니는 내내 정정하셨었다. 돌아가실 때까지 치아도 튼튼하셔서 아무리 단단한 음식이라도 씹어 잡수실 수 있었으며 허리도 굽어지지 않으셨다. 기억력도 좋으셨으며 눈과 귀도 그다지 어둡지 않으셨었다.

할머니는 아주 갑자기 돌아가셨다. 평소에 혈압이 다소 높으신 편이었는데 그러한 체질 속에 이미 그와 같은 갑작스런 죽음이 예비되어 있었던 성싶다. 그리고 나는 임종도 해 드리지 못하였다.

나는 그때 의무병으로서 군대에 징집되어 있었기 때문이다. 연락을 받고 달려와서 할머니의 시체만을 볼 수 있었는데 할머니의 시체는 내가 곁에 와 있는데도 조금도 움직일 줄을 몰랐다. 그리고 그 얼굴은 내게는 잔뜩 시치미를 떼고 있는 것처럼 보였다. 아버지가 곧, 나를 위해 잠시 걷었던 헝겊을 다시 할머니의 얼굴 위에 덮었다.

할머니의 사진 때문에 아내와 다투고 난 뒤 만 1년 되는 날(그러니까 그것은 우리가 이 아파트에 이사 온 지가 만 1년이 되는 날이기도 한데) 아내는 자기의 낳은 지 일주일밖에 안 된 첫아들을 안고 벽 위의 할머니를 쳐다보며 이렇게 말하였다.

"여보, 할머니가 살아계심 지금 얼마나 기뻐하실까요, 응."

어느 하느님의 어린 시절

1

맨 처음 생각나는 것은 불이다. 세상천지가 온통 석양녘의 커다란 햇덩이처럼 빨갛게 물들어 버린 것같이 여겨지던 불이다. 그러나 그것이 생후 석 달밖에 지나지 않은 때의 사건이라니 집안 어른들의 기억에 착오가 있는 게 아니라면 아무래도 내 쪽의 무슨 착각일 것이다. 아무리 충격적인 경험이었다고 하더라도 생후 석 달밖에 안 된 갓난쟁이 적의 일을 기억한다는 게 있을 법한 일 같지가 않으니 말이다.

내가 열한 살 먹던 핸가 그 얘기를 우연히 꺼냈더니 할머니는 깜짝 놀랐었다.

"나 아주 어렸을 때 우리 집에 불난 적 있었지? 그렇지? 그때 왜 불이 났어? 할머니."

"아니, 이 애 좀 보게. 그걸 네가 어떻게 아니?"

"할머닌 내가 바본 줄 아나 봐. 그걸 왜 내가 몰라? 눈앞이 온통 빨간 휘장 친 것 같던 생각이 지금도 선한데."

"무어? 정말 이 애 좀 보게. 저 난 지 석 달 만의 일이 생각난다네."

"정말이야? 그게. 나 난 지 석 달 만에 불이 났어?"

"정말이구 말구가 어딨니? 집에 불난 해가 내 나이 마흔여섯 때니까 10년 전 일인걸. 네가 그해 4월에 났구 7월에 불이 났단다. 만주 오산이라는 데서 시계포를 할 땐데 그 시계포에서 난 불이 안채까지 번졌지."

그 뒤 나는 아버지에게서도 같은 말을 들었다. 집에 화재가 난 적이 확실히 있긴 한데 그것은 내 나이 불과 3개월밖에 안 되었을 때의 일이라는 것이었다.

할머니는 그 후로부터 만나는 사람마다에게 손자 자랑을 하였다. 저 난 지 석 달밖에 안 된 때의 일을 기억하는 놈이니 후에 크게 될 아이임에 틀림없다는 것이었다. 결과부터 말한다면 할머니는 나 듣는 데서는 그런 자랑을 하지 않았어야 옳았다.

그다음 생각나는 것은 기차다. 만주 어딘가로부터 개성까지 오는 동안이 두 달씩이나 걸리던 기차다. 기차 지붕 꼭대기다. 낯선 복색을 한 이상한 생김새의 군인들(훨씬 철이 든 뒤에야 그들이 소련군이었다는 걸 알았지만)이 아래 칸에 타고 있고, 조선 사람들(그때는 그렇게 불렀다)은 모두 비탈진 그 지붕 꼭대기에 타고 있었다. 많은 짐들과 많은 사람들로 그 기차 지붕 꼭대기는 덮여 있었다. 우리 가족도 그 기차 지붕 꼭대기에 타고 있었다. 그리고 기차가 아무 벌판에서나 일주일이고 열흘이고 움직일 줄 모르고 정거해 있을 적에는 아버지는 할머니와 고모와 나를 그 지붕 꼭대기에 남겨 둔 채 어딘가로 먹을 것을 구하러 내려가곤 했었다. 아버지는 먹을 것을 구해 온 적도 있었고 구해 오지 못한 적도 있었다. 아버지가 먹을 것을 구해 오지 못했을 때에는 가족이 다 함께 굶어야 했는데 어떻게 해선지 나만은 굶겨지지 않았던 것 같다.

혹 이상스레 여길 사람이 있을는지 몰라서 밝혀 두는 거지만 나는 어머니가 없는 애였다. 그러나 나는 어머니가 없다는 걸 이상스레 여기거나 슬퍼해 본 적은 없었다. 적어도 내가 다섯 살 먹던 그해, 기차 지붕 꼭대기에 타고 있을 때까지는 말이다. 훨씬 큰 뒤에야, 어머니가 날 낳아 놓고 얼마 지나지 않아서 장질부사에 걸려 죽었다는 이야기를 듣고 조금 이상스런 감정을 느껴 보았을 따름이었다. 내겐 할머니만 있으면 되었다.

총소리를 그 기차 지붕 꼭대기에서 맨 처음 들었다. 어쩌다 한 번 울리는 적도 있었고 한꺼번에 여러 번 울리는 적도 있었다. 그걸 내가 무서워했는지 어쨌는지는 잘 기억되지 않는다. 다만 그 소리가 엄청나게 크다는 사실과 그게 그 낯선 복색의 이상스런 군인들이 가진 기다란 막대기에서 나는 소리라는 걸 알고 놀란 기억만이 또렷할 뿐이다.

아버지를 따라 그 기차 지붕 꼭대기에서 아래로 한 번 내려갔던 기억이 난다. 그리고 아버지가 그 낯선 복색의 군인들과 무언가에 대해

화를 내며 얘기하는 모습을 곁에서 지켜본 생각이 난다. 그 이상스런 군인들이 아버지를 둘러싸고 위협하는 몸짓을 하던 일과 그러나 아버지가 굽히지 않고 계속 무언가를 내놓으라는 시늉으로 손을 내밀며 무어라고 짤막짤막하게 외치던 일이 생각난다. 그때가 아마 내가 세상에 태어나서 두려움이란 감정을 느껴 본 최초의 시기가 아닌가 싶다. 그 이상스런 군인들은 너무나 커다랗고 힘이 세 보였으며, 거의 그 무렵 꿈에서 자주 보는 거인(巨人) 같았으며, 아버지는 그와 반대로 어린 내 눈에도 너무나 작고 약해 보였던 것인데 게다가 나는 그들이 가진 작대기가 무섭게 큰 소리를 내는 물건이라는 걸 알고 있었던 것이다.

그때의 일을 할머니는 나중에 내게 말해 주었다. 당시 만주에서 해방을 맞아 한국으로 나오던 많은 조선 사람들은 돈을 어떻게 하면 안전하게 조선까지 감추어 가지고 나갈 수 있는가 하는 것이 가장 큰 근심거리였다고 한다. 웬만큼 감춘 돈은 백이면 백 거의 모두 그 소련군인들한테 빼앗겨 버리고 마는 판국이었다는 것이다. 그래서 어떤 사람들은 돈으로 노끈을 꼬아 짐을 묶는 데 쓴 것처럼 위장하기도 하고, 어떤 사람들은 돈을 책처럼 엮어 그럴듯한 표지를 해서 손에 들기도 했지만 그래 보았자 자기들의 돈을 안전하게 감추는 데 성공한 사람은 불과 손가락으로 꼽을 수 있을 정도에 지나지 않았다는 것이다.

아버지는 돈을 쇠로 만든 물병 속에 감추었다고 한다. 물병의 밑창을 이중으로 만들어 그 이중 밑창 아래쪽엔 차곡차곡 돈을 깔고 그 위쪽엔 건성으로 물을 담아 가지고 어깨에 메고 다녔다는 것이다. 그리고 잠잘 때에는 그것을 아버지가 베고 자곤 했다는 것이다. 물론 기차 지붕 꼭대기에서 잠잘 때 말이다. 그런데 하루는 잠자다 깨어난 아버지가 머리 밑을 만지며 허둥지둥 일어나 앉더라는 것이다.

"어머니, 물병 못 봤어요?"

"물병을 못 봤느냐니? 그건 네가 베고 자지 않았니?"

할머니는 가슴이 철렁 내려앉더라고 했다. 늘 그 물병을 베고 자 버릇하는 아버지를 몹시 불안하게 여기던 할머니는 기어이 사달이 났구나, 하고 눈앞이 아뜩해지더라는 것이다. 고모를 깨워서 물어보고 주위를 아무리 샅샅이 찾아보았으나 물병은 온데간데없더라고 했다. 아버지는 한참 망연한 표정이더니 갑자기 자리에서 일어나 북새통에 깨어 있는 내 손목을 붙들고 아래로 내려가더라는 것이다. 할머니는 잃은 물건은 기왕지사 잃은 물건이니 사람이나 다치지 말아야 한다고 극구 아버지를 만류했으나 아버지는 기어이 듣지 않고 내 손목을 붙잡은 채 아래로 내려가더라고 했다. 그럼 아이는 왜 데려가느냐고, 아이나 놔두고 가라고 할머니는 다시 쌈 싸우듯 말렸으나 아버지는,

"애들두 볼 건 봐 둬야 돼요."

한마디만을 퉁명스럽게 내뱉곤 내처 내려가 버리고 말더라는 것이었다. 아버지가 내 손목을 쥔 채 다시 기차 지붕 꼭대기로 되돌아오기까지는 서너 시간이 넉넉히 걸렸는데 그동안 할머니는 이따금씩 들려오는 총소리와 혹 그 총소리에 지금 아들 손자가 죽는지도 모른

다는 생각 때문에 얼마나 마음을 졸였던지 아버지와 나를 보자 그만 마음속에 막혔던 둑이 터지듯 울음을 터뜨렸다는 것이었다.

얘기를 마치면서 할머니는 그 물병 속에 감춰진 돈은 누가 써 보지도 못하고 어느 벌판 같은데 그냥 버려져 있을 것이라고 하였다. 아마 어느 로스케(소련군을 할머니는 그렇게 불렀다)가 물을 마시려고 가져갔다가 얼마 안 되는 물만 마시고 어디 아무 데나 버렸을 거라는 것이었다. 그러면서 할머니는 그 돈만 무사히 가지고 나왔더라면 조선 나와서 우리가 그렇게까지는 고생을 하지 않았을 것이라고 못내 애석해하였다.

그다음 생각나는 것이 임진강에서 몰래 새벽 배를 타던 일이다. 발자국 소리를 죽여, 허리를 굽히고 갈대밭 사이를 한참 동안 뛰어가던 일과 배에 오른 후에 뒤에서 쫓아오던 여러 발의 총소리다.

2

서울에 와서의 3년 동안, 즉 내가 여덟 살이 될 때까지의 기억은 아주 단편적인 것들뿐이다. 온 식구가 조개탄 가스에 중독이 되어 정신없이 토하고 안집 아주머니가 퍼다 준 동치미 국물을 마시고 살아나던 일, 나보다 조금 큰 아이들과 더불어 당시만 해도 숲이 무성하던 인왕산(仁旺山) 기슭에 올라가 개울의 돌 밑에서 가재를 잡거나(잡는 다기보다 나는 다른 아이들이 잡은 걸 얻어 갖는 게 보통이었지만) 햇볕이 가득 비친 나뭇가지에 꼼짝 않고 붙어 있는, 빛깔 신비한 풍뎅이를 잡던 일, 어느 산이던가, 역시 큰 아이들을 따라서 산이 저만큼 보이는 지점에 이르렀을 때 문득 그 산꼭대기에 오르면 파란 하늘을 만져 볼 수 있을 것 같은 기분이 들던 일, 횟배를 앓아 할머니를 따라서 염춘교 다리를 지나 한의원에 가던 일, 늦은 홍역으로 한여름 철에 방 안에 꼭 갇혀서 할머니가 얻어다 준 참새 한 마리를 줄에 매어 날리면서 놀던 일, 맛있는 줄도 잘 모르면서 큰 아이들이 그러는 대로 아카시아 꽃잎을 한 주먹씩 입에 넣고 씹던 일 등등.

그러나 초등학교에 입학한 여덟 살 때부터의 기억은 한층 선이 분명하고 또렷하다. 그중에서도 찐빵가게 조씨(曺氏) 아저씨에 관한 기억은 지금도 바로 엊그제 일같이 선명하다.

청진동 살 때 일이다. 아버지는 과일 행상 같은 걸 거쳐 그때는 청진동으로 들어가는 골목어귀에 목을 잡아 리어카 위에 제법 여러 가지(물건들이래야 통조림 깡통이나 과일류, 과자 등속 같은 것에 불과했지만)를 늘어놓고 노점을 하고 있었다. 그 아버지의 노점(路店) 바로 옆 골목 모퉁이 집이 조씨 아저씨의 찐빵가게였다. 아버지와 조씨 아저씨는 이웃에서 장사를 하게 된 탓이겠지만 곧 친구간이 된 모양이었고, 그 조씨 아저씨네에는 나보다 모두 조금씩 크기는 했지만 아이들이 있었으므로 나는 학교를 파하고 나면 아버지한테 들렀다가 가끔 조씨 아저씨네 집에 가서 놀기도 했다. 조씨 아저씨네 아이들한테서 나는 많은 걸 배웠다. 어느 골목 몇 번째 집 바깥으로 난 문엘 밤에 몰래 무등 타고 올라가 들여다보면 그 집 아저씨와 아주머니가 뭐 뭐 하는 걸 볼 수 있다는 둥, 어느 때는 서로 엇바꿔 누워서 아주 보기 흉한 짓을 하는 것도 볼 수 있다는 둥, 하는 등등의 어른들이 아이들 몰래 하는 짓의 비열스러움에 관한 지식이라든지, B29라는 비행기의 대단한 위력에 관한 지식, 또는 일본을 망하게 한 원자폭탄이라는 어마어마한 폭발탄에 대한 지식, 계집애들의 가랑이 사이에 있는 것과 똑같은 모양의 것을 자신의 무릎 밑 장딴지와 허벅지가 만나는 지점의 살을 이용해서 만드는 방법, 따위를 나는 그 애들한테서 배워 내 것으로 했다. 그런 걸 내게 가르쳐 주다가, 어쩌다 조씨 아저씨가 가게에서 안으로 들어오기라도 하는 때에는 그 애들은 시치미를 떼며 입을 다물곤 했는데 그때의 조씨 아저씨는 대개 아무것도 모르고 그저 언제나 그 사람 좋은 미소를 우리에게 지어 보이곤 하는 것이었다. 때로는 자기 아이들에게 가게에 나가서 찐빵 좀 가져다가 날 주라고 이르기도 하였다. 그리고는 꼬박꼬박 내게 이렇게 묻는 것을 잊지 않았다.

"너 이 녀석 이번에 2등했다지? 다음엔 1등할 자신 있냐?"

나는 그러나 항상,

"지난번에도 그렇게 물어보셨잖아요"라고는 말하지 않았다. 나는 다만,

"네, 자신 있어요."

라고만 대답하였다. 나는 어쩐지 자기가 한 말을 그렇게 잘 잊어 먹는 조씨 아저씨가 까닭 없이 좋았기 때문이다. 조씨 아저씨는 그런 내 대답을 듣고는 늘 만족한 표정을 지었다.

"허, 그 녀석 배짱 한번 좋으네."

그러나 나는 그러한 조씨 아저씨의 표정에서 가끔 뜻밖의 조금 슬픈 듯한 기색을 발견하는 수도 있었다. 키가 크고 얼굴도 길쭉한 편인 조씨 아저씨는 살갗이 종잇장처럼 늘 하얬기 때문에 그런 슬픈 기색이 떠돌 때에는 바라보는 사람으로 하여금 이상한 기분에 사로잡히게 하였다. 무언지 아름다운 것을 본 것 같은 그런 슬픈 마음이 이쪽에도 생기는 것이었다. 그러나 평소에는 대체로 조금 우스꽝스럽게 굴고, 사람 좋은 그 미소를 늘 잃지 않는 그런 사람이었다. 조씨 아저씨는.

그 조씨 아저씨가 그런데 빨갱이 노릇을 해 왔다는 사실이 드러났을 때 그러나 나는 별반 놀라지는 않았다. 라기보다 이제 초등학교 2학년짜리 어린아이인 나로서는 놀랄 능력이 없었다는 게 옳겠다. 왜냐하면 나는, 빨갱이라는 것이 나쁜 것인지 어떤 것인지, 왜 사람들이 수군대는 것인지 그 이유조차 알지 못했기 때문이었다. 당시만 해도 반공 교육이란 것은 거의 전무하다시피 했으니 말이다. 나는 다만 조씨 아저씨를 좋아하고 있었기 때문에 그가 사람 모르게 삐라를 뿌리고 다녔다든지 남의 집 담벼락에 벽보를 붙이고 다녔다든지 하는 일들이 왠지 무슨 아주 장한 일이나 아름다운 일같이만 여겨졌고(다른 사람이 그랬다면 나는 아마 그렇게 여기지는 않았을지 모른다) 그가 경찰서에 잡혀간 일이 더없이 서글펐다. 그래서 나는 아버지에게 물었다.

"조씨 아저씨는 정말 나쁜 짓을 했나, 아버지?"

그러나 아버지는 진중한 표정을 짓더니 대답하였다.

"그 사람은 법을 어겼다. 법을 어기는 것은 나쁜 짓이야. 차차 크면 너도 알게 된다."

그 뒤 얼마 안 있다가 우리는 우리가 세 들어 살던 청진동 집으로부터 딴 동네로 이사를 가게 되는 바람에 조씨 아저씨에 관한 그 뒤 소식은 그가 감옥에 가 있다는 사실 이외엔 더 이상 아무것도 듣지 못하게 되었으나 내 어린 뇌리에 박힌 조씨 아저씨의 인상은 왠지 오래오래 지워지지 않았다.

우리가 이사를 간 곳은 덕수초등학교 뒷담 쪽에 있는, 여러 가구가 함께 세 들어 사는 낡은 한옥이었다. 우리는 문간방에 세 들었었다. 그리고 그곳에서 우리는 동란을 맞이하였다. 그리고 여기서 한 가지 덧붙여 두어야 할 것은 그때 우리는 할머니와 아버지와 나, 그렇게 세 식구뿐이었는데 그것은 우리가 서울로 와서 살기 시작한 이래로 할머니와 아버지의 반대를 무릅쓰고 열여섯 살 때부터 무슨 악극단(樂劇團)인가 하는 데엘 들어가서 지방으로 떠돌아다니기 시작한 고모가 그때 역시 어딘가 지방으로 떠나고 집에 없었기 때문이라는 점이다. 우리 세 식구는 모든 사람들과 마찬가지로 아무것도 모르고 있다가 동란을 맞이했다. 내가 초등학교 3학년 되던 해였다. 다 알겠지만 6월이었다. 우리는 오전 수업만을 마치고 모두 집으로 돌려보내어졌다. 집으로 돌아오는 도중의 거리는 유난스레 햇빛이 환한 공일날 같았고 어딘지 들떠 있는 것같이 보였다. 평소엔 잘 볼 수 없던 군인들을 가득가득 태운 트럭들이 줄지어 지나가곤 했다.

그런지 꼭 사흘 후에 나는 복장이 딴판인 군인들을 보았다. 아침에 일어나서 바깥으로 나갔을 때 나는 방송국 들어가는 어귀, 경기고녀 담장 밑에 서 있는 커다랗고 육중한 탱크 한 대를 봤다. 탱크는 떠오르는 아침 햇빛을 받으면서 용자답게 서 있었다. 동네 조무래기들이 탱크 주위를 빙 둘러싸고 감탄의 눈초리를 보내고 있었고 탱크 위에는 탱크의 뚜껑 문을 열어젖혀 놓고 앉아 있는, 이제껏 보아 오던 것과는 복장이 전혀 딴판인 군인 한 사람이 보였다. 모자도, 군복도, 견장도 모두 딴판이었다. 그리고 조금 뒤, 미국 대사관 쪽으로부터 사람들이 무슨 가구(家具)나 좋은 목재 같은 것들을 저마다 한두 가지씩 어깨에 메고 줄을 이어 내려오는 모습이 보였다. 큰 이익을 취했다는 듯 그들의 발걸음은 몹시 즐거워 보였다. 그리고 다시 조금 뒤에는 탱크 위에 앉아 있는 군인과 복장이 똑같은 군인 한 사람이 커다란 상자갑 같은 걸 하나 둘러메고 대사관 쪽에서 걸어왔다. 그것은 미국제 캐러멜 상자갑이었다. 그 군인은 아이들 앞으로 오자 그 커다란 상자갑을 열고 담뱃갑만큼씩 한 캐러멜갑들을 꺼내 둘러선 아이들에게 뿌렸다. 캐러멜갑들은 공중에 흩어졌다가 땅바닥으로 떨어졌다. 아이들은 환호성을 지르며 공중에 손을 뻗쳐 땅바닥에 채 떨어지기 전에 그 캐러멜갑들을 붙잡기도 하고 땅바닥에 떨어진 것들을 다투어 줍기도 했다. 나도 땅바닥에 떨어진 캐러멜갑 하나를 주웠다. 그리고 다른 아이들이 성급하게 그러는 것처럼 알맹이를 꺼내서 종이를 까고 입에 넣었다. 그것은 그때까지 내가 맛본 어떤 캐러멜보다도 훌륭한 맛이었다.

캐러멜을 뿌려 준 군인이 말했다.

"국방군 숨은 델 가르쳐 주는 사람한테 캐러멜을 얼마든지 준다. 우리는 어린 동무들의 친구다."

그러나 그 말에 대꾸하는 아이는 한 명도 없었다. 그러자 그 군인은 아이들을 한 번 주욱 둘러보더니 의미 모를 웃음을 씨익 웃으며 더는 아무 말도 없이, 언제 주워다 놓은 것인지 우리가 그림 같은 데서 흔히 보아 낯익은 국군의 철모(그것을 우리는 보통 데스까부도라고 불렀었다) 하나를 발로 툭툭 차서 겅기고녀 담벼락 밑에 엎어 놓고는 허리에서 권총을 꺼내 한 팔을 쭉 뻗쳐 쏘았다. 우리는 그가 쏘려고 겨냥을 잡았을 때 이미 두 손으로 귀를 막고 있었으므로 소리가 그다지 크다고는 느끼지 않았으나 철모가 힘없이 퀭, 구멍이 뚫리는 모습은 생생하게 볼 수 있었다. 권총을 그렇게 가까이서 보고 총 쏘는 모습을 그렇게 가까이서 보기는 그리고 그 위력을 그렇게 직접적으로 보기는 생전 처음이었으므로 우리는 모두 기분이 몹시 좋았다. 나는 이것을 못 본 아이들은 불쌍하다고 생각하였다.

시간이 감에 따라 볼 것은 더욱 많아졌다. 탱크만 하더라도 한두 대가 아니라 수십 대가 한꺼번에 나타나 캐터필러 소리도 웅장하게 시가를 행진하는 모습을 볼 수 있게 되었고, 그와 더불어 아스팔트 도로가 규칙적인 무늬로 푹푹 패이는 모습도 볼 수 있게 되었고, 비행기의 편대가 은빛 날개를 반짝이며 나타나서 빠르고 규칙적인 소리의 기총소사를 퍼부어 대거나 두 줄기씩 빨간 불을 뿜는, 로켓 포탄을 쏘아대는 모습도 볼 수 있게 되었으며, 그 비행기 편대들을 향해서 쏘아 올려지는 고사포탄의 아름다운 벚꽃 무늬 폭발운(爆發雲)

도 볼 수 있게 되었다.

나는 그런 것들을 그림으로 그리곤 했다. 처음에는 주로 탱크를 많이 그렸지만 전쟁의 양상이 바뀜에 따라 나중에는 차츰 양 날개 끝에 럭비공 모양의 뾰족한 것이 달린 제트기를 많이 그렸다. 제트기의 주위에는 예의 그 고사포탄의 아름다운 벚꽃 무늬 폭발운들도 그려 넣는 걸 빼놓지 않았다. 어느 날인가 본, 폭탄 파편에 맞아서 머리로부터 피가 줄줄 흐르는 계집애를 업고 가는 남자 어른도 그렸다. 나보다 얼마 크지도 않은 어린 군인이 총을 길바닥에 끌다시피 메고 가는 모습도 그렸다. 그중에서 내가 제일 좋아했던 것은 역시 제트기를 그리는 일과 그 주위에 꽃무늬 모양 또는 목화송이 모양의 그 대공포의 폭발운들을 그려 넣는 일이었다.

그림을 그리는 시간 외의 대부분의 시간은, 나는 안집 대청마루에 가서 아이들과 노는 것으로 보내었다. 동란이 시작되고 나서 얼마 동안을, 자전거 같은 걸 빌려 타고 시골로 식량을 구하러 다니는 게 일이던 아버지가 언제부터인가 그전 동회사무소 자리에 생긴 무슨 인민위원회인가엘 다니기 시작했고, 할머니는 아버지의 장사하던 그루터기를 모아 가지고 골목 밖 한길 모퉁이에서 좌판 장사를 시작했기 때문에 낮 동안은 나 혼자 남았으므로 나는 혼자서 그림을 그리다 싫증이 나면 안집 대청마루에 가서 아이들과 어울려 놀았던 것이다. 그런데 그 아이들 가운데 여자중학교에 다니던 큰 계집애 하나가 있었고 나는 그 계집애한테서 새로운 많은 것을 배워 알게 되었다. 얼굴이 희고 예쁘장하게 생긴 그 계집애는 나보다 훨씬 커서 내게는 거의 어른같이 여겨지던 것이었는데 아이들 앞에서 공공연히 자기는 이승만 박사 편이라고 말하였다. 우리는 그 무렵 며칠인가 학교에 소집되어 낯선 선생들로부터 원수가 어쩌고 저쩌고 하는 노래와 장백산이 어쩌고 저쩌고 하는 노래를 배운 끝에 이승만은 미국의 앞잡이며 매국노라고 배운 바 있었으므로 그 계집애의 말은 내게 아주 이상한 감명을 주었다. 어쩐지 그 계집애는 우리와 다르게 보다 많은 진실과 보다 많은 비밀을 알고 있는 것같이 여겨졌었으며 용감한 계집애같이 여겨졌다. 그 계집애는 자기의 오빠는 국군이라고 서슴없이 말하고 이제 얼마 안 있으면 다시 서울로 쳐들어올 것이라고도 말하였다. 그리고 그때에는 빨갱이들은 모두 혼이 날 거라고도 말했다. 그 애기를 듣는 순간 나는 마음속으로 아버지를 걱정하였다. 밤에 집으로 돌아오면 전에 없이 무슨 책인지 열심히 읽어 대는 아버지, 사람들 앞에서 연설도 한다는 아버지, 어딘지 못내 불안해하는 할머니에게 "염려 마세요. 세상이 이제 달라졌어요"라고 말하던 아버지, 그 아버지가 아무래도 계집애가 말하는 그것도 아주 혹평해서 말하는 빨갱이라는 생각이 들었다. 그리고 왠지 그 계집애가 모든 걸 다 알고 있는 것같이 여겨져서 계집애를 똑바로 쳐다볼 수가 없었다. 계집애는 말했다. 미국은 어마어마하게 힘센 나라이며 인민군 따위는 문제도 안 될뿐더러 소련도 문제가 아니다. 그 미국이 이승만 박사와 국군을 돕고 있다. 매일같이 수백 대씩 날아오는 비행기들이 저게 다 미국 비행기다. 인민군은 얼마 안 있으면 다 도망쳐 버릴 거다. 그리고 그렇게 되면 인민군이 언제나 있을 줄 알고 날뛰던 빨갱이들은 모두 총살을 당하고 말 거다, 라고.

그 얘기를 들은 뒤론 나는 그 계집애만 보면 눈을 마주치지 않으려고 애쓰곤 했다. 왠지 그 계집애가 두렵게 느껴졌기 때문이다.

그런데 그 계집애가 말하던 사태는 정말 왔다. 중앙청이 폭격을 당하고, 부상당한 수많은 군인들이 광화문에서 종로로 이르는 거리에 꾸역꾸역 줄지어 나가는 모습을 본 지 며칠 안 되어 폭탄 아닌 포탄이 날아오는 휘파람 소리를 우리는 듣게 되었다. 우리는 그때마다 장독대 밑에 있는 지하실로 들어가 숨곤 했다. 그리고 며칠 후 우리는 멀리 바라보이는 남산 꼭대기에 수많은 군인들이 개미 떼처럼 아물아물 늘어서 있는 것을 볼 수 있었다. 사람들은 그것이 국군들이라고 작은 소리로 말했다. 그리고 그다음 날 저녁 우리는 골목 바깥에서 미군들과 국군들을 보았다.

그날 저녁의 일을 나는 잊지 못한다. 뒤에 생각해 보면 아버지는 그때 이미 모든 걸 각오하고 있었던 모양이다. 그렇지 않았다면 어떻게 그러한 시간에 낮잠을 자고 있을 수가 있었겠는가. 내가 골목 바깥에서 미군들과 국군들이 행진하는 모습을 보고 무언지 알 수 없는 위구감에 사로잡혀 집으로 뛰어 돌아온 지 한 시간도 채 못돼서였다. 열려진 대문으로 총을 가진 사람들 너덧 명이 우르르 난폭하게 들어섰다. 군복을 입은 사람도 있었고 그저 민간복에 무슨 완장만 두른 사람도 있었다. 그들은 불문곡직하고 아버지가 자고 있는 방문을 열어젖혔다. 마당에 서 있던 할머니와 나는 아무 말도 못 하고 그들을 바라보았다. 열어젖혀진 방 안에서 아버지가 눈을 뜨고 말없이 일어나 앉는 모습이 보였다. 무례한 방문자들을 바라보는 아버지의 눈빛에는 아무런 항의의 빛도 나타나 있지 않았다. 그들이 총을 들이대면서 아버지에게 명령했다.

"나와!"

아버지는 천천히 말없이 일어나서 밖으로 걸어 나왔다. 그들은 아버지를 대문 쪽으로 돌려세운 뒤 총부리로 아버지의 등을 밀었다. 할머니가 절망에 찬 표정으로 그들에게 매달렸다.

"아이구, 다 모르고 한 짓이우. 한 번만 용서해 주. 내가 이렇게 빌 테니 제발 한 번만 용서해 주."

그러나 그들은 거칠게 할머니를 뿌리치고는 계속 아버지의 등을 총부리로 밀어 댔다. 아버지는 말없이, 방금 잠에서 깬 사람답지 않게 허둥대는 빛도 없이 대문 밖으로 걸어 나갔다. 그때 할머니가 내게 말했다.

"애비가 어디루 가는지 쫓아가 알구 올 테니 꼼짝 말구 집에 있거라. 갔다 와서 저녁밥 해 주마."

그날 이후 나는 번번이 밥을 늦게 먹게 되거나 밤에 혼자 자게 되는 일이 많았다. 할머니한테도 무슨 조사할 일이 있다면서 이따금 데려가서는 아주 밤늦게 보내 주거나 아니면 숫제 그 이튿날 아침에 보내 주는 일이 잦았기 때문이었다. 혼자서 자게 되는 밤이면 나는 늘 나쁜 꿈을 꾸다가 깨어나곤 했다. 그리고 깨어나 보면 캄캄한 방 안에 나 혼자 웅크리고 누워 있다는 사실이 새삼 일깨워져 나는 방금 꾼 꿈에서 본, 팔이 어마어마하게 긴 거인이나 얼굴이 엄청나게 큰 여자가 당장 어둠 속 어디에선가 튀어나올 것 같은 두려움에 사로잡히곤 했다.

그러던 어느 날 고모가 나타났다. 고모는 군복을 입고 있었다. 그래서 나는 고모가 국군이 된 줄 알고 이제 우리도 국군 친척이 있으니 아버지나 할머니에게 조금이라도 좋은 일이 있겠구나, 하고 마음속으로 기뻐했으나 고모는 국군이 아니었다. 고모는 국군과 미군들을 위해서 노래를 부르거나 춤을 추는 종군 연예단원이라고 말했다. 고모가 집에 왔을 때는 할머니는 또 무슨 조사를 받는다고 불려 가고 집에 없었는데 고모는 방으로 들어가 아버지가 보던 책 같은 것을 뒤져내 모두 불태워 버리고 돌아갔다. 고모는 일선으로 위문공연을 떠날 시간이 다 돼서 할머니를 기다리지 못한다고 말하고 집 잘 보고 있으라고 말했다. 고모는 대문 밖으로 나서면서 나를 안쓰러운 눈빛으로 한 번 돌아보았다.

그 후 얼마 만에 아버지는 집으로 돌아왔다. 그리고 하룻밤인가를 집에서 자고 난 아버지는 당분간 어느 아는 집엔가엘 가 있는다고 다시 떠났다. 집으로 돌아온 아버지의 얼굴은 보기 흉하게 부어 있었다.

그런데 아버지가 집으로 돌아왔다 어딘가로 다시 떠난 그다음 날 다시 할머니가 불려 갔다. 불려 간 할머니는 그리고 밤새 돌아오지 않았다. 할머니는 이튿날 저녁때가 다 되어서야 돌아왔는데 방 안에 들어서자 몹시 울었다. 할머니의 얼굴도 아버지의 얼굴처럼 보기 흉하게 부어 있었다.

나중에 안 사실이지만 할머니는 그때 불려 가서 노인의 몸으로서는 차마 감당하지 못할 여러 가지 고초를 겪고 나서 아버지가 있는 곳을 가르쳐 주었다는 것이었다. 할머니는 그 일을 두고두고 부끄러워하였다.

아버지는 다시 붙들려 들어가고 할머니는 장사하던 그루터기들을 팔아서 아버지에게 밥을 지어 나르기 시작했다. 어느 때는 팥죽이나 녹두죽도 쑤어 갔는데 몇 번인가는 나도 할머니를 따라서 어느 붉은 벽돌 건물의 지하실에 갇혀 있는 아버지를 보러 간 적도 있다. 그때 본 아버지는 전보다 더 보기 흉하게 부어 있었다. 그렇게 할머니를 따라서 아버지를 보러 간 어느 날인가였다. 아버지가 할머니에게 낮은 목소리로 흰 손수건 한 장만 마련해 달라고 부탁하는 걸 나는 들었다. 마지막으로 혈서나 한번 써 보는 수밖에 없다고 말하는 것도 들었다. 나는 혈서를 어떻게 쓰는 것인지는 알 수 없었으나 그것이 매우 중대한 일이라는 것은 느낄 수가 있었다. 나는 집으로 돌아오면서 할머니에게 물었다.

"혈서가 뭐야, 할머니!"

할머니는 그것이 손가락을 이빨로 깨물어 거기서 나오는 피로 쓰는 글씨라고 내게 가르쳐 주었다. 나는 그제야 아버지가 할머니에게 흰 손수건을 부탁하던 걸 상기하고 거기에 씌어질 빨간 글씨를 연상할 수 있었다. 나는 아버지가 몹시 중대한 시기에 직면해 있다는 걸 느낄 수 있었다.

그 혈서가 좋은 매듭을 가져왔는지 어땠는지는 잘 모르지만 어쨌든 아버지는 그 후로도 달포인가를 더 갇혀 지내다가야 겨우 자유로운 사람이 되었다. 그러나 아버지는 그때 이미 병자와 다름없는 사람이 되어 있었다. 하루에도 몇 번씩 설사를 하러 변소엘 갔고 종일 누워서 지냈다. 그리고 우리는 곧 그 동네를 떠났다. 동네의 누가 또 무슨 고자질을 할는지 알 수 없다는 할머니의 의견 때문이었다.

우리가 이사를 간 곳은 관훈동이었는데 거기서 나는, 다시 문을 연 학교엘 다녔다. 학교에서는 주로 "전우의 시체를 넘고 넘어 앞으로 앞으로……" 하는 따위의 노래만을 가르쳤다.

아버지는 차츰 전 같지는 못하다 해도 몸이 조금씩 회복되어 갔고, 고모도 이따금 군복 차림인 채로 다니러 오곤 했다. 생활은 전적으로 할머니가 맡아서 꾸려 나가고 있었다. 할머니에게는 아마 식구 모르게 꽁꽁 뭉쳐 둔 비상금이라도 있었는지 모른다.

그렇게 그해가 다 저물어 갈 무렵의 어느 날 밤, 아버지는 빨간 줄이 두 줄 대각선으로 그어진 무슨 소집 영장인가 하는 것을 받았다. 그리고, 아버지는 그 밤으로 그 소집 영장인가 하는 것을 가지고 온 사람을 따라서 어디론가 떠났다. 나중에 할머니한테서 들어 알았지만 그것은 제2국민병 소집 영장이었다.

그리고 며칠 지나지 않아서 할머니와 나는 고모의 도움을 받아 피난길에 올랐다. 중공군들이 쳐들어온다는 것이었다. 매일 낯선 고장을 보게 되는 춥고 괴로운 긴 여행이 시작되었다.

3

피난지 부산에서 할머니와 나는, 고모와 그녀가 속한 단체가 묵고 있는 자갈치 부근의 어느 여관에서 얼마 동안을 지낸 후 영도(影島)에 셋방을 하나 얻어 따로 나갔다. 군대를 따라 다니던 연예단이 해산이 되면서 그 여관을 비워 주어야 하게 되었을 뿐 아니라 그 무렵 고모에게는 동거하는 남자(해군이었다)가 생겼으므로 우리하고는 함께 살 수가 없었기 때문이었다. 그 해군이 우리를 군식구라고 생각하는 눈치와 더불어 우리와 함께 사는 것을 싫어했고 그 때문에 할머니와 고모 사이에 이따금 성난 말이 오고 간 것도 원인이 되었을 터이었다. 그러나 우리는 거의 고모의 도움에 의해서 생활할 수가 있었다. 물론 그것이 늘 충분한 것은 못 되었으므로 우리는 보리만을 삶은 밥이나 밀가루 수제비를 거의 주식으로 하다시피 했지만 끼니를 굶은 적은 없었다. 그러나 나는 학교에 갈 수 없는 일이 늘 마음에 서글펐다. 그래서 나는 할머니에게 부탁하여 다른 아이들도 많이 그러는 것처럼 장사를 시작하였다. 할머니에게 밑천을 얻어 가지고, 장사하는 다른 애들을 따라 멀리 국제 시장까지 가서 목판에 눈깔사탕을 받아 가지고 가슴에 안고 다니며 팔았다. 사람들이 많이 모이는 시장 거리나 다방 같은 데, 또는 어시장 같은 데 가서 팔았다. 얼마 뒤에는 다른 장사하는 애들의 충고에 따라 더 잘 팔린다는 깨엿, 땅콩엿 같은 것들도 받아 팔았고, 오징어도 축으로 사서 낱개로 팔았다. 그러면서 나는 그곳 초등학교에서 하고 있는 야간학교에 들어갔다.

6개월 과정인 그 야간학교에서 나는 선생의 귀염을 독차지하였다. 땋은 머리가 엉덩이께까지 치렁치렁하는 커다란 처녀들도 다니던 그 야간학교에서 나는 맞춤법을 가장 틀리지 않게 쓸 수가 있는 학생이었을 뿐만 아니라 국어책을 표준 발음으로 읽을 줄 아는 거의 유일한 학생이었던 것이다. 언젠가, 어느 높은 데에서 수업 시찰 나온 점잖은 어른들 앞에서 미리 지목되어 있다가 대표로 책을 읽은 것도 나였다. 나는 그 야간학교를 우등으로 수료하였다.

그리고 나서도 나는 한동안 더 장사를 계속하였다. 그리고 그것을, 할머니가 어떻게 모아 둔 돈으로였는지 남부민동의 천마산 기슭에 판잣집 하나를 세우고 우리가 이사를 가게 되었을 때에야 그만두었다.

그리고 아버지가 그 판잣집으로 우리를 찾아온 것은 그다음 해, 즉 내가 열두 살 먹던 해 초여름이었다. 그때 나는 아버지로부터 고령만기제대라는 어려운 낱말을 들었다. 그리고 나는 그때 아버지가 우는 모습을 처음으로 보았다. 아버지는 빛바랜 군복을 입고 있었고, 군대용 배낭 하나를 가졌을 뿐이었다. 할머니는,

"아이쿠, 이 자식아. 아이쿠 이 자식아. 네가 살아오다니."

하고 아버지를 얼싸안으면서 울었다. 고모하고 천신만고 끝에 편지 연락이 닿아 가지고 이렇게 찾아올 수 있었다.

할머니와 아버지 두 사람은 그날 두고두고 울었다. 무슨 얘기 끝에도 울고 어떤 웃음 끝에도 훌쩍훌쩍 울었다.

아버지는 곧 취직자리를 알아보러 돌아다니기 시작했다. 군대에서 받은 무슨 표창장인가 하는 것을 소중히 싸 들고 나가곤 했다. 그러

나 한 달이 넘도록 아버지는 아무 데도 취직하지 못했다. 늘 지치고 힘없는 표정으로 아버지는 돌아오곤 했다.

그러던 어느 날 아버지는 무슨 나무판자 같은 걸 여러 개 가지고 돌아왔다. 이웃집에서 톱과 망치를 빌려 오고 방 안을 온통 어지럽히면서 아버지는 무언가 열심히 만들기 시작했다. 나무판자 하나는 동그랗게 톱으로 잘라 그 위에 흰 종이를 붙이고 방사형으로 금을 그었다. 금과 금의 사이에는 숫자들을 하나하나 써넣었다. 또 다른 판자들로는 네모반듯한 상자 하나를 짜서 그 위에 역시 흰 종이를 붙이고 큼직큼직한 바둑판무늬의 금을 긋고는 한 칸 한 칸마다 역시 또 숫자를 하나하나 써넣었다. 그제야 나는 아버지가 만들고 있는 것이 무엇인지 알 수 있었다. 아버지가 만들고 있는 것은 내가 장사할 때 시장거리 같은 데서 볼 수 있었던 '뺑뺑이'라는 이름의 노름기구였다. 어느 숫자에 얼마, 라고 손님이 말하면 주인은 둥근 숫자판을 거기에 쓰인 숫자가 보이지 않을 만큼의 빠른 속도로 돌려 준다. 그러면 손님은 새의 깃털이 달리고 끝이 뾰족한 꼬챙이로 핑핑 돌아가는 숫자판 위를 내리찍는다. 돈을 미리 대고 하게 되어 있는데 꼬챙이가 손님이 지목한 숫자에 가 꽂히면 손님은 두 배의 돈을 받고, 다른 숫자에 꽂히면 손님이 댄 돈은 주인이 갖는다. 또 돈을 따고 잃고 하는 것보다 일정한 돈을 대고 담배나 미국제 통조림 같은 것을 따 가려고 하는 손님들은 네모 판 위의 자기가 꽂으려고 하는 숫자에다 담배나 통조림 깡통을 놓으면 된다. 그리고는 같은 방식으로 주인이 돌린 둥근 숫자판 위를 꼬챙이로 내리찍는다.

아버지는 밤이 이슥할 때까지 땀을 뻘뻘 흘리면서 그것을 만들었다.

그리고 이튿날부터 아버지는 아버지가 군에서 처음 집에 오던 날 가지고 왔던 그 군대용 배낭 속에 그것을 넣어 가지고 집을 나섰다. 첫날 아버지는 제법 돈을 딴 모양으로 자반 고등어 두 마리를 사 들고 돌아왔다. 그러나 나는 아버지의 손등에서 꼬챙이에 찍힌 그것임에 분명한 몇 개의 상처를 보았다. 그다음 날은 벌이가 별로 좋지 않았던 모양인지 아버지는 빈손으로 돌아왔다. 그러나 그다음 날은 아버지는 쌀 한 말과 고등어 두 마리를 사 들고 돌아왔다. 그리고 아버지의 손등에서는 차츰 상처 자국도 볼 수 없게 되었다. 우리는 조금씩, 보리가 섞이긴 한 것이나마 쌀밥도 먹을 수 있게 되었다.

할머니는 그 무렵부터 아버지에게 나를 학교에 넣으라고 종용하였다. 처음엔,

"사람이 먹구 나서야 배우는 것도 배우는 겁니다."

라고 말하면서 선뜻 응하지 않던 아버지도 차츰 내 교육문제에 대하여 관심을 가지기 시작하였다. 그리하여 나는 다시 부근의 야간학교에 들어가서 몇 달 다니다가 그곳에 있는 정규 초등학교의 5학년으로 편입하였다. 실로 오랜만에 다시 정식으로 학교에 다닐 수 있게 된 것이다.

그곳 아이들은 모두 멍텅구리들뿐이어서 나는 다시 학교에 들어간 지 두 달 만에 학급에서 1등을 차지하였다. 할머니와 아버지는 몹시 기뻐하였다. 아버지는 그 무렵 몇 달간 계속하던 그 뺑뺑이 장사를 그만두고 미군부대의 식당 종업원으로 취직이 되어 다니고 있었는

데 내게 상(賞)으로 잡지책을 사다 주었다. 마해송의 「떡배단배」, 김내성의 「쌍무지개 뜨는 언덕」 같은 것들이 실려 있던 잡지였다. 나는 아버지에게 다음번에 또 사다 주실 때는 다른 잡지를 사 달라고 부탁하였다. 내가 아버지에게 부탁한 잡지는 정비석의 「홍길동」, 김내성의 「검은 별」, 김용환의 「코주부 삼국지」 같은 것들이 실려 있는 잡지였다. 아버지는 내가 부탁한 잡지를 매달 한 권씩 사 주었다.

나는 차츰 책 읽는 재미에 빠져, 그리고 여름철이면 바다에 나가 헤엄치는 재미에 빠져 학교 공부를 게을리하게 되었다. 그러나 그곳 아이들은 워낙 멍텅구리들이었으므로 아무도 내 1등 자리를 뺏지는 못했다. 그럴수록 나는 점점 더 책 읽는 재미와 바다에 나가 헤엄치는 재미에 빠져들었다. 책은 머릿속에 새롭고 무한한 어떤 공간을 느끼게 해 주었고, 그 무한한 공간이 나만의 것이라는 든든한 소유감을 느끼게 해 주었으며 바다는 몸 주위에 끝없는 좋은 느낌의 물질감을 안겨 주면서 그 좋은 물질 속에 자기가 기분 좋게 잠겨 있다는 또렷한 느낌을 갖게 해 주었다. 책을 읽다가 문득문득 나는 자기 자신이 남과는 아주 다른 특별한 개체로 선명하게 느껴질 때가 있었고 방파제 앞 바다에 가서 헤엄치면서 나는 그 좋은 느낌의 물질감 때문에 깊은 곳으로 자꾸자꾸 더 나아가 보고 싶은 유혹을 느꼈다. 밤중에 책을 읽다가 소변이라도 보러 밖으로 나갔을 때 하늘에 널린 무수한 별무더기들을 보고 나는 신비감과 함께 그 별무더기들과 내가 단독적으로 아주 특별하게 꽉 맺어지는 듯한 느낌을 받았으며, 햇빛이 해면에 부딪쳐 무시무시한 금속성이라도 발할 것 같은 시각에 바닷물에 몸을 담그고 헤엄치면서 나는 알지 못할 기쁨에 내 작은 고추를 만지작거렸다. 그러면 고추는 물속에서 겁이 더럭 날 만큼 커지곤 했다.

그 무렵인가, 세상에는 지구가 곧 어떤 커다란 별과 충돌하여 멸망하게 되리라는 소문이 나돌기 시작했다. 그리고 그 예정일 예정 시각은 8월 14일 정오라는 소문까지 나돌았다. 아이들은 말할 것도 없고 어른들까지 그 소문에 휩쓸려서 몹시 뒤숭숭한 분위기가 우리가 살던 판잣집 동네에도 만연했다. 가진 돈으로 먹고 싶은 것이나 실컷 먹고 죽자고 비상한 때를 위해 저축해 두었던 돈을 평소엔 아껴서 해먹지 않던 음식을 장만하는 데 탕진해 버리는 사람도 있었고, 실컷 놀러나 다니다 죽자고 전에 없던 극장 구경이나 바닷가 유원지 같은 곳으로의 나들이에 탕진해 버리는 사람도 있었다. 물론 세상이 망할 땐 망하더라도 망하는 그날까진 아껴 먹고 아껴 쓰고 저축해야 한다는 우리 할머니 같은 사람도 있었지만 대부분의 사람들은 반신반의하면서도 어쨌든 거의 그 소문에 휩쓸려 들고 있었다.

그날, 지구가 어떤 커다란 별과 부딪친다는 시각, 즉 8월 14일 정오에 그런데 나는 바닷속에 있었다. 날씨는 태풍기가 있으려는 것처럼 조금 휘숭숭했고 갈라진 회색 구름이 빠른 속도로 움직였고, 바다에는 물결이 좀 높은 편이었다. 물빛은 전에 없이 짙어서 암녹색(暗綠色)으로 보였다. 나는 방파제와 송도 중간에 있는 바위가 많은 바닷속에 있었다. 다른 아이들은 눈에 띄지 않았다. 나는 빠른 속도로 움직이는 구름과 어딘지 파두(波頭)가 갈기처럼 날카로워 보이는 물결을, 물 위로 머리를 내밀고 바라보면서 어떤 전율 비슷한 두려움에 사로잡혔다. 애초에는 바다에 가 있어 보자는, 바닷물 속에서 그 일이 실제로 일어나는지 일어나지 않는지를 지켜보고 만일 일어난다면 그 진행을 거기서 바라보자는, 그리고 또 그 일을 당하더라도 바닷속에서 겪게 되는 것이 나을 거라는 속셈도 있어서 온 것이었으나 차츰 예정된 시각이 가까워 오고 구름의 움직임이나 모양의 이상스러움에 직면하게 되자 나는 전신에 이상스런 전류 같은 것이 흐르는 것을 느꼈다.

나는 정말 내가 그 바닷물 속에서 죽게 될는지도 모른다고 생각하였다. 그리고 그것은 그곳에 갈 때까지의 반 이상 호기심 어린 생각과는 달리 실감을 동반한 생각이었다. 그러나 한편 나는 내가 혼자서 그곳에 있다는 생각을 하면 어떤 두려움을 누르고도 남을 커다란 즐거움이 솟아오르는 것이었다. 그것은 두렵기 때문에 더 즐겁다고까지 할 수 있을 그런 기분이었다. 이 중요하고 긴박한 순간을 나 혼자서 감당하고 있다. 그리고 나 혼자서 이 장엄한 모든 것을 바라보게 된다. 나 혼자서 모든 걸 본다. 나 혼자서. 그러자 나는 물속에 잠긴 내 몸뚱이가 어느 때보다도 또렷또렷하게 감각이 살아나는 걸 느꼈다. 나는 불현듯 내 고추를 만지작거리고 싶은 유혹을 느끼고 그렇게 했다. 알 수 없는 두려움과 이름 지을 수 없는 기쁨에 나는 몸을 떨었다. 나는 바다와 힘껏 껴안고 있었다. 나 혼자서, 나 혼자서만 바다를 독점하고 있다는 느낌이었다.

해가 떨어지고 땅거미가 질 무렵까지도 결국은 아무런 일도 일어나지 않고 말았으나 그날의 경험은 나로 하여금 점점 더 자기 자신을 속으로만 커다랗게 부풀려 가지고 다니는 아이가 되게 하였다.

나는 차츰 다른 아이들과는 잘 어울려 놀지도 않는 내숭스러운 아이가 되어 갔다. 그때부터인가 보다. 내가 고치기에 아주 애를 먹은 난시(亂視) 눈이 되어 버린 것은, 가로난시(橫亂視)라고 한다든가, 어떻든 그 무렵부터 나는 가로 그어진 금 같은 건 잘 보지 못하는 아이가 되었다. 이를테면 전깃줄에 앉은 세 마리 참새를 본다고 할 때 내게는 그 참새 세 마리가 그냥 공중에 가만히 정지해 있는 것으로 보이는 것이었다. 그것들을 떠받쳐 주고 있는 전깃줄은 내겐 잘 안 보이는 까닭이었다. 또 책을 읽을 때에도 '一' 모양 같은 건 얼핏 잘 보이질 않아서 그냥 어림짐작으로 읽어 넘어간다든지 하는 식이었다. 아버지는 내게 난시를 교정하기 위한 안경을 아주 비싼 값으로 사 주었다.

그리고 그 안경을 쓴 채 이듬해, 즉 내가 6학년 학기를 막 맞이한 무렵에 나는 가족과 함께 서울로 환도하였다. 그즈음 아버지는 미군 부대의 종업원 감원 대상에 들어 다시 실직을 하게 되었고, 부산 바닥에서 다시 일자리를 구하느라 애를 쓰느니 남들도 다 서둘러 올라가는 마당에 고생을 하더라도 서울 가서 하자고 아버지가 용단을 내린 끝이었다. 우리는 우리가 짓고, 그곳에서 2년 가까이를 정들이며 살던 판잣집을 아주 헐값으로 팔아넘겼다. 전쟁은 이미 흐지부지되어 있었다.

4

서울에 와서 우리는 마장동이라고 하는 동네에 셋방 하나를 얻어 들었다. 그리고 나는 그곳에 있는 초등학교에 다시 전입하였다.

서울은 그사이 많이 회복이 된 모양이긴 했으나 그래도 아직 전쟁의 상처가 군데군데 아물지 않은 채 남아 있어 어딘지 우중충하고 썰렁한 느낌을 주었다. 도로가 여기저기 패인 채 복구되지 않은 곳이 많았고 건물에 생긴 총흔(銃痕)도 땜질되지 않은 채로 방치되어 있었다.

사람들이 살아가는 방식도 전쟁 중에 익힌 살아남는 방식이 거의 그대로 존속되어 가고 있었다. 그리고 그것은 마장동 일대에 사는 사람들한테서는 더욱 두드러지게 눈에 띄었다. 그곳 사람들은 거개가 위험하기 짝이 없는 석탄 도둑질이나 휘발유 도둑질로 살아가고 있었던 것이다. 석탄 도둑질이라고 하는 것은 동네 한복판을 달려 지나가는 석탄 화차에 뛰어올라 미리 마련한 부대에 석탄을 가득 퍼 담아서 화차 밖으로 밀어 던지는 일이었고, 휘발유 도둑질이라고 하는 것은 동네 주변을 통과하는 미군부대의 송유관에 미군 경비병 몰래 구멍을 뚫어서 휘발유를 빼내는 일이었다. 두 가지 다 위험한 일이었고 심지어는 목숨까지 잃어버리는 경우도 없지 않았으나 (실제로 기차에 탔다가 잘못 뛰어내려 목숨을 잃은 사람도 있었고 송유관에 구멍을 뚫다가 미군 경비병에게 발각당해 사살당한 사람도 있었다) 사람들은 달리는 뾰족한 살아갈 방도를 찾지 못해 날벌레들이 불을 향해 달려들듯 그 짓에 이끌리는 것 같았다.

아버지도 군대에서 받은 그 무슨 표창장인가 하는 것을 다시 싸 들고 취직자리를 얻으러 다니다 다니다 못해 결국 석탄 도둑질로 나섰다.

보통의 부대 자루 몇 개를 이어 붙인 커다랗고 긴 부대 자루를 준비해 가지고 철로 변에 대기해 있다가 석탄을 가득 실은 화차가 동네 어귀에 나타나면 재빨리 그 달리는 화차에 매달려 오른다. 그리고 두 손으로, 아가리를 벌려 놓은 부대 자루에 석탄을 긁어 담는다. 아주 꽉꽉 차게 담는다. 감시원이 있을 경우에는 약간의 돈을 집어 주고 그렇지 않을 때에는 그냥 석탄이 가득 담긴 부대 자루를 화차 바깥으로 밀어 떨어뜨린다. 그리고는 달리는 화차에서 뛰어내린다. 이때 주의하지 않으면 안 되는 것은 반드시 화차가 달리는 방향으로 뛰어내려야만 한다는 것과 발이 땅 위에 닿는 순간 멈추지 말고 그대로 여남은 발짝 더 뛰어야 한다는 것, 그리고 자기가 뛰어내리는 지점이 다리 위인지 아닌지를 살펴야 한다는 점이다. 처음 나선 사람이 그런 주의들을 하지 않았다가 심하게 다치거나 목숨을 잃는 경우도 있는 것이다. 아버지도 처음 시작한 며칠 동안은 그런 식으로 번번이 무릎이나 얼굴에 상처를 입고 돌아오곤 했다. 아무튼 그렇게 화차에서 뛰어내린 다음에는 석탄이 담긴 자기 부대를 찾아서 끙끙대며 메고 온다. 메고 온 것을 마당에다 쏟는다. 그리고는 다시 나간다. 그렇게 해서 밤새 모은 것을 아침에는 굵은 덩어리들과 작은 덩어리들로 분류하고 다시 체로 쳐서 가루는 따로 모은다. 그리고 나면 아낙네들이 함지박 같은 것을 이고 와서 값을 쳐 가져간다. 굵은 덩어리만 가져가는 아낙네도 있고 작은 덩어리만 가져가는 아낙네도 있고 가루만 가져가는 아낙네도 있다. 또 닥치는 대로 가져가는 아낙네도 있다. 아낙네들은 대개 철공소나 무슨 공장 같은 데로 그것을 팔러 간다. 모든 것이 다 끝나고 나면 일한 사람의 몸은 온통 석탄가루로 범벅이 되어 눈언저리와 코밑만 발그레하게 남는다. 그리고 마당에는 석탄 먼지만 남는다.

아버지는 안집 아저씨와 동업을 했다. 안집 아저씨는 곽 씨라고 불리는, 얼굴이 둥글고 눈이 조그만 사람이었는데 두 사람은 서로 일한 몫을 공평하게 나누고 서로 탓하지 않으면서 의좋게 지냈다. 따라서 할머니와 안집 아주머니 사이도 아주 의가 좋았다.

한편 나는 새로 전입한 학교에서, 그곳엔 멍텅구리들만 모여 있는 건 아니었으므로 금방 두각을 나타내진 못하였다. 더욱이 나는 학교 공부에는 게으른 습성이 꽉 몸에 배어 있었다. 나는 대신 바다에 가는 몫까지를 합쳐(서울에는 바다가 없었으므로) 책을 읽는 데에만 더욱 게걸스럽게 빠져들었다. 나는 책을 세놓는 집을 찾아내었고 할머니나 아버지로부터 얻는 용돈은 모두 그 집에 갖다 바쳤다. 나는 아버지에게 차례 오는 야경꾼 노릇을 아버지 대신 함으로써도 (나는 다른 어른 한 사람과 함께 밤의 인기척 없는 동네 골목들을 타박타박 걷곤 했다) 아버지한테서 돈을 얻곤 했는데 그것도 모두 그 대책점(貸冊店)에 갖다 바쳤다. 그러면서 나는 자기 자신의 속에다 커다란 공간을 만들고 그것을 날로 넓혀 갔다. 지금 생각하면 그것은 모골이 송연해질 정도로 허황하고 값없는 공간이었다. 그러나 당시의 나는 그 허황함을 풍부함으로 느꼈고 그 값없음을 아주 고가(高價)의 것으로 느끼며 자부하였다. 나는 다른 아이들과는 다르다, 나는 나만이 아는 나를 가지고 있다, 너희들은 아무것도 모른다, 나는 너희들이 아는 것의 천 배는 더 알고 있다. 나는 너희들이 못 가진 온갖 희한한 보물들을 다 뱃속에 간직하고 있다, 정말 너희들은 가진 것 없는 어린애들이야, 라는 생각을 나는 다른 아이들에 대해서만이 아니라 심지어는 어른들에 대해서도 품고 있었다. 그리하여 나는 당시 국회에서 헌법을 고치는 데 필요한 재석의원의 3분의 2의 찬성률을 만들기 위해 반올림의 법칙을 적용하였다는 데 대해서 아이들이 왈가왈부 토론을 벌이는 것도 몹시 우스꽝스럽게 여기고 있었다. 담임선생은 이미 사람 수를 가지고 셈하는 데 있어서도 반올림의 법칙은 그대로 적용된다고 말한 바 있었다. 그러나 아이들은 자기 아버지나 삼촌 또는 형들로부터 들은 이야기를 믿는 패와 담임선생의 이야기만을 항상 믿을 만하다고 생각하는 패로 갈라져 토론을 벌이고 있었다. 물론 나는 선생과 다른 의견을 가질 권리에 대해서 우습게 생각하는 건 아니었다. 하지만 양쪽 다 결국은 제 의견도 아니면서 그것이 마치 제 의견인 양, 제 영리함인 체 떠들어 대고 있는 게 우스울 따름이었다. 이를테면,

"사람을 어떻게 반올림할 수가 있니? 사람을."

"사람두 숫자를 셀 수가 있는데 왜 반올림을 못 하니?"

"인마, 우리 삼촌이 그러는데, 우리 삼촌은 고등학교 선생님이란 말야, 응— 사람은 다른 물건들처럼 하나쯤 있어도 되고 없어도 되는 그런 게 아니래. 사람은 둘로 나눌 수도 없잖아? 둘로 나누면 죽게?"

"인마, 느네 삼촌만 최고야? 산수의 법칙은 뭣이든 수로 셀 수 있는 것에는 다 해당된단 말야. 사람이라구 해서 비율을 내는 데 왜 반올림을 못 해? 선생님 말 듣지두 못했니?"
라는 따위의 토론이 도대체 무슨 가치가 있단 말인가. 그리고 그게 자기들에게 어떤 중요성이 있단 말인가. 나는 그와 같은 여러 아이들이 얼려 하는 토론 따윈 자기라는 걸 한 번도 확실하게 가져 보지 못한 바보애들이나 하는 짓이라고 생각하였다. 그런 건 그리고 학교 공부 외엔 다른 책이라곤 한 권도 읽어 보지 못한, 또는 더러 읽었다 해도 동화나 만화책 나부랭이 한두 권밖에 읽어보지 못한 애들이나 하는 짓이라고 생각했다. 세상에 자기 이외에 더 중요한 게 어디 있단 말인가. 그걸 모르는 저 애들은 참 불쌍하다고 나는 생각했다. 나는 그럴수록 더 내 자부심에 충실하기 위해 더욱더 책 속으로 빠져들어 갔다. 그리하여 나는 학급에서 두각을 나타내기는커녕 전학 온 지 석 달째의 성적이 중간밖에 미치지 못하였다. 성적표를 받아 든 아버지는 생전 처음으로 내 뺨을 때렸다. 그리고 아버지는 목멘 소리로 말하였다.

"널 보결로 중학교에 넣을 능력은 애비한텐 없어, 인마. 이따위 성적으로 어떻게 중학교엘 들어가겠니? 보아하니 공부를 하는 줄만 알았더니 너 인마, 쓸데없는 딴 책만 보구 있었구나. 제대루 합격을 해두 널 인마 중학에 보낼 수 있을지 어떨지가 걱정인 판에……."

할머니도 곁에서 눈물을 찍어 가며 아버지를 거들었다.

"애비가 널 미워서 때린 게 아니다. 네가 공불 더 해야지. 너두 우리가 형편이 어떻다는 걸 알 만한 소견은 있지 않니?"

나는 갑작스런 아버지의 일격으로 얼얼해진 뺨과 놀란 마음으로 잔뜩 움츠러들었으나 차츰 사태를 분별하고서는 아버지나 할머니가 다 같이 바보들이라고 생각하였다. 도대체 성적이나 중학교가 무엇이 그렇게 중요하다고 이 소동이냔 말이다. 그러나 나는 곧 그들이 내게 아주 잘해 주는 사람들이므로 그들의 희망이 정 그렇다면 그들을 위안하기 위해 조금 공부하는 척이라도 하는 게 나쁠 것도 없다고 생각하였다. 더욱이 그들은 지금 고생 중이기도 하니까. 나는 비장해 보이도록 꾸며진 얼굴을 쳐들고 아버지에게 공부하겠다고 약속하였다. 아버지와 할머니는 금세 만족한 표정이 되었다. 나는 다시 한번 그들이 어리석다고 생각하였다. 하지만 나는 그들을 속인 건 아니었다. 나는 어쨌든 정말 공부하기 시작했으니까. 그리고 그것은 고생하고 있는 그들을 위로하기 위해서도 정말 필요한 노릇이었으니까. 또 나 자신 막상 중학교엘 가지 못한다고 생각하면 그것도 기분 좋은 일이라곤 할 수 없었으니까.

내 성적은 조금씩 좋아지기 시작하였다. 그리고 그 초등학교를 졸업할 때에는 나는 그럭저럭 10등 안에는 끼어서 우등상장도 받았다.

그리고 사립학교 가운데서는 명문에 속한다는 어느 중학교에 나쁘지 않은 성적으로 무난히 합격하였다. 할머니와 아버지가 그때처럼 기뻐하는 모습을 나는 일찍이 본 적이 없었다.

중학교에 들어가서 나는 내 안경 때문에 '목사'라는 별명을 얻었다. 안경 쓴 아이가 비단 나만이 아니었는데 왜 유독 내게다 그런 별명을 아이들이 지어 붙였는지는 모른다. 다만 나는 아이들이 날 조롱하려 들 때에만 그 별명을 사용한다는 걸 알고 있을 따름이었다. 그리고 아이들이 별반 저희들과 잘 어울리지도 않는 나를 좀 신통찮게 여기고 있다는 걸 알고 있을 뿐이었다. 그러나 나는 내 쪽에서 본래 그 아이들을 신통찮게 여기고 있었으므로 조금도 서운한 생각은 들지 않았다. 나는 중학교에 들어가서도 여전히 외톨박이로 지내곤 했던 것이다.

그런데 그즈음 내게 유다른 시선을 보내오곤 하는 아이 하나가 있었다.

그 아이는 키가 작고 가무잡잡한 동그란 얼굴에 눈만 반짝반짝하던 아이였는데 공부시간 같은 때나 휴식시간 같은 때 어쩌다 시선이 마주치면 진작부터 내 쪽을 바라보고 있었던 눈치의 시선을 얼른 비키곤 하는 것이었다. 그것은 마치 주인 몰래 어떤 물건을 훔치려고 탐내던 시선을 그 주인한테 들켜서 슬쩍 피하는 것 같은 그런 태도였다.

그런데 처음엔 그렇게 주저하던 눈길이 얼마가 지나자 무척 대담해져서 아주 노골적으로 나를 주시하곤 하는 것이었다. 어쩌다 나와 시선이 마주쳐도 이젠 피하려고도 하지 않고 오히려 제 쪽에서 내가 비키기를 기다리기라도 하는 듯한 태도를 취하는 것이었다. 나는 별놈 다 본다고는 생각했으나 몸에 밴 습성대로 까짓 녀석 하고 대수롭지 않게 생각하고 있었다.

그러던 어느 날 하학 후에 그 아이가 나를 만나자고 청하여 왔다. 그 아이는 내게 학교 뒤에 있는 '고금바위'엘 가 보았느냐고 물었다. 학교 뒤에는 자그마한 동산이 하나 있었고 거기에 '古今一般(고금일

반)'이라는 멋진 음각 글씨가 씌어 있는 커다란 바위 하나가 있었는데, 아이들은 그 글씨를 잘 읽을 수 없었음에도 불구하고 누구나 그 바위를 '고금바위'라고 부르고 있었다. 나는 가 보았다고 대답하였다. 그러면서 그때에야 그 아이의 명찰을 눈여겨보니 그 아이의 이름은 박선길이었다. 박선길이는 조금 머뭇거리고 나더니, 둘이서 같이 한번 가 보지 않겠느냐고 다시 물었다.

나는 조금 경계하는 마음이 들었으나 곧 대수롭지 않게 생각하고 그래도 좋다고 대답하였다. 박선길이와 나는 말없이 걸어서 '고금바위'까지 갔다. 거기까지 걷는 동안 박선길이는 어색한 기분을 누그러뜨리려는 뜻에선지, 또는 자기가 나한테 호의를 가지고 있다는 걸 알려 줄 필요가 있다고 생각했음인지 내 쪽을 바라보며 꼭 한 번 웃어 보였다.

나는 모른 체해 두었다. 그리고 둘이서는 '고금바위' 위에 올라가 학교 쪽을 내려다보며 나란히 앉았다. 잠깐 동안 좀 어색한 침묵이 흐른 뒤에 입을 먼저 연 것은 박선길이었다.

"넌 책을 많이 읽는 모양이더구나."

하긴 나는 내가 좋아하는 책들을 학교에까지 가져와서 읽고는 했다. 그러나 그런 질문에 대답하는 것은 우스꽝스런 일이라고 나는 생각하였다. 나는 그저 네 말을 듣고 있다는 표정으로 박선길이를 말없이 건너다보았다. 그 아이의 눈에 부끄럼을 타는 듯한 빛이 잠깐 스치더니 곧 나로서는 뜻밖의 말을 그 아이는 꺼내 놓았다.

"넌 자기 자신이 무엇인 줄 아니?"

그것은 정말 나로서는 예기치 않았던 질문이 아닐 수 없었다. 도대체 아이들로부터 그런 종류의 말을 나는 들어 본 적이 없었던 것이다. 나는 내 귀를 믿지 않았다.

"뭐라구?"

박선길이는 내가 자기를 비웃고 있는 것은 아닌가, 하고 잠시 살피는 듯한 표정이더니 다시 말하였다.

"넌 자기 자신이 무엇인 줄 아느냐고 물었어."

나는 그때 비로소 박선길이를, 시선을 똑바로 들어 바라보았다. 그리고 나는 말했다.

"너 어떻게 나를 알았니?"

그러자 박선길이는 벌떡 일어서며 소리쳤다.

"내가 널 정말 알아냈구나!"

그리고 그 아이는 자기 자신을 칭찬하고 싶어 죽겠다는 듯 거의 깡총깡총 뛰었다.

그다음부터 우리 얘기는 하나 막힘없이 오고 가기 시작했다.

"정말 너 어떻게 알았니?"

"처음에 딱 보고 알았다."

"굉장하구나."

"하지만 네가 우리 반에 없었으면 몰랐을 거 아냐."

"난 네가 우리 반에 있는데두 몰랐는데."

"내가 2분단에 앉았기 때문에 안 보였을 테지."

"아, 그런 게 아냐. 난 정말 몰랐어."

"어쨌든 이젠 서로 알게 됐잖아."

"그래, 정말 잘됐다. 참 잘됐어."

"아, 아, 기분 좋다."

그 뒤로 선길이와 나는 늘 붙어 다니다시피 하게 되었다. 그리고 나는 선길이한테서 새로운 많은 이야기들을 들었다. 그 아이는 내가 모르고 있는 또 다른 많은 것들을 알고 있었던 것이다. 이를테면 선길이는 나보다 훨씬 구체적으로, 그리고 훨씬 논리적으로 자기라는 것에 관해서 생각해 본 아이 같았다. 선길이가 내게 들려준 얘기 가운데는 이런 것도 있었다.

"난 언젠가 몹시 아파서 두 달 가까이나 누워서 지낸 적이 있었어. 그땐 난 심한 열과 아픔 때문에 깜박깜박 정신을 잃기까지 했는데 그렇게 깜박 정신을 잃었다가 깨어날 때 난 아주 맑고 투명해진 머릿속을 느끼곤 했어. 모든 것이 손에 잡힐 듯이 환히 알아지는 거야. 세상이 어떻게 되어 있고 사람이 어떠어떠한 것이라는 게 모두 꿰뚫린 듯이 알아지는 거야. 그러다간 또 금방 흐릿해져서 조금 전에 안 걸 다 까먹곤 했지. 이상한 건, 그렇게 다 알아 버린 걸 또 그렇게 깨끗이 잊어버릴 수가 없다는 거지. 난 그때부터 의식적으로 그 순간을 기다리곤 했지. 하지만 그렇게 의식적으로 기다렸을 때에는 그 순간은 오질 않았어. 그래서 다시 난 기다리질 않기로 했지. 이젠 제가 올 테지 하고. 그런데도 그 투명한 순간은 잘 오질 않았어. 처음엔 이상하게 생각했지만 그게 거듭되자 깨달았어. 난 기다리지 않는다고만 생각하면서 사실은 기다렸던 거지. 그때부터 난 어른들이 날 간호한다고 귀찮게 구는 시간만 제외하고는 내 그 의식(뭘 앞질러 생각한다는 것 말야)이란 것에 대해서 곰곰 생각해 봤지. 그리고 난 결국 그놈의 의식이라는 것이 뭘 정말 아는 데는 방해가 된다는 걸 알았어. 정말야. 그래서 난 누워 지내는 동안 줄곧 그놈의 의식이라는 걸 없애는 연습만 했지. 병이 다 낫구서두, 그리구 요새두 난 그 연습을 해."

또 선길이는 이런 말도 하였다.

"넌 자기가 부모한테서 태어났다구 생각하니? 난 그렇게 생각하지 않아. 난 내가 나 자신한테서 태어났다구 생각해. 나라는 겉모양을 보여 주는 이 몸뚱이는 부모의 몸에서 태어났겠지만 정말 나는 그전서부터, 시작은 알 수 없지만 아주 오래전부터 있어 왔다구 생각해. 그렇지 않구서야 어떻게 자기가 본 적도 없는 걸 기억할 수 있겠니? 넌 자기가 본 적이 없는 걸 그전에 어디서 본 적이 있다구 생각될 때가 없니? 말하자면 생전 처음 가 보는 어느 고장 같은 델 가서 말야."

또 이런 말도 하였다.

"난 가끔 내가 죽으면 어떻게 되나, 하구 생각해 볼 때가 있어. 아주 하기 싫은 생각이지. 하지만 꼭 생각해 둬야 할 문제라구 난 생각해. ……둘 중의 하난데, 즉 나라는 것이 지금 이런 모양을 하고 있는 나에서 딱 끝나느냐, 그렇지 않으면 또 다른 어떤 모양을 가질 나로 바뀌느냐인데……. 잘 모르겠어. 그건 아주 어려워."

선길이의 그런 말들은 내게는 모두 충격적인 것들이었다. 나는 그런 생각들까지는 미처 해 보지 못했던 것이다. 하지만 선길이한테서 나는 조금만큼이라도 그 애가 나를 깔보는 듯한 눈치는 전혀 발견하지 못하였다. 그 애는 다만 그런 말들을 할 때 조금 우울해 보였을 따름이었다. 나는 그러나 그 애가 나보다 우수하다고는 마음속으로 인정하지 않았다. 나는 이미 그럴 수 없는 습성이 아주 깊이 몸에 밴 아이였기 때문이다. 하지만 나는 그 애를 상당하다고는 생각하였다. 우선 나보다는 한 걸음 앞선 생각을 그 애가 하고 있는 게 사실이었으니까.

어떻든 나는 선길이로부터 많은 자극을 받았다. 그리고 나는 분발하여 더욱 책 속에 파고들었고 자기 자신에 대해서 생각하는 시간을 더욱 집중적으로 가지기 시작했다. 그리고 나는 자기 자신이 현저하게 발전하고 있다는 것을 시시각각으로 느낄 수가 있었다.

선길이와 나는 늘 붙어 다니다시피 하면서 자기가 읽은 책에 대해서 이야기하고 자기가 새로 깨달은 것들을 털어놓았으며 서로 책을 바꿔 읽었다. 학급의 다른 아이들이 우리 둘의 사이를 아주 못마땅한 시선으로 쳐다볼 정도였다.

선길이와 나와의 그러한 우정은 우리가 2학년에 올라간 뒤의 여름방학 때 그 애가 가족들과 함께 수영을 갔다가 익사함으로써 학교에 다시 돌아오지 못하게 되었을 때까지 지속되었다. 나는 그 애가 죽었다는 소식을 들었을 때 몹시 당황하고 마음 아팠으나 한편으론 은근히 반가운 소식을 들은 것 같은 느낌도 들었다. 나는 아마 속으로는 은밀히 선길이에 대한 경쟁심 같은 걸 느껴 왔던 게 사실인지 모른다. 나는 두고두고 그 일을 부끄럽게 여겼다. 아무튼 누구에게, 변명이야 할 수 있건 없건 간에 경쟁심 비슷한 건 사실상 느꼈다고 하는 것은 생전 처음 있는 일일 뿐만 아니라 부끄럽기 짝이 없는 일이었기 때문이다.

나의 중학시절에서는 선길이와 만나서 그 애가 죽기까지의 그 부분이 내겐 가장 잊혀지지 않는 기간이다. 그 뒤의 나는 다시 허황한 자부심 사로잡힌 그리고 속만 허황하게 커진 외톨박이 중학생으로서 더는 다른 아무도 사귀지 못한 채 나머지 중학생활을 모두 보내고 말았다.

5

내가 열일곱 살 먹던 해, 즉 내가 고등학교에 입학하고 난 해에 나는 첫 연애에 빠졌다.

그것은 내가 스스로에 대한 첫 번째 회의(懷疑)에 직면한 것과 거의 비슷한 시기에 왔다. 선길이가 언젠가 내게 말한 명제, 즉 자기 자신의 죽음에 관해서 어떻게 생각해 두어야 하느냐 하는 문제에 차츰 본격적으로 직면하게 된 나는 아무리 생각해 봐도, 그리고 아무리 여러 가지 책들 속에서 찾아 헤매 봐도 만족할 만한 대답을 얻을 수 없었으므로 몹시 침울해져 있었다. 도대체 나라는 이 고유한 존재가 어느 때엔가는 이 너무나도 생생한 세계 속에서 흔적도 없이 사라져 버릴 것이라는 생각은 참을 수 없는 것이었다. 그렇다고 선길이가 언젠가 말했듯이 어떤 다른 모양을 가질 나로 바뀐다는 생각도 나로서는 도저히 인정할 수가 없었다. 그리고 그렇게 바뀐다 해도 나는 그것을 찬성할 수가 없었다. 어떻든 그 죽음이란 것은 지금의 이 생생한 느낌을 가진 나라는 존재가 완전히 소멸되어 버리는 것을 뜻했다. 나는 그 사실에 침울해졌으며 또 그 사실조차 확인할 길은 없다는 생각 때문에 스스로에게 화가 났다. 그것은 정말 만져 볼 수 없는 건너편 언덕의 일이었다. 그러나 또한 필지(必至)의 일일 것이었다. 나는 최초로 자기 자신에 대해서 실망하였다.

그러던 어느 날 저녁 무렵, 나는 남학생 두 사람과 여학생 한 사람으로 구성된 일단의 방문객들을 맞이하게 되었다.

그 무렵, 벌써부터 모든 기차가 디젤 기관으로 바뀌었기 때문에 더 이상 석탄 도둑질에 의존할 수 없게 된 가족의 생계와 내 학비를 위하여 아버지는 돈벌이를 찾아 군대 시절 전우가 무슨 탄광인가를 하고 있다는 강원도로 떠난 지 한참 뒤였으므로 집에는 할머니와 나, 두 사람밖에 없었는데(고모는 해군과 헤어져서 새로 결혼을 하여 따로 살고 있었다) 부엌에서 두 사람의 저녁밥을 짓고 있던 할머니가 웬 학생들이 날 찾는다고 하였다. 나는 무슨 일인가 싶어 대문께로 나가 보았다.

공립학교 배지를 단 남학생 두 사람과 머리를 두 가닥으로 땋은 여학생 한 사람이 동시에,

"안녕하십니까?"

하고 내게 인사하였다. 나는 그와 같은 듯한 깍듯한 존댓말을 누구로부터 듣는 것은 처음이었으므로 얼떨결에,

"네."

하고 대답하였다. 그러면서 나는 그들을 좀 자세히 쳐다보았다.

한 남학생은 3학년이었는데 얼굴이 창백하고 어른처럼 뺨과 턱에 수염이 나 있었으며, 또 한 남학생은 2학년 배지를 달고 있는 눈이 크고 키가 자그마한 학생이었다. 그리고 여학생은(그 여학생을 정면으로 본 순간 나는 그만 형편없이 허둥지둥하고 말았는데) 이쪽이 바로 쳐다보기 어려울 만큼 아름다웠다. 3학년 학생이 말하였다.

"심심하시고 피곤하실 땐 교회로 놀러 나오지 않으시겠습니까?"

"네?"

"아 저, 우리는 근처에 있는 교회의 학생회에서 나왔는데요, 저희 학생회에서는 음악 감상회도 하고 토론회도 하고 그럽니다. 쉽게 말씀드리자면 일종의 수양회 같은 거라고 해도 좋습니다. 생각에 따라서는 쉴 수 있는 곳이라고 할 수도 있고 자기를 긴장시키기 위한 장소라고 할 수도 있죠. 어떻습니까? 한번 나와 보지 않으시겠습니까?"

나는 그 학생의 그 교묘하고 정중한 제의를 그대로 받아들인 건 물론 아니었다. 그러나 나는 그들이 말한 교회엘 나가기 시작했다. 그것은 순전히 그 여학생 때문이라고 할 수 있었다. 지금에 와서 생각해 보면 그들이 혹 미인계를 쓴 그 여학생을 다시 보기 위해서만 교회에 갔다. 그리고 그 여학생이 어쩌다 불참이라도 하는 날이면 나는 여지없이 실망에 잠기곤 했다. 그러나 인숙이라는 이름을 가진 그 여학생 쪽에서는 내게 개인적인 관심이라곤 요만큼도 표시해 오지 않았다. 다만 자기가 아름답다는 사실에만 늘 관심을 쏟고 있는 것 같았다. 그러나 나는 그런 인숙이를 바라다보고 있는 것만으로도 충분히 행복했다. 인숙이는 내게 살아 있는 인어(人魚) 같았으며 부잣집 담장 안 정원에 피어 있는 한 떨기 장미꽃 같았다.

그런데 차츰 시간이 지나자 나는 그 애가 몹시 둔감한 아이라는 걸 알게 되었다. 이를테면 인숙이는 자기가 음치라는 사실도 모르고 커다란 목소리로 찬송가를 부르는 그런 여자애였다. 나는 실망하기 시작했다. (그 뒤부터 나는 미인들은 모두 둔감한 여자들일 거라고 거의 단정해 온다.)

그때부터 나는 어떤 절대자와의 사귐이라는 문제에 대해서 관심을 갖기 시작했다. 그리고 그것은 자기 자신에 대해서 얼마간 실망하기 시작한 소년으로서는 자연스러운 일이었다. 더욱이 나는 동기야 어떘건 차츰 교회라는 곳의 분위기에 은연중 자기 자신을 동화시켜 가고 있었던 것이다.

나는 능력이 무소불능하다는 절대자와의 직접적인 대화의 방법인 기도하는 법을 배웠고 그와의 대화에서 자신의 문제를 해결하는 지혜를 얻으려는 사람들의 노력에 대해서 동정하기 시작했다. 그리고 나는 마침내 절대자의 능력에 맹종하는 광신도가 되어 버렸다. 그 무렵 내가 읽은 어느 전도용 책자에 실려 있던,

"세상에는, 그리고 인간의 문제에는 합리(合理)라는 자(尺)로만은 잴 수 없는 영역이 있다."

라는 말에 나는 너무나도 쉽사리 동의하여 결국 넘어가 버렸던 것이다.

나는 부흥회라고 불리는 집회에도 쫓아다녀 보았고 무슨 산 기도

회니, 무슨 무슨 산 기도회니 하는 산상기도회에도 쫓아다녀 보았으며 교회 안에서도 일단의 광신도 집단이 따로 벌이는 사적(私的)인 집회에도 참석하였다.

그중에서도 그 사적인 집회가 나를 몹시 망가뜨린 것 같다. 그 사적인 집회라는 것은 교회 안의 몇몇 광신도들이 교회의 공식 예배가 끝난 뒤에 어느 한 광신도의 집에 따로 모여 두 시간이고 세 시간이고 새로운 집회를 벌이는 것이었는데 그것은 주로 당시 구청 앞에서 속성 사진을 찍는 것으로 생계를 살던 계 집사(桂執事)라는 이의 오막살이에서 행해졌다. 거기에 모이던 사람들은 집주인인 계 집사와 그의 자식들, 그리고 △△산 기도원에서 늘 살다시피 한다는 홍 씨, 안 씨, 라고 불리던 사람들, 또 언젠가 내게 교회에 나오라고 권유하러 왔던 그 두 남학생과 신참자인 나였다.

모두 모이면 우선 손뼉을 치면서 찬송가를 소리 높이 몇 곡이고 부른다. 있는 힘을 다하여, 그곳에 올 때까지의 모든 일을 다 잊어버렸다고 인정될 때까지 부른다. 그리고 나서는, 기도를 시작한다. 통성(通聲)기도라고 부르는, 각자 개별적으로 커다랗게 소리 내어 부르짖는 그 기도는 시간제한 없이 계속된다. 각자가 충분한 시간을 가지고 하느님과 직접 대화하는 시간이다. 어떤 사람은 자기와 하느님 사이에만 통하는 특별한 언어를 쓰기도 한다. 그것을 방언이라고 한다. 방언은 특별하고 상당한 은혜를 입은 사람만이 쓸 수 있는데 그 소리는 바람이 울부짖는 소리 같기도 하고 새가 우짖는 소리 같기도 하며 또는 어떤 기초음(基礎音)의 덩어리나 아랍어(語) 같기도 하다. 하느님과의 충분한 대화를 마치고 나면 다시 손뼉을 치며 찬송가를 부른다.

이때쯤이면 모든 사람의 목은 으레 쉬어 있다. 그러나 한결같이 은혜를 가득 입은, 모든 걸 다 털어놓은 사람의 흡족하게 홀가분한 표정으로 찬송가를 부른다. 몇 곡이고 부른다. 그리고 나서는 서로 오늘 하느님한테서 받은 응답의 내용들을 얘기하고 서로 도움 될 말을 주고받는다.

"난 오늘 정말 성령의 은혜를 담뿍 받았어요. 기도드리는 동안 계속 정수리 위로 뜨거운 불의 손이 어루만지며 지나가는 걸 느꼈어요."

"난 오늘도 방언의 은혜를 입었어요."

"난 하느님 앞에 내가 꿈에서 짓는 죄에 대하여 통회하였더니 우리가 있는 이 계 집사님 댁이 성신의 불로 활활 타오르는 모습을 보여주셨어요."

"예, 하느님 앞에 솔직해지는 것이 아주 중요합니다."

"네, 한데 그게 쉬운 일이 아니지요."

"그래서 우리가 기도하는 게 아닙니까."

"그렇지요."

"방언의 은혜를 입는 건 아주 뜻깊은 일이지만 그렇다고 자만해서는 안 됩니다."

"사실입니다."

그리고는 모두 겸손한 표정, 그리고 마음이 가볍게 가득 찬 표정으로 헤어져들 간다.

나는 그 집회에 따라다니는 동안, 이것이 진정 자기를 바로 찾는 길이라고 느꼈다. 그리고 하느님의 응답만 얻으면 못 이룰 일이 없다고 믿게 되었다. 그것은 그리고 자기의 능력을 남보다 월등하게 크게 하려는 내 탐욕스런 습성에도 맞는 일이었다.

그러나 나는 한편 초조한 마음을 이기지 못하고 있었다. 나는 한 번의 방언의 은혜도, 또 한 번의 성신의 불도 체험하지 못하고 있었던 것이다. 그리하여 나는 집회가 있을 적마다 남보다 크게 손뼉 치고 남보다 커다란 목소리로 찬송가를 불렀으며 남보다 더 울부짖어 기도하였다. 그리고 나는 남들이 다 자는 회색빛 새벽에 교회에 나가 기도하였다.

마침내 나는 자기 자신의 열심에 속고 말았다. 나와 하느님과는 이제 끊으려야 끊을 수 없는 견고한 줄로 맺어졌다고 믿어 버리게 되었던 것이다. 그리고 그것을 나 자신과 세상 사람들에게 알릴 절호의 기회가 왔다.

안집의 네 살배기 어린아이가 저녁에 앓기 시작하여 갑자기 새벽녘에 죽어 버린 것이 그 기회였다. 나는 그 어린아이를 기도의 힘으로 살려 보리라고 결심하였다. 나는 할머니에게 그 의사를 말하여 슬픔에 잠긴 안집 어른들에게 그것을 전하게 했다. 졸지에 당한 일에 한 가닥 지푸라기라도 잡아 보려는 심경으로 안집 어른들은 내 제의를 받아들였을 터이었다. 나는 슬픔에 잠긴 어른들에 둘러싸여 죽은 아이가 누워 있는 방으로 갔다. 죽은 아이는 다 해진 군대용 담요 한 장만을 덮고 인형처럼 누워 있었다. 마치 잠들어 있는 걸 죽었다고 어른들이 속이고 있는 것 같았다. 그러나 다물어진 입과 코의 모양이 그 아이가 죽은 아이임을 말해 주고 있었다. 나는 어른들의 시선을 무시하고 죽은 아이 앞에 다가가 앉아 그 아이의 배 위에 두 손을 얹었다. 나는 담요를 걷어 낼까 하다가 그만두었다. 담요 위로도 그 아이가 죽은 아이임을 말해 주는 느낌은 충분히 전해져 오고 있었다. 나는 눈을 감고 기도하기 시작했다. 나는 기다리며 기도했다. 그 아이가 살아 있는 아이라는 느낌이 두 손을 통해 전해져 오길 기다리며 기도했다. 나는 하나님이 내게 은혜를 주실 기회는 바로 이때라고 기도했다. 나는 거의 울부짖고 있었다. 응답하옵소서. 응답하옵소서. 나사렛에게와 같이 응답하옵소서.

그러나 하나님은 끝내 응답하지 않았다. 그리고 죽은 아이는 살아나지 않았다. 나는 마침내 절망하였다.

그 뒤 나는 사흘인가를 단식하며 누워서 지냈다. 할머니는 걱정이 태산 같았지만 나는 모든 걸 무시했다. 그리고 꼼짝하지 않고 누워서 지냈다. 그렇게 누워서 지내면서 나는 사흘 동안 곰곰 생각해 봤다. 결사적으로 생각해 봤다. 그제야 비로소 내가 그렇게 소망해 마지않던 하나님의 응답이 왔다. 그것은 바로 죽은 아이를 살려 낼 수 있는 하나님이나 절대자 같은 건 없다는 것이었다. 비로소 하느님이라고 불리는 것의 정체가 손에 잡힐 듯이 생생하게 알려져 왔다. 그것은 마치 저 구약성서에서, 하느님이 자기의 모습을 닮게 인간을 만들었다고 하듯이, 사람들이 저마다 자기 모습을 닮게 만들어 가진 어떤 우상에 지나지 않는다. 그리고 그것은 권력의 욕망에 사로잡힌 인간들이 그 극대의 것을 상정해 놓은 어떤 상상적 소산에 지나지 않는다, 그런 뜻에서는 차라리 나 자신이 하느님이다, 라고.

나는 만 1년 만에 미망에서 벗어난 느낌으로 교회를 떠났다. 그렇게 교회를 떠나자 내겐 다시 모든 사물들이 생생한 느낌으로 다가오기 시작했다. 그리고 나는 그 생생한 것들과 내가 너무 오랫동안 떨어져 있었다는 생각으로 그것들과 더욱 가까이 사귀었다. 아침에 일어나 밖으로 나가면 귀여운 금빛 화살들을 야금야금 내게로 띄워 보내는 떠오르는 태양과, 살갗을 간질이는 공기의 이동, 밤에 고무신을 끌고 나가 보면 암청색 넓은 하늘에 무수히 흩어진 별 무더기, 그리고 햇빛이 있는 곳에서면 어디서든 볼 수 있는 부유하는 먼지의 입자들, 그런 것들과 나는 다시 긴밀히 사귀었다. 나는 또 내가 학교 가는 길에 만나는 자동차들과 사귀었고 햇빛을 반사하는 건물의 유리창들과 사귀었으며 내가 타고 다니는 전차의 트롤리가 발하는 섬광과 사귀었다.

그러면서 나는 차츰 자기를 회복하여 갔다. 내가 부심하여 마지않던 죽음까지도 나는 이제 그것을 내 것으로 할 수 있다는 자신을 얻었다. 죽음도 결국 나 자신만의 것 아닌가. 그 최후의 순간의 비밀만은 결국 다른 아무도 아닌 나 자신만의 것 아닌가. 그것이 어떤 비밀이 될는지는 그때 보기로 하자. 그리고 그때까지는 이 생생한 것들과 사귀며 지내자. 나는 완전히 회복되었다. 적어도 나 자신의 느낌으로는. 그리하여 나는 다시 전처럼 자부심에 가득 찬 학생이 되었다.

그런데 그즈음 나는 다시 두 번째 연애에 빠져들게 되었다.

거리에서 사귈 수 있는 모든 생생한 것들을 놓치지 않기 위해서 내가 집에서 학교까지의 한 시간 남짓한 거리를 걸어 다니기 시작했을 때였다.

비 오는 날이었다.

하학길이었는데, 비가 온다고 해서 전차를 탈 생각은 나지 않았으므로 나는 그대로 비를 맞으면서 걷고 있었다. 그리고 나는 곧 비를 맞기로 한 것은 아주 잘한 일이라고 생각하였다. 왜냐하면 비를 온몸으로 맞으면서 나는 오래전 내가 바닷물 속에 잠겨 있을 때의 그 좋은 물질감 비슷한 것을 오랜만에 다시 맛볼 수 있었기 때문이다. 그렇게 얼마인가를 걸었을 때였다. 내 머리 위로 우산 하나가 씌워졌다. 나는 웬 주제넘은 사람일까 하고 우산 주인을 보기 위해 곁눈질을 했다. 나는 당황하지 않을 수가 없었다. 아무리 보아도 초등학교 오륙 학년 이상으로는 보기 어려운 계집아이 하나가 나를 빤히 올려다보면서, 그리고 내 키에 맞추기 위해 우산 쥔 손을 높이 쳐들고서 내 곁에 바싹 붙어 있었기 때문이다. 나는 멈칫했던 걸음을 아주 서 버리고 말았다. 그러자 계집아이가 말했다.

"아이 숨차. 저기서부터 따라오느라구 얼마나 혼났는지 아세요?"

나는 어이없다는 표정으로 계집아이에게 물었다.

"왜 따라왔지?"

"비를 일부러 맞구 가는 거 같아서 아주 우스꽝스럽게 보였어요. 우스꽝스러운 걸 보면 딱한 마음이 생겨요."

나는 그야말로 당황하였다. 이 작은 계집아이가 나를 연민의 눈으로 바라보았다는 말이다. 그러나 계집아이는 내가 뭐라고 변명할 겨를도 주지 않고 계속해서 말하였다.

"비를 맞는 게 몹시 기분 좋을 때는 물론 있어요. 그건 자길 해치는 일이어요. 혹 감기라두 걸리면 어떡할라구 그러세요? 자길 해치는 일은 남을 해치는 것만큼 나쁘죠. 그렇다구 날 정치적인 독단주의자라군 생각하지 마셔요. 정치적인 독단주의라는 말을 아셔요? (계집아이는 그때 꼭 한 번 사이를 두고 나를 의심스럽다는 듯 잠시 바라보았다.) 그건 나두 제일 싫어하는 거예요. 하지만 자길 해치고 있는 걸 뻔히 알면서 내버려두는 게 정치적인 자유주의라군 난 생각하지 않아요. 보세요. 눈에 열이 있는 것 같네요. 이리 이마 좀 숙여 보아요."

나는 거의 죽은 선길이한테서 느꼈던 놀람을, 아니 그 이상의 경이를 계집아이한테서 느꼈다. 나는 작은 여신에게 거역하지 못하는 커다란 신도처럼 내 이마를 숙여서 계집아이의 키만큼 낮추었다. 계집아이는 작고 따뜻한 손으로 내 이마를 만져 보았다.

"열이 그다지 많진 않네요. 하지만 집까지 그렇게 비를 맞구 가면 틀림없이 감기가 들 거예요. 우리 집 앞까지만 날 데려다주군 이 우산 갖구 가세요. 내일 돌려주면 돼요. 여기서 이 시간쯤에요. 여기 잊어 먹지 않을 수 있죠? 자, 그럼 가요. 우산은 지금부터, 응—(계집아이는 적당한 호칭을 찾는 모양이었다) 오빠가 드셔요."

나는 계집아이의 손으로부터 우산을 옮겨 쥐었다. 그리고 우리는 나란히 걷기 시작했다. 나는 계집아이에게 완전히 넋을 빼앗겼다. 아마 내 걸음걸이가 그렇게 딱딱해져 보기는 생전 처음이리라. 계집아이는 그러나 물이 고인 데를 함부로 딛는 내 걸음걸이를 오히려 주의시켜 가면서 사뿐사뿐 걷고 있었다. 잠시 동안 우리는 말없이 걸었다. 나는 그동안 어떻게든 계집아이한테 내가 형편없는 고등학생이 아니라는 걸 알려 줄 말을 찾느라고 초조하게 생각했다. 그러나 마음만 급할 뿐 나는 아무 말도 찾아내지 못했다. 그때 무언가 속으로 생각하며 걷는 표정이던 계집아이가 재고한 끝이라는 듯 말했다.

"아까 딱한 마음이 생겼다구 말한 거 사과해요. 나두 이 자만심이 큰 탈예요."

나는 그 순간 다시 텀벙 물 고인 데를 딛고 말았다. 계집아이가 안타깝다는 듯 나를 쳐다보았다. 나는 얼른 계집아이한테 염려 말라는 표정을 만들어 보였다. 그리고 그것만으로는 마음의 동요를 감추는 데 아무래도 충분하지 못한 것 같아서 억지 미소까지 지어 보였다. 그러나 계집아이는 오히려 제 쪽에서 이쪽의 마음을 들여다본 걸 후회하는 표정이었다. 계집아이는 잠시 땅만 보고 걸었다. 그러다가 계집아이는 아무래도 이쪽이 마음이 쓰인다는 듯, 그리고 그것을 털어버리기 위해선 화제를 바꾸는 것이 좋겠다고 판단한 듯 고개를 쳐들며 엉뚱한 말을 꺼냈다.

"오빠는 자유당을 어떻게 생각하셔요?"

나는 이번만에는 계집아이를 실망시켜선 안 되겠다고 생각하고 얼른 대꾸하였다.

"이승만 박사의 당 말이지?"

"네, 그렇다구 할 수 있죠."

"그야, 뭐, 글쎄, 정치를 하는 집단이겠지."

"네?"

"자유당이라는 건 정당 이름 아냐?"

"네?"

"내가 잘못 말한 모양이구나. 난 잘 모르겠다. 하지만 그건 내가 정치 같은 거엔 관심이 없기 때문이야. 난 자기 자신과 사귀는 사람이야."

"네에?"

"왜 그러지? 왜 그렇게 놀라기만 하지?"

"난 정말 그렇게까지 형편없는 오빤 줄은 몰랐어요."

"뭐라구?"

"자기 자신과 사귀는 사람이라니, 그런 엉터리가 어딨어요? 자기가 살아 있는 게 자기 자신만의 힘으로 되나요? 당장 지금 오빠가 입구 있는 옷만 해두 목화밭을 가꾸는 농부에서부터 실 짜는 공장에서 일하는 사람, 또 그 실을 천으로 만드는 공장에서 일하는 사람, 다시 그 천으로 옷 만드는 공장에서 일하는 사람까지 얼마나 많은 사람들의 노력이 들어가 있는 건지 모르셔요? 어떻게 남의 도움 없인 살 수 없는 사람이 자기 자신과만 사귄다고 그러셔요? 그러니깐 자기 나라의 정권을 쥐고 있는 정당이 좋은 정당인지 나쁜 정당인지두 모르죠."

나는 머리가 띵해 왔다. 계집아이는 몹시 성난 듯해 보였다. 그리고 계속해서 말했다.

"남의 도움 없이 살 수 없다면, 그리고 좋은 정치인가 나쁜 정치인가에 따라서 자기를 돕는 그 남들과 또 자기의 생활이 크게 좌우된다는 걸 안다면 자기 나라 정부와 그 정부를 장악하고 있는 정당에 대해서 어떻게 무관심할 수가 있겠어요. 난 정말 오빠가 그렇게까지 형편없으리라곤 생각 못 했어요. 오빠하구 우리 오빠하구를 비교하려는 건 아니지만 우리 오빠는 이승만 정권에 반대하는 행동을 했다는 이유로만 지금 감옥에 가 있어요."

계집아이의 눈에는 눈물이 글썽거렸다. 나는 그 순간 알 수 없는 부끄러움과 이상한 감명이 뒤섞인 야릇한 감정을 맛보았다.

계집아이는 계속해서 말하였다.

"오빠의 책장에서 꺼내 본 『정치학 원론』이라는 책에 이런 말이 쓰여 있어요. 정치는 소수를 위한 것이 아니라 다수를 위한 것이어야 한다. 다수라는 것이 뭐겠어요? 사람에는 함부로 취급해도 되는 사람이 있고 함부로 취급해선 안 되는 사람이 있는 게 아녜요. 사람은 누구나 함부로 취급해선 안 되는 거예요. 그렇다면 어떤 일을 결정할 때 적은 수의 사람을 위하는 것보다는 많은 수의 사람을 위하는 쪽을 택하는 게 옳지 않겠어요. 그게 정치예요. 그 많은 수의 사람이란 대체로 오빠가 지금 입고 있는 그 옷을 만드는 데 여러 군데서 땀을 흘렸던 그런 사람들예요. 그런데 자유당 정권은 적은 수의 사람을 위하는 정권이에요. 그리고 역사를 보면 그런 정권들은 모두 망했어요. 두구 보세요. 자유당 정권두 얼마 못 가고야 말 테니."

그 뒤 나는 계집아이와 처음 만났던 그 장소에서 일주일에 한 번씩 그 계집아이를 만나곤 했다. 그것은 전혀 나의 간청에 의한 것이었다. 나는 계집아이를 일주일에 한 번씩이라도 만나 보지 않고는 견딜 수가 없었던 것이다. 그러나 계집아이는 항상 따뜻했고 나를 위해 걱정해 주었다. 그리고 내 정치적 식견의 낮음에 대해서 늘 염려해 주었다. 그 아이는 또 나의 친구 없음에 대해서도 염려해 주었다.

그리하여 나는 차츰 자기 속만 허황하게 키우고 자기 자신과만 놀던 스스로로부터 한 발짝씩 벗어나기 시작했다. 나는 친구도 한 명씩 사귀게 되었고 다른 사람들이 살아가는 방식도 눈여겨보게도 되었다. 그리고 마침내 나는 모든 사람들이 다 자기 자신에게는 더없이 소중한 존재라는 것을 인정하게 되었다. 이를테면 언젠가 내가 나 자신이 바로 하나님이라고 생각한 것과 같이 모든 사람이 다 하나님이라는 사실을 인정하게 되었던 것이다.

그리고 그 무렵부터 나는 안경을 쓰지 않아도 좋게 되었다. 안경을 쓰지 않고도 가로금(橫線) 같은 것이 안 보이는 일은 차츰 없게 되었기 때문이다.

선희라는 이름의 그 계집아이와의 사랑은 이듬해까지 계속되었다.

이듬해 3월 우리가 서로 만나기로 돼 있는 어느 날, 그 애는 아버지가 시골로 전근을 가게 되었으므로 그쪽의 학교로 따라가지 않으면 안 되게 되었다고 내게 작별을 청하였다. 그 애와 그대로 헤어질 수는 없다고 생각하였다. 나는 그 애에게 창경원엘 한번 가 보지 않겠느냐고 물었다. 그 애는 손뼉을 치며 좋아하였다.

나는 그 애와 함께 창경원으로 갔다. 그 애는 시종 내 손을 붙들고 즐거워하며 동물 우리들을 둘러보았다. 호랑이 우리 앞에 갔을 때는

내 등 뒤에 숨어 얼굴만 조금 내밀고는,

"어마, 저거 좀 봐. 저 걸음걸이 좀 봐. 어마, 저 이빨 좀 봐."

하고 겁에 질린 탄성을 지르기도 했다. 회전목마를 태워 주고, 내가 울타리 밖에 서서 바라보고 있었을 때는 저만큼 돌아 나오면서부터 벌써 나를 향해 커다랗게 손짓부터 하곤 했다. 나는 그러한 시간들이 몹시도 짧게 느껴졌다. 그리고 그것은 선희 쪽도 마찬가진가 보았다.

"해가 아주 길었음 좋겠다. 해가 아주 지지 말았음 좋겠다."

하고 그 애는 내게 투정 부리듯 말했다. 나는 짐짓

"해는 내일 또 뜰 텐데 뭘."

하고 말해 보았다. 그러자 그는 내 가슴을 때리면서,

"알면서 그래. 다 알면서 그래. 오늘 해 말이지 뭐. 오늘 해 말이지 뭐."

하고는 곧 울어 버릴 것 같은 표정이 되는 것이었다. 나는 당황하여 금방 잘못하였다고 사과하였다. 그러자 선희는 내게 웃어 보이려고 하다가 그만두고 아랫입술을 꽉 깨물었다.

문 닫을 시간이 돼서야 창경원을 나왔을 때 선희는 내게 말하였다.

"오빠는 왜 한 번도 내 이름을 안 불러 주지, 응? 한 번만 불러 봐."

"선희야."

하고 불렀다.

선희하고 헤어진 지 한 달도 채 안 되어 나는 4 · 19를 맞이했다.

찌푸리고 흐린 날씨였다.

아침에 등교해 보니 바로 전날 있었던 고려대 학생들의 피습 사건에 촉발되어 아이들의 감정상태는 거의 비등점에 다다라 있었다.

"야, 가만있을 수 있니."

"가만있는다는 게 말이나 돼."

"도둑을 한복판에 앉혀 놓구 어떻게 가만있니."

"우리두 나가자."

"그래, 우물쭈물할 거 없이 우리 모두 나가자."

그것은 나도 똑같은 심중이었다. 그러나 나는 그때 선희에게 정치학 강의를 들은 학생답게 분별 있게 말하였다.

"하지만 무턱대구 나가선 안 돼. 도둑의 싸움에두 전략이 있어야 해. 어떤 대열을 짓구 어떤 방법으로 어디까지 가느냐 방해를 받으면 어떻게 대처할 것이냐, 그런 것들을 미리 정해 둬야 할 거야. 그리구 우리의 목표를 분명하게 밝힐 선언문 같은 것도 만들어야 할 거야."

내 말을 옳다고 여겨 아이들은 의논하여 정할 것들을 정하고 선언문도 곧 만들었다. 그리고 우리는 대오정연히 교문을 나섰다. 우리가 예측했던 방해는 교문을 나서 얼마 가지 않아서부터 곳곳에서 우리를 기다리고 있었다. 그때마다 우리는 노여움과 단결된 힘으로써 그것들을 물리쳐 나갔다.

그리고 크고 작은 방해들을 물리쳐 가며 우리가 광화문 넓은 길에 이르렀을 때 우리는 거기까지 온 것이 우리만이 아니라는 사실을 알았다. 거기에는 이미 거리를 온통 메우고도 남을 대학생과 다른 고등학교 학생들로 성난 파도 같은, 분노의 물결을 이루고 있었으며 또 다른 학생들이 밀물처럼 밀려들고 있었다. 우리들은 한 덩어리 줄기차고 억센 파도가 되어 힘차게 전진했다.

나는 그때 내 좌우의 아이들과 굳게 어깨동무를 한 채, 내 좌우의 하느님들과 굳게 어깨동무를 한 채, 지축을 울리는 무수한 하느님들의 발자국 소리를 들었다. 그 발자국 소리는 거대하고 우람했다.

도락

내가 그 맛을 알게 된 것은 뭐니 뭐니 해도 힘센 자들 덕분이다. 물론 그 맛에 깊이 빠지게 된 것도. 힘센 자들이란 대개 제힘을 뽐내 볼 기회를 갖지 못해 안달하는 자들이기 때문이다. 세상에 그런 힘센 자들이 없었다면 내가 어찌 그 기막힌 맛을 알기나 했겠는가.

힘센 자들을 유혹하는 것은 아주 간단하다. 제힘을 뽐내 볼 적당한 구실만 만들어 주면 되니까. 그리고 이쪽이 매우 허약하다는 사실만 신속히 알아차리게 해 주면 되니까.

가령 다음과 같다. 내가 몸이 좀 근질근질해진다. 대개 얼굴이나 몸에 입은 상처가 대충 아물어 갈 즈음이면 내 몸은 슬슬 근질근질해지기 시작하는데 그러면 나는 어슬렁어슬렁 거리로 나선다. 되도록 구경꾼이 많은, 다시 말해 행인이 많은 거리를 택한다. 그리고 행인들 가운데 힘깨나 쓸만한 자를, 어깨깨나 벌어지고 주먹깨나 씀 직한 자를 고른다. 거기에 자만심 또는 허영심깨나 있어 보인다거나 혹 잔인성마저 엿보이는 자이면 그야말로 금상첨화이다.

나는 상투적인 수작을 붙인다. 고의적으로 슬쩍 어깨를 부딪치면서,

"이봐, 눈깔 좀 똑바로 뜨고 다니라구. 눈깔은 뒀다 뭐에다 쓰려고 그래?"

그러면 십중팔구 상대방 작자는 내 볼품없는 몰골을 아래위로 훑어본다. 그리고는 어이없다는 표정을 짓는다. 좀 능청맞은 작자는

"지금 뭐라고 하셨수."

하고 짐짓 관대한 표정마저 지어 보인다. 이때 내 대답은 물론 준비되어 있다.

"이 친구가 눈깔만 삐었는 줄 알았더니 귀까지 처먹었나. 수고스럽지만 한 번 더 말해 줄까? 눈깔 좀 똑바로 뜨고 다니라고 했다 왜?"

이때 힘에는 자신이 있지만 용기가 다소 부족한 작자는 잠시 주저하는 태도를 보일 수도 있고, 또 좀 신중한 작자는 내 뒤에 혹시 한 패가 있는 것이나 아닐까 해서 의심의 눈초리를 내 등 쪽으로 던져 보는 수도 있지만 대개는 대뜸 내 수작에 말려들어 버리고 만다.

"뭐 이런 자식이 있어?"

내 멱살은 곧 우악스런 상대방의 손아귀에 틀어쥐어지고 몇 근 안 나가는 낸 몸뚱어리는 지푸라기처럼 이리저리 흔들리게 된다. 이때부터 나는 숨이 막히는 듯한 첫 기쁨을 맛보게 되지만 그것으로 만족하지 않기 위해선 더욱 노력해야 한다. 목이 졸려 캑캑거리면서 그리

고 두 발이 발끝만 겨우 지면에 닿아 있는 상태에서도 나는 위엄을 잃지 않고 호령한다.

"어, 이 새끼 봐? 이게 겁이 없어? 죽고 싶어서 환장했구나, 너?"

그러며 나는 비교적 자유로운 팔을 뻗쳐 상대방의 면상에 한 펀치 먹인다. 물론 내 펀치란 그 강도나 속도가 형편없는 것이어서 상대방에게 타격을 준다기보다는 상대방의 주먹에 명분을 주는 데 족할 뿐이다. 그리고 이 명분을 사양하는 자는 거의 없다. 강도나 속도에 있어 그야말로 펀치다운 펀치가 내 면상과 몇 근 안 나가는 내 몸뚱어리 위에 작열하는 것은 이제 시간문제다. 조금 늦게 발동이 걸리는 작자일 경우 나는 두어 번 내 무력한 펀치를 더 내미는 것으로 족하다.

주먹을 주로 사용하는 작자도 있고 발이나 무릎 따위를 더 잘 쓰는 작자도 있다. 유도와 같이 직접 타격을 가하지는 않고 제 몸의 무게나 속도가 제 몸에 타격을 입히게 하는 방법을 쓰는 작자도 있다. 코피 같은 것을 터지게 하는 좀 서투른 작자도 있고 상처 하나 입히지 않으면서 요소요소 골병들 자리만 골라 치는 빼어나게 세련된 작자도 있다. 더러는 구경꾼들에게도 보이기 위해서 멋진 폼에 더 신경을 쓰는 작자도 있다.

그러나 이때 내가 주의해야 할 것은 상대방을 싱겁게 만들어서는 안 된다는 점이다. 무저항이 바로 그것이다. 일방적으로 다소곳이 얻어맞기만 해서는 상대방으로 하여금 금방 싱거움을 느끼게 하거나 폭력의 의지를 감소시키게 하는 결과를 초래한다. 이것은 또한 내 기쁨을 감소시키는 결과를 가져온다. 나는 계속해서 적어도 상대방의 폭력의 의지가 시들지 않도록 북돋아 주어야 하는 것이다. 이것은 또한 상대방에게 계속 명분을 주는 일이기도 하다. 세상의 어떤 기쁨이 노력 없이 얻어지겠는가.

필요한 최소한의 간단없는 저항, 그렇다, 그것만이 내 기쁨을 오래도록 유지하는 최상의 길인 것이다. 그리고 기쁨, 아, 그렇다, 이제 기쁨만이 내겐 남는 것이다. 그것은 내 관능 깊숙한 곳의 슬픈 성감대를 자릿자릿 일깨워 주는 기쁨이다. 내가 육체조직을 가진 한낱 감각적 존재라는 사실을 지속적으로 일깨워 주는, 그야말로 존재의 오의(奧義)에 맞닿는 기쁨이다. 비록 그 지속성에 한계가 있는 것이긴 하지만.

상대방의 주먹이나 발길 또는 무릎 따위가 내 근육조직이나 뼈마디에 타격을 가해 오는 순간에 내가 얻는 기쁨은 그야말로 전율적이다. 그것은 거짓 없이, 이 세상의 그 어느 쾌감과도 바꿀 수 없는 것이다. 관능의 속속들이, 그리고 갈피갈피에 이처럼 전율적인 기쁨을 전해 주는 다른 행위를 나는 알지 못한다. 이 세상에 폭력이 없다면 나는 얼마나 쓸쓸할 것인가.

아무튼 그렇게 철저히 얻어터지고 난 뒤에야, 다시 말해 철저히 기쁨을 맛보고 난 뒤에야 나는 상대방을 놓아준다. 그것은 내 체력이 더 이상의 저항을 감당할 수 없게 될 때 자연스레 이루어진다. 더 저항하지 못하고 송장처럼 늘어진 자에게 더 이상의 매질을 가하는 작자는 없다. 기껏해야 마무리의 뜻으로 발길질 한두 차례를 추가하는 것이 고작이다. 나는 길바닥에, 밟힌 벌레처럼 드러누워 내 기쁨의 나머지 여운을 즐긴다. 그것은 아주 달콤하고 쉬 사라지지 않는 기쁨이다.

나의 이 약간 변태스러워 보일 도락을 설명하기 위해선 다소 역사적 진술의 도움을 필요로 한다. 역사적 진술 운운한다고 해서 그다지 긴장할 건 없다. 이건 어디까지나 내 개인사(個人史)의 테두리를 벗어나는 얘기가 아니니까. 또 역사적 진술이라는 게 별것도 아니다. 자초지종 더듬기다. 자초지종 더듬기는 모든 이야기의 상투적 속성이 아닌가.

자, 그러면 나는 어떤 자초지종을 밟아서 위와 같은 도락에 탐닉하게 되었는가. 나는 앞에서 그것을 힘센 자들 덕분이라고 썼다. 그렇다. 힘센 자들이 없었다면 그와 같은 도락은 애당초 성립할 수조차 없었을 것이다.

그러면 내가 맨 처음 만난 힘센 자는 누구인가. 그것은 나의 아버지다. 내가 그로부터 최초의 폭행을 당했을 때 나는 폭력에 대한 최초의 공포를 배웠다. 무엇인가 그가 시키는 대로 하지 않았다는 이유로 당한 폭행이었는데 그 이후로 나는 나보다 힘센 자의 의사에 반하는 행동을 하면 폭력으로 보복당할 위험이 아주 크다는 것을 알게 되었다. 물론 내가 아주 어렸을 때 이야기다. 나의 아버지는 그다지 교육을 많이 받지 못한 작은 구멍가게의 주인이었는데 자신은 폭력으로 다스려야 한다는 신념을 굳게 갖고 있었던 듯하다. 어쨌든 나는 조그만 잘못에도 나보다 덩치가 몇 배는 큰 아버지로부터 사정없이 두들겨 맞고 했으니까. 그 무렵 나는 이따금 아버지를 죽이는 꿈을 꾸곤 했었다.

내가 두 번째로 만난 힘센 자는 초등학교의 선생님이었다. 나는 선생님이란 공정한 사람일 거라고 생각했었는데 그것은 틀린 생각이었다. 선생님은 잘못을 저지른 아이와 그렇지 않은 아이를 구별하지 않았다. 내 짝은 아주 장난이 심한 아이였는데 어느 날 공부시간에 나를 몹시 간지럽혔다. 나는 참다못해 소리를 내어 웃었다. 짝과 나는 교탁 앞으로 불려 나갔다. 그리고 둘이 똑같이 선생님으로부터 폭행을 당했다. 나는 억울해서 항의했다. 그러나 내 항의는(방법이 나빴는진 모르지만) 선생님의 또 다른 폭행으로써 묵살되었다. 나는 힘센 자의 기분을 상하게 만들면 폭력으로 보복당할 위험이 아주 크다는 사실을 다시 한번 깨닫게 되었을 뿐만 아니라 힘센 자는 누구나 다 공정치 못하다는 생각도 갖게 되었다. 이제 내게는 힘센 사람은 무섭다는 생각뿐이었다.

아버지와 선생님으로부터 배운, 그러한 폭력에 대한 공포는 그 뒤 내가 좀 더 자란 뒤에도, 그리고 집이나 학교 밖에서도 늘 내게 따라다녔다. 힘센 자는 아버지와 선생님뿐만이 아니었다. 아이들 중에도 힘센 아이들은 많았다. 나는 아주 겁쟁이 아이가 되었다. 폭력을 유발할 만한 어떠한 행동도 난 극력 기피했다. 누가 싸움을 걸어오면 나는 비굴한 태도로 미리 굴복했다. 아예 싸움을 좋아할 듯한 친구 근처엔 얼씬거리기를 삼갔다.

그런데도 나를 건드리는 친구는 있었다. 싸움을 좋아하는 아이들은 싸움을 싫어하는 아이라고 해서 내버려두지는 않았다. 겁쟁이는 더욱 좋은 표적일 수 있었다. 나는 늘 힘센 아이들의 시달림을 받으면서 살았고 폭력의 공포에서 헤어나지 못했다. 중학교, 고등학교 시절까지 거의 그 모양이었다.

내가 그나마 얼마간 폭력의 공포에서 벗어날 수 있게 된 것은 대학에 들어간 뒤였다. 대학에도 힘자랑하는 친구들은 있었지만 그들은 대개 그들끼리 점잖게 어울렸다. 그들에겐 겁쟁이 친구들은 안중에도 없는 것 같았다. 내게도 얼마간 안전지대가 확보된 셈이었다.

나는 차츰 폭력에 대한 공포를 잊기 시작했다. 아니, 그 대체물을 발견하기 시작했다는 편이 옳으리라. 그것은 책이었다. 나는 게걸스럽게 책들을 읽기 시작했다. 책들 속에는 나를 기분 좋게 해 주는 것이 많았다. 책들은 우선 내게 힘에 관한 종전의 나의 평가를 수정해 주었다. 힘자랑 말고도 사람에겐 자랑할 게 꽤 많다는 걸 알게 되었다. 지식, 명예, 창조적 활동, 도덕적 행동, 용기 따위가 그런 것들이었다. 용기란 힘센 친구들만이 뽐낼 수 있는 것으로 생각했었으나 힘없는 사람도 얼마든지 발휘할 수 있다는 것을 알았다. 그런 것들을 비로소 알았다기보다는 비로소 납득하게 되었다는 편이 옳으리라. 그럴 만한 나이를 먹었기 때문이기도 하지만 폭력의 공포에 대한 다소간의 건망증 내지는 이완 덕분이기도 했던 듯싶다. 어쨌든 나는 그즈음 힘자랑하는 친구들을 속으로 은근히 깔볼 수 있게까지 되었다.

나는 사람의 도덕적 행동에 나의 많은 관심을 기울였다. 사람의 도덕적 행동이야말로 사람의 사람다운 참값을 확보하는 유일한 길이라고 생각했다. 그리고 용기란 바로 그 도덕적 행동의 결정적 바탕이 된다고 생각했다. 용기가 없이는 사람은 도덕적 행동에 이르지 못한다는 생각이었다. 그리고 진정한 용기는 도덕적 행동과 결부될 때만 바로 그러한 이름으로 부릴 수 있다고 생각했다.

나는 제법 똑똑한 학생이 되어 갔다. 대학의 신문에 글도 발표하는 학생이 되었고 학생들의 여론에 제법 영향력도 행사할 수 있는 학생이 되었다. 3학년이 되자 나는 한 유력한 학생회장 후보의 선거참모로 발탁이 되었는데 그것이 나를 다시금 저 폭력의 공포 속으로 떠밀어 넣는 계기가 될 줄은 미처 생각지도 못한 일이었다.

선거참모로 발탁이 되어 활동을 하는 동안 나는 차츰 내가 옳지 못한 학생들과 함께 일하고 있다는 사실을 깨달았다. 나와 함께 일하고 있는 운동원들이 학생들의 표를 금품으로 매수하고 있다는 사실을 알았을 때 나는 깜짝 놀랐다. 나는 그 부당성을 내가 돕고 있는 학생회장 후보에게 말했다. 그는 대수롭지 않다는 듯 내 어깨를 치면서 말했다.

"그 정돈 필요악이야. 마음에 안 들면 넌 모른 척하고 있어."

나는 모른 척하고 있을 수는 없다고 생각했다. 당장 중지하지 않으면 나는 더 이상 참모 노릇을 할 수 없을 뿐만 아니라 이 사실을 대학신문에 폭로하고 그 부당성을 규탄하겠노라고 말했다. 그는 뜻밖이라는 듯 나를 잠시 노려보았다. 그리고 화난 음성으로 말했다.

"까불지 마, 인마. 네 마음대로 그렇게 할 수 있을 것 같아? 할 수 있으면 어디 한번 해 봐."

나는 그렇게 할 수 있을 뿐만 아니라 그렇게 하는 것이 내 의무라고 생각했다. 나는 자리를 박차고 그와 헤어져 도서관으로 갔다. 그리고 대학신문에 투고할 원고를 쓰기 시작했다.

저녁 무렵, 원고 쓰기를 마치고 도서관을 나서는 내 앞길을 운동부원 몇 명이 가로막았다. 역도부 학생들과 태권도부 학생들인 것 같았다. 내가 일하던 선거본부에서 두어 차례 얼굴을 마주친 학생도 있었다.

그들은 나를 학교 뒷산 숲속으로 데려갔다. 그리고 그곳에서 나는 다시금 저 폭력의 공포 속에 내던져졌던 것이다. 그것은 폭력의 공포에 대한 나의 건망증을 다시 바로잡아 주는 사건이었을 뿐만 아니라 이제껏 내가 경험한 어떤 폭력보다도 조직적이고 치명적인 것이었다. 집단 사형(私刑)의 최초의 경험이었는데, 어쨌든 나는 온몸이 상처투성이가 된 채, 와들와들 떨리는 손가락으로 내 원고를 그들이 굽어보고 있는 앞에서 찢어야만 했다. 이때 나는 도덕적 행동이라는 것의 힘 앞에서의 굴복이 얼마나 쉽사리 이루어지는가 하는 데 대한 그리고 그것이 얼마나 참담한가 하는 데 대한 최초의 쓰라린 경험을 맛보았다.

이후 나는 다시 폭력에 대한 공포의 지배 아래 살았다. 도덕적 행동에 대한 나의 믿음은 지극히 허약한 망상에 지나지 않았다.

그러나 건망증처럼 사람을 아둔하게 만드는 것은 또 없어서 나는 이후에도 깜박깜박 폭력에 대한 공포를 잊는 적이 있었고 이른바 도덕적 행동에 대한 허망한 믿음에 다시 자기최면을 당하곤 했다. 대학을 졸업하고 난 뒤 나는 몇 차례에 걸쳐 다시 그러한 자기최면적 행동에 뛰어들었다. 그리고 그러한 행동의 대가는 항상 폭력에 의한 보복이었는데 주로 사형(私刑)이었다.

공권력에 의한 사형의 역사는 매우 오래된 것이다. 그리고 아마도 국제적인 것이다. 국제사면위원회라는 다소 돈키호테 같은 기관이 있어서, 이따금 범세계적인 문제로서의 공권력에 의한 사형의 문제에 대해 매우 천진난만한 호소 따위를 하고 있는 걸 보면 참 딱하다는 생각이 든다. 그들도 자기최면에 걸렸음이 틀림없다.

나는 폭력의 공포에서 진정으로 해방되는 길은 그것에 대한 건망증이나 도피가 아니라 그것 속으로 탐닉하는 길밖에 없다는 것을 알았다. 이것은 거듭된 나의 건망증이 나로 하여금 더욱 더 깊은 폭력의 세계와 그 공포 속으로 뛰어들게 한 자기최면적 행동의 결과로써 얻은 깨달음이기도 한데 나는 그 몇 차례의 과정에서 놀랍게도 폭력 속에 깃든 달콤함을 발견했던 것이다. 오해 없기 바란다. 내가 말하고 있는 것은 얻어맞는 자가 느끼는 달콤함에 대해서이다. 나는 누구를 때려 본 적은 없으니까.

사람은 무슨 일에서건 하려고만 든다면 기쁨을 찾아낼 수 있다. 그것이 자기에게 익숙한 일이라면 더욱 그렇다. 나는 폭력의 공포 속에서 마침내 달콤함을 찾아냈다. 나는 더 이상 그것으로부터 도망치려고 애쓸 필요가 없었다. 세상엔 도망쳐서 얻을 수 있는 해방이란 없는 법이다.

역사적 진술이라고 해서 모든 것을 말하지는 못한다. 빼먹은 것이 많을 것이다. 또 역사적 진술 자체로서도 완벽을 기했다고는 못하겠다. 그리고 역사적 진술로써는 충분히 설명할 수 없었던 부분도 있다.

이를테면 심리적, 감각적 차원의 문제가 그렇다.

그러나 어쨌든 내가 이 도락에 빠져들게 된 자초지종은 소루한 대로나마 대충 설명이 되었을 줄 안다. 아 참, 내가 장가든 이야기를 빼먹었다. 나 같은 위인이 장가를 갈 수 있었다는 사실에 대해 놀라겠지만 세상이란 참 묘한 것이다. 어쨌든 나 같은 위인에게도 시집오겠다는 여자가 있었으니까. 그 여자는 나의 자기최면적 행동에 감명을 받은 모양이었다. 그 여자에게는 그것이 제법 무슨 진정한 도덕적 행동으로 받아들여졌던 모양이다. 그 여자도 어쩌면 그 여자 나름의 자기최면에 걸려 있었는지 모르겠다.

여기서 평소의 내 여성숭배론을 일석하면, 나는 여성은 무조건 숭배한다. 그들은 위대한 자기최면가이다. 그들의 위대한 사랑은 거기에서 나온다. 그들의 위대한 자기최면적 사랑이야말로 정말 위대하다.

요즈음 그 여자(내 아내)는 나를 깊은 슬픔이 담긴 연민의 눈으로 바라본다. 나를 무슨 대단한 도덕적 행동의 희생자쯤으로 보는 모양이다. 여성 특유의 위대한 자기최면임에 분명하다.

잔뜩 얻어맞고 상처투성이가 되어 집으로 기어들어 가면 그 여자는 너그럽게 슬픈 몸짓으로 나를 안아 들여 내 온몸의 상처를 정성들여 닦아 준다. 머큐롬을 바르고 찜질을 해 가면서 그 여자는 밤새도록 나를 간호한다. 한밤중에 내가 이따금 눈이라도 떠 볼라치면 그 여자가 한없이 슬픈 눈빛으로 나를 굽어보며 지켜 앉아 있는 모습을 볼 수 있다. 그런 때 나는 이따금 그 여자에게 농담을 건다.

"당신은 권투 선수 마누라가 될 걸 그랬군."

그러면 그 여자는 한없이 너그러운 슬픈 미소를 짓는다. 나는 그 미소 앞에서 내 온몸의 상처가 따뜻이 아무는 듯한 안도감을 느낀다. 내가 폭력의 달콤함 다음으로 즐기는 것이 그 여자의 그와 같은 헌신적인 간호이다. 어쩌면 내가 폭력의 달콤함을 마음 놓고 즐길 수 있는 것도 그 여자의 그와 같은 간호를 믿기 때문인지도 모른다. 어쩌면 오히려 그것이 더 좋아서인지도.

어쨌든 내가 매 맞는 맛의 달콤함을 알고 난 뒤, 나는 세상을 바라보는 새로운 시각 하나를 얻었다. 그것은 세상이 매우 재미있다는 것이었다. 고통 바로 뒷면에 달콤함이 있다든가 상처가 바로 성감대로 될 수 있다든가 하는 사실은 나에겐 완전히 새롭고 신기한 발견이었다. 세상은 참으로 오묘하고 오묘한 것이다.

오늘도 나는 나의 도락을 찾아 거리로 나선다. 사람들의 표정은 대체로 침울해 보인다. 거리의 풍경도 왠지 을씨년스레 보이기만 한다. 신문 가판대의 소년은 머리기사를 붉은 색연필로 커다랗게 둘러쳐서 강조하고 있지만 아무도 거들떠보려 하지 않는다.

사람들은 무언가를 두려워하고 있는 것 같다. 물가를 두려워하는 것 같기도 하고 정치를 두려워하는 것 같기도 하다. 아니면 날씨를 두려워하는 것 같기도 하다. 계절은 분명 봄인데 날씨는 봄날씨가 아니다. 하지만 사람들이 정확히 무엇을 두려워하고 있는지는 잘 모르겠다. 무얼까, 사람들이 두려워하고 있는 게. 혹 자신들이 두려워하고 있는 게 무엇인지 잘 모른다는 사실이 두려운 게 아닐까.

어쨌든 난 모르겠다. 난 두려운 것이 없으니까. 세상에 힘센 자들이 없어지지만 않는다면 난 두려워할 사실이 아무것도 없으니까.

나는 두리번거리며 걷는다. 그런데 오늘은 좀 이상하다. 나를 기쁘게 해 줄 만한 작자가 쉽게 눈에 띄지 않는다. 눈에 띄느니 다 그만그만한 작자들뿐이다. 고백하거니와 요즘 와서 내 입맛은 조금 높아진 게 사실이다. 처음엔 그저 나보다 힘이 좀 세어 보이는 작자기만 하면 허겁지겁 달려들었으나 차차 안목이 높아져 갔다고나 할까. 세상 모든 일이 다 그런 발전과정을 거치는 것 아닌가.

물론 내 안목이 더러 빗나가는 경우도 없는 건 아니다. 보기와는 달리 힘깨나 씀 직한 체구를 가졌으면서도 뜻밖에 아주 유순한 작자도 있다. 그런 작자를 만나면 정말 김이 샌다. 아무리 찝쩍거려도 제 쪽에서 끝내 공손히 사과를 하고 나서는 데는 별도리가 없다. 더러는 참을성이 좀 많을 뿐이거나 중심 있게 제힘을 아끼려는 작자도 간혹 있다. 그런 작자는 결국 내 수작에 말려들어 버리고 마는데 그런 작자들일수록 맛은 일품이다. 그런 작자일수록 대개 일급 수준의 힘과 힘쓰는 법을 비장하고 있기 때문이다. 더러는 별로 기대하지 않았던 작자로부터 놀라운 맛을 경험하게 되는 수도 있다. 그런 날은 완전히 횡재하는 기분이다.

그런데 오늘은 횡재는커녕 끝내 별 볼일이 없을 모양이다. 집을 나선 지가 벌써 두 시간이 지났는데도 아직 쓸 만한 작자가 눈에 띄지 않는다. 아무리 눈을 씻고 두리번거려도 좀처럼 쓸 만한 작자는 눈에 띄지 않는다. 이상한 일이다. 힘깨나 쓸 만한 작자는 어디로 모두 쓸어 가 버렸단 말인가.

오늘은 특히 좀 포식을 하고 싶은 날인데 말이다. 왜냐하면 오늘은 내 생일이니까.

그러면 그렇지. 한 친구 나타나는구나. 옳지, 저만하면 오늘 내 생일잔치는 푸짐하겠는걸.

목과 어깨가 레슬링 선수처럼 잘 발달돼 있고, 걷는 허리의 움직임이나 허벅지 이하의 움직임이 매우 힘차고 유연한 작자다. 범상한 시선을 하고 있으나 시선 안쪽에 잔인성이 번뜩이고 있고 턱도 냉혹하게 네모져 있다.

그런데 옆에 달랑거리고 매달린 건 무언가. 여자 아닌가. 조금 귀찮은가. 아니, 오히려 도움이 될 수 있다. 힘센 자들이란 여자 앞에선 더욱 제힘을 뽐내고 싶어 하는 법이니까. 여자 쪽을 건드리면 더욱 제격이겠군. 기사도라는 걸 발휘하고 싶어질 테니까. 자, 간다.

나는 작자와 작자의 동행인 여자가 함께 걸어오고 있는 방향을 향해 부지런히 마주 걸어갔다. 그리고 여자의 앞가슴을 한쪽 어깨로 툭 받았다.

"어마!"

여자가 비명 비슷한 소리를 질렀다. 여자에게 욕지거리를 퍼부었다.

"야, 이거 눈깔 좀 똑바로 뜨고 다니지 못해? 어디서 계집년이 사내대장부가 가는 앞길에서 걸리적거리고 그래, 이거?"

여자는 날카롭게 두 눈에 각을 세웠다. 성깔깨나 있어 보였다.

"뭐라구요? 어디서 이런 자식이……."

"옳지, 아주 점잖게 나오시는데, 그래. 자식이라……."

그러며 나는 슬쩍, 여자 곁에 서 있는 작자의 표정을 살폈다. 그러나 작자는 무슨 딴 꿍심이 있는지 아직 범상한 표정으로 이 분쟁을 말없이 지켜보고만 있을 뿐이었다. 무언가 석연찮은 느낌이 드는 대로, 나는 내 멋진 생일잔치를 위해 다시 여자 쪽을 향했다.

"야, 이 ××년아! 그럼 네가 잘했단 말이냐?"

구경꾼들이 주위로 모여들기 시작하는 걸 나는 느낄 수 있었다. 여자의 얼굴에 순간 빨갛게 독이 올랐다.

"어디서 이런 자식이 있어, 정말!"

여자도 어디로 보나 보통내기는 아니로구나 하는 느낌과 함께 나는 부푼 기대 속에서 나의 다음 동작을 취했다. 그것은 내 생일잔치의 막을 여는 결정적 계기가 될 동작으로서 여자의 뺨을 후려치는 것이었다.

"이 쌍년이!"

하는 욕지거리와 함께 나는 분명히 그 동작을 취했다. 그런데 이것 봐라. 나는 순간 뜻하지 않은 신선한 감명에 몸을 떨어야만 했다. 내가 여자의 뺨을 후려치기 위해 내두른 팔은 놀랍게도 어느 틈엔가 여자의 손아귀에 쥐어져 있었을 뿐만 아니라 한 바퀴 비틀어져 내 등 뒤로 올라가 붙었다. 그리고 곧 내 엉덩이에는 여자의 그것임이 분명한 세차고 매서운 발길이 타격을 가해 왔다. 나는 코방아를 찧으면서 앞으로 고꾸라졌다. 얼굴의 살갗이 신선한 쾌감을 일으키면서 표면과 마찰했다. 둘러선 구경꾼들이 탄성과 함께 웃음을 터뜨리는 소리가 들려왔다. 그제야 나는 여자 옆에 서 있던 작자의 짐짓 범상함을 가장하고 있던 표정이 숨긴 음모를 깨달았다. 작자는 여자의 솜씨를 미리부터 알고 있었음에 틀림없었다. 그리고 구경할 채비를 하고 있었음에 틀림없었다.

그러나 어쨌든 그건 내겐 새롭고 신선한 감명이었다. 여자로부터의 폭행, 그것은 내가 미처 상상도 해 보지 못한 새로운 세계였다. 나는 찰과상을 입은 얼굴을 지면으로부터 떼며 꾸물꾸물 몸을 일으켰다. 그리고 다시 몸속에 들끓는 기쁨을 지그시 누르며 여자를 향해 덤벼들었다.

여자는 이번엔 내 복부를 걷어찼다. 여자 옆에 버티고 선 작자는 이번에도 제 동행을 돕지 않았다. 돕기는커녕 시종 자기완 무관하다는 태도를 지키고 있었다. 나는 배를 움켜쥐고 다시 고꾸라졌다. 구경꾼들의 웃음소리가 다시 터졌다.

나는 기쁨에 떨며 다시 몸을 일으켰다. 그리고 다시 여자를 향해 덤벼들었다.

여자가 나를 다루는 솜씨는 매우 체계적이고 빈틈없었다. 내 몸의 어느 일부도 자신의 몸에 미치는 것을 허용하지 않았다. 내 몸의 요소요소를 마치 의사처럼 정확히 짚어 가며 가격했다. 빠르고 그리고 정교했다.

나는 내 관능의 속속들이, 그리고 갈피갈피에 피어나는 기쁨에 상처 난 꽃들을 보았다. 내 온몸의 혈관은 기쁨의 환성을 지르며 역류하고 있었다. 아, 참으로 멋진 생일잔치다! 참으로 멋진 생일잔치다! 여성이여, 만세! 여성이여, 만세! 여성이 위대한 자기최면가라고 한 나의 말은 지금 이 자리에서 수정한다! 여성이야말로 위대한 폭력이다! 세계의 기쁨이다!

나는 지금 벌레처럼 길바닥에 누워 있다. 주위엔 행인의 발걸음도 드물다. 시간이 얼마나 흘렀는지 모른다. 빌딩들 사이에 걸린 검은 하늘 조각이 넝마처럼 시야에 들어온다. 길 잃은 아이의 얼굴 같은 달도 한구석에 걸려 있는 게 보인다. 문득 바람이 한 줄기 내 상처 난 뺨 위를 스치고 지나간다. 달콤한 바람이다. 아니, 그냥 무심한 바람이다. 문득 알 수 없는 눈물 한 방울이 솟아올라서 내 관자놀이를 스치고 떨어진다.

낯꿈

깨어 눈을 떠 보니, 방 안에 오후의 햇빛이 가득했다. 햇빛은 서향의 창으로 비쳐 들고 있었다. 작업실 의자에 앉은 채로 맥없이 잠이 들었던 모양이다. 의자 등받이에 닿은 잔등이며 목덜미께가 땀으로 축축했다. 명섭은 손을 들어 이마를 만져 보았다. 땀은 이마에도 축축이 내배어 있었다. 더운 날씨 탓일 텐데 그는 왠지 그것이 식은땀이라는 생각이 들었다. 방금 깬 꿈 때문인지도 몰랐다.

그의 시야 바로 앞에는 아직 붓자국 하나 대지 못한 빈 캔버스 하나가 받침대에 세워진 채 있었고 그의 발치께에는 붓과 물감 튜브 따위가 어지럽게 널려 있었다. 벌써 두 주일 이상이나 바뀌지 않은 풍경이었다. 명섭은 잠시 그 빈 캔버스를 물끄러미 쳐다본 뒤 의자에서 몸을 일으켰다. 그리고 천천히 거실 쪽으로 나갔다.

소파에 앉아 잡지를 읽고 있던 경자가 눈을 들어 그를 쳐다보고는 조금 놀란 표정을 지었다.

"어마, 당신 웬 땀을……."

그리고 그녀는 읽던 잡지를 탁자 위에 내려놓았다.

"응, 깜빡 잠이 들었던 모양이야. 나 물 좀……."

다소 겸연쩍은 표정을 지어 보이며 명섭은 그렇게 대꾸하고 경자의 맞은편 소파로 걸어가 앉았다.

"오늘도 일은 못 하시구요?"

경자는 조심스러운 표정으로 물으며 소파에서 일어났다.

"응, 안 돼."

명섭은 우울하게 대답했다. 경자는 말없이 부엌으로 가서 찬 보리차 한 컵을 가져왔다. 명섭은 말없이 그것을 받아 마시고 나서 물었다.

"애들은 어디 갔나?"

"네, 애들 삼촌이 와서 수영장에 데리고 갔어요."

"인섭이가 왔었어?"

"네, 방학하면 수영장에 데리고 가 준다고 애들한테 약속을 했었잖아요."

"그랬어?"

애들이란 초등학교 3학년이 된 그의 딸과 올해 입학한 그의 아들을 가리켰고 인섭은 대학에 다니는 그의 아우였다. 인섭은 부모님을 모시고 있는 형 진섭의 집에서 학교를 다니고 있었다.

"샤워라도 하세요. 땀을 그렇게 흘리고 끈끈하지도 않으세요. 외출도 하셔야 할 거면서."

경자가 제자리로 돌아가 앉아 놓았던 잡지를 다시 집어 들면서 말하고 있었다. 명섭은 자기 아내 쪽을 건너다보았다.

"외출?"

"잊으셨어요? 오늘 민윤식 씨 전람회 시작하는 날이라는 거."

아, 그랬었지. 그걸 잊고 있었구나. 하긴 무언가 볼일이 있다는 기분이긴 했었지만, 민윤식은 미술 대학의 동창이고 그룹의 동인이었다. 전람회를 비교적 자주 갖는 친구였다.

명섭은 거실 왼쪽 벽의 벽시계를 쳐다보았다. 3시를 조금 지나고 있었다. 전람회장엔 6시쯤 도착하면 될 터이었다. 그 시간쯤에야 간단한 오프닝 파티가 시작될 테니까.

그는 소파에서 일어나 욕실로 향했다. 샤워를 할 기분까진 아니었지만 세수라도 좀 해야 할 것 같았다. 머리가 몹시 무거웠다.

그러나 대충 세수를 마치고 나서도 무거운 머리는 좀처럼 가벼워지지 않았다. 역시 샤워를 할 걸 그랬나 하는 생각이 들었으나 곧 그래 봤댔자 마찬가지일 거라는 생각이 뒤따랐다. 물 따위로 씻어 낼 수 있는 머리가 아니라는 느낌이었다.

욕실에서 나와 잠시 망설인 다음 외출 채비를 하고 나서는 그를 보자 경자가 물었다.

"벌써 나가시려구요? 점심도 안 드시구?"

"점심 생각 없어. 그리고 몇 군데 좀 들러 가야 할 데가 있어서."

"갑자기 가셔야 할 데가 그렇게 많아졌어요?"

"응, 나가는 김에 들러야 할 델 몇 군데 들러 두려구."

그건 거짓말이었다. 특별히 들러야 할 곳은 없었다. 전람회장에 가기 전에 그저 거리를 조금 돌아다녀 보고 싶은 생각이 났을 뿐이었다. 아내에게 거짓말을 한 것은 그렇게 해 두는 것이 번거롭지 않다고 생각됐기 때문이다. 사실대로 말하면 경자는 그가 요즘 일을 못 하고 있는 상태로 미루어 이것저것 쓸데없는 걱정을 할 염려가 있었다.

"조심해서 다녀오세요, 그럼."

하는 경자의 말을 등 뒤로 들으면서 명섭은 아파트를 나섰다. 아파트 현관으로 내려가는 층계가 몹시 낯설고 불규칙하게 느껴졌다. 며칠 집 안에만 들어앉아 있었기 때문인지 몰랐다. 다리가 조금 후들거리는 느낌이었다.

그런데 그가 정작 낯선 것들과 만난 것은 조금 뒤였다. 여름 오후의 눈부신 햇빛 속을 걸어 그가 아파트 구내를 거의 빠져나와서 저만큼 차도가 보이는 지점에 이르렀을 때였다. 별안간 그 차도 저쪽의 풍경이 거대한 어안(魚眼) 렌즈로 찍은 사진 속의 풍경처럼 바라보였다. 모든 풍경이 둥글게 안으로 휘어져 있었다. 건물들도, 가로수들도, 그리고 자동차들도. 마치 모든 풍경이 그 풍경의 중심점을 향해 허리를 굽혀 절을 하고 있는 형상이라고 할까. 또는 그 중심점의 어떤 자력에 이끌려 커다랗게 안으로 휘어지고 있는 형상이라고 할까.

명섭은 순간 자신이 다시 꿈속으로 걸어 들어가고 있는 게 아닌가 하는 착각을 받았다.

그것은 그가 바로 조금 전 그의 작업실 의자에 앉아서 꾼 꿈속의 풍경과 너무 흡사했던 것이다. 꿈속에서 그는 모든 것이 자신을 향해 휘어져 있는 도심의 한복판을 걸었었다. 빌딩들도, 가로수들도, 그리고 그 밖의 그보다 키가 큰 모든 것들이 그를 향해 깊숙이 휘어져 있는 도시의 한가운데를 걸었었다. 꿈속에서도, 이건 어안 렌즈로 찍은 사진 속으로 걸어가는 것 같구나 하고 그는 생각했었다. 거대한 어안 렌즈로 찍은 고층 빌딩의 숲속을. 도시는 아무리 걸어도 끝이 없었고 그는 자신을 향해 휘어져 있는 고층 빌딩들이 언제 무너져 내려 그를 덮칠는지 모를 위협에 떨며 헤매어 걷다가 깨어났었다. 꿈속에서도 도시는 한낮 대낮의 풍경이었다.

명섭은 두 눈을 힘주어 커다랗게 떴다. 그리고 차도 저쪽의 풍경을 다시 바라보았다. 풍경은 잠시 제 모습을 되찾았다가 곧 좀 전의 모습으로 되돌아갔다. 이번에는 영상 조정이 잘 안된 텔레비전 화면처럼 풍경 전체에 커다랗게 일렁이는 현상마저 나타났다. 마치 모든 풍경이 굽어진 채 느릿느릿 춤을 추고 있는 형상이었다. 빌딩들도, 가로수들도, 그리고 자동차들도. 마치 굴절 상태가 나쁜 거대한 거울 속의 풍경처럼.

명섭은 현기증을 느끼고 잠시 눈을 감았다. 몸이 몹시 쇠약해진 모양이라고 생각했다. 잠시 호흡을 가다듬고 두 눈두덩 위를 손가락으로 몇 번 눌렀다. 그리고 다시 차도 저쪽의 풍경을 바라보았다. 이번에는 어지간히 제 모습으로 돌아와 있었다. 그러나 머리의 현기증은 쉬 가라앉지 않았다.

그는 걷는 것을 포기하고 마침 아파트 구내에서 빠져나오는 택시 한 대를 세웠다. 그리고 습관대로 도어의 손잡이를 잡으려는 순간,

그는 그 손잡이가 자기 손을 피해 달아난다고 생각했다. 손잡이는 분명 꿈틀 몸을 비틀면서 그의 손을 피해 도망쳤다. 그는 도망치는 손잡이를 향해 다시 손을 뻗었다. 그러나 이번에는 더 이상한 일이 일어났다. 택시 전체가 마치 연체동물처럼 느릿느릿 파상을 그리며 몸을 비틀어 그의 손을 피했다. 그는 뻗었던 손을 거두고 눈을 감았다 떴다.

택시 운전사의 얼굴이 커다랗게 이쪽으로 가까워지고 짧은 금속음이 울리며 도어가 열렸다.

"어디 편찮으신 모양이군요?"

하고, 기어들 듯 옆좌석으로 오르는 명섭을 향해 운전사가 말했다.

"……아니, 괜찮습니다. 시내 쪽으로 가 주세요."

명섭은 그렇게 대꾸하고 되도록 편안한 자세를 취해 앉았다.

"안색이 몹시 안 좋으신데요."

하며 운전사는 걱정스러운 눈빛으로 그를 한번 쳐다보고는 시동을 걸어 택시를 출발시켰다. 명섭은 이번엔 대꾸하지 않고 앞쪽의 차창만 바라보았다. 다행히 차창 밖의 풍경엔 별 이상스런 일은 일어나지 않았다. 눈부신 여름 오후의 햇빛 속에 거리는 다소 분주하고 다소 나태한 모습으로 예사롭게 차창 앞으로 다가왔다가 스쳐 가곤 하였다. 그는 조금 안심하며 눈을 감았다.

그때 운전사가 물었다.

"시내 어느 쪽으로 가십니까?"

그는 준비된 대답이 없어 잠시 망설이고 나서 대꾸했다.

"……그냥 시내 쪽으로……. 아니, 광화문 쪽으로 가십시다."

운전사가 곁눈질로 힐끗 그를 한번 쳐다보고 다시 물었다.

"광화문 어디쯤 대 드릴까요?"

"광화문 근처 아무 데나 괜찮습니다. 동아일보사 근처쯤 세워 주세요."

그때 택시 한 대가 아슬아슬하게 명섭이 탄 택시 옆을 스치면서 앞으로 추월해 나갔다. 운전사는 급히 브레이크를 밟았다 놓으며 욕지거리를 퍼부었다.

"저 미친 새끼가 천당이 가고 싶나? 저런 새끼 때문에……."

그러다가 표정이 바뀌었다. 알 만한 택시인 모양이었다. 앞으로 추월했던 택시가 슬금슬금 속도를 늦추면서 옆으로 다가섰다.

"많이 벌었어?"

운전사의 고개가 이쪽으로 내밀어지면서 흰 이를 드러내며 웃었다. 이쪽 운전사도 그쪽을 향해 고개를 빼면서 대꾸했다.

"난 또 누구라구. 그러다 천당 직행 타려고 그래?"

욕지거리를 퍼부을 때와는 딴판인 부드러운 표정이었다.

"직행? 그것도 좋지. 요즘같이 못 벌어서는. 얼마나 했어?"

"형편없어. 아직 두 개도 못 했어."

"많이 했는데. 난 아직 한 개 반도 못 했어."

"빌어먹을, 요즘 같아선 살맛 정말 안 나는데."

"그러면서 천당 걱정을 해?"

"새끼들이 있잖아."

"애새끼들이야 마누라더러 키우라면 되지."

"그럴까?"

"하하, 잘해 보라구. 많이 벌어. 그럼, 또 봐."

그리고 저쪽 운전사는 손을 한번 들어 보인 다음 다시 택시에 속력을 넣어 앞서 달려가기 시작했다. 이쪽 운전사는 명섭을 의식했음인지 약간 얼굴을 붉히듯 하고 말없이 택시를 몰았다. 조금 전 자기가 욕지거리를 퍼붓는 걸 목도한 사람이 옆에 앉아 있다는 사실에 약간 마음이 쓰였는지도 몰랐다.

명섭은 실은 마음속으로 미소를 머금고 그들의 수작을 바라보았었다. 저것이 바로 동업자간의 우정이란 것이로구나 하는 느낌이었다. 짧은 동안의 수작에 지나지 않았지만 무언가 훈훈하고 아기자기한 정경을 본 듯한, 일종의 신선감마저 느껴졌다. 모처럼 마음에 온기가 스미는 기분이었다.

그러나 그 기분도 얼마 가지 않았다. 택시가 삼각지를 지나 남영동 근처에 이르렀을 때였다. 차창 밖의 풍경이 다시 저 이상한 풍경으로 바뀌었다. 차창이 이번엔 어안 렌즈의 역할을 하고 있었다. 차도 양쪽의 건물들과 가로수, 육교와 자동차들, 그리고 행인들의 모습이 그 어안 렌즈 속으로 둥글고 길게 휘어져 들어오고 있었다. 그리고 느릿느릿 파상을 그리며 일렁이고 있었다. 택시는 마치 일렁이는 물체들의 둥근 터널 속을 달려가고 있는 것 같았다. 마주 오는 차량들이 무서운 속도로, 그 어안 렌즈 속으로 휘어져 들어오고 있었다. 그리고 느릿느릿 파상을 그리며 일렁이고 있었다. 택시는 마치 일렁이는 물체들의 둥근 터널 속을 달려가고 있는 것 같았다. 마주 오는 차량들이 무서운 속도로, 그 어안 렌즈 속으로 휘어져 들어오고 있었다.

명섭은 자신도 모르게 한 팔을 들어 눈을 가렸다.

"왜 그러십니까? 어디 편찮으십니까?"

운전사의 목소리가 옆에서 들려왔다. 명섭은 팔을 내리고 다시 차창을 바라보았다. 차창 밖의 풍경은 어느새 제 모습으로 돌아와 있었다. 그는 운전사 쪽으로 고개를 돌렸다.

"아, 아니 아무렇지 않습니다."

운전사가 고개를 돌려 그를 쳐다보았다. 무언가 마음이 놓이지 않는다는 표정이었다. 그런데 다음 순간 운전사의 얼굴이 커다랗게 확대되면서 일그러졌다. 그리고 물결처럼 일렁일렁 움직이기 시작했다. 눈썹과 눈이 코 아래까지 흘러내려 갔다가 올라타고 턱이 이마에까지 거슬러 올라갔다가 내려왔다. 입술이 코허리에 겹쳐지기도 하고 눈썹이 입술 위에 겹쳐지기도 했다.

지극히 짧은 순간에 일어난 일이었고 운전사의 얼굴은 곧 차창을 향해 돌려졌으나 명섭은 그것이 아주 오랫동안이었던 것 같은 느낌이었다. 꿈속에서의 시간이 깨어 보면 실제로는 아주 짧은 동안이지만 꿈속에서는 매우 길게 느껴지듯이. 그는 눈을 감아 호흡을 가다듬고 다시 눈을 떠서 앞쪽으로 향한 운전사의 옆얼굴을 바라보았다. 약간 헝클어진 머리카락이 귀를 반쯤 덮은, 그리고 햇볕에 약간 그을은 듯한 평범한 옆얼굴이었다. 조금도 이상한 구석이라곤 없었다.

그는 다시 전면의 차창을 내다보았다. 역시 별 변화 없는 풍경이 천천히 다가왔다 스쳐 가곤 하였다.

"어떻게 생각해, 자넨? 말의 기만성(欺瞞性)에 대해서 말야. 난 요즘 이런 생각이 들어. 10여 년 이상 소설이랍시고 써 왔다는 내가 말의 성질이나 제대로 알고 있었나 하는. 말의 성질도 변변히 모른 채 소설이랍시고 써 왔다면 이건 웃기는 일 아냐. 제대로는커녕 말이 갖는 기본적 기만성조차 모르고 있었으니 말야. 이런 딱한 소설가 나부랭이가 어디 있지?"

소설을 쓰는 인규가 두어 주일 전쯤 술잔을 앞에 놓은 채 말했었다. 명섭은 웬 엄살이냐는 표정으로 물었다.

"그건 또 갑자기 무슨 소리야?"

"아냐, 이건 엄살이 아냐. 난 그동안 소설을 헛써 왔어. 상투적인 거짓말만 늘어놓았거나."

"소설이란 게 본래 거짓말 아냐?"

"이런 무식한 환쟁이 보겠나. 그런 뜻이 아냐. 이를테면 직업적 불성실을 얘기하는 거지. 제 직업의 기본 연장의 성질도 변변히 모르면서 어떻게 그 직업에 성실했다고 할 수가 있겠어."

"도대체 오늘 왜 그러는 거야?"

"부끄러워서 그래. 겨우 요즘 와서야 난 말의 기만성을 깨닫기 시작한 거야. 한심한 일이지."

"말의 기만성이라니 도대체 무슨 얘기야? 표현과 대상간의 거리를 두고 하는 얘기야? 그야 예술가라면 누구나 고민하는 문제 아냐."

"그런 새삼스러운 얘기가 아니고 좀 다른 얘기야. 자네들 환쟁이들은 잘 모를 수도 있을 거야. 물감을 다루는 일은 다르니까. 물감은 물감 자체로서는 아무 의미를 갖지 않지만 말은 이제 벌써 의미를 지니고 있단 말야. 개중엔 역사적 때가 잔뜩 묻은 놈도 있고 말야. 그래서 아주 놀라운 지시적(指示的) 기능을 발휘하는 놈도 있지. 그런데 문제는 거기에 있는 게 아냐. 그 지시적 기능이 가끔 장난을 친단 말야. 물론 말이 장난을 치는 건 아니고 말의 지시적 기능을 잘 알고 있는 사람이 장난을 치는 거지. 더구나 장난을 치는 측이 어떤 권위적 존재일 때 그 장난의 위력은 대단하지. 그런 경우 대개 공공의 권위적 존재일 때 매체를 통하는데 그 이유도 그런 데 있는 거지. 이를테면 매스컴을 이용한 상품 선전이나 캠페인 같은 것이 쉬운 예라고 할 수 있어. 그 경우 대개 동원되는 말들은 일방적인 지시성을 갖는 말들이지. 반대의 입장이라면 얼마든지 달리 언급될 수 있는 측면들은 덮어 둔 채 말야. 사람들은 흔히 언급되지 않은 부분은 없는 것으로 착각하는 버릇이 있지. 그리고 말의 지시성에 길들여져 있어. 잘 고려된 상품 선전이 먹혀들어 가는 이유지. 잘 고려됐다는 건 결국 엄격히 말해서 잘 기만하고 있다는 얘기지. 산수를 100점 맞고 국어를 빵점 맞은 아이가 '엄마, 나 오늘 산수 100점 맞았어'라고 말한다면 그건 엄격히 말해서 거짓말이거든. 물론 그건 아주 순진한 거짓말에 지나지 않지만 말야. 반대의 경우도 마찬가지지. 이웃집 아이가 산수를 100점 맞고 국어를 빵점 맞았을 때 '엄마, 이웃집 아무개는 오늘 국어를 빵점 맞았어'라고 말하는 아이가 있다면 그 역시 거짓말, 거짓말도 아주 교활한 거짓말이라고 할 수 있겠지. 그런데 문제는 거기에

국한하지 않고 우리들 거개가 무의식중에 그런 거짓말하는 법에 길들여져 있는 게 아닌가 하는 점이라구. 심지어 말을 직업으로 삼아 온 나 같은 위인까지도 그런 거짓말하는 법에 길들여져 있었다고 할 수 있으니. 내가 쓰는 말이 거짓말이라는 자각도 못 한 채 말야. 난 내가 쓰지 않은 부분에 대해선 거짓말을 하고 있었던 셈이거든. 그래서 겨우 깨달은 건데 말이라는 게 본래 거짓말이라는 거지. 세상에서 쓰여지는 말 모두가 거짓말 아닌 것이 없으니 결국 말이 본래 거짓말이지 뭐야."

"그건 말에 대한 좀 지나친 허무주의가 아닐까?"

"맞았어. 바로 그거야. 지나치다는 말만 빼면. 적어도 지금까지의 말에 대한 내 깨달음은 거기에 와 있는 거야. 게다가 난 이웃집 아이가 100점 맞은 과목이 있다는 걸 뻔히 알면서도 빵점 맞은 과목에 대해서만 말한 아이 같은 거짓말까지 저질러 왔거든. 비유를 곧이곧대로 듣진 말아. 뻔히 알면서도 빠뜨리고 거짓말을 했다는 점만 귀담아들으라구. 세상엔 이런 종류의 거짓말도 꽤 많은 거야. 알면서 빠뜨리고 하는 거짓말. 어때, 자넨? 빠뜨리고 그린 거짓그림 없어?"

"……?"

"알면서 빠뜨리고 그린 거짓그림."

인규는 그때 분명 쓸쓸한 웃음을 띠고 그의 눈 속을 들여다보았었다. 너도 인마, 똑같아, 라는 뜻이 담긴 눈빛이었다. 명섭은 그때 아무런 대꾸도 하지 못했었다. 그가 기법상의 생략을 두고 하는 말이 아님은 너무도 분명했기 때문이었다. 그리고 자신의 가슴속에서 준열

한 문책의 소리가 들려왔기 때문이었다. 스스로 모른 채 눈 감고 있었을 뿐이지 너도 반성 없는 가짜그림만 그려 온 게 숨길 수 없는 사실 아니냐. 여태껏 네가 그려 온 것들 외에도 정작 그려야 할 더 많은 것들이 있다는 걸 네가 정말 모르고 있었단 말이냐. 무의식중에 넌 그것들을 피해 온 게 사실 아니냐. 그것이 정말 순전히 미학적 선택에 의한 행동이었다고 말할 수 있단 말이냐. 네가 여태껏 그려 온 것들이란, 거개가 무반성한 미학적 관습에 따른 그저 적당히 예쁘장하고 균형 잡힌 거짓그림들뿐 아니었느냐. 그럴듯한 미학 용어로 설명될 수 있는 거짓그림들! 순전히 장식적인 그림들! 눈의 쾌락에 봉사하는 이외의 다른 아무 의미도 없는 그림들! 고통이 없는 그림들!

"손님, 동아일보사 다 왔는데요."

운전사가 옆에서 말하고 있었다. 택시는 동아일보사 앞을 돌아 광화문우체국 못미처에 세워져 있었다.

"아, 네."

하고, 명섭은 약간 당황한 동작으로 주머니를 뒤져 요금을 치렀다. 그리고 택시에서 내려섰을 때, 그는 다시 현기증을 느꼈다. 딛고 있는 땅바닥이 매우 불규칙하다는 느낌이었다. 손으로 이마를 짚고 그는 잠시 그 자리에 서 있었다. 딛고 있는 땅바닥이 커다랗게 기우는 듯한 느낌이 다시 들었다. 그는 안간힘을 써서 자세를 유지했다. 그리고 조금씩 현기증에서 벗어났다.

그때 누군가가 반기듯 그를 향해 다가섰다.

"어마, 선생님. 어디 편찮으세요?"

낯이 익은 여학생이었다. 얼굴이 길고 주근깨가 약간 있는, 아마도 그가 강사로 나가고 있는 여자 대학의 학생인 것 같았다.

"아, 아니……."

하고, 명섭은 이마에서 손을 떼며 여학생을 향해 의례적으로 조금 웃어 보였다. 여학생은 조금 실망하는 눈치였다.

"어마, 선생님 저 모르세요? 저 경애예요."

"아, 경애……."

듣고 보니 생각이 날 듯한 이름이었다. 데생의 선이 자유분방하게 거칠고 여성의 그것답지 않게 힘차던, 그래서 이름을 물어 두었던 학생인 것 같았다.

"이제야 생각나시나 보죠? 큰 실망이에요. 전 선생님이 절 의당 기억하고 계시려니 했는데."

"미안해요……."

"미안하실 것까진 없어요. 그런데 정말 어디 편찮은 거 아니세요?"

"아니, 괜찮아요."

"안색이 몹시 안 좋으신 것 같은데요?"

"그저 현기증이 좀 났던 것뿐인데 지금은 괜찮아요."

"정말이세요?"

"정말 괜찮아요."

"그럼……."

하고 경애는 무언가 망설이듯 잠시 말을 끊더니, 결심했다는 듯 눈을 반짝이며 말했다.

"저 술 한 잔만 사 주실래요? 참, 어디 급하게 가시던 길 아니세요?"

"글쎄, 급하게 가던 길은 아니지만 시간이 한 시간 남짓밖엔 없는데."

"그거면 충분해요. 전 꼭 한 잔만 마시면 되니까요."

"글쎄, 그럼 어디 아는 데가 있어요."

"네, 근처에 가 본 집이 있어요. 염려 마세요. 비싼 집 아니니까."

"그런데 나한테 무슨 할 얘기라도?"

"어마, 그렇게 꼭 용건주의로 나가지 마세요. 물론 드릴 말씀도 있어요."

"하하, 용건주의라구?"

"그렇지 뭐예요. 자, 가세요."

그리고 경애가 그를 이끌고 간 곳은 그곳에서 불과 얼마 걷지 않은 지점에 위치한, 그다지 야단스럽게 꾸미지 않은 조그만 간이 칵테일집이었다. 그다지 어둡지 않은 실내에 드문드문 젊은 남녀의 모습이 보였다. 그는 경애가 이끄는 대로 스탠드 쪽으로 다가가 그녀와 나란히 앉았다. 경애가 스탠드 위에 팔꿈치를 괴고 그를 향해 물었다.

"선생님은 뭘로 드실래요?"

"아, 나도 마셔야 하나?"

하고 그도 엉거주춤 스탠드 위에 팔꿈치를 괸 채 대꾸했다. 경애는 우습다는 표정을 지었다.

"어마, 그럼 저 혼자서 마시란 말예요?"

"글쎄, 난……."

"어마, 그런 데가 어딨어요. 그건 귀찮으니 어서 한 잔 사 주고 가시겠단 뜻 아녜요."

"아니, 그런 뜻은 아니고……."

"그럼 한 잔만 드세요. 뭘로 하시겠어요?"

"글쎄, 그럼 슬로진이나 한 잔 할까. 경애는 뭘로 하겠어?"

"전 진토닉 한 잔이면 돼요. 저, 여보세요?"

경애는 스탠드 안쪽에 있는 젊은 바텐더를 불렀다. 그리고 명섭의 것과 제 것을 주문했다. 바텐더가 주문을 받고 물러서자 경애는 다시 명섭을 향해 물었다.

"선생님, 아까 시간이 한 시간 남짓밖에 없다고 하셨는데, 한 시간 후엔 어디 가실 거예요?"

"아, 경애도 아마 알 텐데. 민윤식이라구. 그 친구 전람회가 오늘부터 시작이어서……."

"아, 그 적당히 애매하고 적당히 예쁘장하게 그리는 화가 말이군요."

"음? 그게 무슨 소리지?"

"왜, 제 말이 크게 틀렸나요?"

"글쎄, 그렇게 막 말해서 될까……."

"어마, 선생님까지 이러시기예요?"

"나까지라니?"

"어마? 전 선생님은 거짓말쟁이가 아니신 줄 알았는데."

"글쎄, 뭐라고 말하면 좋을까. 그런 식으로 말한다면 거기 해당되지 않는 사람이 적지 않을까."

그때 경애가 주문한 것들이 날라져 왔다. 경애는 눈과 손만을 조금 움직여 술잔을 잡으면서 말했다.

"선생님도 그럼 거기 해당되신단 말예요?"

"물론이지."

명섭도 자기 앞에 놓인 술잔을 잡으며 다소 쓸쓸한 표정으로 대꾸했다.

"어마, 그건 거짓말예요. 선생님은 다르세요."

"그렇지 않아요. 다 같아요."

그러자 경애는 못내 미심쩍다는 눈빛으로 명섭을 바라본 뒤 곧 생그레 웃으며 말했다.

"공연히 엄살이시죠? 그렇죠?"

"아니, 엄살이 아니예요."

"어마? 어쨌든 전 선생님은 그렇지 않다고 생각해요. 자, 우리 건배해요."

그러며 경애는 술잔을 들어 그가 잔을 들기를 기다렸다. 그는 말없이 술잔을 들어 그녀의 동작에 따랐다. 경애는 제 잔을 가볍게 그의 잔에 부딪히고는

"선생님의 건강을 위해서."

라고 말했다.

"나도 경애의 건강을 위해서."

그도 말했다. 그리고 각기 술잔을 입술에 대어 조금씩 마시고 내려 놓았을 때 명섭이 물었다.

"그런데 나한테 할 얘기는 뭐지?"

그러자 경애는 짐짓 나무라는 표정을 지었다.

"어마, 또 용건주의."

"아, 이런……."

"아녜요, 괜찮아요. 분명 드릴 말씀이 있다고 했으니까 곧 드릴게요. 어마, 이건 거짓말이다. 사실은 선생님하고 그냥 이렇게 얘기가 좀 하고 싶어서였어요. 용서해 주시죠?"

"그랬나."

"선생님하고 운 좋게 길에서 만났는데 그럴 수도 있죠 뭐. 속았다고 생각하세요?"

"아니, 뭐 그럴 것까진."

"됐어요, 그럼. 용서해 주시는 걸로 알겠어요. 어떠세요. 그건 그렇고, 선생님 요즘 근황은 어떠세요?"

"근황?"

"작품 많이 하세요?"

"글쎄, 뭐 그저."

명섭은 애매한 표정으로 대꾸했다. 경애는 불만인 모양이었다.

"그런 애매한 대답이 어딨어요. 그럼 작품 안 하세요?"

"글쎄, 그저 그렇다니까."

"어마?"

"하는 것도 아니고 또 아주 안 하는 것도 아니고……. 그냥 못 한다고 해 두지."

"그냥 못 한다고 해 두다뇨?"

"그냥 그렇게 알아 둬요. 난 그렇다 치고 경애는 작품 많이 했나?"

"저요? 전 요즘……."

그리고 그녀는 잠시 눈길을 깔았다. 별안간 시무룩한 표정이 되어 있었다. 그러나 그녀는 곧 눈길을 쳐들며 밀고 나가듯 말했다.

"전…… 요즘 '게르니카'를 모사해 보고 있어요."

(게르니카!)

명섭은 순간 마음속에 어떤 커다란 떨림이 스치고 지나가는 것을 느꼈다. 그것은 어떤 울림 같기도 하고 혹은 바람 같기도 했다. 바람이라면 그것은 더운 바람이었다.

명섭은 똑바로 경애의 두 눈을 들여다보았다. 경애도 피하지 않고 명섭의 시선을 마주 받았다. 경애의 두 눈에는 알릴 듯 말 듯 안개 같은 것이 피어오르고 있었다.

먼저 시선을 피한 쪽은 명섭이었다. 그는 거의 무의식적인 동작으로 술잔을 집어 두어 모금 마시고 내려놓았다. 경애도 술잔을 집어 조금 마시고 내려놓는 동작이 알렸다.

잠시 후 경애가 말했다.

"선생님, 저도 거기 함께 가면 안 될까요?"

"음? 어디?"

"민윤식 씨 전람회장요."

한결 명랑해진 목소리였다.

"글쎄, 안 될 건 없겠지만 거긴 가서 뭘 하게."

"그냥이요."

"그냥?"

"선생님이 가시니까요."

"글쎄, 거기 가 봤자 별 유쾌할 일도 없을 텐데……."

"선생님이랑 함께 가면 유쾌할 것 같아요."

"글쎄……."

"데려가 주세요. 네?"

"……."

명섭은 잠시 경애를 마주 보고 나서 말했다.

"……데려가고 싶지 않군. 경애한테 보여 줄 만한 게 없을 것 같으니까. 경애는 집에 가서 하고 있는 일이나 계속하지."

"그까짓, 남의 작품 모사하는 일을요?"

"그까짓 일이 아냐, 열심히 해."

"싫어요. 저 선생님이랑 함께 갈래요."

"글쎄, 왜 더 가치 있는 일을 놔두고 쓸데없는 일을 하려고 그래. 자, 우리 그만 일어서지."

그리고 명섭은 엉덩이를 들고 일어났다. 경애는 잠시 앉은 채로 움직이지 않더니 곧 마지못한 듯 따라 일어섰다. 그리고 밖으로 나왔을 때 그녀는 말했다.

"그럼 나중에 저 또 만나 주셔야 돼요. 댁으로 전화드려도 되죠?"

"아, 그럼."

그리고 우스갯 삼아 명섭은 덧붙였다.

"그런데 왜, 경애는 남자 친구도 없나?"

경애는 명랑하게 대꾸했다.

"있었어요. 그런데 지금은 군대 갔어요."

"그래서 그럼 날 임시 대용품으로 삼으려구?"

"어마, 아녜요. 누가 그런 짓을 할까."

"하하, 그럼 또 만나."

"네, 안녕히 가세요. 전화드릴게요."

경애와 헤어져, 전람회장이 있는 인사동 쪽을 향해 걸으면서 명섭은 줄곧 마음속으로 경애가 하던 말을 되뇌었다.

(전 요즘 '게르니카'를 모사해 보고 있어요.)

어둠 속에서 계속 불덩이가 스치고 지나가는 느낌이었다. 물론 거리에는 아직 긴 여름 해가 꼬리를 드리우고 있었다.

전람회장에 도착하기 바로 직전에 명섭은 다시 한번 저 착시(錯視) 현상을 경험하였다. 이번에는 좀 더 과격한 현상으로 나타났는데, 거리 양편의 건물들이 서서히 무너져 내리는 환각(幻覺)이었다. 그것들은 마치 거인이 무릎을 꺾듯 서서히 무너져 내렸다. 소리 없이, 그리고 이따금 마른 섬광(閃光)과 함께. 명섭은 하마터면 두 팔로 머리를 감싸고 길 한복판에 쪼그려 앉을 뻔했다. 그러다가 간단히 그 착시 현상에서 벗어났다.

전람회장에는 벌써 많은 사람들이 선착해 있었고 많은 화환과 화분들이 입구를 장식하고 있었다. 명섭이 들어서자, 상기한 표정으로 사람들에 둘러싸여 있던 윤식과 그의 아내가 반색을 하며 마주 나왔다.

"호랑이도 제 말을 하면 나타난다더니. 방금 자네 얘길 하고 있던 참이라구."

"내 얘길?"

"그래. 무슨 대작을 하느라고 그렇게 꿈쩍 안 했어?"

"대작은 무슨……."

"어서 오세요. 그러잖아도 여긴 오늘 나타나시겠지, 하고 말씀들을 하던 참예요."

한복으로 화려하게 차려입은 윤식의 아내가 남편 곁에서 차례를 기다리고 있었다는 듯 거들었다. 그리고 덧붙였다.

"그런데 어디 편찮으셨어요? 안색이 아주 안 좋으시네요."

"아, 아닙니다. 그저 좀……."

"자, 이리 와 한잔하지. 그림이야 뭐 볼 것도 없고."

윤식이 호인풍으로 말하며 명섭의 한 팔을 잡아끌었다. 회장 한가운데 기다란 음식 테이블이 놓여 있었고 그 둘레에 알 만한 얼굴들이 술잔을 들고 둘러서 있는 모습이 보였다. 그중에는 인규의 모습도 끼어 있었다. 인규는 명섭과 눈이 마주치자 빙긋이 웃으며 고개를 끄덕였다.

(자아식, 너도 왔니?)

하는 뜻 같았다.

평론가 ㄱ·ㅎ·ㅅ 들의 모습이 보였고 그룹 동인들의 모습이 보였으며 알 만한 얼굴의 다른 몇몇 화가의 모습과 언론계 인사 두어 사람의 모습도 보였다. 그 밖에 알 만한 몇몇 여류화가의 모습과 옷차림이 좋은, 낯이 선 사람들의 모습도 보였다. 명섭은 지면이 있는 사람들과 대강 인사를 나누고 윤식이 건네주는 술잔을 받았다. 술잔을 건네주고 나서 윤식이 물었다.

"그래, 뭘 하느라고 정말 그렇게 꿈쩍 안 했어?"

"하긴 뭘. 그냥 집에 있었지."

"이거 왜 이래? 다 알고 있는데."

"응? 알다니?"

"어마어마한 대작을 하고 있다면서? 저기 저 인규란 친구가 아까 그러던데?"

"실없는 친구."

그러며 명섭은, 테이블 저쪽 모퉁이에서 여류화가들과 수작을 나누고 있는 인규 쪽을 쳐다보았다. 그가 천연덕스럽게 거짓말을 꾸며댔음에 틀림없었다. 왜냐하면 그가 명섭의 일에 관해 무얼 알고 있을 턱이 없었기 때문이다. 인규는 여류화가들과 수작을 나누다 말고 이쪽의 무슨 낌새를 느꼈음인지 명섭을 향해 한 눈을 끔벅해 보였다. 윤식도 그것을 보았을 터이었다.

"에이, 저 친구 또 사람을 감쪽같이 속여 넘겼구만……. 그럼 뭘 하느라고 그렇게 집에만 들어앉아 있는 거야? 정말 어디 아팠던 거 아냐?"

"그냥. 몸도 안 좋고 해서. 대단한 건 아니고."

그때 평론가 ㅅ이 그들 쪽으로 다가왔다. 그는 윤식의 카탈로그에 해설을 쓴 사람이었다.

그가 명섭에게 말했다.

"박 형, 아직 이번 민 형 작품들 안 보셨죠? 빨리 한번 보십시오. 지난번 전람회에 비해 눈부신 변홥니다."

"아, 그렇습니까. 금방 봐야죠."

그러자 윤식이 과장스런 동작으로 말리는 시늉을 했다.

"아, 아냐 아냐. 볼 거 없어. 그게 그거지 뭐. 작품은 볼 거 없고 오랜만에 나왔으니 술이나 들어. ㅅ형이 지금 공연히 그러는 거라구."

그러자 ㅅ이 역시 과장스레 정색을 하며 말했다.

"아, 절대로 공연히 그러는 게 아닙니다. 박 형, 한번 보세요. 내 생각으론 금년 우리 화단의 최대의 수확이 되지 않을까 싶어요. 지난번 전람회도 물론 좋았지만 이번 작품들은 그야말로 민형의 진면목을 여지없이 보여 주고 있습니다. 빨리 한번 보세요."

윤식은 과장스레 난처하다는 표정을 지으면서 계속 말리는 몸짓을 했으나 명섭은 전람회장에 온 사람의 예의로서도 그대로 있을 수는 없었다. 테이블 주위를 떠나 그림들을 둘러보기 시작했다. 곧 ㅅ이 한 말의 뜻을 이해할 수 있다는 기분이 들었다. 확실히 지난번 전람회와는 달랐다. 그러나 그 변화란 명섭의 눈에는 기계적인 것이었다. 약간의 대담한 기법상의 변화와 소재의 변화가 눈에 띄었으나 그것이 작가의 내면적인 욕구의 변화에서 비롯한 것으로는 여겨지지 않았다. 대체로 모두 그만그만한 수준의 일정한 미학적 균형을 획득하고 있다는 점에서는 손색없는 전람회라 할 수 있었다. 그러나 마음에 와서 부딪치는 작품은 없었다. 예상을 벗어나지 않아서, 그저 잘 꾸며진 전람회라 할 수 있었다.

'아, 그 적당히 애매하고 적당히 예쁘장하게 그리는 화가 말이군요' 라던 경애의 말이 생각났다. 그러나 명섭은 윤식들이 있는 자리로 되돌아가서 말했다.

"좋군. 애 많이 썼겠는데."

윤식은 기대했던 반응보다 못하다고 생각했는지 다소 실망한 표정으로, 그러나 겸양을 잃지 않고,

"좋긴 뭘. 그저 팔아먹으려고 그린 그림인데."

라고 말했고, ㅅ은 정색한 표정으로,

"허, 민 형 거 무슨 말을 그렇게 하십니까. 팔아먹으려고 그린 그림이라니."

하고는 명섭을 향해 말했다.

"박 형, 정말 좋죠? 좋은 정도가 아니라, 이번 상품들은 어떤 의미에서 한국근대회화사의 한 전환점을 마련해 줄는지도 모릅니다. 정말 민 형의 이번 작업은 획기적인 작업입니다. 박 형은 그렇게 생각하지 않으세요?"

명섭은 대답이 궁했으나, 그렇다고 정면에서 그의 말을 잘라 부인할 용기는 없었다.

"아, 네, 저도 아주 좋다고 생각했습니다."

궁지라면 궁지랄 수 있는 처지를 모면하게 해 준 사람은, 그때 여류화가들과 헤어져 과장스레 쾌활한 걸음으로 다가온 인규였다.

"어, 여긴 또 무슨 즐거운 화제들이신가. 나도 좀 끼어 봅시다."

"아, 방금 민 형의 이번 작품들에 대해서 얘기하고 있던 중입니다. 송 형도 작품들 보셨죠? 정말 단단한 성과 아닙니까?"

ㅅ이 마치 원병이라도 나타난 듯 그를 반겼고, 그러자 인규는 조금도 인색할 것 없다는 듯 과장스레 맞장구를 쳤다.

"아, 물론이죠. 대단한 성과구말구요. 저 친구 이번 전람회로 한국 화단의 기린아가 되는 거 아닙니까?"

"한국 화단뿐이 아니죠. 파리나 뉴욕에 내놔도 손색이 없다고 난 생각합니다."

"아, 그야 물론이죠. 파리나 뉴욕이 뭐 별겁니까. 그 친구들도 이제 한물갔다고 봐야죠. 우리를 포함한 제3세계 쪽의 화단이 오히려 압도하고 있는 느낌 아닙니까?"

"옳은 견햅니다. 이제 우리를 포함한 제3세계 화단이 세계 화단을 리드할 때가 왔다고 봅니다. 그런 의미에서도 이번 민형 전람회의 중요성은 아무리 강조해도 결코 지나치지가 않습니다."

"맞는 얘깁니다. 난 이번에 저 친구 재능에 아주 놀라 버렸습니다. 저 친구한테 저런 잠재적인 재능이 감춰져 있으리라곤 미처 생각도 못 했거든요."

윤식은 더 잠자코 듣고 있기가 좀 거북했던 모양이었다. 얼굴을 약간 붉히며 두 사람을 향해 짐짓 나무라듯 말했다.

"이거, 왜들 이러지. 사람 세워 놓고 병신 만들긴가."

인규가 슬쩍 그를 한번 쳐다보며 천연스레 받았다.

"무슨 소리야? 병신을 만들다니. 우린 지금 진지한 얘기를 하고 있는 거야. 이 전람회의 세계 회화사적 의미에 대해서 얘기하고 있는 거라구."

ㅅ도 맞장구쳤다.

"맞습니다. 민 형은 거 너무 겸양하지 마세요. 예술가에겐 겸양이 반드시 미덕만은 아닙니다."

"하하, 이 친구 이거 늘 겸양이 탈이란 말야. 자, 그런 의미에서 우리 건배하지."

그러며 인규가 잔을 높이 쳐들자 ㅅ도, 그리고 윤식도 못 이기는 체 잔을 쳐들었다. 인규의 과장스런 수작이 다소 조마조마하게 느껴졌었으나 그런대로 무사히 넘어가는 것 같았다. 윤식이 곧이곧대로 받아들였거나 아니면 눈치를 채고도 모른 체 넘기고 있는 건지도 몰랐다.

그들이 각기 치켜든 잔을 입으로 가져가려 할 즈음 여류화가 한 사람이 바쁜 걸음으로 다가왔다.

"어마, 무슨 건배예요? 저도 함께해요."

일본 어느 여류화가의 화풍을 닮았다는 평판이 있는 ㅇ이라는 여류화가였다.

"아, ㅇ여사, 어서 오세요. 무슨 건배냐 하면, 바로 오늘 우리 이 민윤식 군의 전람회가 갖는 세계 회화사적 의미를 확인하고 기념하기 위한 건뱁니다. 자 함께하시죠."

인규가 짐짓 정중하게 환영의 표시를 했고, 그러자 ㅇ은 호들갑스럽게 야속하다는 표정을 지었다.

"어마, 그러시면서 나만 빼놓기예요? 너무들 하셔라."

"하하, 그러잖아도 마악 ㅇ여사를 부르려던 참이었습니다. ㅇ여사가 빠진대서야 말이 되나요."

"어마, 정말이에요?"

"정말이다마다요."

"아이, 싫지 않아라. 자, 그럼 나도 같은 뜻으로 건배."

ㅇ이 자기도 잔을 들어 높이 올렸고 나머지 네 사람은 다시 한번 잔을 치켜들었다. 그리고 각기 입술에 조금씩 대었다가 내렸을 때, 명섭은 갑자기 구토 증세를 느꼈다. 그는 그것을 억제하기 위해, 내렸던 잔을 급히 다시 들어 입술을 막았다. 두어 모금 술이 목구멍으로 넘어가자 구토 증세는 조금 밀려 내려가는 느낌이었다.

무슨 낌새를 챘음인지 인규가 옆으로 다가와 옆구리를 꾹 질렀다. 그리고 나직이 속삭였다.

"이런 덴 뭘 하러 와 가지고 그래. 저리 가서 좀 앉아 있어."

그가 가리키는 입구 근처를 바라보자 안내 테이블 뒤쪽으로 빈 의자 두어 개가 놓여 있는 모습이 보였다. 명섭은 잠깐 양해를 구하는 눈짓을 윤식들에게 보낸 다음 그쪽으로 걸어가 빈 의자 하나에 앉았다. 그들은 잠시 걱정스러워하는 눈길을 명섭에게 보냈으나 곧 새로운 화제로 옮겨 가는 듯 다시 활발한 모습으로 돌아갔다.

잠시 후 인규가 그들로부터 옆 의자로 와서 앉았다. 그리고 나무라는 표정으로 말했다.

"뭘 하러 이런 덴 나타나서 그래. 견뎌 낼 능력도 없으면서. 난 자네가 그렇게 동료애가 강한 줄은 또 몰랐지."

명섭은 대답이 궁해 그저 애매하게 조금 웃고 말았다. 그러자 인규는 노골적인 경멸의 표정으로 테이블 둘레의 사람들을 일별하고 나서 다시 말했다.

"저 친구들이 한국 화단의 중요한 일각을 이루고 있다니 한심한 일이지. 난, 문화인입네 하는 저런 친구들이 더 메스꺼워. 차라리 숫제 까막눈들이 낫지."

명섭은 조금 웃어 보이며 말했다.

"그럼 뭐 하러 왔어, 이런 델 자넨."

"나? 나야 물론 저 친구들 놀려 주러 왔지. 난 원래가 좀 뻔뻔한 편이잖아. 소설가라는 게 원래 좀 그래야 하는 직업이구."

"전번 날은 그렇지도 못하던데?"

"아, 그 문제하고 이 문제하곤 성질이 다르지. 그건 다른 문제야."

"아무튼 자넨 그럼 여길 훼방 놓으러 온 셈이군?"

"얘기가 그렇게 되나."

"그것도 좋다고 할 수 없어."

"그건 자네 같은 샌님이 할 생각이고 나 같은 훼방자도 필요한 거야. 이런 모임엔. 그건 그렇고 뭐 좀 만들어 봤어."

"만들긴 뭘."

"작품 말야. 뭘 조금 만들다 나온 눈친데?"
"못 했어. 아무것도."
"왜, 자네도 나처럼 허무주의에 빠졌어?"
"글쎄, 모르겠어."
"그렇다면 그건 좀 곤란한데. 내가 악영향을 미친 거나 아닌가 해서 말야."
"그런 건 아니니까 염려하지 않아도 돼."
"그렇다면 다행이지만 말야."
그때 웬 초로의 신사 한 사람이, 머리를 단정하게 빗은 젊은 남자 하나를 대동하고 입구 쪽에 나타났다. 첫눈에 신사는 옷차림이나 거동으로 보아 상당한 지위의 재벌급 인사로 보였고 젊은 남자는 그 비서임에 틀림없어 보였다. 양복 차림이 그렇게 빈틈없이 들어맞는 그만한 나이의 노인을 전에 명섭은 본 적이 없었다. 인규가 옆에서 약간 놀라는 표정을 지었다.
"어, 저 노인네 ㄱ그룹의 ㅁ회장 아냐? 저 노인네가 다 웬일이지?"
윤식과 그의 아내가 어느 틈엔지 재빨리 노인을 향해 황송한 몸가짐으로 마중을 하고 있었고 그 밖에도 테이블 주변에 둘러섰던 여러 사람이 비슷한 몸가짐으로 노인을 향해 마주 나갔다. 모두 큰 죄라도 지은 사람들의 몸가짐이었다. 아니면 당장 큰 은혜라도 내릴 것에 대비하는 사람의 몸가짐이었다. 노인은 그러나 경쾌하게 여겨질 정도의 가벼운 움직임으로 시종 미소를 잃지 않은 채 윤식과 그의 아내 그리고 그 밖의 사람들과 차례로 악수를 나누었다. 몇 마디씩의 짤막한 수인사와 함께. 그리고 노인은 여러 사람이 둘러선 가운데 방명록에 서명한 다음, 천천히 걸음을 옮겨 그림들을 둘러보기 시작했다. 윤식과 그의 아내가 그 뒤를 따랐고 많은 사람들이 다시 줄레줄레 그 뒤를 쫓았다. 마치 새삼스레 그림들을 다시 보아야 할 의무라도 생겼다는 듯이.

노인은 그렇게 빠르지도 또 느리지도 않은 속도로 그림들을 돌아보면서, 이따금 걸음을 멈추고 윤식을 돌아보며 무어라고 그림에 대해 의견을 얘기하는 것 같았고 윤식은 그때마다 송구한 태도로 무어라고 대답하고 있었다. 또 그때마다 따르는 사람들은 경청하는 자세를 취하였다.

술잔과 음식들로 다소 어지럽혀진 테이블 주위에는 이제 몇 사람 남아 있지 않았다. 그리고 그곳에 남아 있는 사람들조차 마음은 딴 곳에 빼앗기고 있는 표정들이었다.

인규가 목운동을 하듯 고개를 전후좌우로 한번 돌려 보고 나서 바로 하며 말했다.

"미칠 노릇이군. 돈의 힘이 저렇게 막강하다니. 확실히 돈이 인격을 만들어 주는 시대로군."

"왜, 그게 불만이야? 불만이면 자네도 벌면 되잖아."

명섭으로서는 모처럼 농담을 했다. 왠지 농담을 할 여유가 생기는 것 같았다. 스스로도 알 수 없는 일이었다.

인규는 못마땅하다는 듯 그를 슬쩍 한번 쳐다보았다.

"무슨 소리야. 내가 언제 돈 못 벌어서 불만이라고 했어? 돈이 저렇게 힘을 쓰는 게 아니꼽다는 거지."

"그게 그거지 뭐야. 돈이 언제 힘 못 쓴 시대 있었겠어?"

"이 친구가 왜 갑자기 이렇게 유들유들해졌지."

"자네가 날카로워져 있으니까 그렇게 보이는 거겠지."

"음……."

인규는 걸리는 대목이 있는 모양이었다. 잠시 입을 다물고 있더니, 그는 다소 얼굴을 펴며 말했다.

"자네 말이 맞는 것 같군. 내가 쓸데없는 데 신경을 썼어. 하지만 역시 저 친구들은 보기 역겹군."

"자넨 저 사람들 놀려 주러 왔다면서?"

"하지만 정도 문제지. 저런 꼴은 정말 보기 역겨워."

"자네도 역시 그렇게 뻔뻔한 편은 못 되는군. 자네 말과 달리."

노인의 그림 돌아보기가 대충 끝난 모양이었다. 노인과 윤식을 선두로 사람들이 줄레줄레 다시 테이블 주위로 모여드는 모습이 보였다. 윤식이 노인에게 송구한 태도로 술잔을 권하고 있었다. 노인은 관대한 표정으로 그 술잔을 받았다. 그리고 윤식의 아내에게 미소를 머금은 채 무어라고 몇 마디 귓속말을 했다. 모두들 그쪽으로 주의를 집중시키고 있었다. 윤식의 아내는 긴장한 표정으로 기울이고 있다가 곧 자랑스런 웃음을 입가에 띠며 과장된 약간 높은 소리로 말했다.

"회장님이 지금 저한테 뭐라고 하셨는지 아세요? 오늘 저이 작품들이 나올 수 있게 된 건 순전히 그 공이 저한테 돌려져야 한다고 하셨어요. 그리고 사실은 그림들보다 제가 훨씬 더 아름다워 보이셨다구요?”

와아, 하는 멋진 농담을 들었다는 웃음과 환성이 터졌다. 노인은 윤식의 아내를 향해 짐짓 섭섭하다는 표정을 꾸며 보였다. 그리고 모두에게 들리도록 조정된 목소리로 말했다.

“섭섭합니다, 부인, 부인께만 비밀히 말씀드린 건데. 그렇게 공개하시면 제가 부끄럽지 않습니까.”

다시 웃음과 환성이 터졌다.

“어마, 죄송합니다.”

윤식의 아내가 얼굴을 약간 붉히며 다시 과장된 목소리로 말했고,

“당신 멋이 좀 적군. 그런 말씀을 들었으면 혼자서 몰래 간직해 둘 일이지, 그걸 공개를 하고 있어?”

윤식도 짐짓 과장스레 핀잔하는 표정을 꾸며 보였다. 모두들 다시 웃었다.

인규가 옆에서 다리를 이쪽으로 포갰다 저쪽으로 포갰다 하더니 중얼거렸다.

“정말 잘들 놀고 있군.”

그러더니 그는 더 이상 못 참겠다는 듯 의자에서 벌떡 일어났다. 그리고 성큼성큼 노인과 윤식들이 있는 쪽을 향해 걸어가기 시작했다. 명섭은 순간 그를 말려야 한다고 생각했다. 그러나 그는 벌써 자기가 목표한 곳에 도달하고 있었다.

인규를 발견한 윤식이, 잃었던 물건을 찾기라도 했다는 듯 깜짝 놀라는 표정을 지으며 말했다.

"어, 이 친구 어디 숨었다 이제 나타나지? 이리 와 인사드려. ㄱ그룹의 ㅁ회장님이셔."

그리고 그는 다시 노인 쪽을 향해,

"인사하시죠. 제 친구 중에 유일하게 소설 쓰는 친굽니다. 송인규라고. 굉장한 소설을 쓰는 친구니까 회장님께서도 어쩌면 알고 계실는지 모르겠습니다만."

하고 다소 자랑 섞인 표정으로 소개했다. 그러자 노인은 윤식의 말에 귀를 기울이는 시늉을 하고 있다가 가벼이 반가운 표정을 지어 보이며 인규 쪽을 향했다.

"아, 알고말고요. 송 선생, 이렇게 만나 뵙게 돼 정말 반갑습니다."

그리고 노인은 자신의 손을 조금 내밀었다. 인규가 그 손을 잡는 모습이 보였다. 그다지 예의 없는 동작은 아니었다. 그러나 그의 입에서는, 반드시 예의 바른 것이라고만은 할 수 없는 말이 튀어나오고 있었다.

"저를 아신다구요? 하하, 별 쓸데없는 걸 다 알고 계시는군요. 아무튼 이거 무지막지한 영광인데요. 대ㄱ그룹의 회장님께서 저 같은 미물을 다 기억해 주시다니."

윤식의 얼굴빛이 굳어지는 게 보였고 모두들 황망한 눈길을 인규 쪽으로 퍼붓는 모습이 보였다. 그러나 노인은 역시 노인다웠다. 순간적으로 눈썹만 약간 치켰다 내렸을 뿐 곧 평온하고 온화한 얼굴로 노인은 말했다.

"허허, 송 선생은 역시 소설가답게 재미있는 분이군요. 허지만 장

사꾼이라고 너무 무시하진 말아 주십시오. 이래 봬도 송 선생 작품의 애독자랍니다."

모두의 얼굴에 존경과 찬탄의 빛이 스쳐 갔다. 그러나 인규의 얼굴에서는 사나운 빛이 뿜어져 나왔다.

"역시 회장님은 회장님다우시군요. 두 손 들었습니다. 그 빈틈없는 교활성엔. 그 정도면 이따위 비렁뱅이들이 꽁무니를 졸졸 따라다닐 만도 하군요. 하지만 내 꼭 충고 한 가지만 하죠. 이 어리석은 비렁뱅이들을 더 이상 데리고 놀지 마시오."

순간 윤식이,

"이 자식이!"

하는 고함과 함께 인규의 멱살을 틀어쥐는 모습이 보였고 둘레에 섰던 다른 사람들도 일제히 노한 비난의 소리를 퍼붓는 모습이 보였다. 노인은 어이가 없다는, 그러나 너그러운 표정을 짓고 있었고 멱살을 잡힌 인규는 그것을 풀려고도 않은 채 고래고래 소리를 지르고 있었다.

"야, 이 넋 나간 비렁뱅이들아! 제발 수치심 좀 알아라! 수치심 좀 알아! 도대체 너희들은 부끄럼도 모르는 족속들이냐!"

순간 윤식의 한쪽 주먹이 인규의 얼굴을 향해 날아가는 모습이 보였다. 명섭은 말려야 한다고 생각했다. 그리고 의자에서 마악 몸을 일으키려는 순간이었다. 현기증과 함께 저 고약한 현상이 나타났다.

별안간 소리는 어디론가 사라져 버리고 뒤엉켜 움직이는 사람들의 모습만 점점 커다랗게 확대되면서 느릿느릿 망막을 스치고 지나갔다. 그들은 아주 천천히 움직이고 있었고, 매우 불균형하게 움직이고 있었다. 공간은 커다랗게 확대되어 있었다. 그 공간 속으로 커다란 주먹이 떠오르기도 하고 긴 팔이 떠오르기도 했다. 커다랗게 부릅뜬 눈이, 커다랗게 찢어진 입술이 떠오르기도 하고 커다랗게 부푼 손가락이 떠오르기도 했다. 거대한 술잔도, 거대한 접시도 떠올랐다. 누군가의 피 흘리는 얼굴이 떠올랐고 피 흘리는 얼굴에 매달린 긴 모가지가 떠올랐다. 흔들흔들 매달린 두 발도 떠올랐다. 그리고 그 모든 것들이 공간 속에 둥둥 떠다녔다. 깨어진 접시 조각도 떠다녔다. 술잔도 떠다녔다. 피 묻은 손가락도 떠다녔다. 주먹도, 입술도 떠다녔다. 찢어진 귀도 떠다녔다. 아주 느릿느릿 떠다녔다. 소리 없이 떠다녔다. 색깔도 없었다. 피 묻은 손가락은 먹물을 뚝뚝 떨어뜨렸다. 찢어진 입술은 먹물을 끈적끈적 내비치고 있었다. 칠흑같이 머리를 푼 여자가 공중을 떠다니고 있었다. 검은 상의, 검은 하의 입은 남자도 공중을 떠다니고 있었다. 검은 손수건이 떠다니고 있었다. 검은 바짓가랑이가 떠다니고 있었다. 검은 옷소매도, 검은 식탁보도 떠다니고 있었다. 검은 손가락이 떠다니고 있었다. 찢어진 검은 귀가 떠다니고 있었다. 검은 구두짝이 떠다니고 있었다. 검은 꽃송이가 떠다니고 있었다. 헤엄치듯 자유롭게. 깃털처럼 가벼웁게. 그러다가 어느 한순간 그 모든 떠다니는 것들은 고통스럽게 경직했다.

별안간 귀가 뚫렸다. 그리고 사물의 바른 모습이 눈앞에 나타났다. 전람회장 한복판의 음식 테이블이 쓰러져 있는 모습이 보였고 사람들이 웅성거리고 있는 모습이 보였다. 인규의 모습은 얼른 보이지 않았다. 윤식이 거친 숨을 내쉬며 한쪽 구석에서 사람들의 위로를 받고 있는 모습이 보였고 윤식의 아내는 다른 쪽에서 노인과 그의 젊은 비서를 향해 무어라고 사과의 말을 하고 있는 듯한 모습이 보였다. 노인은 애써 관대한 표정을 지으려고 노력하고 있었다.

또 다른 한쪽 구석에, 둘러서 있는 몇 사람의 뒷모습이 보였는데 눈여겨보니 인규는 그 안쪽에 쭈그리고 앉아 있었다. 먼발치로도, 코에서 피가 난 듯했고 입술이 약간 찢어져 있었으며 머리와 옷매무시가 헝클어져 보였다. 둘러선 사람들은 그를 달래고 있는 듯했다.

명섭은 그쪽으로 가 보아야 한다고 생각했다. 그리고 현기증을 가누며 의자에서 마악 몸을 일으키려 할 즈음이었다. 노인이 윤식 쪽으로 다가가며 하는 소리가 들렸다.

"자, 민 선생, 나 때문에 이거 오늘 공연히 폐가 된 것 같습니다. 너무 언짢아하지 마십시오. 그리고 내가 아까 말씀드린 작품은 절대로 다른 분한테 드려선 안 됩니다. 그럼 부탁드리고 난 이만 먼저 물러가겠습니다."

"아, 이거 정말 죄송하게 됐습니다. 뭐라고 사죄의 말씀을 올려야 할는지요. 일간 한번 찾아뵙고 사죄의 말씀을 올리겠습니다."

윤식이 황망한 태도로 마주 나와 노인을 향해 허리를 굽히며 말했다. 노인은 다시 관대한 표정으로 말했다.

"아니, 오히려 폐를 끼친 것은 내 쪽이지요. 사죄해야 할 사람은 바로 나올시다. 일간 내 다시 한번 들르지요. 자, 그럼 안녕히들 계십시오."

그리고 노인은 윤식과 그 밖의 몇 사람에게 악수를 청한 뒤, 윤식들의 배웅을 받으며 천천히 전람회장을 빠져나갔다. 윤식과 그의 아내는 시종 몸 둘 바를 모르는 태도로 끝까지 노인을 배웅했다.

명섭은 엉거주춤 일어섰던 자세를 바로 해서 인규가 있는 쪽으로 걸어갔다. 바닥에는 술잔과 깨어진 접시 조각들이 어지러이 흩어져 있었다. 과자와 음식들도 여기저기 흩어져 있었다.

인규는 쭈그려 앉은 자세로, 잠시 멀뚱히 명섭을 올려다보았다. 그리고 피식 웃음을 흘렸다. 좀 멋쩍다는 표정이었다. 명섭은 허리를 굽혀 그의 한 팔을 잡았다.

"자, 일어서지. 가자구."

그러자 그는 못 이기는 체 따라 일어섰다. 머리 모양이며 옷매무시가 볼썽사납게 헝클어져 있었다.

"좀 우습게 됐나."

하고 그는 다시 피식 웃었다. 그리고 대충 옷매무시를 바로 했다. 명섭이 말했다.

"나가다가 윤식이한테 사과해."

그러자 인규는 멀뚱히 그를 쳐다보았다.

"사과? 내가 윤식이한테?"

"어쨌든 자네도 좀 심했잖아."

"심해? 내가 심해?"

"심하잖구. 어쨌든 이렇게 난장판을 만들어 놨잖아."

"미칠 노릇이군. 이 친구까지 똑같은 소리를 하다니."

"누가 무슨 소릴 했는지 모르지만 어쨌든 난장판을 만든 책임이 딴 사람한테 있다곤 할 수 없잖아."

"난 사과 못 하겠어. 정 그런 생각이면 날 내버려둬. 혼자 갈 테니까."

그때 전람회장 바깥까지 노인을 배웅하고 들어오는 모양으로 윤식들이 입구께로 다시 들어서는 모습이 보였다. 그러자 인규는 거칠게 명섭의 팔을 뿌리치고 사나운 기세로 걸어 나갔다. 그리고는 윤식들과 얼굴도 바로 보지 않은 채 횡하니 전람회장 밖으로 나가 버렸다. 명섭은 황급히 그 뒤를 쫓았다. 그러며 윤식들을 향해 미안하다는 눈짓을 보냈다. 그러나 그들은 지극히 냉담한 눈길만을 보내왔다.

밖은 어느새 어두워져 있었다. 그리고 얼른 인규의 모습이 눈에 띄지 않았다. 길 좌우를 한동안 두리번거리고 나서야 저만큼 행인들 사이에 묻혀 바삐 걸어가는 인규의 뒷모습이 잡혔다. 명섭은 반뛈박질하다시피 걸어 인규를 따라잡았다. 그리고 다소 숨 가쁘게 말했다.

"이 친구야, 그런 식으로 나와 버리면 어떡해. 조금만 양보를 하잖구."

인규는 옆으로 고개를 돌려 그를 한번 슬쩍 쳐다보고 나서 말했다.

"왜 따라 나왔지? 자네나 어물어물 눈감고 그냥 거기 있잖구."

그러나 은연중, 명섭이 따라 나와 준 게 싫지 않은 눈치였다. 명섭은 조금 웃어 보이며 말했다.

"자네도 좀 옹졸한 편이군그래. 아이들 싸움도 아니고."

"아이들 싸움? 자네한텐 내가 한 짓이 아이들 싸움으로밖엔 안 보여?"

"그럼 지금 하는 짓은 그게 뭐야."

"날더러 그럼 속에도 없는 사과나 하고, 어물어물 그 친구들 비위나 맞추고 거기 눌러 있으란 말야?"

"누가 비위를 맞추랬어. 조금만 양보를 하라는 거였지. 그 친구들인들 속이 얼마나 안 좋겠어."

"그 친구들 속이 안 좋아? 그야 안 좋아야 마땅하지. 속 좀 안 좋아보라고 벌인 짓인데."

"그런 자넨 지금 속이 편해?"

"나도 물론 기분은 좋지 않지. 하지만 이건 어디 가서 술 한잔하면 씻을 수 있어. 어때? 나랑 어디 가서 같이 한잔 안 할 테야?"

명섭은 다시 조금 웃어 보였다.

"글쎄, 그거야 나쁠 것 없겠지만 그런 얼굴을 하고 어디 술집엘 갈 수 있겠어?"

그러자 인규는 손을 들어 얼굴을 대충 만져 보았다. 그리고 좀 싱겁게 웃으며 말했다.

"글쎄, 이거 미남도 못 되는 주제에 상처까지 생겼으니 꼴이 좀 아니겠는걸. 하지만 술집에서 어디 내쫓기야 하려구. 자, 그럼 어디 허름한 집을 한번 찾아보지. 아니, 이왕이면 여자가 있는 집으로 할까?"

"아니, 자네가 금방 말한 대로 그냥 허름한 집이 좋겠어."

"역시 그럴까."

"그래."

그들이 허름한 소줏집 한 군데를 찾아 들어간 것은 그로부터 잠시 후였다. 소주와 함께 빈대떡과 콩비지를 파는 집이었다. 빈대떡과 콩비지를 시켜 놓고 마주 앉아서 서로의 잔에 소주 한 잔씩을 따르고 났을 때 인규가 말했다.

"괜찮군. 한바탕 치르고 나서 이렇게 자네와 둘이 소줏집에 마주 앉아 있는 것도……. 자 들지."

"그래."

두 사람은 잔을 들어 각기 한 모금씩 마시고 내려놓았다. 명섭이 물었다.

"입술 쓰라리지 않아?"

"약간 쓰라린데. 하지만 그게 소주 맛을 돋우는 것 같아."

"많이 치고받고 했나?"

"좀 툭탁거렸지. 왜, 자네 보지 못했어?"

"응? 아니……."

"자네 거기 앉아서 다 봤을 거 아냐."

"응, 그래……."

"자, 들어. 오늘 좀 많이 마시자구. 기분을 좀 씻어야 할 거 아냐."

"그래, 들어."

그들은 다시 술잔을 입으로 가져갔다. 명섭은 두어 모금 마시고 내려놓았으나 인규는 나머지를 단숨에 다 비우고 술잔을 명섭에게로 넘겼다.

"자, 역시 그래도 자네밖에 없더군. 다 똑같은 놈들뿐인데 말야."

그러며 그는 술병을 들어, 넘겨준 잔에 술을 채워 주었다. 명섭은 그 술잔을 받쳐 놓고, 먼저 내려놓았던 잔을 다시 집어 술을 비운 다음 그에게 넘겨주었다. 그리고 술병을 옮겨 받아 그 잔을 채워 주었다. 인규가 다시 말했다.

"그런데 말야, 난 오늘, 실은 좀 재미있는 체험을 했어. 윤식이 그 자식하고 좀 툭탁거리고 났더니 기분이 후련해지더란 말야. 아니, 그냥 툭탁거렸다기보다 내가 좀 더 많이 얻어맞았다고 할 수 있는데 말야. 참 묘하더군. 이따금 툭탁거려도 볼 만한 일이라는 생각이 들던데."

명섭은 그때 딴생각을 하고 있었다. 시선은 인규를 향하고 있었으나 생각은 아까 인규와 윤식이 싸울 때 그에게 나타났던 저 환각 현상을 더듬고 있었다. 그것은 지금도 또렷이 기억할 수 있는 환영(幻影)들이었다. 마치 환영들 하나하나가 그의 머릿속에 또렷이 인각되어 있기라도 한 듯. 특히 환각 현상에서 깨어나기 직전의 환영들은 지울 수 없도록 강하게 인각되어 있었다. 마치 한 폭의 검은 목판화라도 보듯.

그러고 보면 오늘 하루 동안에 겪은 몇 차례의 환각 현상이 우연히도 일정한 어떤 구도(構圖) 속에 들어 있는 듯한 느낌이 들었다. 물론 막연한 느낌에 지나지 않았지만.

"그래서 말야, 난 앞으로…… 어이 듣고 있는 거야?"

"응? 아, 듣고 있어."

"그래서 난 앞으로 말야, 이따금 누구하고든 시비라도 걸어서 좀 툭탁거려도 보고 그럴 생각이야. 그동안 너무 조심만 하면서 살아온 느낌이란 말야. 행여 다칠세라 또 행여 평판이 나쁘게 나지나 않을까. 이거 좀 우습잖아?"

"그렇다고 일부러 시비까진 건대서야 그것도 좀 곤란하겠지."

"이를테면 그렇다는 얘기지. 아무튼 그런 기분으로 나가면 내 소설 나부랭이도 좀 건강해질 것 같아."

"별 데서 다 건강을 찾는군."

"아냐, 그렇게 깔볼 문제가 아니라구. 꽤 중요한 문제라고 할 수 있어. 그건 그렇고 좀 마셔. 마시고 잔 좀 달라구. 오늘 많이 좀 마시자니까."

"그래."

그들은 다시 잔을 비우고 상대방에게 잔을 권하였다. 그리고 그러기를 몇 차례 되풀이하였다. 두 사람 모두 어지간히 취기가 돌았다. 명섭은 그러는 동안에도 문득문득 딴생각에 빠지곤 했다. 그리고 그때마다 인규의 채근 때문에 생각이 다시 돌아오곤 했다. 인규는 차츰 더 다변이 되어 갔고 명섭도 마침내 몸을 가누기가 힘들어졌다. 그러나 그들은 마시는 일을 그만두지 않았다. 인규는 자신의 흥 때문에 마시는 듯했고 명섭은 자신의 생각에 빠져서, 거의 수동적으로 마셨다.

명섭은 점점 더 눈앞의 현실보다 환각 쪽으로 빠져 갔다. 눈앞에 있는 인규는 몽롱했고 환각은 선명했다. 그리고 그는 마침내 완전히 환각 속으로 빠져들어 갔다. 저 검은 목판화 속으로…….

그를 일으켜 세운 것은 그래도 인규였던 모양이다. 몽롱한 의식 가운데서도 한순간 그는 자기가 인규에게 부축을 받고 있다는 걸 알 수 있었다. 인규는 노래를 부르고 있었다. 유행가 가락 같기도 하고 무슨 가곡의 흉내를 내고 있는 것 같기도 했다. 노래를 부르면서 인규는 이따금 지나가는 택시를 향해 손을 휘저었다. 택시들은 몰인정하게 그들을 버려둔 채 스쳐 달아났다.

인규는 계속 노래 부르고 있었다. 유행가 가락 같기도 하고 무슨 가곡의 흉내를 내고 있는 것 같기도 했다. 노래를 부르면서 인규는 이따금 지나가는 택시를 향해 손을 휘저었다. 택시들은 몰인정하게 그들을 버려둔 채 스쳐 달아났다.

인규는 노래 부르고 있었다. 유행가 가락 같기도 하고 무슨 가곡의 흉내를 내고 있는 것 같기도 했다. 노래를 부르면서 인규는 이따금 지나가는 택시를 향해 손을 휘저었다. 몰인정하게 스쳐 달아나는 택시의 불빛 속에 드러난 인규의 손바닥은 타 버린 숯처럼 검은색이었다.

명섭은 어서 집으로 돌아가야 한다고 꿈결처럼 생각했다. 돌아가서 인규의 타 버린 손바닥을 그려야 한다고 생각했다.

■ 해설

「아메리카」, 조해일 소설의 한 정점

고인환(문학평론가)

1. 조해일 소설의 다채로움과 「아메리카」

조해일은 지적이고 감각적인 문체, 유연하면서도 명징한 내면 묘사, 진중하고 명철한 현실인식 등을 통해 산업화 시대 도시 소시민들의 일상적 삶을 날카롭게 포착한 작가이다. 중편 「아메리카」(1972)는 미군기지촌 풍경을 묘사하면서 제3세계적 시각의 획득과 반제국주의적 의식의 형상화를 성취한 작품으로 평가[1]받고 있으며, 장편소설 『겨울여자』(1976) 등은 다양한 대중적 요소를 시의적절하게 서사화한 대표적인 베스트셀러로 주목받았다.[2] 또한 「뻘」(1972)의 지게꾼, 「1998년」(1973)의 우화적인 미래 공간, 「임꺽정」(1973~1986)

---

1) 김윤식·정호웅, 『한국소설사』, 문학동네, 2000, 439-440쪽 참조.

2) 김윤식·정호웅, 위의 책, 447~448쪽 참조.

연작의 역사 공간, 「통일절 소묘」(1971)의 환상적인 꿈 등에서 드러나듯 새로운 소설적 기법과 비유적 장치, 주제의식 등을 통해 함축적이고 다양한 세계를 주조한 것으로 평가받았다.[3)]

이 책에 수록된 작품들 또한 조해일 소설의 다채로운 면모를 확인하기에 부족함이 없다. 물리적 폭력에 의도적으로 노출되는 몸의 감각적 · 관능적 '전율'로 사회 구조적 폭력의 공포에 맞서고 있는 「도락」, 일상적 권력이 지닌 알량한 속성을 바둑의 '패'라는 '용렬한 수법'으로 상징화하고 있는 「패」 등은 소설적 기법 실험과 날카로운 세태 풍자의 진수를 선보이고 있다. 또한 폭력을 둘러싼 심리 구조를 절제된 묘사와 지적인 문장으로 포착하고 있는, '폭력의 현상학'이라 이름 붙일 수 있는 「심리학자들」, '관념', '당위', '이념' 등을 넘어선 일상적 삶의 고귀함을 담담한 시선으로 응원하고 있는 「내 친구 해적」 등은 절제된 묘사와 따뜻한 인간애의 균형을 절묘하게 직조하고 있다. 이와 더불어, 만주에서 태어나 해방 직후 귀국하여, 한국전쟁의 와중에 겪은 피난생활, 그리고 서울로 돌아와 맞은 4 · 19 등 작가의 가족사가 직간접적으로 투영되어 있는 자전적 성격의 작품들(「할머니의 사진」, 「어느 하느님의 어린 시절」 등)을 감상하는 재미도 쏠쏠한 보너스다.

하지만 1970년대 초반 조해일 소설의 백미는 뭐니 뭐니 해도 「아메리카」가 아닐까 싶다. 「아메리카」는 막강한 군사력과 경제력을 바

---

3) 권영민, 『한국현대문학사』 2집, 민음사, 2002, 277쪽 참조.

탕으로 우리 사회를 신식민주의적 구조로 재편하고 있는 미국의 이미지를 날카롭게 해부하고 있는 작품이다. 작가는 친미와 반미의 이분법 너머를 응시하면서, 이른바 미국이라는 표상에 투영된 서구 중심의 합리주의적 사고 혹은 자유민주주의의 이면을 생생하게 폭로하고 있다. 조해일이 「아메리카」에서 묘파한 미군의 이미지는 세계 제국으로 군림하면서 여전히 무소불위의 위세를 과시하고 있는 '지금 여기'의 미국 표상과 다를 바 없다. 이처럼 「아메리카」는 반세기를 훌쩍 뛰어넘어서도 여전히 매력적인, 조해일 소설의 진가를 다시금 확인하게 하는 작품이다.

2. 이방인의 눈에 비친 기지촌의 낯선 풍경

「아메리카」는 전역병인 화자가 버스를 타고 당숙이 운영하는 ㄷ시의 '압록강 홀(얄루 클럽)'을 찾는 장면에서 시작된다. 스물여섯의 젊은이에게 기지촌은 낯선 이국의 풍경으로 다가온다.

> 여자가 여기서부터 ㅂ리(里)라고 일러준 거리에 접어들자 지금까지의 거리와는 판이한 풍경이 눈앞에 전개되었다. 길 폭이 좁아지면서 우선 곳곳에 무슨 테일러(Tailor)니 무슨 무슨 폰숍(Pawn Shop)이니 무슨 무슨 클럽(Club)이니 하는 영문자로 된 간판들이 도형감 있고 생생한 모습으로 내게 얘기를 걸어왔다.
>
> '이봐, 당신은 근사한 곳에 왔어. 이런 덴 처음 와 보지? 행운인 줄 알

라구.'

그러나 나는 별반 두리번거릴 필요도 없었다. 두리번거리지 않고도 나는 내게 얘기를 걸어오는 많은 것들을 볼 수 있었고 내가 보아 주기를 기다리는 많은 것들을 갖고 있었다. 무엇보다도 아름다운 다리들을 드러내고 색채를 아끼지 않은, 마음껏 속박을 벗어난 옷맵시와 화장술로 단장한 젊고 예쁜 많은 여자들을 볼 수 있었으며, 그들이 뿌리는 짙은 생(生)에의 친밀감을 내 것으로 했다. 나는 아마 그때 행복해했던 듯도 하다. 그때 나는 내가 스물여섯 살에 갑자기 고아가 돼 버린 신세라는 사실조차 까맣게 잊었던 것이니까.

"다 왔어요. 여기예요."

하고 여자가 말했을 때 나는 멈춰 서서 잿빛 타일을 바른 큼직한 건물을 쳐다보았다. 영문자로 'Yalu Club이라고 큼직하게 쓰고 그 밑에 자그마하게 '압록강 홀'이라고 한글로 쓴 유리 간판이 보였고 '종업원 이외의 한국인 출입을 금합니다'라고 쓴 양철 조각 같은 것이 보였다.

인용문에서 보듯, 한국 속 미국의 낯선 풍경이 화자에게 설렘과 기대감을 불러일으키고 있다. 특히 "속박을 벗어난 옷맵시와 화장술로 단장한 젊고 예쁜" 여자들은 "갑자기 고아가 돼 버린" 화자의 처지를 잊게 할 정도로 강렬하게 다가온다. 영문자 'Yalu Club'과 한글 '압록강 홀'의 전도된 크기와 위치, 그리고 화려한 클럽의 외양과 샛골목으로 이어진 누추한 살림채(2층 슬래브 집)의 대비는 기지촌에서의 미국과 한국의 관계를 암시적으로 보여 주고 있다. 한국(한글)과 살림채가 주변화되어 있는 역전된 거리 풍경을 통해 ㄷ시 ㅂ리가 한미 관계의 신식민주의적 본질을 보여 주는 전형적 공간이 될 것임을 예고하는 것이다.

2년 동안 다닌, "백치와 같은 순진한 허구의 울타리"로서의 대학을 휴학한 '나'는 도착 이튿날부터 클럽의 문지기 일을 맡게 된다. 옥화를 시작으로, 이후 이방인의 위치에 선 화자에게 기지촌 여성들은 욕정 해소를 위한 정복의 대상으로 다가온다. 하지만 화자가 클럽 일을 병행하며 만난 여자들과 ㄷ에서의 일상적 삶은 차츰 그곳 나름의 풍속에 동화되도록 만든다. 그러면서 화자는 차츰 ㄷ의 경제구조에 눈을 뜨기 시작한다.

> ㄷ의 중심부는 읍내가 아니라(그래서 읍내는 그렇게 조용하고 한산했던 것이다) 미군부대가 가까이 있는 이곳 ㅂ리(里)라는 것, 내가 몸담고 있는 것과 비슷한 종류와 규모의 클럽들 10여 개가 모두 이곳에 몰려 있다는 것, 읍내는 다만 영화 구경 가기 위한 곳이거나 시장 보러 가는 곳, 서울로 나가는 버스나 기차 같은 교통기관을 이용하러 가는 곳, 또는 맹장염 수술이나 임신중절 수술 같은 것을 하러 가는 곳, 누구와 좀 조용한 데서 만나기 위해 다방 같은 것을 이용하러 가는 곳 정도의 의미밖엔 갖지 못한 곳이라는 것, 따라서 ㄷ읍의 경제권은 거의 ㅂ리에 사는 사람들의 손에서 움직인다는 것, 아니 ㄷ읍을 먹여 살리고 부지케 하는 자산의 대부분이 ㅂ리에서 나온다는 것, 그리고 그 ㅂ리의 자산의 대부분을 이루는 것이 주로 미군들의 호주머니로부터 떨어진 것

이라는 것, 그런데 그 자산의 반 이상은 경제활동으로서는 최저의 수단에 속하는 매춘에 의해서 얻어진다는 것, 그러나 그 주(主) 종사자들인 이곳의 여자들은 뜻밖에도 윤리적 열등감 같은 건 조금도 느끼고 있는 것 같지 않다는 것, 오히려 그 생활을 즐겁게 받아들이고 있는 것 같다는 것(아니면 그것은 혹 이 나라 전체에 편재해 있는 것으로 보이는, 또는 이런 종류의 직업에 종사하고 있는 여자들 사이에 널리 퍼져 있는 것으로 보이는 팔자에 대한 순응주의의 한 표상일 뿐이었을까) 등등.

'ㄷ읍'의 중심부가 '읍내'가 아니라 "미군부대가 가까이 있는 ㅂ리(里)"라는 사실은, 미군의 주둔이라는 특수한 상황이 어떻게 지역 경제를 재편성하고 있는지를 생생하게 보여 준다. '미군 호주머니 → 매춘 여성 → ㅂ리의 자산 → ㄷ읍 경제권 유지'라는 돈의 흐름에 따라 전통공동체가 해체되고 있는 기지촌의 모습을 통해 작가는 1960~70년대 한국의 기생적인 경제구조, 나아가 신식민주의적 경제구조를 포착하고 있는 것이다. 가난한 나라에 도움을 주기 위해 주둔하고 있다는 미군의 시혜적 시각이 오히려 자신들의 편의와 향락을 위해 지역 주민들의 삶을 저당잡고 있는 현실임을 담담하게 드러낸 대목이다. 이러한 인식을 통해 화자는 점차 '이곳 사람'의 생활 감각을 체화하는 일상인이 되어 간다.

3. 합법과 불법의 경계, 제국의 신식민주의적 규율 방식

해방 이후 한국 사회에서 '미국' 표상은 든든한 우방국이자 시혜국으로서 동경의 대상이 되거나, 군사적 점령군이자 문화 · 경제적 제국의 이미지로 길항되고 있다. 「아메리카」는 '기옥'의 죽음을 통해 시혜국과 점령군 이미지를 동시에 지닌 미국의 양면성을 날카롭게 해부하고 있다. 기옥의 살인사건을 축소 · 은폐하려는 미군 사령부는 '금족령'을 내리고 '군표의 개신'을 단행한다. 자신들이 지배하고 있는 시장 권력을 이용해 주민들의 불만을 잠재우려는 시도이다. 특히, '군표의 개신'이 지닌 의미는 주목할 만하다. 한국인이 군표를 갖는 것은 현행법상 불법이다. 하지만 군표를 지닌 한국인들이 많다. 미군부대의 물건을 빼 오기 위해서는 군표가 필요하기 때문이다. 이렇듯 군표는 기지촌에서 불법을 무릅쓸 정도의 시장 가치를 지닌다. 더군다나 평상시에 미군 당국은 이러한 군표의 불법 유통을 눈감아 준다. 아니 오히려 이를 조장하고 구조화하기까지 한다. 그러다가 자신들에게 불리한 사건, 이를테면 미군 범죄(기옥의 죽음)와 같은 일이 발생하면 '합법'이라는 이름으로 군표의 개신을 단행한다. 작가는 '군표 개신'이라는 사건을 통해 '불법'을 공공연하게 묵인 혹은 조장하다가 자신들의 필요에 따라 '합법'이라는 이름으로 이를 규제하는 미군의 양면적 모습을 폭로한다. 미군은 시장 지배의 헤게모니를 통해 현지인의 일상을 통제하고 있는 것이다.

한편, 한기옥의 장례식은 여자들의 자치조직인 '씀바귀회'장(葬)으로 거행된다. 미군부대 정문에 이르자 100여 명이 넘는 대행렬이 된다. 부대 진입을 막기 위해 무장한 헌병들이 정문으로 달려오고 상여를 멘 여자들이 정문으로 향한다. 상여의 후미 쪽에서 여자들이 돌팔매질을 하는 와중에 미군 장교가 나타난다. 참모장인 윌리엄 바커 대령의 말을 대신 전하기 위해서다.

> "이번 사건은 한 미국 병사의 범죄로 인해 한국 사람들과 미국 사람들 사이의 우호적인 감정을 크게 손상시키게 될는지도 모르는 사건으로서 우리 부대로서도 몹시 유감스럽게 생각하고 있습니다. 그러나 꼭 한 가지 여러분이 이해해 주셔야 할 것은 어느 병사 개인이 저지른 범죄가 우리 모두를 여러분이 미워하게 되는 원인이 돼서는 이에서 더 큰 불행이 없겠다는 것입니다. 물론 범죄를 저지른 병사는 법에 의해서 엄격히 처벌될 것입니다. 한국의 법정에서 말입니다. 그러나 물론 우리는 그것으로서 우리의 책임을 다했다고 생각하진 않습니다. 병사들에 대한 교육과 감독에 철저하지 못했음을 시인하고 여러분에게 사죄합니다. 그리고 앞으로는 다시 그런 불상사가 일어나지 않도록 교육과 감독에 더욱 철저를 기하겠다고 약속합니다. ……여러분의 경건한 장례 의식을 돕는 뜻으로 약간의 금액을 준비했습니다. 물론 이것으로 여러분 친구의 불행한 죽음에 대한 보상을 감히 삼으려는 건 아닙니다만 여러분의 슬픔에 우리가 표하는 위로하는 마음의 일부로 생각해 주실 수 있다면 받아 주시기 바랍니다. 여러분 친구의 불행한 죽음에 대해 진심으로 슬퍼합니다. 그리고 사죄합니다. 땡큐."

인용문의 발언에는 신식민지에 주둔하는 군대와 주민 사이에서 벌어지는 구조적 억압의 문제를, 범죄를 저지른 미군 한 개인의 문제로 축소하고 은폐하려는 교묘한 논리가 스며들어 있다. 여기에는 "한국 사람들과 미국 사람들 사이의 우호적인 감정"이라는 추상적인 휴머니즘, 혹은 "교육과 감독"으로 문제를 해결할 수 있다는 이상적인 논리가 함축되어 있다. 하지만 작가가 그려 내고 있는 기지촌의 실상은 이러한 논리와 거리가 멀다. 미군부대 참모장의 세련되고 양식화된 언어가 상처받은 현지인의 가슴과 공명하지 못하고 허공을 맴도는 이유도 여기에 있다. 그들의 표현은 사건을 조기에 마무리하려는 의례적 수사에 불과할 뿐, 진심에서 우러난 '슬픔과 사죄'가 아닌 것이다. 그러므로 '용서를 구하는 발언'을 무미건조한 '땡큐'라는 표현으로 마무리할 수 있는 것이다.

이러한 상황을 지켜본 화자에게 여자들은 더 이상 단순한 섹스의 대상이 아니다. 그는 여자들의 속 깊은 상처에 조금씩 다가간다. 화자는 고열의 혼미 속에서 '군대에서 혹사되었던 몸의 기억, 흑인 병사의 광포한 눈빛, 여자들의 장례행렬' 등의 장면이 "순서가 뒤죽박죽인 슬라이드"처럼 반복적으로 자신의 몸을 밟고 지나가는 환각을 마주한다.

사흘 뒤에 깨어난 화자는 '쑥바귀회' 사무실을 찾아간다. 회장을 만나 돕고 싶다는 마음을 전하기 위해서다. 물론 화자의 뜻은 거절된다. 서로의 처지와 역할이 다르기 때문이다. 주한미군과 기지촌 여성들의 기묘한 공생 관계 속에서 화자가 할 수 있는 일은 거의 없다. 그저 "동족으로서의 설움"을 느끼며 "저조한 기분"에 젖어 드는 무력한 개인에 불과할 따름이다.

이러한 와중에 헌병들이 갑자기 들이닥쳐 여자들의 '검진패스'를 조사하기 시작한다. '토벌'이 시작된 것이다. 비번 중 놀러 나올 때와는 다르게 "진지하고 엄격한 태도"로 조사를 진행한 헌병들은 검진패스 불소지자 세 명과 불합격자 네 명의 리스트를 보여 준다. 그리고 일주일 동안 미군의 영외 출입이 금지된다. ㄷ에 사는 "위안부들의 성병 이환율"이 높고 "미군들의 성병 감염률"이 증가한다는 이유에서다. 이때 기지촌 여성들은 잠재적 성병 보균자 취급을 받는 가해자가 되고, 미군들은 성병 감염의 피해자라는 논리가 성립한다. 이처럼 '토벌'은 한국 내에서 미군과 기지촌 여성들의 전도된 관계를 여실히 보여 주는 상징적 사건에 해당한다.

'토벌'은 '검진패스'를 통해 위안부들의 건강을 체크하는 행위이다. 하지만 여기에는 현지인에 대한 그 어떤 배려도 존재하지 않는다. 오직 미군들의 '성병 감염률'을 우려해 건강 검진을 실시하고 있는 것이다. 또한 '토벌' 자체는 공공연하게 매춘을 부추기는 행위라 할 수 있다. 마치 합법적인 규율처럼 보이나 실상은 성병에 감염되지 않은 여인들과의 매춘은 허용한다는 사실이 전제되어 있기 때문이다. 이는 일본 제국주의가 강제 동원 위안부들을 통해 자국 군인들의 성적 욕망을 충족시킨 경우와 다를 바 없다. 다만 눈에 보이지 않는 폭력, 즉 돈과 시장의 논리로 현지인을 통제하려는 신식민주의적 규율 방식일 따름이다. 더불어 작가는 비번일 때 놀러 나오는 모습과는 사뭇 다른 진지하고 엄숙한 태도로 '토벌'을 진행하는 헌병들의 이중성을 통해 공과 사를 철저히 구분하는 미국식 합리주의의 허상을 폭로하기도 한다. 이러한 양면적 이미지는 미군 범죄를 병사 한 개인의 문제로 바라보며 한국인과 미국인의 우호 감정을 손상시켜서는 안 된다는 미군 참모장의 태도에서도 잘 드러난다.

4. 기지촌 삶의 내면화, 일상적 공감과 연대

미군이 동거 위안부를 폭행하고 살해한 비극적인 사건을 접하면서, 화자는 기지촌의 운명과 자신의 처지와 조건, 삶의 의미 등을 곱곱씹어 보게 된다.[4)]

> 그러나 일주일간이나 계속된 내 헛된 노력은, 대학의 경제학과를 2년밖에 다니지 못한 내 어설픈 지식으로 사태를 판단해 보려고 할 때 가진

4) 이때 화자의 삶이 여성하위주체들의 삶과 온전하게 하나가 될 수 없다는 사실을 직시할 필요가 있다. 이를 작품의 한계로 지적하는 태도는 문제가 있다. 오히려 이러한 간극의 인식이야말로 이 작품이 이루어 낸 성취의 하나라 할 수 있다. 화자는 비극적인 사건을 계기로 '외방객'의 위치를 벗어나려고 노력한다. 그가 위안부들의 단체인 '쏨바귀회'를 찾아가고 그들의 무덤을 방문하는 일은 이를 보여 주는 예이다. 하지만 화자는 그들의 처지에 다가갈 수 없다는 사실을 깨닫고 절망하며 부끄러움을 느낀다. 이후 화자는 자신이 서 있는 위치에서 그들과 함께하는 방법을 찾는다. 그들과 하나가 될 수 없다는 사실을 절감하고 현재의 상황에서 그가 할 수 있는 일을 모색하는 것이다. 그가 '성병집단치료소'에서 돌아온 여자들을 위한 위로회를 열어 주거나 예기치 못한 재난(홍수)에 맞서 기지촌의 주민들과 함께 이를 극복하는 모습 등은 여기에 해당한다. 이러한 태도는 작품에서 미국의 이미지를 객관적으로 포착하는 데 기여하고 있다. 그들과 하나가 되어야 한다는 강박 등은 현실을 객관적으로 인식하는 데 장애가 될 수 있다. 저항에의 강박 혹은 현실극복 의지의 과잉 등은 객관적 현실인식을 저해하기 때문이다. 이 작품에는 거대한 신식민주의적 아메리카니즘 앞에 선 지식인의 절망과 고뇌가 진솔하게 투영되어 있다. 작가는 이러한 미국의 제국주의적 논리에 온몸으로 맞서기보다는 그들의 모습 이면에 드리워진 이중적 태도를 폭로하는 데 주안점을 두고 있는 것이다. 이를 두고 현실인식의 부재 혹은 작가의식의 한계라 비판할 수는 없을 것이다.

나라와 못 가진 나라 사이에 일어나는 여러 가지 갈등 내지는 소외관계라는 도식에서 한 발짝도 더 나아갈 수 없다는 무력감 때문에 망쳐졌으며 내가 한국인이라는 민족감정으로 사태를 바라볼 경우 모멸감과 수치심 같은 구제할 길 없는 혼란한 감정이 끓어올라 판단을 어둡게 함으로써 망쳐지고 말았다. 그 헛된 노력 끝에 나는 다만, 나는 이곳 사람이며 이곳에 오기 전에도 이곳 사람이었으며 금후에도 얼마간은 더 내가 이곳에 있게 되리라는 것을 어렴풋이 알았을 따름이다.

인용문에서 드러나듯, "가진 나라와 못 가진 나라 사이"의 "갈등 내지는 소외관계라는 도식"이나 '민족감정'으로 현실을 바라보는 관점 등은 화자의 '혼란한 감정'을 해결해 주지 못한다. 경제적으로 '빈국인 모국'이 강제하는 무력감과, "한국인이라는 민족 감정"을 앞세웠을 때의 "모멸감과 수치심" 때문에 화자는 "한 발짝도 더 나아갈" 수 없었다. 오히려 자신이 서 있는 자리를 확인하는 소박한 태도, 즉 "나는 이곳 사람이며 이곳에 오기 전에도 이곳 사람이었으며 금후에도 얼마간은 더 내가 이곳에 있게 되리라는" 사실을 자각하는 모습이 화자를 일으켜 세우는 동력이 된다. 과거에도 현재에도 향후에도 '이곳'과 함께 한다는 태도는, 기지촌 ㄷ이 해방 이후 미군이 주둔하는 '이곳 한국'의 편재적 장소성을 상징한다는 점을 각성하는 것임과 동시에, 분단 상황이라는 한국적 특수성을 구체적으로 이해하는 방식의 하나라 할 수 있다. 이는 당숙의 말처럼 "용기 있게 죽음을 맞아들"이지는 못했지만, "천하게 비겁하게 살아남"아 자신들의 몫을 다하는 사람들(ㄷ에 사는 대부분의 사람들)과 함께하려는 자세와 동궤에 놓인다. 평범한 일상 속에서 노동을 통해 삶을 이어 가는 사람들에 대한 존중의식이 돋보이는 대목이다. 이를 통해 화자는 서서히 기지촌의 일상에 녹아들게 된다.

한편, 홍수로 동네의 골목이 물속에 잠기자, 미군들은 인명 구조용 고무보트를 타고 나타나 침착하고 일사불란한 동작으로 "아이들과 노인들과 병자들"을 태워 대피시킨다. 이들의 구조 활동은 마치 기계적 동작을 연상시킬 정도로 완벽하다. 그들의 구명보트는 '군함'과 같은 위력을 지닌 것으로 묘사된다. 당숙에 의하면 그들은 "약한 사람, 불행한 사람, 재난을 당한 사람" 등 어려운 처지에 놓인 사람들을 돕는 것을 좋아한다. 심지어 "그럴 일이 없으면 만들어 내기라도 할 사람들"처럼 보인다.

> 미군들이 인명 구조용 고무보트를 타고 동네의 골목에 나타난 것은 그 무렵이었다. 동네의 골목이 완전히 물속에 잠겨 마치 운하와도 같은 구실을 할 수 있게 되었던 것이다. 미군들은 침착하고 거의 기계적이랄 만큼 일사불란한 동작으로 동네의 아이들과 노인들, 그리고 병자들을 그 구명보트에 태워 미군부대로 대피시키는 작업을 벌이기 시작했다. 그들의 작업은 눈부시다고 할 수 있었다. 2인 1개조씩 편성되어 야전용 들것 하나씩을 휴대하고 물속으로 내려선 그들은 동네의 집집마다, 동네의 샛골목마다를 헤치고 들어가 노인이나 아이들, 또는 병자들을 태워 어깨에 메고 다시 골목으로 나와서는 그들을 구명보트에 대기하고 있는 동료들에게 인계하는 것이었다. 보트는 그리고 제한된 인

원수가 차자마자 출발하는 것이었다. 골목에 나타난 구명보트는 모두 네 척이나 되었다. 그리고 그것들은 지금의 경우 모두 군함과도 같은 위력을 가지고 있어 보였다.

하지만 미군들은 '왜? 무엇 때문에? 어떻게?' 도와야 하는지에 대한 뚜렷한 자의식이 없다. 「아메리카」가 자유주의적 휴머니즘으로 남한을 통제하려 했던 '신식민주의적 아메리카니즘'을 심문하는 지점은 바로 여기이다. 더구나 비가 계속해서 쏟아지고 사방이 캄캄하게 어두워 오자, 미군들은 "겁을 집어먹은 상륙 부대"처럼 서둘러 황망히 퇴각해 간다. 미군의 구조 활동이 군사 작전의 일환이라는 사실을 날카롭게 지적하고 있는 대목이다. 이러한 침착하고 일사불란한, 눈부신 작전에서 타자의 삶에 대한 공감과 연대의 감정은 그 어디서도 찾아보기 어렵다.

이와 대비적으로, 기지촌 주민들은 된장과 고추장밖에 없는 반찬으로 따뜻한 밥 한 끼를 나누어 먹는다. 이를 통해 화자와 당숙(모), 2층 여자들은 함께 생활하는 지역 공동체 구성원으로 결속된다. 당숙은 만주에 살았을 때 홍수로 범람한 탁류 속을 40여 리나 표류하고서도 목숨을 건진 적이 있다는 말과 함께 살아남은 자가 견뎌 낸 일상의 소중함을 강조한다.

그렇게 죽을 고비를 넘기면서 사람이란 위급하면 위급할수록 더욱 끈질기게 살아남으려고 하는 동물이라는 걸 알았다. 그리구 대개는 성공한다는 것두. 또 그런 땔수록 사람은 교활해진다구나 할까, 본능적으루 더욱 지혜로워지는 동물이라는 것두 알았지. 어떻게든 살아날 구멍을 찾아내구야 말거든. 사실 사람처럼 끈질기게 살아남아 온 동물이 어디 있겠니? 난 사람이라는 동물의 장래를 믿는다. 최소한 어떤 경우에두 멸종해 버리진 않으리라는 걸 믿는다. 그렇게 믿구 나두 아직 살아남아 왔다. 그 많은 사람들이 여러 가지 이유 때문에 죽어 간, 얼핏 보기에 절망 이외엔 아무것두 남아 있지 않은 것으루 보이기 쉬웠던 시대들을 겪어 오면서. 물론 용기 있게 죽음을 맞아들인 사람들을 나는 존경한다. 그런 사람들에 비하면 나는 천하게 비겁하게 살아남았다구 해야 옳겠지. 하지만 그렇게 살아남은 사람들의 몫두 있다구 생각한다. 뭐라구 할까. 나의 몫이라구나 할까. ……아마 ㄷ에 사는 사람들 대부분이 그렇게 살아남아 온 사람들이겠지.

이 작품의 주제의식을 함축하는 장면이다. 당숙은 인간에 대한 기대와 믿음을 저버리지 않는 의지가 중요하다고 강조한다. 이러한 '사람의 장래'에 대한 믿음이 생존의 버팀목이 되었다는 것이다. '용기 있는 죽음'에 대한 경외심은 물론, '일천하고 비겁한 생존'의 몫까지 훈훈하게 끌어안는 당숙의 태도야말로, "ㄷ에 사는 사람들"의 목소리와 공명하는 조해일 작가정신의 정수라 해도 좋다.

그리하여 수재가 할퀴고 간 황폐한 삶의 현장에서 다시 '내일을 위한 준비'를 시작하는 모습으로 작품은 마무리된다. 화자와 당숙은 클럽의 바닥을 청소하기 시작하고, '철둑가'에는 젖은 살림살이를 말리는 여자들의 긴 대열이 이어지고, 선로를 복구하기 위해 '수동차' 한 대가 노무자 몇 사람을 태우고 지나간다. 이러한 일상적 풍경에 대한 공감과 연대의 시선이야말로 「아메리카」가 긴 우회로를 거쳐 도달한 종착점이다.

5. 문학성과 대중성의 이분법 너머

조해일의 소설은 문학성과 대중성을 구분하는 편협한 시각에 갇혀 온당하게 평가받지 못하고 있는 듯하다. 그의 작품은 대체적으로 크게 두 경향, 즉 서사에 대한 자의식과 대중 문화적 코드 등으로 나뉘어 일면적으로 평가받아 왔다. 「아메리카」는 조해일의 소설이 이러한 이분법적 시각 너머에 존재한다는 사실을 시사하는 작품이다.

먼저, 「아메리카」는 기지촌 주변에서 생활한 자전적 체험을 바탕으로 한 작품이다. 그는 기지촌과 그곳에 살고 있는 '위안부'들의 삶을 다룬 르포나 작품들에서 불확실한 이해가 개입된 경우를 발견하곤 했는데, 이를 바로잡기 위해 작품을 썼다고 밝힌 바 있다. 여기에는 미군부대가 주둔하고 있는 기지촌의 현실을 진실하게 형상화하려는 작가의 의도가 함축되어 있다.

다음으로, 작가는 주인공의 섬세한 심리묘사를 통해 미국에 대한 과도한 민족주의적 정서를 경계하고 있다. 우리 문학에서 미국에 대한 소설적 대응은 저항적 민족주의 혹은 반미 정서를 중심으로 전개되어 왔다. 하지만 「아메리카」는 이러한 정서와 일정한 거리를 유지

하며 시장 지배를 통한 헤게모니, 즉 미국의 신식민주의적 지배 양상을 효과적으로 탐색하고 있다. 이러한 미국의 이미지가 지닌 양면성을 예리하게 묘파하는 리얼리티의 진실성이 조해일 소설의 한 정점이 아닐까 싶다. 오늘날 지구촌 곳곳에서 발생하는 분쟁의 이면에서 암약하고 있는 미국의 모습을 떠올려 본다면, 「아메리카」가 얼마나 적실하게 미국의 신식민주의적 본질을 파헤치고 있는지 확인할 수 있을 것이다.

마지막으로 지식인 화자가 기지촌의 '여성하위주체들'과 공감, 연대하는 과정 또한 인상적이다. 주인공은 이들과 온전히 하나가 될 수 없다는 사실을 자각하고 자신이 서 있는 위치에서 그들과 함께할 수 있는 방법을 찾아 연대의 손길을 내밀고 있다. 작가는 이러한 과정을 주인공의 심리 변모 양상, 절제되고 담담한 문체, 정교하게 직조된 플롯 등 서사에 대한 치밀한 자의식으로 꼼꼼하게 구조화하고 있다. 이러한 서사 구조가 부조리한 삶의 이면을 꿰뚫는 날카로운 현실인식과 길항하며 일상에서 싹트는 훈훈한 교감과 연대의 풍경을 창조하고 있는 것이다.

조해일의 소설이 많은 독자들에게 사랑을 받는 이유는 당대를 진실하게 포착하려는 치열한 현실인식, 서사 기법에 대한 특유의 엄정한 자의식, 타자의 삶에 공감하고 연대하려는 작가적 소명 등이 작품 속에 자연스럽게 녹아 있기 때문이다. 이렇듯 「아메리카」는 조해일의 작품에서 대중성과 문학성이 따로 떨어져 있지 않다는 사실을 보여 주는 대표적인 작품이다.

조해일 연보

1941 중국 하얼빈시 근처에서 아버지 조성칠과 어머니 김순희 사이에서 장남으로 출생. 본명 조해룡.

1945 가족들을 따라 귀국. 이후 서울에서 성장.

1950 6·25를 서울에서 겪음.

1951 1·4후퇴 시 부산으로 피난. 이때 바다를 처음 봄.

1954 서울로 돌아옴.

1961 보성고등학교 졸업. 경희대학교 국문과 입학.

1966 경희대학교 국문과 졸업. 육군 입대.

1969 육군 제대.

1970 단편 「매일 죽는 사람」이 『중앙일보』 신춘문예에 당선되어 등단. 단편 「멘드롱 따또」(『월간중앙』), 「야만사초」(『월간문학』), 「이상한 도시의 명명이」(『현대문학』) 발표.

1971 단편 「통일절 소묘」(『월간중앙』), 「방」(『월간문학』) 발표.

1972 단편 「대낮」(『현대문학』), 「뿔」(『문학과지성』), 「전문가」(『문학사상』), 「항공 우편」(『월간중앙』), 중편 「아메리카」(『세대』) 발표.

1973 경희대학교 대학원 졸업. 단편 「심리학자들」(『신동아』), 「임꺽정 1」(『현대문학』), 「내 친구 해적」(『월간중앙』), 「무쇠탈 1」(『문학과지성』), 「1998년」(『세대』) 발표. 숭의여전 강사로 출강.

1974 첫 소설집 『아메리카』(민음사) 출간. 단편 「애란」(『서울평론』), 「할머니의 사진」(『여성중앙』), 「임꺽정 2」(『한국문학』) 발표. 중편 「어느 하느님의 어린 시절」(『세대』) 발표. 중편 「왕십리」(『문학사상』) 연재.

1975 단편 「임꺽정3」(『문학과지성』), 「나의 사랑하는 생활」(『문학사상』) 발표. 중편 「연애론」(『서울신문』, '반연애론'으로 개제), 「우요일」(『소설문예』) 발표. '겨울여자'를 『중앙일보』에 연재. 소설집 『왕십리』(삼중당) 출간.

1976 단편 「순결한 전쟁」(『문학사상』) 발표. 장편 『겨울여자』(문학과지성사) 출간. '지붕 위의 남자'를 『서울신문』에 연재.

1977 단편 「무쇠탈 2」(『문학과지성』), 「임꺽정 4」(『문예중앙』) 발표. 단편집 『매일 죽는 사람』(서음출판사), 중편소설집 『우요일』(지식산업사), 장편 『지붕 위의 남자』(열화당) 출간.

1978 콩트·에세이 집 『키 작은 사람들』(삼조사) 간행, '갈 수 없는 나라'를 『중앙일보』에 연재.

1979 「자동차와 사람이 싸우면 누가 이기나」(『창작과비평』) 발표. 장편 『갈 수 없는 나라』(삼조사) 출간.

1980 단편 「도락」, 「비」, 「낮꿈」(『문학사상』), 「임꺽정 5」(『문예중앙』) 발표.

1981 'X'를 『동아일보』에 연재. 단편 「임꺽정 6」(『한국문학』) 발표. 경희대학교 국어국문학과 교수로 재직.

1982 『엑스』(현암사) 출간.

1986 「임꺽정 7」(『현대문학』) 발표. 『아메리카』(고려원), 『임꺽정에 관한 일곱 개의 이야기』(책세상) 출간.

1990 단편집 『무쇠탈』(솔), 중편집 『반연애론』(솔) 출간.

1991 장편 『겨울여자』(솔) 개정판 출간.

2006 경희대학교 국어국문학과 교수 퇴임. 경희대학교 명예교수 위촉.

2017 「통일절 소묘 2」 발표(손바닥 소설집 『이해없이 당분간』, 김금희 외 21명, 걷는 사람).

2020 6월 19일 경희의료원에서 지병 치료를 받던 중 이날 새벽 별세.

출전(저본) 정보

아메리카	『아메리카』(책세상, 2007)
심리학자들	『아메리카』(책세상, 2007)
내 친구 해적	『아메리카』(책세상, 2007)
패	『아메리카』(책세상, 2007)
애란	『무쇠탈』(솔, 1991)
할머니의 사진	『한국대표문제작가전집 9』(서음출판사, 1981)
어느 하느님의 어린 시절	『무쇠탈』(솔, 1991)
도락	『문학사상』 90(문학사상, 1980)
낮꿈	『무쇠탈』(솔, 1991)

조해일문학전집 2권

아메리카

1판 1쇄 인쇄 2024년 6월 7일
1판 1쇄 발행 2024년 6월 14일

지은이 | 조해일

기획 | 조해일문학전집 간행위원회
책임편집 | 강동준
발행처 | 죽심
발행인 | 고찬규

신고번호 | 제2024-000120호
신고일자 | 2024년 5월 23일

주소 | (04029) 서울특별시 마포구 양화로 7길 84 영화빌딩 4층
전화 | 02-325-5676 팩스 | 02-333-5980

저작권자 ⓒ 2024
이 책의 저작권자는 위와 같습니다. 저작권자의 동의 없이
내용의 일부를 인용하거나 발췌하는 것을 금합니다.

값은 표지에 있습니다.

ISBN 979-11-985861-4-8 (04810)
ISBN 979-11-985861-2-4 (세트)